Kein Abschied möglich

Marion Myles

Widmung

Für RDM - erster Leser, größter Unterstützer, Finder von Buchtiteln.

Prolog

Er hatte nicht geplant, sie zu töten.

Er starrte in ihre leeren Augen hinab, und ein Schauer kitzelte seinen Bauch, als ihm klar wurde, dass das Letzte, was sie vor ihrem Tod gesehen hatte, er gewesen war. Nur er. Für ein paar glorreiche Momente war er die wichtigste Person in ihrem Leben gewesen.

Jetzt konnte sie ihn nie mehr verlassen. Würde ihn nie verlassen. Sie gehörte ihm und er ihr. Ein ewiges Band.

Ja, ja, ja. So sollte es sein. Wenn sie es doch nur verstanden hätte. Wenn sie doch nur zugehört hätte. Die hässliche Szene von vorhin verblasste bereits in seinem Kopf. Er war gekommen, um sie zu retten, genau als sie ihn brauchte, und bot ihr einen Ausweg und einen Weg zum wahren Glück. Sie hatte Nein gesagt. Hatte ihm gesagt, er sei krank und bräuchte Hilfe.

Sanft, so sanft, strich er ein paar Haarsträhnen aus ihrem Gesicht und fuhr mit der Fingerspitze über ihren Wangenknochen. Ihre Schönheit war atemberaubend. Manchmal tat es weh, sie nur anzusehen, aber jetzt nicht. Nicht, wenn sie endlich sein war.

Er zog ihren Rock herunter und richtete ihn wieder, dann glättete er ihre Bluse. Wo die Knöpfe abgerissen worden waren, legte er den Stoff so gut wie möglich zusammen. Dann nahm er ihre Hand in seine, drehte ihr Handgelenk, beugte sich hinunter und küsste ihre Handfläche.

Von einer plötzlichen Idee getroffen, kroch er auf Händen und Knien durch die Gegend und suchte nach der roten Samtschachtel. Nur wenig Mondlicht drang durch die Blätter, und er war tief genug im Wald, dass keines der Lichter aus dem Park die Lichtung erreichte.

Es muss hier sein, dachte er mit wachsender Panik, als er sich weiter von der Stelle entfernte, wo seine Geliebte lag.

Endlich stieß sein Knie gegen den kleinen festen Gegenstand, und er drückte ihn einen Moment lang an seine Brust, bevor er aufstand und zum Körper des Mädchens zurückging. Während er sich hinkniete, öffnete er den Deckel der Schachtel und zog den Smaragdring heraus.

»Mein Geschenk für dich, meine Liebe«, sagte er leise. »Diesmal wirst du nicht wütend werden, oder? Du wirst mir nicht sagen, dass ich wahnhaft bin. Diesmal wirst du endlich verstehen, dass wir füreinander bestimmt sind.«

Er hob ihre linke Hand und schob den Juwel auf ihren Ringfinger. Er hatte sich diesen Moment so oft vorgestellt. Natürlich nicht so. Doch irgendwie hatte er selbst in seinen dunkelsten Stunden fest daran geglaubt, dass sie seinen Ring tragen würde. Seine Frau sein würde. Sein Herz platzte vor Liebe. Tränen strömten über seine Wangen.

»Ich werde gut für dich sorgen, mein Liebling«, murmelte er.

Er ging in die Knie und hob sie hoch, stöhnend vor Anstrengung, und legte sie schließlich über seine Schulter.

Langsam, darauf bedacht, sie nicht zu rütteln, machte er sich auf den Weg aus dem Wald.

Kapitel Eins

Nach achtundzwanzig Jahren des Herumziehens von Institution zu Institution und von Ort zu Ort hatte Mia Reeves unerwartet ein Zuhause gefunden.

Sie war vor acht Monaten in die Stadt Dalton gezogen, in der Annahme, es wäre nur ein weiterer kurzer Zwischenstopp, bevor die Wanderlust sie wieder auf die Straße trieb. Doch sie hatte sich so schnell und mühelos eingelebt, dass sie sich nicht mehr vorstellen konnte, woanders zu leben. Tatsächlich hatte sie sich noch vor Ende des zweiten Monats an den Besitzer ihrer Mietwohnung gewandt und einen Deal ausgehandelt, um sie direkt zu kaufen. Es schien, als würde sie endlich Wurzeln schlagen, und sie konnte darüber nicht glücklicher sein.

Jetzt aber, während sie langsam die Hauptstraße entlangfuhr, verkrampfte sich ihr Magen vor Schmerz. Obwohl sie bewusst versuchte, ihre Atmung zu kontrollieren, kam sie nur in kurzen, flachen Stößen.

Was sie vorhatte, war verrückt. Ernsthaft und völlig verrückt.

Im besten Fall würde sie sich lächerlich machen und für immer als verrückte Frau abgestempelt werden. Natürlich kannte sie nicht wirklich viele Leute. Da war Sherri, die gelegentlich für sie arbeitete und ihr am vergangenen Wochenende beim Schmuckstand auf dem jährlichen Frühlingsfest geholfen hatte. Gabriel besaß das örtliche Diner, und sie tauschten manchmal Smalltalk aus, während sie auf ihr Essen zum Mitnehmen wartete, was ein- oder zweimal im Monat vorkam, wenn sie sich einen kochfreien Abend gönnte. Außerdem gab es die liebe Frau Bird, die das Postamt leitete und Mia immer fragte, wie es ihr gehe. Nicht gerade ein pulsierender Freundeskreis, aber irgendwo musste ein Mädchen ja anfangen, oder?

Für Mia wäre es schon schlimm genug, selbst diese losen Beziehungen zu verlieren, aber oh, es könnte so viel schlimmer sein. Sie setzte sich potenziell Anklagen oder Geldstrafen aus. Wenn die Polizei wirklich rachsüchtig wäre, drohten sogar sechs Monate Gefängnis.

Trotzdem musste sie es tun.

Die Polizeistation war jetzt nur noch einen Block entfernt. Es war früh genug, dass kaum einer der Läden geöffnet hatte und auf den Bürgersteigen wenig Fußgängerverkehr herrschte. Gabe's Diner machte sein übliches florierendes Geschäft, und sie hatte mehr als ein paar Köpfe im Fenster gesehen, als sie am Bean Time Café vorbeifuhr; ansonsten war sie praktisch allein.

Mias Hände umklammerten das Lenkrad fester. Es war noch nicht zu spät umzukehren.

Sie schüttelte den Kopf. Nein. Die Entscheidung war bereits gefallen. Aus irgendeinem Grund hatte dieses Echo aus der Vergangenheit sie ausgewählt. Jetzt fühlte sie sich verpflichtet, alles in ihrer Macht Stehende für die junge Frau zu tun. Eine Fremde, ja, aber auch jemand, durch den sie aus erster Hand die schlimmste Art von Schmerz und Terror erlebt hatte.

Außerdem war dies jetzt ihre Stadt und sie, Mia Reeves, war ein brandneuer Mensch. Die Art von Person, die das Leben einer guten, aufrechten Bürgerin führte. Das Mädchen aus der Vision mochte seit Jahren tot sein, aber sie verdiente Gerechtigkeit und Mia war die einzige Person, die sie für sie erlangen konnte.

Sie schaltete den Blinker ein, bog in den Parkplatz ein und fuhr zur Polizeistation. Die Vorderseite des Gebäudes war überraschend modern aus Holz und Glas. Zwei schwarz-weiße Streifenwagen standen in der ersten Reihe geparkt, zusammen mit drei Zivilfahrzeugen. Sie lenkte ihren SUV in den leeren Platz, der der Eingangstür am nächsten war, und stellte den Motor ab.

Sie schloss die Augen und nahm einen letzten, stärkenden Atemzug. Mia versicherte sich selbst, dass selbst wenn sie für einige Zeit festgehalten würde, ihre Hunde in Ordnung wären. Die Hundeklappe war offen, die Futternäpfe voll und reichlich Wasserschüsseln waren überall im Haus verteilt. Sie hatten einen großen, eingezäunten Hof und genug Vorräte, um mehrere Tage ohne sie auszukommen. Für den schlimmsten Fall hatte sie einen Schlüssel unter dem Topf mit Azaleen neben der Seitentür versteckt. Sicher würde Sherri nichts dagegen haben, vorbeizukommen und nach dem Rudel zu sehen.

Es war immer noch ein Rätsel, wie sie zu vier Hunden gekommen war. Sie hatte nie ein Haustier gewollt. Nun, vielleicht für etwa fünf Minuten, als sie ein kleines Kind war, aber sie hatte schnell gelernt, dass sie eine zuverlässige, vertrauenswürdige Person brauchten. Mia war das sicher nicht. Zumindest war sie es nicht gewesen.

Aber dann kam Mac. Sie hatte ihn am Straßenrand gefunden. Ein großer, magerer Dobermann, bedeckt mit Schorfstellen und zu Tode erschrocken. Irgendwie konnte sie nicht Nein sagen.

Das war damals in Altoona gewesen. Als sie vier Monate später auf die Autobahn fuhr, waren Hüftknochen und Wirbel keine hervorstechenden

Merkmale mehr entlang Macs Rücken, und sein Fell glänzte wie das eines Seehundes. Er liebte sie mit einer bedingungslosen und uneingeschränkten Loyalität, die ihr den Atem raubte. Sie würde eher sterben, als von ihm getrennt zu werden.

Es war Mac, der Layla in der Nähe ihres Miethauses in Savannah, Georgia, gefunden hatte. Sie war jung, kaum mehr als ein Welpe, und Teil eines lokalen Tierheim-Adoptionsprogramms, das an einem Wochenende in einem nahegelegenen Park stattfand. Mac hatte Mia zu dem tragbaren Gehege gezogen und seine Nase durch die Lücke im Draht gesteckt, um Laylas goldene Schnauze zu lecken, bevor er seinen Kopf drehte und fragend zu Mia aufblickte. Sie fluchte leise, als sie in diese sanften braunen Augen sah. Ehe sie sich's versah, unterschrieb sie einen Besitzvertrag und brachte den gelben Labrador-Mischling mit nach Hause.

In den folgenden sechs Monaten hatte sich Mia damit abgefunden, Elternteil von zwei großen Hunden zu sein. Während Mac ernst war, der selbsternannte Sicherheitschef und immer auf der Hut, war Layla wirklich nur auf der Suche nach einer guten Zeit. Sie liebte es, Stöckchen zu holen, am Seil zu ziehen und stundenlang zu raufen, ohne zu ermüden. Mit ihr begann Mac, zunächst verwirrt von den fremden Aktivitäten, bald wie ein junger Welpe herumzutollen und zu spielen. Es brachte Mia einen Kloß in den Hals, als sie sah, wie der schlaksige Dobermann losließ und das Leben in einem solchen Ausmaß genoss.

Es schien, als wären sie komplett. Eine Familie. Die erste richtige in Mias Leben.

Aber dann ging Mac los und fand einen weiteren Hund. Kurz nachdem sie nach Unionville gezogen waren, verschwand er aus dem Hinterhof. Mia war außer sich. In der Zeit seit sie ihn gerettet hatte, war der Hund kaum jemals mehr als eine Sprungdistanz von ihr entfernt gewesen, und plötzlich war er weg. Über den Zaun, nicht weniger.

Mit Layla lief sie stundenlang durch die Straßen und rief seinen Namen, mit einem Klumpen Angst im Bauch und Tränen in den Augen. Layla, in ihrer typisch sorglos-fröhlichen Art, schnüffelte am Gras, sprang Passanten an und verhielt sich generell, als hätte sie nicht einen Sorge in der Welt. Als die Dunkelheit hereinbrach, wandte Mia sich schließlich heimwärts. Sie weigerte sich, die Tränen fließen zu lassen und wischte wütend über ihre Augen.

Sie würde in ein paar Stunden wieder hinausgehen, sagte sie sich. Sie würde Flugblätter machen und die Stadt mit seinem Bild überziehen. Sie würde bei allen Tierärzten und Tierheimen anrufen. Er musste irgendwo sein. So würde ihre Geschichte nicht enden.

Als Layla den Weg zu ihrer Mietwohnung einschlug, zog sie an der Leine und gab ein triumphierendes Bellen von sich. Dort, auf der dunklen Veranda sitzend, war Mac. Mia sprintete zu ihm, fiel auf die Knie und schlang ihre Arme um seinen Hals.

»Tu das nie wieder«, schluchzte sie, während sie ein Schluchzen unterdrückte.

Sie hob ihr Gesicht und ließ ihn an einer verirrten Träne lecken. Erst da spürte sie einen kleinen pelzigen Körper, der sich an ihren Oberschenkel drückte. Als sie nach unten blickte, sah sie die lange Schnauze und die schlappigen Ohren eines Miniatur-Dackels. Er kroch in ihren Schoß und schmolz mit einem überraschend tiefen Seufzer an sie.

Einmal im Haus angekommen, fand Mia ein Namensschild, Tucker, und eine Telefonnummer auf dem ausgefransten Nylonhalsband. Der Besitzer lebte mehrere Kilometer entfernt auf der anderen Seite der Stadt und hatte nicht einmal bemerkt, dass er vermisst wurde. Mia kämpfte gegen Macs bittere Vorwürfe an, fuhr den kleinen Hund nach Hause und übergab ihn in die Hände einer unangenehmen Frau mittleren Alters, deren vier ungestüme Jungen offenbar das Haus hinter ihr verwüsteten.

»Halt die Klappe«, brüllte die Frau über ihre Schulter, während der Dackel zitterte und flehend zu Mia aufblickte. »Danny, wenn ich da reingehe und feststelle, dass du brennende Streichhölzer auf deine Brüder wirfst, kriegst du mächtig Ärger. Ich meine es ernst. Colt, komm raus. Dein dummer Rattenhund ist wieder weggelaufen. Ich hab dir gesagt, dass er nicht frei im Hof gelassen werden kann. Leg ihn das nächste Mal an die Kette.«

Sie warf den Hund praktisch einem etwa zehnjährigen Jungen zu und schlug Mia die Tür vor der Nase zu, ohne auch nur ein Dankeschön oder einen Abschiedsgruß. »Bitte schön«, murmelte Mia vor sich hin, während sie zum Auto zurücktrottete und sich fragte, ob sie gerade einen kolossalen Fehler gemacht hatte. Was für ein Leben hatte dieser arme kleine Hund in diesem gottverlassenen Haus?

Zwei Tage später ging Mac auf eine weitere Rettungsmission und brachte den winzigen Dackelhund am späten Nachmittag nach Hause. Diesmal fragte Mia die Frau am Telefon geradeheraus, ob sie Tucker zurückhaben wolle.

»Auf keinen Fall«, antwortete sie. »Ich wollte das Ding von Anfang an nicht. Colts Bastard von einem Vater hat ihn ohne mich zu fragen angeschafft. Schafft es die meisten Monate nicht, Unterhalt zu zahlen, aber irgendwie bringt er die fünfzehnhundert für den kleinen kläffenden Dreckssack auf. Ich hab's im Internet nachgeschaut. So viel kosten die. Ich hasse Hunde. Nichts als Ärger. Behalte du ihn. Ich bezweifle, dass die

Kinder überhaupt merken werden, dass er weg ist.« Sie knallte den Hörer auf, und das war's.

Als Layla und Tucker sich wie lang vermisste Seelenverwandte zusammentaten, war Mia anfangs besorgt um Mac und hasste den Gedanken, dass er sich ausgeschlossen fühlen könnte. Aber Mac, weit davon entfernt, verletzt zu sein, schien die Situation sehr zu seinem Gefallen zu finden. Er hatte jetzt ein kleines Rudel, das er anführen und beschützen konnte, und war zufrieden in seiner Rolle als Wächter der Hunde. Er spielte von Zeit zu Zeit mit ihnen. Meistens aber blieb er an Mias Seite geklebt, während sie stundenlang ihren Kristallschmuck anfertigte.

Erst ein Jahr später, als Mia und das Rudel nach Dalton umzogen, brachte Mac einen weiteren Hund in die Gruppe. Es geschah an einer Raststätte auf der I75, etwa achtzig Kilometer außerhalb von Knoxville. Mia tankte gerade, und die Hunde, begierig darauf, ihre Beine zu strecken, sprangen im Ford Escape herum.

Plötzlich stand Mac stocksteif da und starrte aus dem Fahrerfenster an Mia vorbei. Sie dachte, er hätte vielleicht einen Mann mit Schnurrbart gesehen. Die Erinnerung an seinen früheren missbräuchlichen Besitzer versetzte den armen Mac immer in Aufruhr. Mia stellte sich mental darauf ein, den großen Hund zu beruhigen.

Aber da war kein Mann. Kein Schnurrbart. Was sie sah, war ein winziger Pomeranian, der mit etwas, das wie Gummiseile aussah, an der Ecke der Tankstellenkabine festgebunden war.

»Nein, Mac«, seufzte sie. »Keine weiteren Hunde.«

Das Tier gehörte wahrscheinlich sowieso dem Tankwart. Und was machte es schon, wenn das Fell des Hundes schmutzig grau und stellenweise zu Dreadlocks verfilzt war. Sie konnte nicht jedes verdammte Tier auf dem Planeten retten.

Sie hielt absichtlich ihre Augen abgewandt, als sie wieder ins Auto stieg und auf der gegenüberliegenden Seite des großen Parkplatzes parkte, bevor sie den Hunden erlaubte, für einen kurzen Spaziergang auszusteigen. Aber Mac war stur, denn kaum hatten seine Pfoten den Asphalt berührt, zog er Mia und die anderen beiden Hunde direkt zurück zu den Zapfsäulen.

Layla und Tucker fügten bald ihre Kraft zu Macs hinzu, und obwohl Mia sich mit aller Macht gegen sie stemmte, konnte sie nichts anderes tun, als halb hinter ihnen herzulaufen, während sie sie direkt zu dem winzigen Hund schleppten. In einer für ihn untypischen Geste der Unterwerfung, die Mia den Mund vor Staunen offen stehen ließ, ließ sich Mac auf den Boden fallen. Mit gesenktem Kopf robbte er zu dem traurigen kleinen Geschöpf. Er beschnüffelte sie vorsichtig und leckte dann über ihr ganzes Fell, während sie vor Freude zappelte.

Das gelangweilte Teenagermädchen hinter dem Tresen schaffte es gerade noch, lange genug von ihrem iPhone aufzublicken, um Mia zu erzählen, dass der Hund vor vier Tagen ausgesetzt worden war. Jemand sollte eigentlich den Tierschutz angerufen haben, aber bisher war niemand gekommen, um sie mitzunehmen. Es gab kein Halsband. Kein Namensschild. Keine Möglichkeit zu wissen, woher sie kam.

Während des Gesprächs mit der Angestellten war Mac nicht von der Seite des Poms gewichen. Mia kam heraus, ließ die Tür hinter sich zuschlagen und rieb sich müde übers Gesicht. Es war offensichtlich, dass sie sie mitnehmen musste. Was sollte sie sonst tun? Sie löste das Gummiseil von dem zerbrechlichen kleinen Hals, hob den fast gewichtlosen Hund hoch und stampfte zu ihrem Fahrzeug zurück, während der Rest ihres Rudels folgsam hinter ihr hertrottete.

Am Ende war es kein Problem. Die kleine Namenlose hatte eine riesige Menge Wasser geschlürft, genug, um ihren Bauch wie einen Ballon anschwellen zu lassen, bevor sie auf dem Rücksitz zusammenbrach und die Augen schloss. Sie bewegte sich nicht, bis Mia später in der Nacht in ein Motel einfuhr. Selbst dann saß sie ruhig da und wartete darauf, dass man ihr sagte, was sie tun sollte, als fürchtete sie, dass jeder falsche Schritt dazu führen könnte, dass sie wieder ausgesetzt würde.

Mia schloss sich mit dem neuesten Familienmitglied im Badezimmer ein und schnitt mit einer Schere rücksichtslos all das schmutzige, verfilzte Haar ab. Nach einer Shampoo- und Pflegebehandlung war der Hund näher an schneeweiß. Obwohl der Haarschnitt kaum schmeichelhaft war, schienen ihre kleinen kohlschwarzen Augen vor Erleichterung zu leuchten. Sie leckte einmal Mias Hand, als wolle sie sich bedanken, und saß dann ruhig da, ihr Schicksal erwartend.

»Okay, ich schätze, du brauchst einen Namen«, sagte Mia. »Hast du irgendwelche Ideen?«

Fifi kam ihr in den Sinn, klar und deutlich, und so öffnete sie die Tür zum Schlafzimmer und stellte dem Rest ihrer Familie die neue Version von Fifi, dem Pomeranian, vor. Mac war sofort und absolut hingerissen. Von diesem Moment an waren der riesige, schlaksige Dobermann und der sieben Pfund schwere Schneeflocken-Hund unzertrennlich. Es war dumm, eifersüchtig zu sein, aber wenn Mia besonders müde oder niedergeschlagen war, tat sie es manchmal trotzdem.

Nachdem sie zu Hause angekommen waren, hatte Mia Mac mit nach draußen genommen und Fifi und die anderen zurückgelassen. Im Wald hinter ihrem Grundstück setzte sie sich auf einen Baumstumpf und wartete, bis Mac aufhörte, an etwas Faszinierendem am Boden zu schnüffeln, und sich neben sie setzte.

Dann erklärte sie ihm unmissverständlich, wie es von nun an sein würde. Keine Hunde mehr. Vier waren mehr als genug. Er starrte sie an, seine Augen aufmerksam auf ihr Gesicht gerichtet, und senkte seine Schnauze, als würde er langsam zustimmend nicken.

Sie konnte nur hoffen, dass er verstanden hatte, wie ernst es ihr war, aber ein Teil von ihr machte sich immer noch Sorgen.

Dieses kleine Treffen war vor acht Monaten gewesen. Bisher lief alles gut. Mia wünschte, die vier könnten jetzt bei ihr sein. Sie fühlte sich immer stärker, wenn sie von ihrem Rudel umgeben war.

Okay, kein Zögern mehr. Sie konnte und würde das durchziehen.

In der Polizeiwache war die Hauptlobby hell und geräumig. Jede Wand war in einem mediterranen Blau gestrichen, und in der Ecke plätscherte beruhigend ein Brunnen, umgeben von einem halben Dutzend üppiger Topfpflanzen. Die unterschiedlichen Möbel hatten die Farbe von Sand, und der Tisch schien ein Stück wiedergewonnenes Treibholz zu sein. Der Empfangstresen ähnelte einem wunderschön gestuften Holzhaufen, der wie eine Stützmauer am Strand geformt war. Der ganze Raum vermittelte den Eindruck eines Spas oder eines Meditationszentrums und war anders als jedes Regierungsbüro, das Mia je gesehen hatte.

Entschlossen ging sie direkt zum Tresen und wartete, während die Frau dort ihr Gespräch über das Headset beendete.

»Wie kann ich Ihnen heute helfen?« Ihre Stimme war angenehm und vermittelte ein absolutes Interesse an allem, was Mia zu sagen hatte.

Mia sah der Rezeptionistin direkt in die Augen und schob alle Gedanken an ihre Hunde und das Zuhause, das sie liebte, beiseite. Sie sammelte jeden verfügbaren Funken Mut. »Ich habe Informationen über einen Mord«, sagte sie.

Kapitel Zwei

Detective Roman Mancini stand da, nippte an einer Tasse wirklich grauenhaften Kaffees und starrte durch die Einwegscheibe auf die Frau im Verhörraum.

Sein Partner, Kevin Latterly, kam zu ihm und gesellte sich dazu. »Also das ist sie, hm? Sie sieht verdammt ruhig aus für jemanden, der behauptet, Informationen über einen Mord zu haben.«

Roman schnaubte. »Ja. Bringt einen zum Nachdenken, oder?«

»Zumindest ist sie eine Augenweide«, kommentierte Kevin.

»Manchmal entpuppen sich die Hübschesten als die Verrücktesten.« Seine Stirn runzelte sich, und er drehte sich um, um seinen Partner anzustarren. »Moment mal. Ich dachte, du wärst nur an Lisa interessiert. Weiß sie, dass du immer noch Schaufensterbummel machst?«

Kevin errötete bis in die Haarwurzeln. »Nicht ich, du Arsch. Ich dachte an dich. Es ist eine Weile her. Zu lange. Zeit, dass du mal wieder ordentlich Sex hast. Zölibat steht dir nicht. Außerdem macht es dich bissig wie eine Schlange. Betrachte einen One-Night-Stand als Dienst an der Öffentlichkeit und ein dringend benötigtes Geschenk für deinen Partner.«

»Lass es gut sein.« Roman blickte wieder zu der Frau. »Selbst wenn ich daran interessiert wäre, mich mit jemandem einzulassen, bin ich nicht so verzweifelt, dass ich aus dem Bodensatz des Fundbüros auf der Polizeiwache fischen würde. Außerdem ist sie nicht mein Typ.«

»Ich wette, Rothaarige mit solch einem Körperbau, die sich auf ihre sexy Kissen-Lippen beißen, sind der Typ von jedem Mann auf dem Planeten.«

»Weißt du was? Manchmal bist du ein totaler Idiot.«

Kevin boxte ihm gegen den Arm. »Ach komm schon. Du weißt, dass du mich liebst.«

»Wie eine Geschlechtskrankheit, so liebe ich dich.« Roman nickte in Richtung des Verhörraums. »Also, willst du bei ihr die Führung übernehmen?«

Kevin seufzte. »Lass mich raten, du willst, dass ich sanft und verständnisvoll reingehe, richtig?« Er schüttelte traurig den Kopf. »Warum muss ich immer der gute Bulle sein?«

»Weil du mit diesem unschuldigen, süßen Apfelkuchengesicht gesegnet bist, das besonders Frauen dazu bringt, dir ihr Herz auszuschütten. Du musst deine Stärken ausspielen, Kumpel.«

»Dir ist schon klar, dass Guter Bulle, Böser Bulle das schlimmste Klischee überhaupt ist?«

»Klischees sind aus gutem Grund Klischees. Kein Grund, sich gegen hundert Jahre Polizeigeschichte zu stellen. Okay, gib mir ein Lächeln.« Kevin zog seine Lippen zu einem bösartigen Grinsen zurück, schnappte mit den Zähnen, und Roman klatschte ihm eine Hand auf die Schulter. »Gut, aufgewärmt und bereit loszulegen. Lass uns das hinter uns bringen und zur richtigen Polizeiarbeit zurückkehren.«

Kevin lächelte. »Mann, ich liebe meinen Job.«

Mia spürte, dass jemand sie beobachtete. Mach daraus zwei Jemande. Sie gab sich große Mühe, ruhig und gefasst zu bleiben und den Eindruck einer glaubwürdigen Zeugin zu vermitteln, aber es war nicht einfach. Die Ruhe der Hauptlobby hatte dem vertrauteren, trostlosen und deprimierenden Inneren der Polizeiwache Platz gemacht. Sie hasste Polizeistationen. Sie erinnerten sie an jedes Jugendamtsbüro, in dem sie je gewesen war, und noch schlimmer, an die Krankenhäuser.

So viele Krankenhäuser.

Dieser Verhörraum war so düster, wie es nur ging. Die Wände waren in einem unglücklichen Kotzgrün gestrichen, und der Linoleumboden war ein müdes Grau mit einer zerfetzten Reihe von Rissen an der Tür. An mehreren Stellen war er durchgescheuert und zeigte den Beton darunter. Rechts an der Wand prangte ein großer, asymmetrischer Fleck. Sie stellte sich vor, es könnte alles Mögliche sein, von Wasserschaden über Kaffee bis hin zu Blut.

Wahrscheinlich Blut, dachte sie und unterdrückte ein Schaudern.

Absichtlich ließ Mia ihre Augen nicht zur Videokamera auf dem Stativ schweifen. Sie war auf den Metalltisch gerichtet, an dem sie auf einem unglaublich unbequemen Holzstuhl saß. Mia bezweifelte, dass die Kamera aufzeichnete, aber sie machte sie trotzdem nervös.

Sie war seit einer Ewigkeit in diesem Raum eingesperrt. Es war eine Taktik. Sie wusste verdammt gut, dass sie nichts anderes tun konnte, als es auszusitzen, aber sie musste es nicht mögen.

Endlich öffnete sich die Tür, und sie warf einen Blick auf die beiden Männer, die eintraten. Der erste, blond und blauäugig mit einem gutaussehenden, freundlichen Gesicht. Sein Gegenüber war größer, breiter und in jeder Hinsicht dunkel und grüblerisch.

Der dunkelhaarige Mann trat vor. »Frau Reeves, ich bin Detective Mancini. Das ist mein Partner, Detective Latterly. Wir haben gehört, Sie haben Informationen über einen Mord?«

»Nun, vielleicht... Ich meine, es ist möglicherweise kein Mord, aber es geht um ein Mädchen, das vor einer Weile verschwunden ist.«

Die beiden Männer ließen sich auf Stühle ihr gegenüber gleiten.

»Okay, warum erzählen Sie uns nicht, was Sie wissen«, sagte Detective Mancini.

Mia schluckte einmal. *Bleib cool*, ermahnte sie sich. »Ich habe dieses Armband gefunden.«

Sie griff in ihre Handtasche, zog ein Stück Luftpolsterfolie heraus und legte es auf den Tisch. Sie rollte es auf und enthüllte ein zartes Schmuckstück. Silbern und als eine Reihe von miteinander verbundenen Herzen gestaltet, hing das winzige massive silberne Herz in der Mitte herab, mit den Initialen A M, die in der Umrandung eines weiteren Herzens eingraviert waren.

Detective Mancini war wirklich ein glatter Typ. Wenn sie ihn nicht so genau beobachtet hätte, hätte sie vielleicht den Ausdruck entsetzten Schocks übersehen, der über sein Gesicht huschte, oder die Art, wie sich seine Hände auf dem Tisch zu Fäusten ballten. Seine Knöchel traten knochenweiß gegen seine gebräunte Haut hervor.

Detective Latterly blickte lediglich mit einer Spur Neugier auf das Armband, bevor er wieder zu Mia schaute. »Ich fürchte, ich verstehe nicht. Wie denken Sie, dass dies mit einem Mord zusammenhängt?«

»Nun, ich habe die Geschichten über ein Mädchen gehört, das-«

»Wo haben Sie das her?« unterbrach Detective Mancini sie.

»Ich habe es im Wald am Rand des Carlton Parks gefunden.«

»Es lag einfach so da?« bohrte er nach. »Wo genau? Seien Sie präzise.«

Ihre Augen huschten zu Detective Latterly, der seinen Partner überrascht beobachtete. »Es war ziemlich weit drin... vielleicht hundert Meter oder so vom Parkplatz entfernt. Ich könnte es Ihnen zeigen.«

»Sie sind hergekommen, um uns zu sagen, dass Sie tief im Wald beim Park ein Armband gefunden haben? Nichts für ungut, Miss, aber vielleicht hat es irgendein Kind verloren. Warum haben Sie nicht eine Anzeige in der Lokalzeitung aufgegeben?« fragte Detective Latterly.

Bevor Mia antworten konnte, räusperte sich Detective Mancini. »Würden Sie uns bitte entschuldigen?«

Er nickte Detective Latterly zu und sprang auf die Füße. Als die Tür hinter ihnen zuschlug, war Mia wieder allein im Raum. Sie atmete langsam und gleichmäßig aus. Es würde alles gut werden. Detective Mancini ging ihr auf den Leim. Alles, was sie tun musste, war, bei ihrer Geschichte zu bleiben. Sie würde ihnen die Stelle im Wald zeigen, und dann wäre sie raus aus der Sache, frei und unbelastet.

Nach einer weiteren Stunde Befragung, während der Mia stur an ihrer Geschichte festhielt, wurde beschlossen, dass die Detectives ihr zum Carlton Park folgen würden. Mia parkte neben dem Wanderweg und wappnete sich für den letzten Schritt ihres Plans. Sie stieg aus dem SUV aus. Die

Männer, beide mit ernsten, grimmigen Gesichtern, gesellten sich zu ihr am Waldrand.

»Hier durch«, sagte Mia und zeigte direkt in das dicht bewaldete Gebiet.

»Was hat Sie dazu gebracht, in den Wald zu gehen?«, fragte Detective Mancini.

»Na ja, ich war Ausstellerin auf dem Jahrmarkt, und es war ein langes, anstrengendes Wochenende. Viele Leute. Nachdem wir am Sonntagabend eingepackt hatten, hatte ich wohl Lust, einen Spaziergang zu machen, um den Kopf frei zu bekommen, bevor ich nach Hause fuhr.«

»Aber es war da schon dunkel«, sagte Detective Latterly zweifelnd.

»Ich bin ein großes Mädchen, Detective. Ich habe keine Angst im Dunkeln.« Ihr Ton klang amüsiert.

Sie führte sie tief in den Wald hinein, duckte sich unter Ästen hindurch und schlängelte sich zwischen den Bäumen hindurch, als würde sie von einem Peilsender geleitet. Schließlich blieb sie neben einem umgestürzten Baum stehen.

»Ich habe es genau hier gefunden«, sagte sie und zeigte auf den Boden neben dem verrottenden Holz.

»Lassen Sie mich das klarstellen«, sagte Detective Mancini. »Sie haben das ganze Wochenende auf dem Jahrmarkt gearbeitet. Es ist dunkel. Sie haben alles eingepackt und sind bereit, nach Hause zu fahren, und plötzlich beschließen Sie, einen Spaziergang im Wald zu machen, wo Sie zufällig ein Armband neben einem alten Baumstamm finden.«

Aus jedem Wort triefte Skepsis, während seine Augen fest auf ihr Gesicht gerichtet blieben.

Sie straffte die Schultern und hielt trotzig seinem Blick stand. »Ich bin gestolpert«, schoss sie zurück. »Über den Baumstamm. Bin direkt auf die Hände und Knie gefallen. Da habe ich es gefunden.«

»Und es lag einfach so oben auf dem Boden, gut sichtbar?«

»Nein, natürlich nicht. Als ich meine Finger in den Boden drückte, um aufzustehen, konnte ich etwas Unebenes unter den verfaulten Blättern fühlen, also habe ich die Erde weggekratzt und da war es.«

Die Detectives Mancini und Latterly tauschten einen langen Blick aus. Sie wusste, dass ihre Geschichte seltsam klang, aber welche andere Möglichkeit hatte sie? Es gab keine Chance, dass sie ihnen die Wahrheit erzählte, und das war alles, was ihr einfiel, um sie dazu zu bringen, nach Anita zu suchen. Mia stand schweigend da und beobachtete, wie sie das Gebiet erkundeten. Nachdem sich die Detectives davon überzeugt hatten, dass es nichts weiter zu sehen gab, kehrten alle zum Parkplatz zurück.

Nachdem sie die Schlüssel aus ihrer Gesäßtasche gezogen hatte, entriegelte sie ihren Escape. »Vielleicht hätte ich Ihre Zeit damit nicht verschwenden sollen, aber ich dachte, wenn es hilft, Antworten für ein vermisstes Mädchen zu finden, wäre es das wert«, sagte sie.

»Wenn Ihnen noch etwas einfällt, egal wie unbedeutend es erscheint, rufen Sie unbedingt an. Hier ist meine Karte«, sagte Detective Latterly und streckte die Hand in ihre Richtung aus.

Detective Mancini trat vor und öffnete die Autotür, wobei er sie mit einer Geste auf den Fahrersitz wies. Er zog den Sicherheitsgurt heraus und reichte ihn ihr. »Schnallen Sie sich jetzt an und fahren Sie vorsichtig.« Seine Augen trafen die ihren, als er sich gerade weit genug vorbeugte, um in ihren persönlichen Raum einzudringen. »Wir haben vielleicht noch ein paar Anschlussfragen. Bitte lassen Sie es uns wissen, wenn Sie die Stadt aus irgendeinem Grund verlassen. Einen schönen Tag noch.«

Seine Worte waren sanft und klangen trotzdem irgendwie wie eine Warnung. Sie starrte kühn zurück, ohne zu blinzeln, bevor sie ihre Tür schloss und den Motor startete. Während sie langsam wegfuhr, beobachtete sie im Rückspiegel, wie die beiden Männer weiterhin wie Wächter am Rand des Parkplatzes standen.

»Glaubst du ihr?«, fragte Roman.

»Keine Sekunde lang. Sie muss denken, wir sind Idioten. Niemand geht durch einen stockdunklen Wald spazieren und stolpert über ein Schmuckstück.«

»Wie zum Teufel ist sie dann an das Armband meiner Schwester gekommen?«, fragte Roman mit gequälter Stimme. »Anita trug es am Tag ihres Verschwindens. Das war eines der Details, die die Polizei zurückgehalten hat. Niemand weiß davon außer der Familie, engen Freunden und wer auch immer ihr beim Verschwinden geholfen hat. Jetzt, zehn Jahre später, taucht diese Frau auf und tut so, als hätte sie es gefunden. Sie muss irgendwie involviert sein oder jemanden kennen, der es war.«

»Und warum hat sie heute darum gebeten, speziell mit uns zu sprechen? Sie wusste verdammt gut, dass es deine Schwester war«, sagte Kevin.

»Die Nachricht wird sich schnell verbreiten.« Roman seufzte. »Das wird meine Mama umbringen. Es ist nicht so, als wäre es je weggegangen, aber verdammt, so etwas reißt die Wunde wieder auf.«

»Tut mir leid, Mann. Das ist eine beschissene Situation.« Kevin blickte zurück zum Wald. »Trotzdem, vielleicht ist es doch etwas. Wärst du nicht lieber, Antworten zu haben?«

Roman schüttelte den Kopf. »Ich weiß nicht. Manchmal stelle ich mir vor, Anita wäre irgendwo anders und würde ein tolles Leben führen. Sie würde dieses Jahr dreißig werden. Kaum zu glauben, dass sie schon so lange weg ist.«

»Eines ist sicher, wir werden Mia Reeves gründlich unter die Lupe nehmen«, sagte Kevin. Der grimmige Ton seiner Stimme passte zu seinem Gesichtsausdruck.

»Oh, verdammt ja. Fahr du, okay? Ich fange jetzt sofort an, sie zu überprüfen. Wenn sie auch nur ein überfälliges Strafzettel hat, werde ich sie so schnell wieder im Verhörraum haben, dass ihr der Kopf schwirrt.«

Kapitel Drei

Erst als Mia in ihre Kiesauffahrt einbog und ihr Haus in Sicht kam, lösten sich die Knoten der Anspannung in ihren Schultern und ihrem Nacken endlich. Es waren nur fünf Stunden vergangen, seit sie gegangen war, aber es hätte genauso gut fünf Tage und Nächte ohne Schlaf sein können, so erschöpft fühlte sie sich.

Die Hunde rannten am Zaun im Seitenhof entlang, sprangen und bellten zur freudigen Begrüßung, und sie konnte sich nicht erinnern, jemals einen schöneren Anblick gesehen zu haben. Als sie aus dem Auto stieg, schossen sie durch die Hundeklappe ins Haus und stürzten sich en masse auf sie, sobald sie einen Fuß hineinsetzte. Sie taumelte gegen die Wand zurück und sank zu Boden, ließ sie über sich krabbeln, sie lecken und gegen sie stoßen.

Hier gehörte sie wirklich hin. Das war ihr Herz. Sie hatte auf der Polizeiwache getan, was sie tun musste, was ihr brandneues Gewissen als das Richtige erachtete. Jetzt konnte sie es loslassen und sich wieder in ihr glückliches, ruhiges, friedliches Leben entspannen.

»Ich denke, es wird Zeit für einen Spaziergang«, sagte sie. »Kommt schon, Jungs und Mädels. Lasst uns unsere Köpfe freibekommen.«

Die Hunde rannten ihr voraus und rempelten sich fröhlich an, während sie über den Rasen galoppierten. Mia seufzte, holte tief Luft und hob ihr Gesicht zum Himmel. Die heißen Strahlen der Nachmittagssonne wärmten sie von innen und außen.

Sie schlenderte durch die Gärten, entfernte verblühte Blumen, zupfte das eine oder andere Unkraut und überprüfte den Umfang des Gemüsegartens. Diesen Frühling hatte sie einen erbitterten Krieg gegen die Kaninchen geführt. Als sie sah, dass der Zaun noch intakt war, konnte sie nicht anders als zu lächeln. Ja, die kleinen Siege im Leben machten es alles wert.

Mia hatte Pläne, ihre Gärtnerei zu erweitern, und war dabei, Ausrüstung für das kleine Gewächshaus zu bestellen. Die Idee war, mit aeroponischem Anbau zu experimentieren. Die Technologie begeisterte sie mit ihren hocheffizienten Methoden, die keine Erde benötigten und im Vergleich zum traditionellen Gärtnern nur einen Bruchteil des Wassers verbraucht-en.

Als sie auf ihr Haus zurückblickte, seufzte sie glücklich. Sie hatte diesen Ort vom ersten Moment an geliebt, als sie ihn gesehen hatte, und jetzt gehörte er ganz ihr. Das Grundstück war groß. Nicht bauernhofgroß, aber sechs Hektar waren die perfekte Größe für sie und die Hunde. Das meiste Land war offen, bis auf eine kleine Baumgruppe am hinteren Ende des Grundstücks, durch die sich ein träger Bach schlängelte. Die Hunde liebten es dort hinten, also machte sie es sich zur Aufgabe, jeden Tag über ihr Land zu gehen.

Mias Blockhaus lag so weit von der Straße zurück, dass sie das Gefühl hatte, in der abgelegenen Wildnis zu leben. Dennoch war das Grundstück nur ein paar Kilometer von der Stadt entfernt. Als sie zuerst nach Dalton gezogen war, waren Wochen vergangen, in denen ihr einziger menschlicher

Kontakt die UPS- und FedEx-Lieferanten waren, die fast täglich vor ihrer Haustür standen.

In letzter Zeit hatte sie jedoch begonnen, ein- oder zweimal pro Woche in die Stadt zu fahren, um persönlich Lebensmittel und andere Vorräte einzukaufen, anstatt alles online zu bestellen. Die Menschen hier waren freundlich. Es war schließlich der Süden.

Anfangs hatte Mia die Fragen und das beiläufige Interesse genervt, aber nach und nach hatte sie die Kunst des Smalltalks gelernt. Jetzt konnte sie Gespräche über das Wetter führen oder sich wie jeder einheimische Stadtbewohner über die schlecht gepflasterten Straßen beschweren.

»Layla, Tucker, kommt sofort her«, rief sie, als sie sah, wie sie bei den Funkien gruben. »Ich meine es ernst. Wenn ihr auch nur ein einziges Blütenblatt an einer einzigen Pflanze beschädigt, kommt ihr in die Hundehütte. Über Nacht. Ohne Essen oder Wasser. Weil ich meine Pflanzen so sehr liebe.«

Das Paar lief mit schlammigen Pfoten und schuldbewussten Gesichtsausdrücken zu ihr zurück, wie Teenager, die beim Rauchen hinter der Schule erwischt wurden. Mac drängte sich an Mias Seite und beanspruchte seinen Platz der Dominanz, und sie kehrten ein wenig ernster zum Haus zurück, als sie es Momente zuvor verlassen hatten.

»Okay, Leute, es wird Zeit, dass ich an die Arbeit gehe. Ich bin so im Rückstand, das ist nicht mehr lustig.«

Die Hunde gruppierten sich um Mias Arbeitszimmer neben der Küche, streckten sich in Streifen der Nachmittagssonne aus und genossen die zusätzliche Wärme. Es dauerte fast eine Stunde, um vom Wochenend-Handelsmesse auszupacken, eine Aufgabe, die sie letzte Nacht vernachlässigt hatte, während sie das Verschwinden von Anita Mancini recherchierte und ihre Geschichte für die Polizei vorbereitete, komplett mit Requisit.

Als ihr Arbeitsbereich endlich wieder in Ordnung war, fuhr sie ihren Laptop hoch und öffnete die Auftragsdatei. In Erwartung, wie müde sie nach der Arbeit auf der Frühjahrsmesse sein würde, hatte sie glücklicherweise einen leichten Tag für heute geplant. Trotzdem war sie gefährlich im Rückstand. Sechs Artikel standen in der Warteschlange, was bedeutete, dass sie bis morgen früh um neun Uhr fertiggestellt, verpackt und abholbereit sein mussten.

Gähnend streckte sie ihre Arme über den Kopf und leerte ihren Geist. Der erste Auftrag verlangte nach Rosenquarz. Mia erinnerte sich an das Gespräch, das sie mit der Kundin geführt hatte, die nach einer schwierigen Scheidung inneren Frieden brauchte. Sie drehte sich im Stuhl und griff in die entsprechende Schale. Mit geschlossenen Augen ließ sie ihre Hand über und zwischen den Steinen wandern.

Es dauerte länger als gewöhnlich, wahrscheinlich aufgrund des anhaltenden Stresses von der Befragung auf der Polizeiwache. Schließlich machte sich einer der Steine bemerkbar, erwärmte sich unter ihren Fingern und vibrierte ganz leicht. Sie schloss ihre Hand darum und hielt ihn an ihre Brust. Oh ja, dieser würde der traurigen Frau Brooks gut tun.

Mia arbeitete bis in die Nacht hinein und machte nach jedem fertigen Stück Pausen, um ihren Geist und ihre Emotionen zu klären. Sie fütterte die Hunde, brühte Tassen Tee auf und machte sogar einen weiteren kurzen Spaziergang direkt nach Mondaufgang. Jede Ablenkung diente dazu, sich von dem vorherigen Kristall zu trennen, damit sie offen und frisch für den nächsten Kunden beginnen konnte. Um zwei Uhr war die letzte Halskette in Luftpolsterfolie eingewickelt und bereit, an ihren neuen Besitzer geschickt zu werden.

Endlich kroch sie ins Bett. Trotz völliger Erschöpfung konnte sie nicht einschlafen. Ihr Geist überschlug und wirbelte wie ein Gymnast. Sie wandte sich ihrer bewährten Technik zu, ihre Gedanken auf leise plätschernde Bäche, sanft im Wind wehende Wildblumenfelder und die ruhige Oberfläche eines Bergsees zu richten.

Doch irgendwie war es die Vision von Detective Roman Mancini, die sich in den Vordergrund ihres geistigen Auges drängte.

Sie kannte die Flut von Emotionen gut, die er durchlebt hatte, seit sie mit dem Armband aufgetaucht war. Nach dem anfänglichen Schock hatte er sich unter strenger Kontrolle gehalten, aber egal wie flach und distanziert er wirkte, seine Augen zeigten die Spuren eines Jahrzehnts voller Wut und Trauer. Mia musste sich daran erinnern, dass es nicht ihre Schuld war. Sie hatte nur getan, was sie sowohl für sich selbst als auch für Anita Mancini tun musste.

Roman stand am gelben Polizeiabsperrband und beaufsichtigte die Techniker, die den Bereich im Wald absuchten, zu dem Mia Reeves sie vor zwei Tagen geführt hatte. Er erwartete nicht, dass sie etwas finden würden. Hauptsächlich, weil ihm jeder Polizeiinstinkt sagte, dass Frau Reeves voller Scheiße war.

Was er nicht verstehen konnte, war, warum sie es tat. Was konnte sie möglicherweise davon haben, mit dieser lächerlichen Geschichte über das Finden von Anitas Armband aufzutauchen? Das Einzige, was Sinn ergab, war, dass sie irgendwie in das verwickelt war, was seiner Schwester zugestoßen war.

Seiner Erfahrung nach war Schuld der Joker. Der Zufallsfaktor. Gott weiß, es schien die abgebrühten Kriminellen nicht zu beeinflussen, aber für den Durchschnittsbürger, der etwas Dummes getan hatte, einen einzigen, fatalen Fehler begangen hatte, konnte es an ihnen nagen, bis sie zusammenbrachen.

Wenn diese Mia versuchte, für ihre Sünden zu büßen, war das zwar lobenswert, aber er würde trotzdem Freude daran haben, sie zu fassen und sie mit der vollen Härte des Gesetzes für welchen Anteil auch immer sie daran hatte, seine Familie und seine Welt in Stücke zu reißen, bezahlen zu lassen.

Er seufzte schwer, als er seine Mutter durch den Wald auf ihn zukommen sah. Sie würde es früher oder später sowieso erfahren, aber er hatte inbrünstig auf später gehofft, wie nächsten Monat später, nachdem er die Akte über diese dumme Mia und ihre falschen Behauptungen geschlossen hätte.

»Du weißt, dass du da nicht reingehen kannst«, sagte er mit resignierter Stimme.

Molly Mancini, kaum eineinhalb Meter groß, hielt lange genug inne, um ihren Sohn mit einem vernichtenden Blick zu fixieren. »Ich bin die Mutter eines Polizisten und nicht dumm. Natürlich kann ich nicht herumtrampeln und einen möglichen Tatort kontaminieren. Aber ich kann hier stehen und zusehen, oder?« Sie ging die letzten paar Schritte und stellte sich neben ihn. »Du hättest es mir sagen sollen«, sagte sie und stupste ihn in die Rippen.

»Warum? Damit du und Papa sich über nichts aufregen können. Das wird sich als eine weitere falsche Spur herausstellen. Und davon gab es über die Jahre zu viele. Wir können uns nicht immer wieder Hoffnungen machen, weil es uns jedes Mal ein bisschen mehr umbringt.«

»Es ist mir egal, ob wir noch hundert falsche Spuren haben. Ich möchte, dass du versprichst, deinem Papa und mir nichts vorzuenthalten. Anita war unser kleines Mädchen. Unser letztes Kind. Wir lieben dich und Lina von ganzem Herzen. Nur euch beide zu haben, wäre genug gewesen, aber es gab einmal eine Dritte. Ich werde nie Frieden finden, bis wir unser vermisstes Mädchen gefunden haben. Jetzt sag mir, warum die Polizei hier sucht.«

Es war nicht streng nach Protokoll, aber Roman erklärte ihr von Mia und dem Armband und wie sie es angeblich gefunden hatte.

»Ich kenne dieses Armband«, sagte sie, ihre Augen leuchteten vor Erinnerung. »Deine Schwester hat es nie abgelegt, nicht einmal zum Duschen. Luke hat es ihr nicht einen Monat vor... nun, vor der Sache geschenkt. Sie war so glücklich, als sie es mir zeigte. Er hatte es bei Tiffany's in der Stadt gekauft. Es kam in einer dieser speziellen türkisfarbenen Schachteln.« Als Roman ratlos dreinblickte, schnalzte sie mit der Zunge. »Jedes Mädchen kennt eine Tiffany-Schachtel. Und du solltest das auch, mein Junge. Zwischen dir und Lina werde ich nie Enkelkinder haben, die ich verwöhnen kann.«

»Mama, Anita könnte es in dem Jahr auf dem Jahrmarkt verloren haben. Vielleicht hat es ein Kind gefunden und behalten und dann Jahre später wieder verloren. Du musst darauf vorbereitet sein. Das ist wahrscheinlich alles, was an der Geschichte dran ist.« Er gestikulierte mit dem Arm zu den zwei Männern und drei Frauen, die den kleinen Bereich durchkämmten. »Jedenfalls werden sie mindestens bis morgen Abend hier sein. Dann werden wir sehen.«

»Und wer ist diese Mia Reeves? Ich kenne sie nicht.«

»Sie ist die Dame, die das alte Blockhaus von Opa Jasper außerhalb der Stadt gekauft hat. Hab nicht viel von ihr gesehen, seit sie letzten Herbst eingezogen ist. Sie ist ruhig. Hält sich für sich. Macht irgendwas mit Kristallen und verkauft sie online. Ich arbeite daran, ihre Spur zurückzuverfolgen. Scheint viel umgezogen zu sein. Ich habe Fühler ausgestreckt, aber bisher kommt sie sauber raus.« Er hielt inne und rieb sich mit der Hand über den Kiefer. »Ich mag sie nicht. Da ist etwas. Etwas Seltsames. Etwas, das sie uns nicht erzählt.«

»Hmm«, war alles, was seine Mutter sagte, aber er kannte diesen Ausdruck.

»Wage es ja nicht. Du bleibst ihr fern. Das ist Polizeiangelegenheit. Und außerdem sollst du von alldem nichts wissen, erinnerst du dich?«

»Du bist ein guter Junge, Roman«, sagte sie, stellte sich auf die Zehenspitzen und küsste seine Wange. »Komm heute Abend zum Essen vorbei, wenn du hier fertig bist. Ich mache Hackbraten und Kartoffelpüree.«

»Vielleicht. Ich schaue, wann wir hier fertig werden und gebe dir Bescheid.«

»Ich werde noch eine Weile hier stehen bleiben. Ich werde nicht im Weg sein«, sagte sie leise. »Ich muss in der Nähe sein… für den Fall. Du verstehst das, oder?«

»Sicher, Mama. Kein Problem. Ich bleibe selbst noch ein bisschen hier, bevor ich zur Wache zurückfahre. Ich gebe dir wegen heute Abend Bescheid.«

Er duckte sich unter dem Band hindurch und ging hinüber, um sich bei Donna, einer der Technikerinnen, zu melden. Langsam überblickte Roman das Gebiet und beobachtete, wie sie Erde und Blätter siebten und Fotos machten. Als er das nächste Mal zurückblickte, war seine Mutter verschwunden, und er stieß einen Atem aus, von dem er nicht wusste, dass er ihn angehalten hatte.

Oh ja. Mia Reeves würde dafür geradestehen müssen.

Kapitel Vier

Genau wie Roman es vorhergesagt hatte, verbrachte er zweieinhalb Tage damit, im Wald herumzustehen und fand absolut nichts.

Er wollte es nicht zugeben, besonders nicht sich selbst gegenüber, aber die ganze Zeit über hatte ein Funken Hoffnung in seinem Bauch geflattert. Als er schließlich von dem Tatort wegging, verspürte er ein zähes Pochen hinter seinen Augen. Die Hoffnung in seinem Magen hatte sich in ein schleifendes Brennen verwandelt, und seine Stimmung war düster und finster.

Bei seiner Ankunft auf der Wache ging er sofort hinunter in den Beweismittelraum und ließ sich das Armband aushändigen. Er wollte es sich noch einmal ansehen. Zurück in seinem Büro öffnete er den Beweismittelbeutel und nahm das Schmuckstück heraus. Die Spurensicherung hatte bereits Fingerabdrücke genommen, natürlich nur die von Mia Reeves, also war es freigegeben zur Handhabung. Er fuhr mit den Fingern über die Kanten der verbundenen Herzen und öffnete und schloss den Verschluss. Wie seine Mutter erinnerte er sich daran, wie begeistert Anita gewesen war, als sie das Armband vorführte, als wäre es ein seltener und kostbarer Schatz, während sie ihnen erzählte, Luke sei Der Eine.

Damals, durch seine zynischen zweiundzwanzigjährigen Augen, hatte er sie unerträglich kindisch gefunden. Sie solle nur abwarten, bis sie aufs

College gehe, all die Jungs sehe, das Leben ein bisschen erlebe. Er hatte bezweifelt, dass sie dann immer noch so bereit wäre, sich mit ihrem Highschool-Freund aus der Kleinstadt niederzulassen.

Seine Gedanken schweiften zu Luke McNally, jetzt ein Arzt, der genau hier in Dalton praktizierte, Schulter an Schulter mit seinem Vater. Vielleicht hätten er und Anita am Ende genau so geheiratet, wie sie es geplant hatte. Vielleicht wäre sie es gewesen, die jeden Morgen zwei kleine Jungen zur Schule brachte, statt Mandy Simmons, einem anderen Mädchen aus der Gegend, das keine Zeit verschwendet hatte, sich einzumischen und einem schockierten und trauernden Luke nur Monate nach Anitas Verschwinden Trost zu spenden.

Roman schüttelte heftig den Kopf. Wer zum Teufel wusste das schon? Nicht er. Niemand.

Er nahm das Armband wieder auf und legte es über seine Handfläche, drehte es hin und her. Die Bewegung ließ das kleine baumelnde Herz tanzen. Tiffany's, hm? Es hatte wahrscheinlich ein hübsches Sümmchen gekostet für einen Jungen, der gerade erst die Highschool verlassen hatte, auch wenn er der Sohn eines Arztes war.

Er legte den Schmuck beiseite, drehte sich zu seinem Computer und begann eine Suche. Ja, selbst vor zehn Jahren hätte es ihn eine Menge Geld gekostet. Roman verstand es nicht. Das Armband sah aus wie jedes andere da draußen. Es hätte für ihn genauso gut von einem dieser Stände auf dem örtlichen Jahrmarkt stammen können. Es war dasselbe mit all dem hochpreisigen Zeug. Solange ein schickes Designerlabel drauf war, waren die Leute praktisch bereit, eines ihrer Kinder dafür einzutauschen, ohne auch nur zu murren.

Er warf noch einen Blick auf das Armband. Mit verengten Augen hob er es hoch und hielt es ins Licht. Wo war das Herstellerzeichen? Er untersuchte jedes Glied und fand nichts. Er wandte sich wieder dem Computer zu, machte eine weitere Suche und stellte fest, dass es aus einer Kollektion stammte, die alle mit den Worten Tiffany and Co. gekennzeichnet waren. Selbst mit seiner Lupe fand er nichts außer der Gravur von Anitas Initialen.

Interessant.

Als die Rezeptionistin antwortete, bat er darum, mit Luke McNally verbunden zu werden.

»Tut mir leid, Dr. McNally ist bei einem Patienten. Ist es ein medizinischer Notfall?«

»Nein, nichts Medizinisches«, sagte Roman. »Lassen Sie ihn mich anrufen, wenn er frei ist. Hier spricht Detective Mancini. Sagen Sie ihm, es sei wichtig.«

Er wartete, trommelte mit den Fingern auf den Schreibtisch und wälzte die Möglichkeiten in seinem Kopf. Als das Telefon klingelte, sprang er förmlich danach. »Mancini«, bellte er.

»Hey, Roman. Hier ist Luke. Martha am Empfang sagte, es sei dringend.«

»Ja. Danke, dass du zurückrufst. Ich habe eine Frage zu dem Armband, das du Anita in dem Sommer gekauft hast, als sie verschwand. Sie hat uns erzählt, es sei von Tiffany's. Stimmt das?« Lukes hörbares Einatmen war deutlich zu vernehmen, und dann hing die Stille für mehrere Sekunden schwer in der Leitung. »Hör zu, es spielt keine Rolle, ob es eine Fälschung war. Es ist mir völlig egal, aber etwas ist aufgetaucht, und ich muss es wissen.«

»Es war tatsächlich von Tiffany's«, sagte Luke schließlich. »Ich habe wie verrückt gespart, um es zu kaufen. Meine Schwester ist mit mir gegangen, um es auszusuchen.«

»Okay. Gut zu wissen. Danke, Mann.«

»Warte. Warum fragst du? Hast du etwas gefunden?« Als Roman nichts sagte, wurde Lukes Stimme härter. »Ich habe ein Recht es zu erfahren. Sie war damals mein ein und alles. Alles, was mich interessierte, war sie und ins Medizinstudium zu kommen. Du solltest mir besser sagen, was los ist.«

Roman seufzte. »Es ist nichts los. So gut wie nichts, um genau zu sein. Ich schwöre es dir.«

Roman legte den Hörer auf, lehnte sich in seinem Stuhl zurück und rieb sich mit der Hand über den Kiefer. Also war die kleine Ms. Reeves nicht so schlau, wie sie dachte. Dieser Tiffany's-Ausrutscher war ein großer. Und jetzt hatte er den perfekten Vorwand, um sie wieder auf die Wache zu bringen und ihr Druck zu machen.

Mia schwitzte, was völlig dumm war. Zum ersten Mal in ihrem Leben hatte sie tatsächlich nichts falsch gemacht. Dünne Schweißrinnsale liefen ihr unter den Armen herunter, und sie kämpfte gegen den unglaublichen Drang an, ihre feuchte Stirn abzutupfen. Sie war wieder im Verhörraum, und die Detectives Latterly und Mancini hämmerten seit fast einer Stunde auf sie ein.

»Wir wissen, dass es nicht Anitas Armband ist«, sagte Detective Mancini, wie er es während des gesamten Verhörs immer wieder gesagt hatte. »Wir wissen, dass Sie mehr wissen, als Sie uns sagen. Wir geben Ihnen diese Chance, reinen Tisch zu machen. Jetzt sofort. Es ist ein einmaliges Angebot. Wenn Sie es nicht sagen und wir später herausfinden, dass Sie uns absichtlich in die Irre geführt oder etwas zurückgehalten haben, werden wir Sie wegen PC Abschnitt eins vier acht Punkt fünf anklagen. Was ist das, fragen Sie? Nun, das, meine liebe lügende Zeugin, ist ein Vergehen wegen Falschaussage gegenüber einem Polizeibeamten. Wir reden hier von einer Geldstrafe von tausend Dollar und bis zu sechs Monaten Gefängnis. Je nach Richter könnte es sein, dass wir auch grünes Licht für eine Behinderung der Ermittlungen bekommen. Das bedeutet mehr Geldstrafen. Mehr Zeit in einer Zelle.«

Mia schluckte und sah weg. Sie würde ihnen nicht sagen, was sie wollten, egal was sie sagten. Außerdem gab es absolut keine Möglichkeit, das Gegenteil zu beweisen.

»Sie können mir drohen, so viel Sie wollen«, sagte sie. »Alles, was ich weiß, ist, dass ich das Armband gefunden habe und dachte, es könnte etwas mit Anita Mancinis Verschwinden zu tun haben. Ich kann Ihnen nichts anderes sagen.«

»Ich habe mich mit Ihnen beschäftigt, Mia Reeves. An der Oberfläche sieht alles in Ordnung aus«, sagte Detective Mancini.

»Ja«, fügte Detective Latterly hinzu. »Keine Schwierigkeiten. Kein Polizeiregister. Eltern bei einem Autounfall gestorben, als Sie dreiundzwanzig waren. Gute Noten im College. Bla, bla, bla.«

»Aber da wir beide einen argwöhnischen Geist haben«, fuhr Detektiv Mancini fort, »konnten wir nicht umhin zu bemerken, dass es eine ziemlich lange Zeit gab, in der nicht viel passiert ist. Keine Adresse. Keine Telefonaufzeichnungen. Keine Beschäftigungsnachweise. Keine Kreditkartenkäufe. Es war, als wären Sie vom Erdboden verschluckt. Puff. Dann, vor fünf Jahren, waren Sie plötzlich wieder da. Sie haben sich eine VISA-Karte besorgt. Führerscheinprüfungen abgelegt. Ein Handy und ein Auto gekauft. Jetzt dieses Haus in Dalton. Alles in bar. Das ist ... merkwürdig ... könnte man sagen.«

»Ich war auf Reisen. Ich bin mit dem Rucksack durch Europa gereist. Ich habe hier und da Schwarzarbeit angenommen, um über die Runden zu kommen. Und dann habe ich angefangen, Schmuck herzustellen, und das hat sich von da an entwickelt. Es ist kein Verbrechen, die Welt zu sehen«, sagte sie und zwang sich, ihren anklagenden Blicken standzuhalten.

Detektiv Mancini lächelte breit, was ihr einen Stich im Magen versetzte. »Richtig, Schmuck. Ich bin so froh, dass Sie das erwähnen, denn ich hätte es fast vergessen. Wissen Sie, mein Partner und ich, wir haben über dieses Armband gesprochen, als uns einfiel... Moment, ich sollte ihn wirklich diesen Teil erzählen lassen. Nur zu, Detektiv Latterly. Erzählen Sie Frau Reeves, woran wir heute Morgen gedacht haben.«

Detektiv Latterly lachte leise. »Er hat Recht. Ich liebe es, diesen Teil zu erzählen. Also, uns fiel ein, dass Sie ja mit Ihrem Geschäft und allem die Materialien und Ausrüstung direkt zur Hand hätten, um dieses Armband selbst herzustellen, oder?«

Detektiv Mancini lehnte sich in seinem Stuhl nach vorn und legte beide Handflächen auf die Oberfläche des Metalltisches, bis er Mia direkt in die Augen sah. »Warum haben Sie das getan? Warum sind Sie mit dieser erfundenen Geschichte hergekommen? Was zum Teufel wissen Sie über das Verschwinden meiner Schwester?«

Die Wände schienen sich zu verengen. Wenn sie weiter in ihrer Vergangenheit herumschnüffelten, bestand eine geringe Chance, dass sie etwas finden würden. Sie hatte Detektiv Mancini gerade alle Motivation der Welt gegeben, genau das zu tun.

Ihr Plan war ihr letztes Wochenende narrensicher erschienen, als sie die Idee hatte. Jetzt aber steckte sie wirklich in Schwierigkeiten. Sie schloss die Augen und atmete lang und langsam aus, wie ein Taucher, der sich auf den Tauchgang vorbereitet.

»Ich hatte eine Vision. Ich sah, wie Anita in diese Wälder geschleift wurde, wo sie vergewaltigt und erwürgt wurde.« Sie blinzelte einmal, bevor sie Detektiv Mancini direkt in seine bitteren schokoladenbraunen Augen blickte. »Es tut mir so leid«, sagte sie nach einer Pause.

Kapitel Fünf

VON DA AN GING es mit ihrer Situation bergab. Mia spürte, dass keiner der beiden Detektive ihrer Geschichte auch nur für eine Sekunde glaubte. Sie setzten die Befragung fort, entschlossen, an die Wahrheit zu kommen, von der sie dachten, dass Mia sie kannte.

Es war zwecklos. Ihre Visionen waren bestenfalls unberechenbar. Sie konnte nicht immer alles in der Szene sehen. Leider konnte sie ihnen nicht einmal eine grobe Beschreibung des Angreifers geben, außer dass er größer war als Anita. Basierend auf dem Hautton seiner Hände und Arme war der Mann wahrscheinlich weiß.

»Sie kannte ihn«, sagte Mia zu Detective Mancini. »Das konnte ich spüren. Und er nannte sie einmal Anita, als er während des... nun, während des Angriffs auf ihr lag.«

»Wie können Sie so sicher sein, dass sie tot war?«, drängte er.

»Weil... Es ist schwer zu erklären, aber ich spürte, wie sie ging. In einem Moment war sie da, im nächsten war die Energie weg, weggerissen wie ein Blatt im Hurrikan.«

»Sie könnte bewusstlos gewesen sein«, sagte Detective Latterly und warf seinem Partner einen mitfühlenden Blick zu.

Mia schüttelte den Kopf. »Ich wünschte, ich könnte ja sagen, aber ich weiß, was ich weiß. Sie war tot. Es tut mir leid. So leid«, sagte sie erneut zu Detective Mancini.

Er funkelte sie an. »Du willst tatsächlich, dass ich dir glaube, dass du ohne jeden Zweifel weißt, dass meine Schwester gestorben ist, aber du kannst mir nicht sagen, was mit ihr passiert ist? Ist der Typ weggelaufen und hat sie im Wald liegen lassen? Sie begraben? Was zum Teufel ist passiert?« Seine Stimme erhob sich zu einem Schrei, und Mia zuckte zurück, als er mit der Faust auf den Tisch vor ihr schlug. »Das ist Bullshit wie alles andere an dir. Du solltest besser anfangen zu packen, Lady, denn du bist erledigt in dieser Stadt. Es ist mir egal, ob ich meine Marke verliere. Ich werde dich Tag und Nacht verfolgen, bis dein Leben die Hölle ist.«

»Roman, beruhige dich endlich«, sagte Detective Latterly mit gedämpfter Stimme. Er warf einen bedeutungsvollen Blick auf das digitale Gerät, das das Interview aufzeichnete.

Mia wurde drei Stunden lang in einer Arrestzelle festgehalten, bis ein Phantombildzeichner von einer benachbarten Polizeistation ausgeliehen und hergebracht werden konnte. Dann ging es für eine weitere qualvolle Stunde zurück in den Verhörraum, wo sie Fragen zu Gesichtsform, Knochenstruktur, Hautton und einer Million anderer Details beantworten sollte, die sie nicht beantworten konnte, weil sie das Gesicht des Mannes in ihrer Vision nie gesehen hatte.

»Das könnte genauso gut eine verdammte Comicfigur sein.« Roman fluchte und warf die Skizze auf den Schreibtisch. Er lief in seinem Büro auf und ab. Kevin hielt klugerweise den Mund. »Wir werden sie gehen lassen müssen, oder?«, sagte er schließlich, ließ sich in seinen Stuhl sinken und kniff sich mit Daumen und Zeigefinger in den Nasenrücken.

»Ja, das müssen wir«, sagte Kevin. »Aber das heißt nicht, dass das das Ende ist. Wir werden weiter an ihr dranbleiben und sehen, was wir ausgraben können. Sie muss irgendeine Verbindung entweder zu Anita oder zum Mörder haben. Wir werden das auf die eine oder andere Weise herausfinden.« Er stand auf und klopfte Roman auf die Schulter. »Es ist Zeit, Feierabend zu machen. Geh nach Hause. Lass deine Energie an deinem Boxsack aus und trink ein Bier. Morgen machen wir einen Plan.«

»Ja. Vielleicht mache ich das. Danke, Mann.«

Aber Roman ging nicht nach Hause. Er stieg in sein Auto und fuhr zum Haus des alten Jasper.

Seltsam, dass Mia einen so abgelegenen und isolierten Ort gekauft hatte. Kaum ideal für ihre Wahrsagerei und ihren Weihrauch- und Kristallkram. Ließen sich ihre Art von Leuten nicht normalerweise in der Hauptstraße der Stadt nieder und stellten eines dieser Schilder auf den Gehweg, um jeden potenziell schwachsinnigen Passanten anzulocken, hereinzukommen und sein Geld loszuwerden?

Sobald er in ihre Einfahrt einbog, schaltete er den Wagen in den Leerlauf und ließ ihn laufen. Er wollte ihr so sehr wehtun, dass das Blut in seinen Ohren wie ein Trommelschlag pochte und ihn drängte, seiner Fantasie Leben einzuhauchen. Aber verdammt, er war ein Bulle. Und mehr noch, er mochte sich für einen anständigen Menschen halten. Anständige Menschen tauchten nicht bei Leuten zu Hause auf und schlugen sie.

Er trommelte mit den Fingern auf das Lenkrad. Es schadete doch nicht, noch einmal mit ihr zu sprechen, oder? Ein Nachgespräch, um zu sehen, ob ihr noch etwas eingefallen war. Cops machten das die ganze Zeit. Es gehörte zum Job. Außerdem war es unwahrscheinlich, dass sie ihn melden würde. Nicht mit der Androhung von Ordnungswidrigkeiten, die über ihrem Kopf schwebten.

Er war gerade dabei, die Auffahrt weiterzufahren, als sich die Haustür öffnete und die Frau selbst heraustrat. Sie war von Hunden umgeben. Ein buchstäbliches verdammtes Rudel.

Wer besitzt vier Hunde und warum, fragte er sich?

Er beobachtete, wie sie und die Hunde in Richtung der Rückseite des Hauses gingen und aus dem Blickfeld verschwanden. Perfekt. Er würde näher heranfahren und sich umsehen, bevor sie zurückkam.

Er fuhr so langsam die Auffahrt hinauf, dass er kaum Staub aufwirbelte, und parkte vor der Haustür. Er bemerkte, dass die Rasenflächen gut gepflegt waren und alle Fensterläden einen frischen Anstrich hatten. Sie hatte ein tiefes Waldgrün gewählt. Er fand, die Farbe passte zum Haus. Es gab sogar Blumenkästen, verdammt noch mal, aus denen Büschel von rosa und lila Blüten quollen.

Die vordere Veranda war nicht mehr schäbig, sondern hatte neu aussehende Fenster, und die Fliegengitter waren frei von Rissen und klaffenden Löchern. Es wäre ein schöner Platz, um an einem warmen Sommertag zu sitzen, ein kühles Bier zu schlürfen, während die Hunde sich zu ihren Füßen ausstreckten.

Ungeduldig schüttelte er das gemütliche Bild ab und stapfte um die Seite des Hauses herum, blieb aber abrupt stehen, als er die Gärten erblickte. Sie waren weitläufig. Beete mit Sträuchern und Blumen waren nahe am Haus gepflanzt worden. Was Roman für Gemüse hielt, nahm die beiden großen Parzellen am Ende des Hofes ein. Es gab sogar ein Gewächshaus, wie er feststellte, obwohl es bei näherer Betrachtung nicht in Gebrauch zu sein schien. Dennoch war es blitzsauber. Der Boden war gefegt, ein ordentlicher Stapel Tontöpfe in der Ecke angeordnet, und die Glasscheiben, die das Licht der tief stehenden Abendsonne einfingen, glänzten wie Spiegel.

»Was machst du da?«

Roman wirbelte herum, wütend darüber, dass er sich hatte überraschen lassen. »Ich suche nach dir«, sagte er glatt.

»Nun, ich bin nicht im Gewächshaus«, sagte sie mit einem harten Blick auf sein Gesicht. »Obwohl, wie konntest du das wissen. Es ist ja nicht so, als wären die Wände aus Glas oder so.«

Er trat durch die Tür, die sie offen hielt, wieder nach draußen. Die Hunde stürzten auf ihn zu, und als er sah, dass einer von ihnen ein riesiger Dobermann war, erstarrte er und hielt seinen Blick auf Mia gerichtet. »Willst du sie nicht zurückrufen?«

»Es ist nicht angenehm, oder?«, sagte sie. »Es ist ein schreckliches Gefühl, von feindseligen Kreaturen umzingelt und bedrängt zu werden. Erinnert mich irgendwie an den Verhörraum auf der Polizeistation und ein paar gemeine Detectives.«

Der Dobermann fixierte ihn mit Augen, so kalt und tot wie die eines Hais. »Ruf sie zurück. Jetzt«, sagte er und hielt seinen Ton fest, aber durchaus angenehm.

»Ja, das könnte ich tun«, sagte sie. »Oder Mac und ich könnten Sie zu Ihrem Auto begleiten, schön langsam. So wird niemand verletzt.«

Er konnte sehen, dass sie amüsiert war, und hielt ihren Blick für einige Sekunden. »Sicher. Oder wir könnten ein nettes, freundliches Gespräch führen. Ich schätze, das ist Ihre Entscheidung«, sagte er und hob langsam seine Hände in die Luft wie ein von der Polizei gefasster Verbrecher.

Ihre Augen wanderten zu denen des Hundes. »Mac, ist schon gut. Freund.« Sie streckte die Hand aus und berührte Romans Brust. »Freund«, wiederholte sie.

Obwohl sich der Hund nicht wirklich wegbewegte, änderte sich die Qualität der fokussierten Ruhe des Dobermanns subtil, und Roman wusste, dass er sich wieder normal bewegen konnte. »Sollten wir das drinnen besprechen?«

Sie schüttelte den Kopf. »Nein. Wir reden hier draußen. Was wollen Sie, Detective Mancini?«

»Ich will wissen, was mit meiner Schwester passiert ist.«

»Das will ich auch, aber wie ich Ihnen schon sagte, ich weiß es nicht.«

»Hören Sie, das ist ein Gespräch zwischen zwei Menschen, inoffiziell. Sie können die Ich-hatte-eine-Vision-Scharade fallen lassen und mir die Wahrheit sagen. Kannten Sie Anita irgendwie? Oder Luke? Ist es das, haben Sie Luke vielleicht am College kennengelernt? Was ist Ihre Verbindung zu all dem?«

Sie seufzte und senkte den Blick, während sie ihre Hand auf Macs Kopf legte. Der große Hund beobachtete sie wie ein überfürsorglicher Elternteil. »Ich habe keinen von ihnen je getroffen. Das erste Mal, dass ich von Anitas Existenz erfuhr, war, als dieses Echo herauskam und mich am Sonntagabend nach dem Jahrmarkt packte.«

»Was meinen Sie mit Echo?«

»Die Vision. So nenne ich die, die ich von physischen Orten bekomme. Es ist, als ob das Ereignis ein Echo hinterlässt und manchmal trifft es meine Frequenz. Ich sehe auch Dinge von Menschen und Objekten, aber sie sind alle ein bisschen anders. Es ist schwer zu erklären.«

Er starrte sie an. »Sie glauben wirklich Ihren eigenen Schwachsinn, oder? Okay, ich bin in Frieden hergekommen, weil ich hoffte, Sie würden etwas Mitgefühl zeigen. Wenn nicht für mich, dann denken Sie an meine Familie. Wir vermissen sie alle. Unser Leben war nie mehr dasselbe, seit sie verschwunden ist. Sie zu finden, könnte ein wenig helfen.«

Sie streckte die Hand aus und legte sie auf seinen Arm. Roman spürte einen Ruck, als sich ihre warmen Finger um seinen Ellbogen schlossen. Für einen kurzen Moment weiteten sich ihre Augen vor Schock, und dann zog sie hastig ihre Hand zurück. »Ich will helfen. Wirklich. Hoffentlich kommt mehr davon zu mir. Es funktioniert manchmal so. Ich verspreche Ihnen, Sie werden der Erste sein, der es erfährt.«

Der Detektiv trat zurück, seine Augen verhärteten sich. »Kurz nachdem wir Anita verloren hatten, gab es eine Frau wie Sie. Sie kam zu meiner Mama und erzählte ihr einen Haufen Unsinn darüber, wie Anita es gut gehe, in Florida, am Strand. Sagte, sie könne ein Schild mit rosa Flamingos im Hintergrund sehen. Immer weiter redete diese Frau, aber sie konnte uns nie genau sagen, wo genau meine Schwester war. Sie bestand nur immer darauf, dass sie am Leben sei.«

Roman wandte sich von den Gärten und dem Gewächshaus ab und blickte über das Feld zur fernen Baumgrenze. »Meine Mama klammerte sich an sie wie eine Ertrinkende an einen Rettungsring. Mein Vater auch. Sie konnten nicht loslassen, weil die Frau immer wieder mit neuen Lügen ankam. Ich fand später heraus, dass sie sie bezahlt hatten.« Seine Stimme stockte, und er räusperte sich. »Meine Eltern haben dieser Betrügerin Tausende von Dollar gezahlt. Die ganze Zeit wusste sie nicht das Geringste darüber, was mit meiner Schwester passiert war. Als ich Polizist wurde, war das Erste, was ich tat, eine Überprüfung ihrer Person. Leider war die böse Hexe tot. Krebs. Aber ich fand heraus, dass sie Dutzende von Betrügereien durchgeführt hatte. Ihre Spezialität waren Familien von vermissten Kindern.«

»Ich will kein Geld«, sagte Mia heftig. »Ich will gar nichts.«

»Das ist gut. Schön für Sie. Stellen Sie nur sicher, dass Sie sich von meiner Familie fernhalten.« Er wandte sich wieder ihr zu und starrte in ihr wütendes Gesicht. Ihre Augen waren riesig und grünlich-golden gegen eine Haut, die jegliche Farbe verloren hatte. »Denn lassen Sie mich Ihnen versichern... bei jedem einzelnen Schritt, den Sie machen, bei jedem Atemzug, den Sie nehmen... werde ich genau da sein und Sie beobachten.«

Kapitel Sechs

UND BEOBACHTEN TAT DETECTIVE Mancini genau das.

Sie entdeckte sein Auto früh am nächsten Morgen, wie es raubtierartig am Ende ihrer Auffahrt lauerte. Später an diesem Tag, fest entschlossen, ihr Leben so normal wie möglich weiterzuführen, fuhr sie mit den Hunden in die Stadt, um Essen von Gabe's Diner abzuholen. Der Detective tauchte im Restaurant auf, stand an der Theke und starrte sie mit einem missbilligenden Blick an. Er verließ das Gebäude zusammen mit ihr, bevor er mehrere Schritte zurückfiel und ihr zum Auto folgte.

Da war er wieder am nächsten Nachmittag, herumlungernd vor dem Supermarkt. Er sagte kein Wort, verschränkte einfach die Arme vor der Brust und lehnte sich mit der Hüfte gegen ihren SUV, während sie die Tüten in den Kofferraum lud. Dann gab er ihr einen spöttischen Zweifingergruß und schlenderte lässig davon. Später in der Nacht war er wieder am Ende ihrer Auffahrt. Er grub sich ein und blieb volle zwei Stunden, was sie sich wie eine Gefangene in ihrem eigenen Haus fühlen ließ.

Mia hatte sich selbst immer für ausgeglichen gehalten, aber diese ständige und offensichtliche Überwachung ging ihr allmählich auf die Nerven. Und um die Sache noch schlimmer zu machen, hatte sich in der für Klatsch anfälligen Kleinstadt die Geschichte über ihre Aussage bei der Polizei herumgesprochen. Jetzt, wo die Leute zuvor ihrer Anwesenheit in der Stadt gleichgültig gegenübergestanden hatten, beobachteten sie sie und tuschelten.

Sie hatte die Nase voll davon. Die ganze Situation war zu viel für eine Person zu ertragen. Alles, was sie wollte, war eine Gemeinschaft zu finden, sich einzufügen und als normal durchzugehen, damit sie ein ruhiges, zufriedenes Leben führen konnte.

Nun, sie konnte immer noch packen und wieder umziehen. Ihr geliebtes Blockhaus verkaufen, die Hunde mitnehmen und einen anderen perfekten Ort finden. Und von nun an, egal was ihr in einer Vision erschien, würde sie es ignorieren, ihr Gewissen zum Teufel.

Der Monitor auf ihrer Theke piepste und die Hunde wurden aufmerksam. Jemand kam die Auffahrt herauf. Da keine Abholungen oder Lieferungen geplant waren, konnte sie sich nur vorstellen, dass es wieder Detective Mancini war, entschlossen, ein weiteres Pfund Fleisch zu fordern.

Genug war genug. Sie warf die Schultern zurück, schritt zur Haustür hinaus, über die Veranda und die Stufen hinunter zum Rasen. Die Hunde waren in Alarmbereitschaft, liefen umher und waren bereit loszuspringen, sobald das Auto des Besuchers in den Parkbereich einbog.

Nur war es nicht der schwarze Impala, den sie erwartet hatte, sondern ein kirschroter Volvo mit einer älteren Frau am Steuer. Die Eingebung kam zu ihr, wie es manchmal geschah. Molly Mancini, Mutter von Anita und Roman Mancini.

Ernsthaft? Und hier dachte sie, die Dinge könnten unmöglich noch schlimmer werden.

Die Frau stieg aus dem Auto, unbeeindruckt von den Hunden, die sie alle sofort zu akzeptieren schienen und Platz machten, sich wie das Rote

Meer teilend. Sie marschierte geradewegs dorthin, wo Mia unsicher am Fuß der Treppe stand.

»Weißt du, wer ich bin?«, fragte sie. Mia nickte. »Gut. Ich dachte mir, dass du es weißt. Und du bist Mia Reeves. Ich habe alles über dich von meinem Sohn und anderen gehört.« Sie wedelte mit der Hand, um anzudeuten, dass deren Meinungen für sie nicht unbedingt von Bedeutung waren. »Es wird Zeit, dass wir uns kennenlernen. Soll ich reinkommen oder hast du hier draußen einen Platz, wo wir uns hinsetzen und plaudern können?«

Wie ein in die Enge getriebenes Tier schweiften Mias Augen umher, aber es gab keinen Ausweg in Sicht. »Ähm... ich denke, wir könnten uns auf die Veranda setzen«, sagte sie und deutete auf die Tür.

Molly Mancini schritt die Treppe hinauf, als gehörte ihr der Platz, und ließ sich selbst in die Veranda mit Fliegengitter ein. Die Hunde trotteten hinter ihr her. Mac blickte zu Mia zurück mit einer eindeutigen *Komm schon*-Geste.

»Mir gefällt, was du aus dem Ort gemacht hast«, verkündete Molly und sah sich anerkennend um. »Jasper Martin hatte es gut zwanzig Jahre lang, aber ich glaube nicht, dass er in der ganzen Zeit, die er hier war, auch nur eine Glühbirne gewechselt hat.«

»Danke«, brachte Mia heraus. »Mrs. Mancini, Sie müssen wissen, dass Ihr Sohn nicht will-«

»Molly«, unterbrach sie. »Stört es dich, wenn ich dich Mia nenne?«

Mia nickte schwach. »Gern.«

»Gut. Okay. Erstens, wenn mein Sohn dir Ärger macht, kommst du direkt zu mir. Er mag zwar Detektiv sein, aber er hört immer noch auf seine

Mama. Zweitens, ich bin eine erwachsene Frau und kann mit wem ich will reden. Ich nehme an, für dich gilt das Gleiche?«

»Ja, aber er ist ziemlich aufgebracht…«

»Mia, du musst dich entspannen. So ein junges Ding wie du sollte sich nicht wegen nichts aufregen. Nun sag mir, hast du eine übersinnliche Gabe?«

Die Frage wurde beiläufig gestellt, als wäre es nichts weiter als eine einfache Erkundigung, wie sie ihren Kaffee trinkt. Mia blinzelte sie an. »Ähm… ich… nun, ja, habe ich«, sagte sie schließlich und sah Molly direkt in die Augen.

»Oh, Kind, es muss eine sehr harte Art zu leben gewesen sein. Die Leute mögen sagen, es sei eine Gabe, und beim Allmächtigen, das ist es sicherlich, aber es ist auch eine schreckliche Art von Verantwortung. Es gab ein Mädchen in meinem Heimatdorf in Italien. Von Zeit zu Zeit kamen Dinge zu ihr. Das arme Ding wurde davon erdrückt. Sie brachte sich an ihrem achtzehnten Geburtstag um.«

Tränen stiegen in Mias Augen. Sie wischte sie weg, aber sie kamen immer schneller, stauten sich in ihrem Hals, bis sie schluchzte. Niemand hatte ihre Situation jemals auf so direkte Weise betrachtet und den Kern der Sache getroffen wie diese kleine, dunkelhaarige Frau. »Ja, es war schwer«, schluchzte sie.

Molly beugte sich vor und tätschelte ihren Arm. »Es tut mir leid, Liebes. Ich kann es mir nicht einmal vorstellen.« Sie wartete respektvoll, bis Mia ihre Tränen getrocknet hatte. »Jetzt möchte ich, dass du mir alles erzählst, was du über meine Anita weißt. Behalte nichts für dich. Das Nichtwissen ist so viel schlimmer, als die grausamste Wahrheit je sein könnte.«

»Sind Sie sicher?«, fragte Mia.

Als Molly nickte, holte Mia tief Luft, schloss die Augen und erzählte ihr alles.

Molly schluchzte. Von Verzweiflung getrieben kniete Mia sich neben die Frau und rieb mit einer Hand auf und ab ihren Arm. Die Hunde drängten sich heran. Besonders die kleine Fifi schien den Schmerz der Frau aufzusaugen, winselte kläglich, bis Molly sie auf ihren Schoß hob.

»Danke«, sagte sie schließlich. »Niemand wollte es mir sagen. Roman denkt, er müsse mich beschützen. Mich beschützen, um Himmels willen? Ich stamme von zähen Bauern ab. Frank und ich sind mit kaum hundert Euro in der Tasche in ein neues Land gereist. Kein Englisch, keine Familie oder Freunde. Keine Jobs. Wir haben gearbeitet und gelernt, Unternehmen aufgebaut und drei Kinder großgezogen. Mit Gottes Hilfe kann ich alles ertragen, was kommt.«

»Es tut mir leid um Ihren Verlust«, sagte Mia leise. »Und ich möchte, dass Sie verstehen, dass ich nicht aus irgendeinem anderen Grund zur Polizei gegangen bin, als in der Hoffnung, dass sie etwas im Wald finden und Anitas Mörder zur Gerechtigkeit bringen könnten.«

»Ich weiß, süßes Mädchen. Nun habe ich eine Bitte. Wenn du zu mir nach Hause kommen könntest, meinen Frank treffen, vielleicht in Anitas Zimmer gehen. Ich hoffe, dir kommt vielleicht noch etwas anderes in den Sinn. Etwas, das uns hilft, unser Baby zu finden. Wir müssen sie nach Hause bringen und anständig beerdigen.« Mollys Stimme stockte, und sie bedeckte ihren Mund und schluckte schwer. »Ich werde dich bezahlen.«

Mia sprang so schnell zurück, dass Mac einen erschrockenen Jauler von sich gab. »Nein. Kein Geld.«

Molly nickte zustimmend. »Dann Essen. Das werden wir machen. Du kommst heute Abend. Ich werde Schmorbraten mit Gemüse machen und vielleicht Kuchen.« Sie klatschte in die Hände. »Um sieben Uhr. Und du kannst diesen süßen kleinen Hund mitbringen.« Sie tätschelte Fifis Kopf. »Die anderen könnten meinem alten Sylvester einen Herzinfarkt bescheren. Er ist unser Kater. Wird dieses Jahr achtzehn.«

Mias Herz sank. Es war wirklich so ziemlich das Letzte auf der Welt, was sie tun wollte, aber irgendwie nickte sie und sagte ja. Sie mochte zwar die Gabe des Hellsehens haben, aber Roman Mancinis Mutter hatte die Gabe der Überzeugungskraft.

Am Ende ließ sie Fifi zu Hause bei ihrem geliebten Mac und machte sich ... allein ... auf den Weg, um Molly und Frank gegenüberzutreten. Sie lebten in der Stadt Dalton in einer schönen alten Straße mit Bäumen gesäumt. Das Haus war aus gelbem Backstein mit weißen Fensterläden und großen weißen Säulen zu beiden Seiten der Haustür, die sich bis zum zweiten Stock erstreckten.

Es war Frank, der die Tür öffnete und sie willkommen hieß. *So wird Roman in seinen späteren Jahren aussehen,* dachte Mia. Sie lächelte den großen, muskulösen Mann mit dem dichten grau melierten Haar und den gleichen tiefen, dunklen Augen an, die er an seinen Sohn weitergegeben hatte.

»Bitte, komm herein. Molly ist in ihrem üblichen kontrollierten Chaos beim Endspurt fürs Abendessen. Kann ich dir etwas zu trinken anbieten?« Sein Akzent war stärker als Mollys.

»Wasser, bitte«, sagte Mia, trat in eine geräumige Diele und folgte ihm durch einen Raum auf der rechten Seite. Er wies sie zu einem Sessel und verschwand durch die gegenüberliegende Tür.

»Du bist da. Ich bin so froh, dass du gekommen bist.« Molly lehnte sich durch dieselbe Tür, trug eine abgenutzte rot-weiß karierte Schürze und einen passenden Ofenhandschuh an der Hand. »Ich bin gleich bei dir.«

Sie verschwand wieder, nur um von ihrem Mann ersetzt zu werden, der ein hohes Glas Wasser in der einen Hand und ein Whiskeyglas in der anderen hielt. Als er sich auf den Sitz ihr gegenüber setzte, schwenkte er die bernsteinfarbene Flüssigkeit und nahm einen Schluck, während er sie über den Rand des Glases hinweg beobachtete.

»Mia, ich freue mich, dich in meinem Haus zu haben, und ich bin sicher, du bist eine wunderbare junge Frau. Ich freue mich darauf, einen angenehmen Abend mit dir zu verbringen.« Er nahm einen weiteren abgemessenen Schluck seines Getränks und stellte es diesmal auf den Beistelltisch. »Aber ich teile den Glauben meiner Frau an diesen magischen Unsinn nicht. Als wir unser Mädchen verloren haben, war ich so voller Trauer, dass ich bei allem mitgemacht habe, was Molly wollte, aber jetzt reicht es.«

»Frank Edward Mancini.« Mollys scharfe Stimme durchschnitt seine Worte. Sie trat ins Wohnzimmer und stemmte beide Hände in die Hüften. »Du bringst mich manchmal zum Schreien. Ich habe dir gesagt, du musst kein Teil davon sein. Das ist dein Recht, aber du wirst unseren Gast nicht in unserem Haus unwohl fühlen lassen.«

Mia räusperte sich: »Ich verstehe-«

»Nein, du verstehst nicht«, sagte Frank. »Wir haben schon einmal jemandem wie dir geglaubt, und ich schwöre bei unserem Herrn im Himmel, sie war ein böser Geist, der unsere Schwäche ausnutzte.«

»Frank«, sagte Molly erneut, »bring Mia in Anitas Zimmer. Ich komme zu euch, sobald das Fleisch zum Ruhen herausgenommen ist.«

Mia beschloss, dass sie wohl den Verstand verloren haben musste, als sie Mollys Einladung annahm. Was für ein Fehler. Als Frank seufzte, sprang sie aus dem Sessel auf.

»Ich sage gute Nacht ... sag Molly danke ...«

»Nein. Wir gehen nach oben, sonst höre ich nie das Ende davon.«

Frank stand mit einem entschlossenen Blick auf und wies sie zur Haustür und die Treppe hinauf. Der obere Flur war mit Familienfotos gesäumt, und obwohl sie anhalten und jedes einzelne studieren wollte, ging Frank an ihr vorbei und schritt zum letzten Zimmer auf der rechten Seite, öffnete die Tür.

Als sie eintrat, sah sie, dass es in den zehn Jahren seit Anitas Verschwinden nicht angerührt worden war. Poster von Boybands säumten die Wände und ein Schreibtisch stand in der Ecke. Bilder waren an den großen Spiegel über der Kommode geklebt. Einige zeigten die Familie Mancini, aber die meisten zeigten einen süßen Teenager-Jungen, entweder mit Anita oder allein. Mia streckte die Hand aus und fuhr langsam mit den Fingerspitzen an den Rändern der Fotos entlang.

Die Blitze kamen. Nicht bei jedem Bild, aber hier und da. Sie vermittelten ihr das Gefühl eines normalen und glücklichen Mädchens, selbstbewusst, ehrgeizig und voller Vorfreude auf die Zukunft. Durch alles hindurch zog sich jedoch das überwältigende Thema von Anitas Liebe zu diesem Jungen, Luke. Sie sah sie küssen, flüchtige Momente von sich verflechtenden Händen, Füßen, die sich unter Tischen berührten. Die Süße davon war Mia fremd.

Sie wandte sich vom Spiegel ab und streifte durch den Raum. Nichts anderes sprach zu ihr, bis sie den Kleiderschrank öffnete. Mia wurde sofort von einem blau-grauen Seidenschal angezogen, der an der Rückseite der Tür hing. Als sie ihn berührte, kam die Vision stark und schnell. Sie war in einem alten Haus, erfüllt vom verlockenden Duft von Knoblauch und Basilikum und Pastasauce. Anita saß auf dem Bett, während Molly und eine andere Frau Kleidung in einer alten Kommode sortierten.

Deine Großmutter hatte dies schon, seit sie eine junge Frau war. Als sie alt genug zum Hofieren war, kaufte ihre Mutter es für sie. Sie sagte ihr, solange eine Dame einen schönen Schal trägt, könne sie überall mit Stolz hingehen. Du musst ihn jetzt haben. Die Worte hallten in Mias Kopf wider, als würde sie sie in der Gegenwart hören. In der Vision waren Mollys Augen mit Tränen gefüllt, und die andere Frau schluchzte in ein weißes Taschentuch.

»Oh, er ist so wunderschön«, sagte Mia, als sie wieder zu sich kam und mit einem Finger das feine Gewebe auf und ab strich. »Was für ein wundervolles Stück, das man an ein Enkelkind weitergeben kann. Deine Frau sollte ihn tragen, oder vielleicht könnte Lina ihn haben. Ich weiß, sie hat den Schal und die Perlenohrringe bekommen, aber es ist schade, dieses schöne Andenken versteckt zu halten.«

Das keuchende Geräusch von hinten erschreckte sie, und Mia wirbelte herum, um Molly zu sehen, deren Gesicht aschfahl war und die eine Hand auf ihren Mund gepresst hatte. Frank runzelte tief die Stirn und legte einen Arm um die Schulter seiner Frau, zog sie an sich. Seine Augen fixierten Mia, kühl abschätzend.

»Woher wusstest du diese Dinge?«, verlangte er zu wissen.

Mia breitete die Hände aus. »Es ist… nun… der Schal zeigte mir die Szene im Schlafzimmer nach der Beerdigung.«

»Ja, das stimmt. Genau richtig«, sagte Molly, während sie sich von der Geborgenheit an der Brust ihres Mannes abwandte und sich die Augen wischte. Frank studierte Mia weiterhin, als wäre sie eine Verbrecherin.

»Willst du damit sagen, du kannst irgendetwas in diesem Raum aufheben und mir etwas über meine Tochter erzählen?«, fragte er.

Mia seufzte. »Leider ist es bei weitem nicht so präzise. Manchmal sehe ich Dinge, aber nicht immer. Ich habe keine Kontrolle darüber, was zu mir kommt. Es ist nicht so, als könnte ich die Absicht setzen, herauszufinden, wo sie jetzt gerade ist, und die Antwort bekommen.« Sie hielt inne und rieb ihre feuchte Handfläche an der Vorderseite ihrer Jeans. »Es ist so eine Art Haufen von Fernsehbildschirmen auf einem Rouletterad. Sie drehen sich alle, flitzen an mir vorbei, und dann bleibt plötzlich alles stehen und meine Sicht ist erfüllt von dem Bild, das zufällig direkt vor mir ist. Irgendwann huscht es weg, und ich bin zurück im Wirbel.«

Obwohl Molly enthusiastisch nickte, konnte Mia sehen, dass Frank nicht überzeugt blieb. Das war in Ordnung. Sie wusste, dass nicht jeder es verstand. Sie hatte längst aufgegeben zu versuchen, diejenigen zu überzeugen, die entschlossen waren, nicht an das zu glauben, was sie sah.

»Mama, Papa, wo seid ihr?«

Eine Männerstimme schwebte die Treppe hinauf, und Molly versteifte sich und drehte sich zu Frank um, die Augen verengend. »Hast du ihn angerufen?«

»Ja, das habe ich«, sagte er, seine Stimme ruhig gegen ihren drohenden Ton. »Er ist auch ein Teil davon.«

»Oh, Frank. Ich wünschte, du hättest es nicht getan.«

Schritte ertönten auf der Treppe. »Mama, bist du hier oben? Ich bin Tony begegnet und habe ihn mitgebracht. Ich weiß verdammt gut, dass sie hier ist.«

»Wir sind in Anitas Zimmer«, rief Frank.

Mia wappnete sich, als Roman den Türrahmen ausfüllte. Seine Augen glitten über das Gesicht seiner Mutter, bevor sie sich auf sie richteten. »Ich dachte, wir wären uns einig darüber, dass du dich von meiner Familie fernhältst?«, sagte er mit zusammengebissenen Zähnen.

»Es ist nicht... Ich habe nicht-«

»Ich habe sie hergebracht«, unterbrach Molly. »Und das hat nichts mit dir zu tun.«

Mutter und Sohn starrten einander an, während Mia sich wand und wünschte, sie könnte verschwinden. Nach dem, was sich wie eine Stunde anfühlte, trat Roman in den Raum, beugte sich hinunter und umarmte Molly. Er sagte etwas in ihr Ohr, und sie lachte leise. Nachdem er sie losgelassen hatte, wandte er sich seinem Vater zu und klopfte ihm auf die Schulter.

»Es ist okay, Sohn. Deine Mutter hat das Mädchen wirklich hierher geschleppt. Und obwohl ich mit dem Konzept kämpfe, denke ich, vielleicht kann sie uns helfen«, sagte Frank und schockierte Mia bis ins Mark.

Frank und Molly lächelten einander liebevoll an. Romans Augen blitzten zwischen Mia und seinem Vater hin und her.

»Vielleicht bist du wirklich eine Hexe«, sagte Roman zu ihr. »Nach dem, was wir mit dieser anderen Cassandra-Frau durchgemacht haben, hätte ich eine Million Euro darauf gewettet, dass mein Vater dir ins Gesicht gespuckt und dich aus dem Haus geworfen hätte.«

Genau in diesem Moment wünschte sich Mia inbrünstig, er hätte es getan.

»Kommt alle, lasst uns nach unten gehen und unser Essen zu uns nehmen«, sagte Molly.

»Das Abendessen riecht großartig.« Roman rieb sich die Hände und wackelte mit den Augenbrauen in Richtung seiner Mutter.

»Vielleicht habe ich nicht genug für einen neugierigen Sohn und einen undankbaren Neffen gemacht, die kaum noch zu Besuch kommen«, erwiderte sie und schaffte es, ihn von oben herab anzusehen.

Roman schnaubte. »Nenn mir ein einziges Mal, wo du nicht genug gemacht hast, um jeden dreimal satt zu bekommen und trotzdem noch Reste zu haben«, bemerkte er.

Molly zuckte mit den Schultern und marschierte an ihm vorbei, wobei sie anhielt, um Mias Arm zu tätscheln. »Komm, mein süßes Mädchen. Lass uns nach unten gehen. Ich verspreche dir, meine Familie wird sich jetzt wie anständige Christen benehmen und dich willkommen heißen.« Sie warf einen Blick über ihre Schulter und richtete ihn auf die beiden Männer im Raum. »Stimmt's, ihr Heiden?«

»Klar, Ma. Kein Problem. Solange Ms. Reeves versteht, dass ich hier bin, um diese Familie zu beschützen. Ein falscher Zug und sie wird es mit mir zu tun bekommen.«

Der blauäugige blonde Mann, der unten in der Küche wartete, wurde als Tony vorgestellt, Sohn von Franks verstorbenem Bruder Gino. Er blitzte ein charmantes Lächeln und schüttelte ihre Hand.

»Ich schätze, du bist diejenige, die meinem Cousin die Hosen verdreht hat?«

Mia zog ihre Hand weg und trat zurück. Bevor sie auch nur den Mund öffnen konnte, um zu antworten, gab Molly Tony einen Klaps auf den Kopf. »Antonio, genug. Wenn du dich nicht benehmen kannst, dann geh. Dieses arme Mädchen hat nichts als Beleidigungen von meiner wertlosen Familie erfahren, und erst vor wenigen Augenblicken habe ich ihr einen schönen Abend versprochen.«

Tony rieb sich den Kopf und lächelte Mia an, seine Augen so klar und blau wie ein Sommerhimmel. »Tut mir leid. Es war nicht so sehr auf dich gemünzt als auf meinen verkrampften Cousin, den selbsternannten Beschützer der gesamten Familie Mancini.«

Diesmal war es Roman, der Tony einen Schlag versetzte, obwohl er die Schulter wählte, um seine Verletzung zuzufügen. »Ja, nun, jemand muss sich um diese traurige Gruppe von uns kümmern. Besonders um dich.«

»Ähm... wow... mir ist gerade eingefallen, dass ich zurück muss«, sagte Mia und zog sich langsam von ihnen zurück. »Ich glaube, ich habe etwas auf dem Herd stehen lassen. Es tut mir so leid, dass ich nicht bleiben kann. Vielleicht ein andermal. Gute Nacht, Molly. Danke für die Einladung. Gute Nacht, allerseits.«

Sie drehte sich um, floh aus der Küche und hatte das Haus fast verlassen, als Tony die Veranda-Treppe hinuntersprang und ihr nacheilte.

»Warte mal. Halt. Es tut mir leid«, rief er. Mia blieb nicht stehen, aber er holte sie an ihrem SUV ein und drückte die Fahrertür zu, selbst als sie versuchte, sie zu öffnen. »Ich meine es ernst. Es tut mir leid. Bitte bleib. Meine Tante ist sehr aufgebracht, und mein Onkel wird sauer, wenn jemand Molly traurig macht. Wenn ich dich zurückbringen könnte, wäre vielleicht niemand mehr böse auf mich.«

»Das hat nichts mit dir zu tun. Wie gesagt, ich habe vergessen, einen Topf auf meinem Herd auszuschalten.«

Für einige Sekunden hielt Tony sein Gewicht gegen die Autotür gedrückt und lächelte auf Mia herab. »Was ist in dem Topf?«, fragte er.

»Suppe«, antwortete sie glatt und griff dabei auf jahrelange Erfahrung zurück, sich aus brenzligen Situationen herauszureden. »Minestrone. Ich mache die Bohnen von Grund auf.«

»Klingt gut«, sagte er mit sanfter Stimme, trat zurück und öffnete die Autotür. »Bevor du gehst, sag mir, kannst du wirklich Dinge sehen oder Menschen lesen oder so was?«

Sie seufzte und glitt hinter das Lenkrad. »Ja, das kann ich.«

»Und bei mir?«

»Was?«

»Lies meine Gedanken. Was denke ich gerade?«

Sie lehnte ihren Kopf gegen den Sitz zurück und schloss die Augen. »So funktioniert das nicht.«

»Okay. Wie funktioniert es dann?«

»Es ist besser, wenn ich die Person oder den Gegenstand berühren kann, aber selbst dann bekomme ich nicht unbedingt etwas.«

»Versuch's bei mir.« Als sie hinüberblickte, sah sie, dass er seine Hände nach ihr ausgestreckt hatte.

»Na gut.«

Sie drehte sich leicht gegen den Sicherheitsgurt und ergriff seine Hände. Sie waren groß und warm, und ihre verschwanden vollständig in seinen Handflächen. Sie leerte ihren Geist, tastete sich vor und sah sofort eine Vision von Tony, der seinen Arm um - was zum Teufel? - ihre Schultern legte und sich vorbeugte, um ihren Hals zu liebkosen. Als sie die Augen öffnete und zu ihm hinüberblickte, zwinkerte er.

»Ich denke, wir würden gut zusammen aussehen«, sagte er mit einem frechen Lächeln.

Sie zog ihre Hand zurück und unterbrach den Kontakt. »Ha ha. Sehr witzig.«

Seine Augen kräuselten sich vor Belustigung. »Du denkst nicht so?« Er legte seine Hand aufs Herz und schüttelte den Kopf. »Frau, du verletzt mich.«

»Gute Nacht, Tony.«

Diesmal trat er zurück und ließ sie die Tür schließen. Mit größter Erleichterung startete sie den Motor und begann, aus der Einfahrt zu fahren. Tony hob die Hand zum Abschied und sie knirschte mit den Zähnen und gab Gas.

Fehler, Fehler, Fehler, summte es in ihrem Kopf, als sie endlich auf dem Weg nach Hause war. Aber jetzt war es wenigstens vorbei. Alles. Sie fühlte sich immer noch unglaublich schlecht wegen Anita Mancini, aber sie hatte alles getan, was sie konnte, und mehr als die meisten Menschen tun würden. Es lag nun weit außerhalb ihrer Möglichkeiten.

Kapitel Sieben

ALS AM NÄCHSTEN TAG seine Schicht endete, hätte Roman nicht glücklicher sein können. Im Allgemeinen liebte er seinen Job – und hatte sogar vor, in ein oder zwei Jahren in eine größere Stadt zu wechseln – irgendwohin, wo es in einem Monat mehr kriminelle Aktivitäten gab als Dalton in einem Jahr bieten konnte.

Trotzdem war es eine lange Woche gewesen, in der ihn diese Anita-Sache Tag und Nacht beschäftigt hatte. Und heute Morgen war er fast eine Stunde lang im Haus von Mrs. Pringle gefangen gewesen, während sie über verschiedene angeblich unheimliche Verhaltensweisen ihrer Nachbarn berichtete.

Er hatte sich danach gesehnt, zu etwas anderem gerufen zu werden: eine Katze auf einem Baum, eine verlorene Geldbörse, verdammt noch mal irgendwas. Stattdessen war das Funkgerät totenstill geblieben, während Mrs. Pringle ihn mit Tee und Keksen zwangsbewirtete. Als ihr die Anschuldigungen gegen ihre Nachbarn ausgegangen waren, hatte sie nicht allzu subtil in Romans Liebesleben gebohrt. Gott, sie war schlimmer als seine Mutter.

Als er endlich zur Wache zurückkam, warf sein Lieutenant einen Stapel Akten auf seinen Schreibtisch und befahl ihm, den Papierkram bis Ende des nächsten Tages zu erledigen. Und Kevin, dieser glitschige Mistkerl, hatte plötzlich einen vergessenen Zahnarzttermin. Oh, der war schon echt, da hatte Roman verdammt noch mal sichergestellt, indem er in der Praxis anrief, sobald sein Partner gegangen war. Aber angesichts der Tatsache, dass Kevins Freundin dort als Zahnarzthelferin arbeitete, schien ihm das Timing verdächtig günstig.

Er hätte das Telefon am Empfang fast nicht abgenommen, als es klingelte, während er seine Autoschlüssel aus der Schublade holte. Mit einem Seufzer griff er nach dem Hörer. »Mancini«, sagte er.

»Oh gut, du bist noch da. Das ist perfektes Timing. Ich bin direkt draußen, also warte ich im Empfangsbereich auf dich.« Mollys Stimme hatte einen fröhlichen Klang.

Er könnte ihr ausweichen. Sagen, dass er spät arbeiten müsse oder so, aber da sie den ganzen Tag sein Handy angerufen hatte, wusste er, dass sie ihn irgendwann erwischen würde. Er versuchte, nicht zu seufzen. »Okay, ich bin in zwei Minuten da.«

Verdammt nochmal. Sie muss wegen gestern Abend immer noch sauer sein.

Es war doch nicht seine Schuld, oder? Alles, was er getan hatte, war, seinen Standpunkt klarzumachen, wie es jeder gute Sohn unter diesen Umständen tun würde. Aus irgendeinem Grund hatte Mia sich beleidigt gefühlt und war vor dem Essen gegangen. Wahrscheinlich, weil sie ein schlechtes Gewissen hatte.

»Da bist du ja«, sagte seine Mutter, als ob sie zufällig aufeinander getroffen wären. Sie erhob sich von einem Stuhl im Wartebereich und kam mit einem Lächeln auf ihn zu, das Roman deutlich unwohl machte.

»Hier bin ich. Hör zu, Ma, ich bin fertig. Ich bring dich nach Hause. Dann gehe ich zu mir, schnapp mir ein Sandwich und schaue mir vielleicht das Baseballspiel an.«

Sie strahlte ihn regelrecht an. »Ich bin so froh, dass du keine Pläne hast. Dein Vater spielt Karten mit Fred und William, was bedeutet, dass ich frei bin, um dich zum Essen zu Gabe mitzunehmen. Ich lade dich ein. Komm schon. Du kannst mir von deinem Tag erzählen.«

Romans Schultern sackten herab, und er drehte sich um und folgte ihr aus der Wache. Warum musste er nur so ein guter Sohn sein?

Sie ließen sich in eine Nische am Fenster gleiten, und Gabriel selbst nahm ihre Bestellung auf. »Die Getränke kommen sofort, und das Essen wird in etwa fünf Minuten fertig sein«, sagte er. »Und keine Sorge, Molly, ich habe mich um diese andere Sache für dich gekümmert.« Er zwinkerte ihr zu, klemmte sich die Speisekarten unter den Arm und schritt zurück zur Kasse an der Vordertür.

Roman hob eine Augenbraue. »Welche andere Sache?«

»Oh, nichts, worüber du dir Sorgen machen müsstest.«

Sie plauderten ein paar Momente über belanglose Dinge, aber als die Getränke kamen, nahm Roman einen Schluck von seinem Bier und straffte die Schultern, entschlossen, zur Sache zu kommen. »Bist du sauer wegen gestern Abend?«

»Nein, es war nicht schlimmer, als ich erwartet hatte, als mir klar wurde, dass dein Vater Verstärkung gerufen hatte. Ich weiß, wie engstirnig ihr Männer seid. Es tut mir nur leid, dass die arme Mia sich so unwohl fühlte, dass sie gehen musste. Ich dachte immer, wir wären freundliche, gastfreundliche Menschen. Die Art, wie ihr Jungs sie behandelt habt, spricht nicht gerade für unsere Familie, oder?«

Roman zuckte zusammen. »Wir haben nichts so Schlimmes getan, obwohl ich schätze, wir haben sie nicht gerade willkommen geheißen.«

»Es ist schön, Tony wieder in der Gegend zu sehen. Er war zu lange bei seinem letzten Job weg. Stell dir vor, er als Headhunter für große Unternehmen, du als Detektiv und Lina, die eine Marketingabteilung leitet. Alle so erwachsen und erfolgreich. Ich frage mich unweigerlich, was Anita jetzt tun würde, wenn sie noch bei uns wäre.«

»Wahrscheinlich würde sie uns in den Wahnsinn treiben und alle paar Jahre ein Kind zur Welt bringen, während sie die Welt dekoriert.« Roman nahm noch einen Schluck Bier und lehnte seinen Kopf gegen die gepolsterte Sitzbank. »Ich vermisse sie auch immer noch, Ma.«

»Oh, Baby, ich weiß.« Molly strich mit ihrer Hand über seine. »Ich wünschte, wir könnten sie nach Hause bringen. Es bricht mir das Herz zu wissen, dass sie irgendwo da draußen ist, auf dem Grund eines Sees oder an einem vergessenen Ort begraben. Du kannst es vielleicht nicht verstehen, aber ich muss wissen, was mit ihr passiert ist.«

»Warum sollte ich das nicht verstehen? Ich will sie genauso sehr finden wie du. Ich verspreche dir, ich habe ihre Akte millionen Mal durchgesehen. Da ist nichts. Es ist, als hätte sie ihre Schicht hier im Diner beendet und wäre vom Erdboden verschluckt worden.«

»Ich erinnere mich, wie stolz sie war, als Gabriel sie in der zehnten Klasse eingestellt hat. Sie arbeitete während der ganzen Highschool im Diner und machte auch danach weiter, sparte extra für's College, damit sie sich dort wirklich auf ihre Schularbeit konzentrieren konnte. Wir hätten sie nie nachts nach Hause laufen lassen sollen. Das war nicht richtig.«

»Komm schon. Das kannst du nicht sagen, Ma. Es ist eine sichere Stadt. Anita war zwanzig Jahre alt. Selbst damals hatte sie ein Handy. Sie bereitete sich verdammt noch mal darauf vor, nach Memphis zu ziehen.«

Mollys Seufzer war tränenreich. »Ich weiß das alles, aber trotzdem... vielleicht wenn-«

»Vielleicht gar nichts«, sagte Roman. »Es muss irgendein verrückter, zufälliger Vorfall gewesen sein. Dalton hatte weder vorher noch nachher je ein ähnliches Verbrechen wie bei Anita.« Seine Augen huschten zur Vordertür, und als er sah, wie Mia Reeves an die Theke trat, verengten sie sich misstrauisch gegenüber seiner Mutter. »Was macht sie hier?«

»Wer, Liebling?«

»Du weißt schon wer. Das ist eine Falle, oder?«

Ihren Sohn ignorierend, stand Molly auf und winkte hektisch. »Mia, hallo. Was für ein wunderbarer Zufall.«

Als sie ihren Namen hörte, drehte sich Mia zu ihrem Tisch um und zuckte zusammen, als hätte man sie mit einem Taser getroffen. Ihre Augen huschten zur Tür, und sie machte hastig einen Schritt zurück, aber Molly war zu schnell für sie. Sie eilte die kurze Distanz und war im nächsten Moment an Mias Seite, die Hand an ihrem Arm.

»Ich bin so froh, dass du hier bist«, sprudelte es aus ihr heraus. »Roman und ich warten auf unser Essen. Du wirst dich zu uns gesellen. Das wird helfen, die Sache von gestern Abend wiedergutzumachen.«

Roman beobachtete fasziniert, wie Mia noch blasser wurde und unbehaglich schluckte. »Oh nein, ich möchte nicht stören. Außerdem hole ich nur etwas zum Mitnehmen. Meine Hunde sind im Auto.«

»Wir werden nicht lange brauchen, und es ist eine schöne Nacht, ich bin sicher, ihnen wird es gut gehen. Komm jetzt rüber und setz dich. Gabriel wird dein Essen mit unserer Bestellung an den Tisch bringen.«

Gabriel, der die Szene mit einem wissenden Lächeln auf den Lippen beobachtete, nickte. »Mach dir keine Sorgen, Mia. Wir werden es für dich anrichten und rausschicken.«

Mit der Hand an Mias Ellbogen zog Molly sie zur Sitzecke. »Du setzt dich gleich hier neben mich«, sagte sie und deutete Mia auf die Bank, rutschte aber sofort neben sie und blockierte somit effektiv ihren Ausweg.

»Fühlt sich irgendwie an, als wärst du von einer Dampfwalze überrollt worden, oder?«, sagte Roman ernst. »Mir ist das Gleiche passiert. Wenn ich es nicht besser wüsste, würde ich sagen, es ist verdammt merkwürdig, dass wir dich hier treffen.« Er warf seiner Mutter einen vorwurfsvollen Blick zu, aber Molly lächelte ihn nur warm an, als ob sie seine Andeutung nicht verstünde.

»Also, Mia«, sagte sie. »Ich hatte keine Gelegenheit, mich für gestern Abend zu entschuldigen. Meine Familie... nun, meine Männer sind sehr beschützend. Nach dem, was vorher passiert ist... ich bin sicher, du verstehst das?«

Mias Kopf schnellte hoch. »Ich habe dir gesagt, ich will nichts von dir oder deiner Familie.«

»Ich weiß, Liebes. Und jetzt wissen es meine Männer auch, also können wir es hinter uns lassen.«

Mias Augen strahlten Wut aus. Vielleicht war das gut so. Mit diesem Groll in ihrem Bauch würde sie wahrscheinlich nicht so bald wieder um seine Leute herumschnüffeln.

Das Essen kam, was die Unterhaltung für einige Momente unterbrach. Sowohl Roman als auch seine Mutter machten sich über ihre Burger her. Mia stocherte lustlos in ihrem Beilagensalat herum und fischte schließlich ein Crouton heraus, das sie mit der Gabel zum Mund führte.

»Jetzt, wo wir alle Freunde sind«, fuhr Molly fort, »habe ich einen Gefallen, um den ich euch beide bitten möchte-«

»Nein, Ma«, sagte Roman sofort. »Was auch immer es ist, definitiv nein.«

Für einen kurzen Moment fing Mia seinen Blick auf und ihre Lippen verzogen sich zu einem spöttischen Lächeln. Sie sah wirklich gut aus. Selbst ohne Make-up und mit einem Schmutzfleck auf der Wange hatte sie eine reine, natürliche Schönheit. Als er sich an Kevins Kommentar über Kissenlippen erinnerte, ruhte sein Blick auf ihrem vollen Mund, und sein Herz machte einen unbeholfenen Sprung in seiner Brust und schien gegen seine Rippen zu krachen.

»-und zusammenzuarbeiten scheint die perfekte Lösung zu sein«, beendete seine Mutter den Satz und tupfte sich mit der Serviette den Mundwinkel ab.

Mia schüttelte abrupt den Kopf.

Roman blinzelte verwirrt. »Was hast du gesagt?«

»Sie will, dass wir uns zusammentun und herausfinden, was mit Anita passiert ist«, sagte Mia.

»Genau. Du hast Zugang zu allen Informationen von früher.« Molly wandte sich an Roman. »Ganz zu schweigen davon, dass du ein ausgezeichneter Detektiv bist. Mia hier wird vielleicht in der Lage sein, die fehlenden Details zu ergänzen. Und ich wette, wenn sie sich keine Sorgen mehr macht, dass du und der Rest der Familie sie vertreiben, werden ihr die Dinge freier in den Sinn kommen.«

»Sie ist eine Zivilistin. Ich kann sie keine vertraulichen Polizeiakten lesen lassen«, sagte Roman. »Und außerdem habe ich dir gesagt, dass da nichts drin steht.«

»Die Polizei stellt doch Berater ein, oder? Das wird Mia sein.« Molly wischte seinen Einwand beiseite, als wäre er völlig irrelevant.

»Ja, klar«, sagte Roman langsam, ein Lächeln breitete sich auf seinem Gesicht aus. »Aber Berater durchlaufen einen strengen Überprüfungsprozess. Wenn Mia dazu bereit ist, werde ich morgen früh mit der Hintergrundüberprüfung beginnen.«

»Bin ich nicht«, sagte Mia. »Ich will nichts damit zu tun haben, mit der Polizei zu arbeiten.«

Molly schlug mit der Hand auf den Tisch. Das Besteck hüpfte von ihrem Teller und ließ die Familie in der Sitzecke gegenüber zu ihnen herüberschauen. »Mein kleines Mädchen wird vermisst, und ihr zwei werdet sie finden. Roman, es ist mir egal, was du tun musst, um das bei der Arbeit zu klären, aber du tust es, und zwar morgen.«

»Und du, Fräulein.« Sie wandte sich an Mia. »Du hast eine gottgegebene Gabe. Wir sind alle aus einem Grund hier auf der Erde. Das ist deiner, also hör auf, dich zu verstecken und so zu tun, als könntest du es nicht. Ich weiß, dass du es kannst und du wirst es tun. Das Leben ist kurz, und wir haben nur einen Versuch. Lebe es auf die beste Art und Weise, die du kannst.«

Molly nahm ihre Serviette vom Schoß, warf sie über ihren Teller und stand mit einer Bewegung auf, die so geschmeidig war wie die eines Athleten. »Ich hoffe, keiner von euch muss jemals erfahren, wie es sich anfühlt, ein Kind zu verlieren, und das auf die schlimmste vorstellbare Art, ohne Zeit, sich auch nur zu verabschieden. Jetzt könnt ihr sie wenigstens zu mir zurückbringen.«

Molly marschierte aus dem Diner, die Schultern steif und den Kopf hoch erhoben. Sie sah nicht zurück.

Mia wünschte, sie hätte nie diese dumme Vision von Anita gehabt.

Sie wollte weinen. Oder schreien. Oder besser noch, all ihre Sachen und die Hunde jetzt sofort packen und Dalton verlassen, ohne anzuhalten, bis sie einige ernsthafte Meilen zwischen sich und die Familie Mancini gebracht hätte.

Roman saß mit gesenktem Kopf über seinem Teller. »Meine Mutter hat diese irritierende Art, mich wieder wie einen Zehnjährigen fühlen zu lassen«, grummelte er. »Wir werden es tun müssen. Zusammenarbeiten, meine ich. Wenn sie sich erst einmal eine Idee in den Kopf gesetzt hat, lässt sie nicht locker. Vertrau mir da. Es tut mir nur leid, dass du da mit hineingezogen wirst.«

Sie saß einen Moment lang still da, knetete nervös ihre Finger in ihrem Schoß und biss sich auf die Lippe. »Es ist nicht so, dass ich nicht helfen will«, sagte sie schließlich. »Aber ich fürchte, sie macht sich umsonst Hoffnungen. Ich kann nichts versprechen. Dieses Echo im Wald ist vielleicht alles, was ich je von dem sehen werde, was deiner Schwester passiert ist. Nicht dass es eine Rolle spielt, was ich sage, da du sowieso denkst, ich sei eine Lügnerin.«

Er schüttelte langsam den Kopf. »Ich sage nicht, dass ich dir nicht glaube, aber als Polizist mag ich Beweise. Bisher hast du dem Revier einen Haufen Geld für Forensik und Techniker gekostet, und ich habe immer noch nichts in der Hand. Obendrein weiß ich verdammt gut, dass es da etwas in deiner Vergangenheit gibt, von dem du nicht willst, dass wir es wissen. Das macht die Zusammenarbeit nicht gerade einfach.«

»Du hast Recht. Du hast absolut Recht.« Sie streckte ihre Hand aus. »Wenn wir wirklich zusammenarbeiten wollen, sollten wir vielleicht einen Waffenstillstand schließen?«

»Ja. Okay, einverstanden.«

Er ergriff ihre Hand und drückte sie kurz, aber sie ließ nicht los, als er sie freigab. Stattdessen nahm sie ihre linke Hand und umschloss seine Hand zwischen ihren Handflächen.

Er sah amüsiert nach unten. »Ist das wie in der Oberstufe? Sind wir jetzt ernsthaft zusammen?«

»So etwas in der Art«, murmelte sie und schloss die Augen.

»Nichts für ungut, Mia, aber das ist seltsam.« Roman versuchte, sich aus ihrem Griff zu befreien.

»Psst«, zischte sie und weigerte sich loszulassen. Dann breitete sich ein Lächeln auf ihrem Gesicht aus, und sie öffnete die Augen, um ihn anzusehen. »Du hattest in der zehnten Klasse eine ernsthafte Beziehung mit Carly Francis. Sie war deine erste richtige Freundin. Du hast deine Schwester Lina bestochen, damit sie Erdnussbutterkekse backt. Das waren Carlys Lieblingskekse, und du hast ihr erzählt, du hättest sie selbst gemacht. Ihr seid zusammen zum Schulball gegangen. Sie trug ein rosa Kleid mit

Puffärmeln und glitzernde silberne Sandalen, und du hast ihr ein Handgelenk-Corsage mit Maiglöckchen und weißen Nelken gekauft. Sie wohnte in einem Bungalow in der Willow Street, und du bist oft zum Fenster hochgeklettert und in ihr Zimmer gestiegen, um auf sie zu warten, wenn sie spät von der Arbeit kam. Oh… aber… sie hatte ihr Tagebuch offen liegen lassen, und du hast darin über den Schulcampingausflug in der Woche zuvor gelesen und…«

Jetzt war es Mia, die versuchte, ihre Hand wegzuziehen, aber er hielt sie fest und weigerte sich, den Kontakt zu unterbrechen. »Mach weiter. Beende es.«

Sie wandte ihren Blick ab und schüttelte den Kopf.

»Beende es«, sagte er noch einmal, diesmal kaum mehr als ein Flüstern.

»Okay. Na gut. Auf dem Campingausflug, nachdem alle eingeschlafen waren, ist sie mit Chris Monties in den Wald geschlichen und hatte Sex mit ihm. Als du sie damit konfrontiert hast, sagte sie, dass sie Chris schon lange liebte. Sie sei nur mit dir ausgegangen, um ihn eifersüchtig zu machen.« Mia blinzelte ihn an, ihre Augen voller Bedauern. »Es hat dich tief verletzt. Noch mehr, als sie später allen erzählte, du hättest sie schlecht behandelt und dann abserviert. Dein Stolz hinderte dich daran, es zu leugnen. Für den Rest des Schuljahres mieden dich all ihre Freunde. Jedes Mal, wenn du Chris auf dem Flur begegnet bist, hat er dir dieses hinterhältige Grinsen zugeworfen, bei dem du ihm am liebsten die Fresse poliert hättest.«

Mit weit aufgerissenen Augen zog er seine Hand weg und drückte sie an seine Brust, als wäre sie ein verletzter Vogel. Sein Atem ging schwer, während er sie anstarrte.

Mia schüttelte den Kopf. »Es tut mir leid. Ich dachte, es wäre eine schöne Erinnerung. Ich wollte dich nicht verletzen.«

Roman legte seine Hände auf den Tisch und setzte sich gerade hin. »Hat meine Mutter dir diesen Kram über Carly erzählt?«, fragte er mit harter Stimme.

»Was? Nein, natürlich nicht. Wegen all deiner spöttischen Kommentare wollte ich dir zeigen, dass… nun ja, ich Dinge sehen kann.«

Roman schüttelte den Kopf. »Ich weiß nicht, was ich denken soll, aber eins ist sicher, du bist eine verdammt unheimliche Frau.«

Sie seufzte. »Ich weiß. Die Geschichte meines Lebens. Ich werde es nicht wieder tun, zumindest nicht absichtlich. Aber ich kann nicht versprechen, dass mir keine Details mehr zufliegen werden, denn du bist sehr leicht zu lesen.« Sie machte eine Pause und wich seinem misstrauischen Blick aus. »Ich sage nicht, dass ich helfen werde, aber wenn ich es täte, wie würde es ablaufen? Ich meine, unsere Suche nach Anita.«

»Ähm…« Seine Finger trommelten auf dem Tisch. »Lass mich darüber nachdenken, okay? Ich rufe dich morgen an.«

»In Ordnung.« Mia stand auf und sah auf ihn herab. »Ich würde dir ja die Hand geben, aber…« Sie lachte kurz und zuckte mit den Schultern, bevor sie sich umdrehte und aus dem Diner ging.

Als sie den Bürgersteig zu ihrem SUV entlangging, kam sie an dem Fenster vorbei, an dem Roman saß und auf seine Hände starrte, die immer noch flach auf dem Tisch lagen. Sie tat ihm fast leid.

Kapitel Acht

Als Roman am nächsten Tag nicht anrief und auch am übernächsten nicht, ging Mia davon aus, dass er es wahrscheinlich nicht tun würde. Das war ihr nur recht. Sie mochte zwar sanfte Gefühle für Molly hegen und ihre tiefe Trauer um Anita verstehen, aber es gab etwas an Romans Nähe, das ihr das Gefühl gab, ständig von schwachen elektrischen Strömen getroffen zu werden.

Und das nicht auf eine gute »Ihr-war-noch-nie-aufgefallen-wie-blau-der-Himmel-war«-Art. Wenn er in der Nähe war, konnte sie fast glauben, sie bekäme die Grippe oder eine andere schwächende Krankheit. Ihr Körper fühlte sich *seltsam* an, ihr Geist war wie Brei, und oft hatte sie Mühe zu atmen, als würde er ihr irgendwie jedes bisschen Luft stehlen. Es war, gelinde gesagt, befremdlich. Der Gedanke, für längere Zeit mit ihm zusammenzuarbeiten, ließ sie vor diesen unangenehmen Gefühlen davonlaufen wollen.

In der tröstlichen Ruhe ihres Zuhauses arbeitete sie stetig an Schmuckbestellungen und war entschlossen, nach der Ablenkung durch Anita aufzuholen. Zur Normalität zurückzukehren war eine Erleichterung, und sie vertiefte sich in die komplizierte Arbeit, besonders in das Stück, an dem sie gerade arbeitete. Der Kunde hatte ein Bild einer Halskette geschickt, die eine Prominente bei einem großen Event getragen hatte, und wollte sie nachbilden lassen, wobei die Diamanten und Smaragde durch Kristalle ersetzt werden sollten.

Mia hatte den Rahmen für die pyramidenförmige Ebene gesetzt und hatte die letzte Stunde damit verbracht, sich durch die Steine zu fühlen, um Stücke zu finden, die sowohl in Größe und Form als auch energetisch zur Frau passen würden. Es war anspruchsvolle Arbeit. Als der Einfahrtsmonitor auf der Küchentheke piepste, lehnte sie sich in ihrem Stuhl zurück und rieb die Knoten aus ihren Händen.

Ihr Herz sank, als sie Romans schwarze Limousine in den Parkbereich vor der Haustür einbiegen sah. Wenn er sich die Mühe gemacht hatte, herzufahren, dann musste er tatsächlich in Erwägung ziehen, diese Idee der Zusammenarbeit umzusetzen.

Sie steckte die Schmuckzange in ihre Gesäßtasche und schritt durch den Wintergarten, um die Fliegengittertür zu öffnen, bevor er die Chance hatte zu klopfen. »Mach dir keine Sorgen um die Hunde. Sie werden dir nichts tun«, sagte sie, als er auf der Schwelle zögerte.

Er folgte ihr zur Haupttür des Hauses und in den Arbeitsraum, wo sie auf den freien Stuhl neben ihrem Tisch deutete.

»Also«, sagte er. »Ich denke, wir sollten das machen. Wirst du helfen?«

Mia wollte den Kopf schütteln und ihn wegschicken, aber seit dem Abend in Gabes Diner hörte sie Mollys Abschiedsworte in ihrem Kopf. Und die Wahrheit war, wenn sie weiterhin ein anständiges Leben führen und versuchen wollte, sich in der Gemeinschaft zu etablieren, waren dies die Arten von Dingen, die sie tun musste.

»Ja, ich werde helfen. Aber ich möchte nicht, dass du irgendwelche Hintergrundchecks über mich machst.«

»Wovor hast du solche Angst, dass ich es finden könnte? Verbirgst du ein Verbrechen? Eine Verbindung zur Mafia? Weißt du, diese Geheimnistuerei macht mich nur noch neugieriger.«

»Meine Vergangenheit geht dich nichts an«, sagte sie und sah ihm direkt in die Augen. »Ich mache dir einen Vorschlag: Du stocherst nicht weiter in meiner Vergangenheit herum, und ich werde nicht in deinem Kopf herumstöbern. Das scheint fair zu sein.«

Er legte den Kopf schräg. »Du hast bereits versprochen, dass du es nicht tun würdest, also kannst du es jetzt schlecht als Verhandlungschip benutzen.«

»Ja, nun, die Dinge ändern sich. Und wenn du es genau betrachtest, biete ich eigentlich zwei Dinge an. Deine Schwester zu finden und deine privaten Gedanken und Erinnerungen privat zu lassen. Unter den gegebenen Umständen denke ich, dass ich ziemlich großzügig bin. Außerdem möchte ich mir nicht vorstellen, wie wütend deine Mutter wäre, wenn ich zu ihr gehe und erkläre, dass du zu sehr ein Arsch warst, um mit dir zusammenzuarbeiten.« Sie machte eine kurze Pause und lächelte süß. »Natürlich würde ich nicht wirklich das Wort Arsch benutzen, aber sie würde die Botschaft schon verstehen.«

»Wow, das ist gemein.« Als sie ihn nur weiter anstarrte, seufzte er. »Okay, ich akzeptiere deine Bedingungen. Hier sind meine: Ich werde dich nicht offiziell als Beraterin einsetzen, zumindest nicht am Anfang. Es wird einfacher sein, wenn ich nicht durch den ganzen politischen Kram und die Bürokratie gehen muss. Ich habe keine Lust, jetzt von der Truppe ausgelacht zu werden.«

»Ja, ich verstehe, wie peinlich es ist, mit mir in Verbindung gebracht zu werden«, sagte sie bitter, jeder Hauch von scherzhafter Belustigung war aus ihrer Stimme verschwunden.

»Hey, reg dich nicht so auf. Polizisten sind Polizisten. Wir sind darauf trainiert, mit Fakten zu arbeiten - nicht mit Gefühlen - und definitiv nicht mit psychischen Visionen oder was auch immer du das nennst, was du tust.«

»Okay, ich verstehe.« Sie hielt ihren Ärger nah an ihrem Herzen, atmete tief ein und ließ es in einem langen, langsamen Ausatmen wieder heraus. »Was ist der Plan?«

»Ich dachte, ich würde dich über das informieren, was ich weiß, und du kannst sehen, ob du irgendwelche... ich weiß nicht... Ahnungen oder so bekommst. Es sei denn, du hast eine bessere Idee?«

»Nein.« Sie blickte auf ihre unfertige Halskette und die Hunde, die sich unruhig bewegten, und sah dann auf die Uhr. »Ich nehme an, du meinst jetzt? Es wäre nett gewesen, wenn du vorher angerufen hättest. Ich bin gerade mitten in der Arbeit, und die Hunde brauchen einen Spaziergang und ihr Abendessen.«

»Ich weiß. Es tut mir leid. Um ehrlich zu sein, war ich mir nicht ganz sicher, ob ich es durchziehen würde, bis ich vor deinem Haus aus meinem Auto gestiegen bin. Wie wäre das? Lass uns mit den Hunden spazieren gehen. Wenn sie gefüttert sind, können wir vielleicht ausgehen und etwas essen, und ich gebe dir alle Details zum Fall.«

»Oder«, konterte sie, »Ich werfe etwas zusammen, und wir essen hier. Ich lasse sie nicht gerne allein, und es wird privater sein zum Reden.«

Er hob die Hand. »Oder du kümmerst dich um die Hunde, und ich fahre in die Stadt und hole Essen und bringe es hierher zurück. So musst du nicht kochen.«

Sie studierte sein Gesicht für einige Sekunden. »Wird alles, was wir tun, immer eine lange, ausführliche Verhandlung beinhalten?«

»Kann ich nicht mit Sicherheit sagen, aber es fühlt sich so an. Deine Wahl. Pizza, Chinesisch oder etwas von Gabes Diner?«

»Gabes Diner. Ich habe mein Essen nie beendet, als wir neulich dort waren. Ich möchte einen Artischocken-Rote-Bete-Salat und einen Veggie-Burger.«

Er schätzte ihren Gesichtsausdruck ab und versuchte zu entscheiden, ob sie scherzte oder nicht. »Ich wusste nicht einmal, dass er diesen gesunden Kram auf der Speisekarte hat.«

Ihr Lächeln war selbstgefällig. »Hat er nicht. Zumindest noch nicht, aber als ich das erste Mal dort war und ihm sagte, was ich wollte, war er glücklich, es für mich zuzubereiten. Er ist so ein lieber Mann. Ich glaube, er wird es im Herbst hinzufügen. Ganz neue Speisekarte.«

»Okay. Du willst es, du bekommst es.« Er wirbelte seine Schlüssel um den Daumen und lächelte. »Ich bin schneller zurück, als du denkst.«

Eine Stunde später saßen Roman und Mia am Bistrotisch in ihrer Küchenecke mit einem Berg von Essen zwischen ihnen. »Du hast so viel geholt«, sagte sie und beäugte das Knoblauchbrot, die Zwiebelringe und die doppelte Portion Kartoffelspalten zusätzlich zu ihrem Hauptgericht. Sein Teller war mit einem Bacon-Cheeseburger und Caesar Salat beladen.

»Ich fühlte mich ziemlich unter Druck, dein Essen vom anderen Abend wieder gutzumachen, und wir könnten eine Weile hier sein. Guten Appetit.« Mit beiden Händen hielt er den Burger fest und nahm einen riesigen Bissen.

Sie kauten mehrere Minuten lang schweigend. Ihr fiel auf, dass die Hunde, sogar Mac, Romans Anwesenheit akzeptiert hatten, als wäre es ein alltägliches Ereignis. Es war seltsam, da sie nie jemanden für längere Zeit bei sich zu Hause hatte, schon gar nicht als Dinnerbegleitung. Nicht nur hatte sich das Rudel in den Entspannungsmodus begeben, sondern Layla, die Verräterin, saß dicht an Romans Oberschenkel gepresst.

»Du kannst sie wegschieben, wenn es dich stört«, sagte sie und deutete auf den Labrador.

»Was?« Roman hielt inne und blickte nach unten. »Ach was, ich liebe Hunde. Wenn ich nicht so viel arbeiten würde, hätte ich selbst einen. Wir hatten immer welche, als ich aufwuchs.« Er tätschelte Laylas Kopf, und sie sonnte sich regelrecht unter seiner Hand, als würde sie eine große Ehre empfangen.

Das war falsch. Ihn hier in ihrem Haus zu haben. Alle wurden zu bequem.

»Wir sollten zur Sache kommen«, sagte sie scharf.

Roman schluckte und wischte sich den Mund ab. »Klar. Wenn du möchtest.« Er nahm einen Schluck Bier. »Also gut. Anita verschwand am Tag nach dem Jahrmarkt zum 4. Juli im Carlton Park. Er fand früher immer dann statt, aber nach ihrem… na ja, nach dem, was passiert ist, hat die Stadt den Jahrmarkt in den Frühling verlegt. Alle fanden es respektlos, zu feiern, wenn es praktisch der Jahrestag ihres Verschwindens war.«

Roman schluckte und blickte kurz weg, bevor er sich zu sammeln schien.

»Jedenfalls hatte Anita an diesem Abend um neun Feierabend. Sie kellnerte in Gabes Diner.« Er sah zu Mia, die nickte. »Gabriel sagte, sie habe noch ein paar Minuten mit Mary, einer anderen Kellnerin, geredet und sei dann irgendwann gegen Viertel nach neun zu Fuß gegangen. Eine Kundin, Betty Warner, sah sie am Fenster vorbeigehen. Es ist nur etwa zehn Minuten zu Fuß von dort bis zum Haus meiner Eltern. Niemand hat sie gesehen, nachdem sie am Dinerfenster vorbeigegangen war.«

»Wurden irgendwelche ihrer persönlichen Gegenstände je gefunden?«

»Nein. Kein Handy. Keine Handtasche. Gar nichts. Alle ihre Freunde und Familienmitglieder wurden befragt. Keine der Aufzeichnungen zeigt einen Anruf von oder zu Anitas Telefon. Ihre Kreditkarte wurde nie wieder benutzt, und ihre Bankkarte auch nicht.«

»Wo warst du?«

Er hob eine Augenbraue. »Bin ich ein Verdächtiger, Officer Reeves?«

Sie hielt seinem Blick stand. »Ich versuche nur, ein Gefühl für die Situation zu bekommen, wie du gesagt hast.«

»Tut mir leid. Es ist schwer. Das noch einmal durchzugehen, ist härter, als ich dachte. Ich hatte ein paar Tage frei von meinem Sommerjob auf dem Bau und war mit Freunden am Lake Shadlock zelten, etwa eine Stunde von hier entfernt.«

»Du und dein Freund Jason habt eure Freundinnen auf einen Campingausflug mitgenommen, um etwas Zeit allein mit den Mädels zu verbringen, da ihr beide den Sommer über zu Hause gewohnt habt, um Geld zu sparen. Es war das erste Mal, dass du und Elyse…« Mia hielt inne, ihr Gesicht knallrot, und schlug sich frustriert mit der Hand gegen die Stirn. »Es tut mir so leid. Ich wollte nicht nachsehen. Es war einfach da. Bitte sei nicht böse.«

Ganz bewusst legte Roman seinen Burger ab und starrte in ihre bestürzten Augen. »Ich beginne zu begreifen, dass es keinen Sinn hat, deswegen sauer zu sein. Es wäre, als würde man einen Adler dafür beschuldigen, zu hoch zu fliegen. Es ist für dich völlig natürlich, oder?«

Sie ließ den angehaltenen Atem entweichen und nickte langsam. »Es tut mir trotzdem leid.«

Er zuckte mit den Schultern und nahm den Burger wieder auf, biss hinein. Mia tat es ihm gleich und spießte ein großes Stück Artischocke auf. Nachdem Roman das Essen mit einem Schluck Bier hinuntergespült hatte, musterte er sie.

»War das schon immer so? Das Lesen von Menschen, meine ich. Du musst es in der High School leicht gehabt haben. Du hättest die Antworten auf die Tests gewusst, indem du einfach neben dem klügsten Kind in der Klasse gesessen hättest. Ganz zu schweigen von all den Geheimnissen, und in dieser wettbewerbsorientierten Teenagerumgebung ist Wissen Macht.«

»Ich war nicht wirklich oft in der High School«, murmelte sie.

»Hey, ich verstehe das, die High School war für viele Leute schwierig«, sagte er, erleichtert, ihr schwaches Lächeln zu sehen.

»Jedenfalls, zurück zu Anita. Was ist mit ihrem Freund? Hast du ihn überprüft?«

»Dr. Luke McNally? Klar, ich habe ihn überprüft, genauso wie die Polizei es damals getan hat. Er war ein sauberer Junge. Hatte gute Noten. Studierte Medizin an der Vanderbilt. Er und Anita waren zusammen, seit sie sechzehn war. Du kennst ja schon die Sache mit dem Armband, also weißt du, dass sie ein festes Paar waren. Kein Fremdgehen auf beiden Seiten. Er war am Boden zerstört, als es passierte.«

»Und jetzt, denkst du immer noch, er ist unverdächtig?«

»Scheint so. Er ist verheiratet und hat zwei Kinder. Er und sein Vater betreiben eine der Hausarztpraxen in der Stadt. Allerdings kam er ziemlich schnell mit Mandy zusammen. Sie waren schon Ende des Jahres, in dem Anita verschwand, ein Paar. Das war hart mit anzusehen.«

»Das kann ich mir vorstellen. Was ist mit ihr? Könnte sie Anita etwas angetan haben, um sie aus dem Weg zu räumen?« Als Roman sie nur stirnrunzelnd ansah, zuckte Mia mit den Schultern. »Was denn? Menschen tun verrückte Dinge aus Liebe... oder so habe ich gehört. Vielleicht hat sie jahrelang von Luke geträumt und ist für einen Moment durchgedreht.«

»Ich denke, es würde nicht schaden, sie noch einmal genauer unter die Lupe zu nehmen.«

»Was ist mit anderen Typen, die vielleicht ernsthaft in Anita verknallt waren und sie für sich haben wollten?«

»Du wärst ein guter Cop geworden«, sagte Roman mit einem Lächeln. »Ja, ich habe auch an andere Typen gedacht, aber konnte nichts Handfestes finden. Luke war buchstäblich ihr erster Freund. Keine ihrer Freundinnen hatte Geschichten von irgendwelchen Typen, die sie angemacht hätten oder so. Ich schätze, wir könnten noch mal nachschauen.«

»Kommen normalerweise Touristen zum vierten Juli und bleiben?«

»Eher auswärtige Familienmitglieder und Freunde. Ich sehe, du bist zur Theorie des zufälligen Fremden übergegangen?«

»Nicht wirklich. Sie kannte ihn«, sagte Mia und dachte an ihre Vision. »Die ganze Zeit über war in ihrem Kopf eine Art schockierter Unglaube.« Sie schüttelte sich, als würde sie aus einer Trance erwachen. »Es tut mir leid. Ich hätte das nicht sagen sollen. Du bist so sachlich bei allem, für einen Moment habe ich vergessen, dass sie deine Schwester war.«

Roman seufzte. »Du kannst dir keine Sorgen um meine Gefühle machen. Halt nichts zurück. Niemals. Ich muss wissen, was du weißt.« Er hielt inne und fuhr sich mit den Fingern durch sein dunkles Haar. »Was, wenn wir zurück in den Wald beim Park gehen. Glaubst du, du wirst mehr sehen?«

»Ich weiß nicht. Vielleicht. Vielleicht auch nicht. Als ich dich und Detective Latterly dorthin gebracht habe, um euch die Stelle zu zeigen, habe ich es wieder gesehen, genau wie beim ersten Mal. Das war seltsam für mich, weil es normalerweise eine einmalige Sache ist. Es könnte sein, dass das wieder passiert, und ich etwas bemerke, was ich vorher übersehen habe, oder die Vision könnte länger dauern. Ich schätze, es könnte sich lohnen, es zu versuchen.«

»Okay. Das ist etwas. Es ist jetzt spät, also lass uns das morgen machen. Wenn ich keinen großen Fall bekomme, habe ich um sechs Uhr Feierabend. Ich treffe dich dort.«

Sie starrte ihn einen Moment lang an. »Oder du könntest es so formu lieren... Mia, hättest du Zeit, mich morgen um sechs im Carlton Park zu treffen?«, sagte sie mit übertrieben süßer Stimme.

»Ja, genau das«, sagte Roman ungeduldig. »Du kommst doch, oder?«

»Ich werde da sein«, sagte sie. »Weißt du was? Du bist wirklich ziemlich herrisch, und ich komme nicht so gut mit Befehlen klar. Ich schätze, daran müssen wir noch arbeiten.«

»Klar, Schätzchen, wie du meinst.« Roman verdrehte die Augen, lächelte aber dabei. »Okay, da es schon fast neun Uhr ist, werde ich jetzt Schluss machen. Wir sehen uns morgen.« Er schob sich vom Tisch weg und stand auf. Layla war sofort wieder an seiner Seite und starrte ihn voller Bewunderung an.

»Ich glaube, jemand möchte sich verabschieden«, bemerkte Mia.

Roman ging in die Hocke und streichelte Laylas Gesicht. »Sie ist wirklich ein toller Hund. Gute Nacht, Layla. Danke, dass du bei mir warst.«

»Pass auf, sonst machst du die anderen noch eifersüchtig.«

»Der nicht.« Roman zeigte auf Mac. »Der ist ein Muttersöhnchen wie es im Buche steht. Und die zwei Kleinen scheinen mehr an den großen Hunden zu hängen als an irgendjemand sonst, also richte ich hier kaum Schaden an.«

Mia starrte ihn an und schüttelte den Kopf. »Wow, ich würde sagen, du hast die Dynamik des Rudels auf Anhieb ziemlich gut verstanden.«

»Deshalb bin ich ja Detektiv«, sagte er, zwinkerte ihr zu und tätschelte Layla ein letztes Mal. »Okay, ich bin weg. Danke für... nun, danke. Wir sehen uns morgen.«

Den Abend mit Mia zu verbringen, war gar nicht so schlimm gewesen, dachte Roman auf der Fahrt zurück in die Stadt. Sicher, manchmal war ihre Persönlichkeit etwas stachelig, aber sie war klug und mitfühlend, und es war erfrischend, mit einer Frau zusammen zu sein, die ihn ein wenig herausforderte. Nicht, dass er sie als potenzielle Freundin betrachtete, denn das kam überhaupt nicht in Frage, aber dennoch war sie faszinierend.

Und es schadete auch nicht, dass sie diese großen, sanften, haselnussbraunen Augen und all das lange, dicke, kastanienbraune Haar mit feurigen Reflexen hatte. Die Art und Weise, wie sich die Braun-, Gold- und Rottöne vermischten, erinnerte ihn an ein Rehfell. Ihr Körper war auch nicht übel. Einladend anzusehen und mit vielen Kurven. Fast so, als würde sie einen Mann dazu auffordern, sich vorzustellen, all ihre Höhen und Tiefen zu erkunden.

Er machte ein verächtliches Geräusch in seiner Kehle. Und damit war es genug, beschloss er.

Roman mochte Frauen und besonders Sex genauso gern wie jeder andere Kerl, aber er stand nicht auf Komplikationen. Die Art von Beziehungen – er fand den Begriff eigentlich zu förmlich für das, was im Grunde eine Reihe von zwanglosen Frauenbekanntschaften war –, die ihm am besten passten, waren locker und unkompliziert. Er wusste verdammt gut, dass Mia das genaue Gegenteil von unkompliziert war.

Angefangen damit, dass sie nicht wirklich Mia Reeves war. Oh ja, er wusste, dass die echte Mia vor acht Jahren gestorben war. Er hatte ihre Todesanzeige in einer Zeitung aus Cleveland gefunden. Allerdings konnte er keine Sterbeurkunde finden. Er hatte sogar bei ein paar ihrer Freunde angerufen. Sie hatten bestätigt, dass sie einen Monat nach ihrem Collegeabschluss an einer Überdosis gestorben war.

Dann, vor fünf Jahren, hatte die Mia, die er kannte, offensichtlich ihre Identität angenommen. Es war gute, solide Schwarzmarktarbeit. Zweifellos hatte sie einen hohen Preis für die Papiere bezahlt. Wenn er kein Polizist wäre und nicht so gründlich nachgeforscht hätte, hätte er es nie herausgefunden.

Also blieb die Frage, die wie ein Karussell in seinem Kopf kreiste, noch zu lösen: Wer zum Teufel war diese Frau, bevor sie zu Mia Reeves wurde, und wovor lief sie davon?

Kapitel Neun

Mia trat vom Asphalt auf den weichen Boden am Waldrand, wo Roman auf sie wartete. Er drehte sich zu ihr um und lächelte. Sie blickte über seine Schulter zu den Bäumen. Die Sonne hatte begonnen unterzugehen, aber es war immer noch hell draußen. Der Wald hingegen war in dämmriges Licht gehüllt, als wolle er entschlossen seine Geheimnisse bewahren. Sie erschauderte.

»Du… ähm… siehst schon etwas?«, fragte Roman und musterte ihr Gesicht.

»Bis jetzt noch nichts. Lass uns weitergehen.«

Sie bahnten sich einen Weg zwischen den Ästen hindurch, wobei Mia die Führung übernahm. Sie bemühte sich, ihren Geist klar und offen zu halten. Als ob er es verstünde, blieb Roman still, während sie den ganzen Weg zurück zum verrottenden Baumstamm gingen. Mia ließ sich auf den Boden sinken und setzte sich im Schneidersitz daneben, schloss die Augen und atmete tief durch. Stille Minuten verstrichen.

»Ich bekomme nichts«, sagte sie mit einem Seufzer.

Roman hockte sich neben sie. »Naja, es war unwahrscheinlich, dass wir etwas herausfinden würden. Trotzdem mussten wir es versuchen.«

»Warum hat er sie nicht hier gelassen?«, fragte Mia. »Es muss riskant gewesen sein, ihre Leiche wegzubringen.« Sie streckte die Hand aus und berührte seinen Arm. »Ich finde es immer noch schwierig, mit dir darüber zu reden. Du musst mir sagen, wenn ich zu direkt bin.«

»Bist du nicht«, sagte er knapp. »So finden wir sie. Und ja, ich stimme dir zu. Es braucht Mut, sie von hier wegzubringen. Erinnerst du dich, was sie anhatte?«

»Ja, einen dunkelblauen Baumwollrock und eine hellblaue Bluse.«

»Richtig. Damals hatte Gabriel keine Uniformen für sein Servicepersonal. Die Kleidung, die du beschrieben hast, ist das, was sie trug, als sie ihre Schicht in der Nacht ihres Verschwindens arbeitete. Du sagtest, es war dunkel in deiner Vision, richtig?« Er wartete, bis Mia nickte. »Wenn wir alles zusammenfügen, wurde sie wahrscheinlich irgendwann in der Nacht getötet, nachdem sie die Arbeit verlassen hatte.«

Mia nickte wieder, den Blick auf Roman gerichtet. »Und da sie zu Fuß war, wie zum Teufel ist sie hierher gekommen? Es ist ein weiter Weg von der Main Street.«

»Wahrscheinlicher ist, dass jemand sie mitgenommen hat. Alle Geschäfte in der Straße waren zu diesem Zeitpunkt geschlossen. Das Café und Pizza Hut waren natürlich offen, aber niemand erinnert sich, sie gesehen zu haben.«

»Das bedeutet, sie ist wahrscheinlich in der Nähe des Diners ins Auto gestiegen oder wurde dazu gezwungen. Gibt es dort irgendwelche Gassen? Ich sollte die Strecke selbst ablaufen«, entschied Mia.

»Lass uns jetzt gehen.« Als er bemerkte, wie sie sich versteifte, hielt er inne. »Ich meine, hast du Zeit, es jetzt zu machen?«

»Aber ja, Roman, tatsächlich passt mir diese Zeit perfekt.« Sie lächelte ihn an und stand auf. »Siehst du, es ist gar nicht so schwer, oder?«

»Schwerer, als du je wissen wirst«, brummte er und trottete hinter ihr her.

Als sie wieder in ihre getrennten Fahrzeuge stiegen, übernahm Roman die Führung und beschleunigte vom Parkplatz weg die Seitenstraße hinunter zur Hauptstraße. Mia schüttelte den Kopf.

Männer und ihr Bedürfnis, anzugeben. Es war so albern, dachte sie.

Er hatte bereits vor Gabe's Diner geparkt und wartete auf dem Bürgersteig auf sie, als sie in die Main Street einbog. Eine ältere Dame blieb stehen, um mit ihm zu sprechen, und Roman nickte und lächelte, aber seine Augen waren auf Mia gerichtet, als sie sich näherte.

»Absolut, Mrs. Smithers. Ich kümmere mich gleich morgen früh darum. Haben Sie noch einen schönen Abend.«

Mia hob eine Augenbraue. »Ärger?«

»Großer Ärger«, sagte er mit ernster Miene. »Diese verdammten Nachbarschaftsrowdys reißen ständig die Deckel ihrer Mülltonnen ab und werfen ihren Müll auf die Straße.« Er machte eine Pause. »Und mit Rowdys meint sie wahrscheinlich die Jenkins-Jungs, die gerade mal acht und zehn sind, und das Nachbarskind von gegenüber, Gavin, der im gefährlichen Alter von elf Jahren ist. Laut Mrs. Smithers steht er kurz davor, sein erstes Verbrechen zu begehen.« Romans Lippen verzogen sich zu einem echten Lächeln. »Es können unmöglich Waschbären sein, weil Mrs. Smithers Stein und Bein schwört, dass seit den Achtzigern kein Waschbär mehr in Dalton gesichtet wurde.«

»Ich schätze, sie war seitdem nicht mehr im Park oder hat in einen Baum geschaut oder die Zeitung gelesen?«

»Wahrscheinlich denkt sie, es sei Propaganda, die von Opossumliebhabern verbreitet wird, oder vielleicht sogar etwas noch Unheimlicheres.«

»Sieht aus, als hättest du morgen einen geschäftigen Tag vor dir«, sagte Mia.

»Jap. Aber mach dir keine Sorgen um mich. Ich bin Gavin und den Jenkins schon früher begegnet. Sie sind nicht so gefährlich, wie alle denken.«

Sie war überrascht, als ihr ein Lachen entfuhr. »Du bist lustig.«

»Das sagen alle.« Sein Lächeln war riesig, und sie standen da und grinsten einander an.

Mia wurde sich plötzlich seiner bewusst. Er war ein wirklich gut aussehender Kerl mit einem harten, athletischen Körper und dunklem italienischem Aussehen. Seine reichen schokoladenbraunen Augen waren so tief, dass sie bodenlos schienen, und seine Haut sah aus, als wäre sie von der Sonne geküsst. Obwohl sein Lächeln ein wenig schief war, war es ernsthaft sexy, und die Art, wie sich die Haut an seinem Mundwinkel kräuselte, ließ es so erscheinen, als wäre es nicht daran gewöhnt, in diese Position gepresst zu werden.

Nein, warnte sie sich selbst, als das warme, schmelzende Gefühl aus ihrem Inneren aufstieg. Nein, nein, nein. Sie konnte sich auf keinen Fall erlauben, sich in Roman Mancini zu verlieben. Sie sah schnell weg und blickte hinüber zum Diner.

»Okay, Anita kam zur Vordertür heraus, ging hier am Fenster vorbei und verschwand?«

»Das fasst es in etwa zusammen.« Seine Augen waren wieder düster geworden. »Sie wäre entweder bis zur Ampel hinuntergegangen und am Ende der Straße überquert oder irgendwo über die Straße gegangen. Vier Blocks die Oak Street hoch und dann wahrscheinlich in die Drury oder vielleicht Rebecca und dann wieder zurück.«

»Wenn sie bis zum Ende der Main Street zur Ampel gegangen wäre, hätte sie dann nicht jemand in Bean Time gesehen?«

»Vielleicht. Besonders weil es an dem Abend voll war. Laut dem damaligen Manager waren die Tische am Fenster besetzt. Offiziell gehen wir davon aus, dass Anita direkt von hier verschwunden ist oder irgendwo hier in der Nähe die Straße überquert hat und dann…«

»Da drüben ist ein Gemischtwarenladen«, sagte Mia und zeigte auf die andere Straßenseite. »Außerdem hätten die Leute im Café immer noch rausschauen und sie sehen können. Ich weiß, es war schon fast dunkel, aber die Straße ist gut beleuchtet.«

»Wir haben auch einen Zeugen, der gegen halb zehn auf dieser Seite der Main Street joggen war. Es war kurz nachdem Anita gegangen war, aber er hätte sie trotzdem sehen können. Er behauptete, die Straße sei leer gewesen. Dann ist da noch Alan Peterson, dem das dritte Haus in der Oak Street gehört. Er war gegen Viertel nach neun mit seinem Hund draußen. Er sagte, er sei eine Weile draußen geblieben, weil es so eine schöne Nacht war und sein Beagle gerne herumschnüffelt. Er hat niemanden vorbeigehen sehen. Grace Anderson auf der anderen Seite und ein Stück weiter unten rauchte auf ihrer Veranda und sagte, sie habe eine Dame mit zwei Hunden gesehen, aber niemanden, der wie Anita aussah. Ich glaube nicht, dass meine Schwester die Oak Street entlanggegangen ist.«

»Okay. Wenn sie nicht diesen Weg genommen hat, dann hat sie die Main Street nicht zu Fuß verlassen, oder? Was ist mit dieser Seitenstraße hier?« Mia zeigte darauf. Sie und Roman gingen einen halben Block nach Norden und blieben an der Ecke stehen, um die schmale Straße hinunterzuschauen.

»Das ist eine Zufahrtsstraße. Siehst du, sie führt in diese Gasse, die hinter allen Gebäuden an der Main Street entlangläuft und dann noch ein Stück weitergeht, bis sie in die Wellington Street mündet. Die Polizei hat hier hinten gesucht. Ich habe es im Bericht gesehen, aber sie haben keine Spur von Anita gefunden.«

»Aber das heißt nicht, dass sie nicht in ein Auto gestiegen ist. Sobald sie drin war, hätte der Fahrer weiter bis zur Wellington Street fahren und dann ein paar Blocks rüber und hoch zur Cressley Street fahren können, von wo aus es direkt zum Park geht.«

»Ja, ich weiß. Also ruft die Person ihr zu, während sie auf dem Bürgersteig läuft. Sie steigt ins Auto und ist in Sekunden verschwunden.«

»Oder er packt sie, wirft sie ins Auto und verschwindet in Sekunden.«

Roman zeigte mit dem Zeigefinger auf sie. »Aber das glaubst du nicht.«

»Nein, das tue ich nicht.«

»Hey, Cousin, was macht ihr da?«

Sie drehten sich um und sahen Tony Mancini auf dem Bürgersteig. Er zwinkerte Mia zu und lächelte breit. Der Mann war so ein Kontrast zu Roman mit seinen strähnenblonden Haaren und hellblauen Augen. Sie fragte sich dann, ob er vielleicht adoptiert worden war. Aber nein, als sie sein Gesicht weiter studierte, erkannte sie, dass sein Mund genau die gleiche Form hatte wie Romans, und sie hatten beide einen widerspenstigen Wirbel am Haaransatz etwas links von der Mitte.

»Wir sehen uns nur ein bisschen um«, sagte Roman. »Mia und ich gehen noch einmal durch, was passiert sein könnte, nachdem Anita in der Nacht ihres Verschwindens die Arbeit verlassen hat.«

Tony schloss die Augen und schüttelte den Kopf. »Ich hasse es, an diese Nacht zu denken.«

»Ich hatte vergessen. Du warst in der Stadt, oder?« sagte Roman.

»Mehr oder weniger. Ich war an dem Morgen zur Hütte gefahren. Zumindest hatte ich Handyempfang, im Gegensatz zu dir auf deinem Wildnis-Campingtrip. Wenn ich mein Handy nicht im Auto gelassen hätte, wäre ich sofort zurückgekommen. So war es, dass ich in dem Moment, als ich am nächsten Morgen meine Nachrichten checkte, innerhalb einer Stunde in Dalton war. Wir sind den ganzen Tag durch die Straßen gelaufen und haben nach ihr gesucht.« Tony schüttelte wieder den Kopf, sein Gesichtsausdruck düster. »Obwohl die erforderlichen vierundzwanzig Stunden für eine vermisste Person noch nicht um waren, nahm die Polizei es von Anfang an ernst, aber sie war verschwunden.«

»Ich hätte hier sein sollen«, murmelte Roman und schob seine Hände in die Taschen.

»Und was? Du wärst zum Diner gekommen, um Anita nach Hause zu begleiten, weil du einen psychischen Blitz hattest und wusstest, dass ihr etwas Schlimmes zustoßen würde? Nichts für ungut«, sagte Tony und wandte sich an Mia.

»Kein Problem«, sagte sie leichthin.

Nicht wahr, dachte Roman, als er die winzige vertikale Falte sah, die sich zwischen Mias Augenbrauen gegraben hatte, und wie sie kämpfte, um ihren Mund weich zu halten, wenn er sich eigentlich zu einer harten Linie über ihren Zähnen verziehen wollte. Es schockierte ihn zu erkennen, dass er sogar so viel über die Frau wusste, nachdem er nur ein paar Stunden in ihrer Gesellschaft verbracht hatte.

»Jedenfalls, auch wenn ich sie nicht hätte retten können, wäre es zumindest für meine Eltern leichter gewesen, wenn ich in der Nähe gewesen wäre.«

»Sie hatten Lina und mich. Und die ganze Stadt war draußen und suchte nach ihr.« Er machte eine Pause und sein Blick wanderte zwischen Roman und Mia hin und her. »Machst du das wirklich mit ihr?« fragte er Roman.

Roman zuckte mit den Schultern. »Irgendwie schon. Wir gehen altes Terrain durch, um zu sehen, ob uns etwas auffällt. Ich denke, es kann nicht schaden und hat den zusätzlichen Vorteil, dass Ma sich besser fühlt.«

»Das freut mich zu hören. Ich glaube, Mia ist echt, aber ich vermute mal, da ihr beide frustriert in einer Gasse steht, dass ihr noch nichts gefunden habt?«

»Bisher nicht, aber es ist noch früh«, sagte Roman.

»Du solltest mit Luke reden«, sagte Tony und wandte sich an Mia. »Ich mochte den Typen nie.«

»Was ist falsch an Luke?« fragte Roman, bevor Mia etwas sagen konnte.

»Er war nie gut genug für Anita. Und dann war er zu allem Überfluss Monate nachdem Anita verschwunden war mit Mandy zusammen. Das kommt mir immer noch seltsam vor.«

»Aber er ist Arzt, und jeder in der Stadt hat nur Gutes über ihn zu sagen«, sagte Mia.

»Ich habe nicht gesagt, dass er nicht klug ist, aber Anita war… besonders. Sie hatte so eine Art Licht um sich. Weißt du, was ich meine?« Tony neigte seinen Kopf zu Roman, der als Antwort nickte.

»Sie klingt wunderbar«, sagte Mia.

»Ja, das war sie wirklich. Ich vermisse sie wie verrückt.«

Roman klopfte ihm auf die Schulter. »Ich weiß, Mann. Ich auch.«

»Mit Luke zu sprechen scheint eine gute Idee zu sein«, sagte Mia. »Sind noch andere ihrer Freunde in der Gegend?«

»Da ist Brooke. Sie hat das Tanzstudio in der Wellington Street übernommen. Schade, dass Ashley nicht mehr hier lebt. Nach dem College hat sie einen Job in Nashville bekommen. Es ist nicht so eine weite Reise, um sie zu besuchen«, sagte Tony.

»Ich denke, wir können mit Luke und Brooke anfangen, bevor wir einen Roadtrip planen. Wieso bist du plötzlich so dafür?« fragte Roman Tony.

»Ich weiß nicht. Es klang verrückt, als Onkel Frank uns anrief, aber jetzt, wo ich die Hellseherin kennengelernt habe…« Er schenkte Mia ein strahlendes Lächeln. »Und ich muss sagen, ich mag sie.«

»Mensch, ich weiß kaum, was ich mit all diesen Schmeicheleien anfangen soll«, sagte Mia und klimperte mit den Wimpern in Richtung der beiden Männer.

Tony bewegte sich zur Seite und blickte an Mia vorbei zum Diner. »Okay, Leute, ich muss was essen. Will einer von euch mitkommen?«

»Ich sollte besser nach Hause gehen«, sagte Mia.

»Ich bringe dich zu deinem Auto. Wir sehen uns, Tony.«

»Klar. Wenn ich irgendwas tun kann, um zu helfen, sagt einfach Bescheid. Und Cousin, lass es mich wissen, wenn ihr zwei etwas findet.«

»Er scheint wirklich nett zu sein«, sagte Mia, als sie den Bürgersteig entlanggingen.

»Ja, er ist ein guter Kerl. Seine Mutter ist gegangen, als er ungefähr zwölf war. Dann starb sein Vater, also lebt er seitdem bei uns. Ich betrachte ihn im Grunde als meinen Bruder.«

»Wo ist seine Mutter jetzt?«

»Ich nehme an, sie ist immer noch in Beverly Hills mit ihrem zweiten Ehemann und ihren Kindern. Fang nicht mit Candice an. Für mich ist sie eine eiskalte Schlampe.«

»Ach, armer Tony. Von einem Elternteil so abgelehnt zu werden, kann wirklich wehtun.«

»Das kannst du laut sagen. Die ersten Jahre bei uns waren schwierig, aber dann hat er die Kurve gekriegt. Anita war diejenige, zu der er wirklich eine Bindung aufgebaut hat. Sie standen sich sehr nahe. Ich hatte Angst, er würde durchdrehen, als sie verschwand. Versteh mich nicht falsch, er war total am Boden zerstört, genau wie wir alle, aber er fand auch seinen Fokus. Fing an, hart im Studium zu arbeiten, voranzukommen. Er sagte mir einmal, Anita sei der Grund dafür. Sie hätte gewollt, dass er erfolgreich ist. Es hat mich beruhigt, als er das sagte.«

»Es hört sich an, als hätte er ein schweres Leben gehabt, und jetzt, wo ich die Sache mit Anita wieder aufbringe, kann es für ihn nicht einfach sein.«

»Es ist für keinen von uns einfach, aber ich denke, es ist besser zu wissen.« Roman schüttelte den Kopf. »Tut mir leid, dass ich dir das alles aufgeladen habe. Hat dir schon mal jemand gesagt, dass man mit dir richtig gut reden kann?«

Sie schnaubte. »Nicht wirklich.«

»Na ja, man kann es. Wie auch immer. Wir sollten einen Plan machen. Tony hatte recht damit, dass du mit den Beteiligten reden solltest. Wäre es für dich okay, wenn ich etwas mit Luke und Brooke arrangiere?«

Sie nickte langsam. »Ich denke schon. Aber sag nichts darüber, was ich kann, okay? Die Leute reagieren meistens ziemlich aufgebracht.«

»Es gibt seit letzter Woche, als wir im Wald gesucht haben, überall in der Stadt Gerüchte.«

»Ja, aber Gerüchte sind das eine. Es den Leuten direkt zu sagen, ist etwas ganz anderes. Das geht normalerweise nicht gut aus. Vertrau mir.«

Er suchte ihren Blick. »Ich kann das verstehen. Okay, ich werde mir etwas ausdenken, das nichts mit Hexen, Voodoo oder hellseherischen Visionen zu tun hat.«

»Toll, danke. Jetzt fühl ich mich viel besser.«

Er klopfte ihr auf die Schulter. »Jederzeit, meine allwissende Freundin. Okay, meine Arbeit hier ist getan. Ich rufe dich morgen an. Streichel Layla von mir.«

Er öffnete ihre Autotür und wartete, bis sie sich angeschnallt hatte, bevor er sie fest schloss und ihr kurz zuwinkte. Dann drehte er sich um und ging den Bürgersteig hinunter zu seinem Auto.

Kapitel Zehn

Normalerweise ging Mia nicht ans Telefon, während sie Schmuck herstellte. Es war zu leicht, den Kontakt zwischen sich und dem Kristall, an dem sie arbeitete, zu verlieren. Sie wusste, dass der Grund für den unerwarteten Erfolg ihres Unternehmens darin lag, dass die Kunden, obwohl sie es nicht genau erklären konnten, eine sofortige Verbindung zu dem Schmuckstück spürten, das sie für sie anfertigte.

Es lief darauf hinaus, dass Mia, sobald sie ein Gefühl für die Person hatte, den exakten Stein finden konnte, der ihnen das brachte, was sie am meisten brauchten. Ob es nun um mehr Energie, Gelassenheit, Kreativität, Furchtlosigkeit oder irgendetwas anderes aus einer unendlichen Zahl von Möglichkeiten ging, es gab einen perfekten Kristall für jeden Menschen.

Und klar, das konnte sich mit der Zeit ändern, weil niemand immer gleich blieb, aber das Schöne daran war, dass die Kunden sie einfach wieder kontaktierten, wenn sie ein neues Bedürfnis an die Oberfläche sprudelnd spürten. Im letzten Jahr lag ihr Anteil an Stammkunden weit über dem, was sie prognostiziert hatte.

Was die Verkäufe zunächst angekurbelt hatte, war das phänomenale Lob für ihre Arbeit gewesen. Kunden erzählten Familie und Freunden von ihren Produkten, twitterten darüber oder posteten Bilder auf *Instagram*. Innerhalb der ersten sechs Monate hatte sie bereits den Break-even-Punkt erreicht. Das Wachstum wäre von da an sicher stetig weiter gestiegen, aber dann geschah eines dieser glücklichen Zufälle, die sie in die Stratosphäre katapultierten.

Die aufstrebende Hollywood-A-Listerin Melinda Frost hatte irgendwie von ihren Produkten gehört und kontaktierte Mia, um eines ihrer Anhänger-Designs zu bestellen. Kurz darauf ergatterte Melinda die größte Rolle ihrer Karriere, als sie als Rebecca in der Rebecca-Jones-Filmreihe besetzt wurde. Als der erste Film herauskam, schlug er voll ein und brach alle Kassenrekorde. Der zweite sollte im Herbst erscheinen, und alle prognostizierten einen weiteren Volltreffer.

Während der Werbetour für den ersten Film war Melinda zu Gast bei *Girl Talk with Corrine*, der quotenstärksten Tagesshow Nordamerikas. Nicht nur trug sie die Azurit-Kette, die Mia für sie angefertigt hatte, sondern sie fiel auch Corrine selbst ins Auge. Dies löste eine Diskussion über Melindas Glauben an die spirituelle Kraft von Kristallen aus, und sie schwärmte unaufhörlich von Mias Arbeit. Seitdem war Healing Crystals ein ununterbrochen florierendes Geschäft.

Mia war mit dem Glauben aufgewachsen, dass das Befolgen von Gesetzen etwas für Verlierer und Trottel sei; und doch war sie jetzt eine waschechte Geschäftsfrau und genoss jede Minute davon. Sie hätte sich nie vorstellen können, dass sie so viel Freude daran haben könnte, etwas zu erschaffen und es in die Welt zu setzen. Und selbst jetzt, mehr als zwei Jahre später, liebte sie den Prozess der Schmuckherstellung immer noch und freute sich, ihren Kunden Freude zu bereiten, während ihr Bankkonto anschwoll.

Sie konzentrierte sich gerade auf ein Armband aus grünem Aventurin und Amethyst, als ihr Handy klingelte. Sie war es so gewohnt, es zu ignorieren, dass einige Sekunden vergingen, bevor sie die *Der weiße Hai*-Titelmelodie registrierte, die sie Roman Mancini zugewiesen hatte. Seufzend legte sie den Amethyst auf den Tisch und griff nach ihrem Handy.

»Hi, Roman.«

»Hey, Mia. Ich weiß, wir hatten besprochen, uns heute Abend zu treffen. Die Sache ist die, ich bin noch bei einer Ermittlung. Es ist ein komplizierter Fall von häuslicher Gewalt, und ich werde den Rest des Tages und darüber hinaus beschäftigt sein. Ich melde mich morgen bei dir, wenn ich weiß, was Sache ist.«

»Oh, okay. Klar.« Sie wurde plötzlich von einem Gefühl des Schmerzes getroffen. »Du bist okay? Nicht verletzt?«

Der Hintergrundlärm war überwältigend, und zuerst war sie nicht sicher, ob er sie gehört hatte, aber dann lachte er. »Mir geht's gut. Kann man vom Ehemann nicht behaupten, der gerade in der Notaufnahme seine Fresse nähen lässt. Okay. Muss los. Ich ruf dich an.«

Sie wandte sich wieder dem Armband zu, aber als dreißig Minuten vergangen waren und sie sich immer noch nicht auf ihre Arbeit konzentrieren konnte, legte Mia die Zange weg und ließ die Kristalle in eine vorübergehende Aufbewahrungsschale fallen. Es hatte keinen Zweck, sich zu zwingen, wenn sie offensichtlich ihren Kopf frei bekommen musste. Außerdem war es schon früher Nachmittag. Sie hatte das Mittagessen verpasst, und die Hunde waren mehr als bereit, ihre Beine zu strecken.

Mia und das Rudel schlenderten am Bach entlang, der hinter ihrem Grundstück verlief. Alle Hunde liebten es, aber für Tucker war es besonders aufregend, und er sprang wie ein Tiefseetaucher immer wieder in den Bach und wieder heraus. Der glückliche Dackel schüttelte sich heftig, bespritzte Mias Schienbeine und Knie, bevor er sich mit einem Bellen umdrehte und sich erneut kopfüber hineinwarf.

Das war gut, dachte Mia. Nichts geht über einen Spaziergang mit den Hunden auf ihrem Grundstück an einem schönen Tag. Sie würde sich zu Hause einen Snack holen und sich dann vielleicht wieder auf ihre Arbeit konzentrieren können. Sie gab zu, dass die Beschäftigung mit Anitas Mord eine große Ablenkung war. Die Schmuckbestellungen häuften sich, und in den letzten beiden Nächten war sie nach dem Treffen mit Roman direkt nach Hause gekommen und hatte noch mehrere Stunden gearbeitet. Wenn sie einen weiteren soliden Tag hinbekäme, wäre sie fast aufgeholt.

Trotzdem konnte sie auch nach der Spazier-Pause ihre Gedanken nicht unter Kontrolle bringen und gab schließlich auf. Klar, sie konnte den Schmuck zusammensetzen, denn die Montage war nichts weiter als eine erlernte Fähigkeit. Ohne die fokussierte geistige und emotionale Energie würden die Kunden jedoch am Ende schöne Stücke bekommen, die sie auf nichts anderes als der physischen Ebene berührten. Schon bald würden die Leute das Interesse verlieren. Ihre Arbeit würde als nichts weiter als ein hübscher Modeartikel abgetan werden.

Sie legte ihre Werkzeuge erneut weg und seufzte. Mac sprang sofort von seinem Bett am Fenster auf und legte seinen Kopf auf ihren Schoß, drückte sich fest an sie, als wolle er sie trösten. »Ist schon gut, großer Junge. Es ist nicht wirklich etwas falsch. Es ist diese Sache mit Anita. Wenn ich nur herausfinden könnte, was mit ihr passiert ist, könnte ich es vielleicht endlich loslassen und mit meinem Leben weitermachen.«

Er brummte zustimmend und rollte mit den Augen, um zu ihr aufzublicken.

»Ich weiß«, sagte sie und strich mit den Fingern über seinen Kopf. »Ich sollte in die Stadt fahren und selbst mit Luke und Brooke reden. Ich bin ein großes Mädchen. Ich brauche Roman nicht dabei.«

Mit dieser Entscheidung zog sie sich um in einen fließenden Baumwollrock und eine eng anliegende Bluse. Sie fand einen Drahtschneider in der einen Tasche der abgelegten Jeans und eine Zange in der anderen, brachte die Werkzeuge zurück zu ihrem Arbeitstisch und räumte den Bereich auf. Dann stellte sie sicher, dass die Hundeklappe offen und die Wassernäpfe voll waren, schloss die Haustür ab und joggte zu ihrem Auto.

Mia beschloss, zuerst Brooke anzusprechen. Sie hatte das Tanzstudio am Vorabend gegoogelt und wusste ungefähr, wo es sich befand. In weniger als zehn Minuten parkte sie vor dem sonnig gelben Gebäude.

Musik dröhnte durch die Lautsprecheranlage im Hauptstudio - Taylor Swift, wenn sie sich nicht irrte - und fünf kleine Mädchen lachten und hüpften im Takt, während eine junge Frau durch den Raum wanderte und Anweisungen rief. Als sie zu Mia hinüberblickte, gab sie ihr mit einer Hand ein Zeichen hereinzukommen.

»Bist du Brooke Adams?«, fragte Mia und musterte das Gesicht der Lehrerin.

Das kann sie nicht sein, zu jung, dachte sie.

»Nein, ich bin Callie«, sagte das Mädchen. »Brooke ist in ihrem Büro dort hinten.«

Mia blickte über ihre Schulter und entdeckte zwei Türen an der Seitenwand. Eine davon hatte das Wort BÜRO in fetten blauen Buchstaben aufgemalt. Die Jalousien am Fenster waren hochgezogen, und sie konnte eine blonde Frau an einem Schreibtisch sitzen sehen. Zögernd klopfte sie an die Tür.

»Komm rein, Callie. Problem?« Die Frau blickte nicht von ihrem Laptop auf dem Schreibtisch auf.

»Entschuldigung, ich suche Brooke Adams.«

»Die hast du gefunden.« Jetzt hob sich das Gesicht und Mia sah porzellanblau Augen, groß und atemberaubend, in dem fein geschnittenen Gesicht. »Wie kann ich dir helfen?«

»Das wird sich vielleicht etwas seltsam anhören, aber ich bin Mia Reeves, eine Freundin der Familie Mancini. Ich hatte gehofft, du würdest mit mir über Anita sprechen.« Mia hielt den Atem an, während Brooke sie musterte.

»Wow, ich habe noch nie eine Privatdetektivin getroffen. Du bist nicht das, was ich erwartet hatte.«

»Ich bin eigentlich nicht-«

»Ist schon okay, ich weiß, du darfst mir wahrscheinlich nicht sagen, wer dich beauftragt hat, aber Roman hat gestern angerufen und gefragt, ob es mir etwas ausmachen würde, mit dir zu sprechen. Alle haben gesagt, du wärst so eine Art Medium oder so. Eine Privatdetektivin macht mehr Sinn. Roman hat mir erzählt, dass seine Mutter kurz vor dem zehnten Jahrestag Schwierigkeiten damit hat.« Sie schüttelte den Kopf und stieß einen Seufzer aus. »Für mich ist es auch immer noch schwer. Manchmal stelle ich mir vor, Anita würde eines Tages zur Tür hereinkommen und uns erzählen, sie wäre auf einem unglaublichen Abenteuer gewesen. Jedenfalls habe ich kein Problem damit, mit dir zu sprechen. Callie übernimmt die nächste Klasse, und ich bin erst um fünf wieder auf der Tanzfläche, also habe ich jetzt etwas Zeit.«

Dummerweise war Mia auf diesen Ausgang nicht vorbereitet, und sie schluckte unwillkürlich. Brooke schien ihre Unruhe nicht zu bemerken und lächelte sie an.

»Oh, tut mir leid. Wo sind meine Manieren? Kann ich dir einen Kaffee oder vielleicht etwas Kaltes anbieten?«

»Danke, ich brauche nichts«, sagte Mia und rutschte unruhig hin und her, während sie versuchte, einen Einstieg in das Gespräch über Anita zu formulieren.

»Hier, ich könnte eine Pause vom Schreibtisch gebrauchen. Lass uns rüber gehen und es uns gemütlich machen.«

Geschmeidig und anmutig bewegte sich Brooke durch den Raum und ließ sich in einen Windsor-Stuhl am Fenster sinken. Mia atmete erleichtert aus, folgte ihr und setzte sich auf das Zweiersofa.

»Vielleicht könntest du mir von dem letzten Mal erzählen, als du Anita gesehen hast«, begann Mia.

Brookes Augen füllten sich sofort mit Emotionen. »Es war der Montag, an dem sie verschwand. Ich arbeitete für den Sommer hier im Studio und hatte den Morgen frei. Anita und ich trafen uns zum Mittagessen bei Gabe's. Wir waren beide müde nach dem Wochenende. Es war direkt nach dem Unabhängigkeitstags-Festival, und Dalton feierte richtig groß. Ich machte die ganze Zeit über Tanz-Demos, und unsere jüngeren Schüler waren in der Parade. Anita hatte am Samstag und Sonntag Doppelschichten im Diner gearbeitet.«

»Abgesehen davon, dass sie müde war, schien sie okay zu sein?«

»Weißt du, ich habe das millionenmal in meinem Kopf durchgespielt. Sie sagte nicht, dass etwas nicht in Ordnung wäre. Ja, wir waren beide echt fertig, aber sie schien ein bisschen... ich weiß nicht was... damals dachte ich, sie wäre ungeschickt, weil sie müde war, aber jetzt frage ich mich, ob es vielleicht etwas anderes war.«

Die Szene blitzte in Mias Geist auf, die beiden Mädchen in einer Nische an der hinteren Wand des Diners. Brooke trug ein hellrosa Trikot und hatte einen Sarong um ihre Taille gewickelt. Anita trug das gleiche Outfit, in dem sie starb. Sie lehnten beide gegen die gepolsterte Bank zurück, und Brooke sprach über einen Jungen namens Bobby. Sie war wütend, weil er am Samstagnachmittag mit seinen Freunden losgezogen war und sich betrunken hatte, während sie arbeitete. Dann war er für das Feuerwerk und die Party später in der Nacht ohnmächtig gewesen.

Anita bedauerte sie und sagte, Jungs wären manchmal so lahm, aber sie sah mehrmals auf ihre Uhr. Als das Essen kam, warf sie ihr Besteck auf den Boden, bevor sie schließlich ihr Getränk über den ganzen Tisch verschüttete.

»Hat sie irgendetwas erwähnt? Als ob sie aus irgendeinem Grund nervös oder verängstigt wäre?«

Brooke schüttelte den Kopf. »Nein. Sie schien nur abgelenkt oder irgendwie daneben zu sein.«

»Das stand nicht im Polizeibericht, oder?«

Sie seufzte und schaute weg. »Nein, weil ich es ehrlich gesagt erst viel später wieder erinnerte. Und dann schien es dumm, zur Polizei zu gehen und ihnen zu sagen, dass ich mich daran erinnerte, wie Anita ihre Diet Coke auf den Tisch gekippt hat. Denkst du, es ist wichtig?«

Mia spürte, wie die Anspannung in der anderen Frau anstieg, und befürchtete, sie könnte den Fokus verlieren. »Wahrscheinlich nicht. Also, sie war müde und abgelenkt, aber ansonsten okay. Worüber habt ihr zwei gesprochen?«

»Das übliche Mädchenzeug. Unsere Freunde. Ich war mit einem totalen Idioten zusammen, aber Anita war mit Luke McNally zusammen. Das weißt du wahrscheinlich schon. Nun, sie war so verliebt. Sie hatte diesen ganzen Plan, die Schule zu beenden und ihre Karrieren zu beginnen, bevor sie die große Hochzeitssache machen würden. Nicht dass er sie schon gefragt hätte.« Brookes Worte schienen ohne Atem herauszusprudeln. »Aber jeder konnte sehen, dass sie perfekt zusammen waren. Sogar von hier aus, im weisen Alter von neunundzwanzig, kann ich nicht anders, als zurückzublicken und zu denken, dass sie es vielleicht wirklich geschafft hätten.«

»Du mochtest Luke?«

»Klar, er ist ein netter Kerl. Selbst als Teenager war er anständig. Ein bisschen ernst und wusste definitiv, was er tun wollte, aber auch wirklich süß zu Anita. Es fällt mir immer noch schwer, ihn und Mandy zusammen zu sehen.«

»Jemand erwähnte, dass Luke und Mandy im selben Jahr zusammenkamen, in dem Anita verschwand. Hat dich das nicht stutzig gemacht?«

Ihre Lippen pressten sich zu einer harten Linie zusammen, und sie schüttelte den Kopf. »Zu der Zeit war ich am Boden zerstört, als er und Mandy zusammenkamen. Es fühlte sich wie ein solcher Verrat an. Als hätte er Anita nie geliebt. Ich war total fies zu ihm. Ich konnte es nicht loslassen. Ich rief ihn ständig an und schrie ihn an, weinte, war praktisch hysterisch am Telefon.«

Brooke stand auf und trat ans Fenster mit Blick auf das Studio, wo sie mehrere Sekunden lang stand, den Kopf gesenkt und mit stockendem Atem. »Er hat meine Nummer nie blockiert. Mir nie gesagt, ich solle verschwinden. Er sagte nur immer wieder, es täte ihm leid. Er vermisse sie auch. Es hat lange gedauert, bis ich begriffen habe, dass das, was er sagte, wahr war. Er konnte mit Mandy zusammen sein und trotzdem ein gebrochenes Herz wegen Anita haben. Weißt du, was ich mich immer gefragt habe? Warum wollte Mandy ihn so, obwohl sie wusste, dass Anita immer die Richtige war?«

Sie drehte sich um und starrte Mia an.

»Ich verstehe Luke und was er danach getan hat, aber ich verstehe Mandy immer noch nicht. Überhaupt nicht.«

Mia runzelte die Stirn. »Deutest du an, dass sie etwas mit Anitas Verschwinden zu tun hatte?«

Brooke atmete lang aus und ließ sich wieder auf den Stuhl sinken. »Nein, ich meine, es scheint unwahrscheinlich. Sie war in dieser Nacht zu Hause bei ihren Eltern. Ich weiß, dass die Polizei sie überprüft hat, weil ich Roman damit in den Ohren lag, sobald sie und Luke zusammenkamen. Sie hätte es nicht tun können, aber es kommt mir seltsam vor.«

»Fällt dir sonst noch jemand ein, dessen Verhalten nach Anitas Verschwinden verdächtig erschien?«

Brooke tupfte sich die Augen ab und seufzte erneut. »Es tut mir leid. Es ist dumm, nach all der Zeit zu weinen, aber ich vermisse sie immer noch so sehr. Anita, Ashley und ich waren die ganze Highschool-Zeit über befreundet. Ashley würde wahrscheinlich sowieso wegziehen, aber ich konnte mir vorstellen, dass Anita und ich hier in Dalton bleiben würden. Vielleicht unsere Kinder zusammen großziehen. Nicht, dass ich Kinder hätte, aber ich hätte vielleicht welche, wenn Anita noch da wäre... ihr Verschwinden hat mich total aus der Bahn geworfen, und ehrlich gesagt, fühlt es sich erst jetzt so an, als würde ich mich wieder zusammenreißen.

Ich weiß, dass ich damals mit jemandem zusammen war, aber ich hatte schon immer irgendwie einen Crush auf Tony.«

»Ich habe ihn kennengelernt. Seid ihr zwei je ausgegangen?«

»Nein, aber ich hätte es getan, wenn er mich gefragt hätte. Nach Anita, nun ja... wir waren alle eine Weile verloren. Dann war er weg, um sein Studium zu beenden und in Nashville zu leben. Ich schätze, es sollte nicht sein.«

»Ja, manchmal ist das Leben wirklich scheiße«, murmelte Mia. »Es tut mir leid, dass das Gespräch darüber dich aufgewühlt hat. Ich schätze deine Zeit wirklich sehr.«

Brooke schluchzte einmal und putzte sich dann die Nase. »Schon okay. Um ehrlich zu sein, fühlt es sich irgendwie gut an, als wäre ich froh, dass sie nicht vergessen wird.«

»Nach allem, was ich erfahren habe, bezweifle ich, dass Anita je vergessen wird. Also gut, ich sollte jetzt gehen. Nochmals danke.« Mia öffnete die Tür zum Studio und stand eine Minute lang da, während sie den kleinen Mädchen bei Dehnübungen auf dem Boden zusah. »Hey, Brooke, hast du Anfängerkurse für Erwachsene?«

»Sicher.« Sie lächelte und kam zu ihr herüber. »Wir haben mittwochs abends einen Kurs. Es sind nur eine Handvoll Damen, aber sie genießen es wirklich. Du solltest kommen. Tanzen ist großartige Bewegung, und ein geschmeidiger Körper altert wirklich gut.«

Mia blickte zu Brooke zurück. »Wenn Tanzen meinen Körper so aussehen lasst wie deinen, bin ich absolut interessiert.«

»Der nächste Block beginnt am 10. Juli. Ich halte nach dir Ausschau.« Ihr Lächeln verschwand. »Ich hoffe, du findest heraus, was mit Anita passiert ist. Gut oder schlecht, es wird mir vielleicht etwas Frieden geben, weißt du?«

»Ich werde mein Bestes tun.«

Kapitel Elf

Kurz nach neun am nächsten Morgen rief Roman an. »Hey, ich habe gehört, du hast gestern mit Brooke gesprochen.«

»Ist das ein Problem?«

»Ganz ruhig. Nein, es ist kein Problem. Ich hatte gehofft, bei dir zu sein, weil zwei Zuhörer besser sind als einer, aber Fortschritt ist Fortschritt. Wie ist es gelaufen?«

Mia zuckte mit den Schultern und vergaß dabei, dass er sie nicht sehen konnte. »Okay, denke ich. Sie ist wirklich süß. Ich wusste nicht, dass du allen erzählen würdest, dass ich Privatdetektivin bin.«

Er lachte. »Es schien die einfachste Lösung zu sein. Und außerdem haben die Leute dank Fernsehen und Filmen eine romantische Vorstellung von Privatdetektiven, also dachte ich, es würde unserer Sache nur helfen. Hast du... warst du... hast du irgendetwas gesehen, als du bei ihr warst?«

»Nicht wirklich. Nichts, was zumindest hilft. Aber Brooke sagte, sie dachte, Anita sei nicht sie selbst gewesen, als sie sich zum Mittagessen trafen.«

»Was bedeutet das?« Sein Ton wechselte im Bruchteil einer Sekunde in den vollen Polizeimodus.

»Sie ist sich nicht ganz sicher, aber sie sagte, Anita sei irgendwie ungeschickt und abgelenkt gewesen. Damals dachte sie, es läge an der

Müdigkeit vom Wochenende des vierten Juli, aber es beschäftigt sie immer noch.«

»Sie hat der Polizei nie etwas davon gesagt.«

»Ich weiß. Ich habe sie danach gefragt. Sie sagte, mit all der Aufregung, als Anita verschwand, habe sie es vergessen, und später fühlte sie sich dumm, zur Polizei zu gehen.«

Roman war für mehrere Sekunden still. Mia konnte sein Atmen hören, kurz und heftig. »Es hilft uns nicht wirklich viel, oder?«, fragte er schließlich.

»Bis jetzt nicht, aber wer weiß, vielleicht ist es ein Teil des Puzzles, und wir können das ganze Bild noch nicht sehen.«

»Ja, okay. Jedenfalls dachte ich, wir könnten heute Abend mit Luke sprechen. Er sagte, er würde uns gegen halb sieben im Bean Time treffen. Passt das für dich?«

»Sicher. Ich werde da sein.«

Bean Time hatte eine ganz andere Atmosphäre im Vergleich zu Gabe's Diner. Im Inneren bestand das Dekor aus freiliegenden Ziegeln, industrieller Beleuchtung und Metalltischen. Auch die Kundschaft, die es anzog, war das genaue Gegenteil der familiären Atmosphäre im Diner. Diese Kunden wirkten jung und hip, und Mia fühlte sich, als wäre sie in ein Café in der Innenstadt einer Großstadt spaziert. Jede zweite Person trug eine winzige Brille und einen Schal - obwohl es Sommer war - und spitze Schuhe.

Sie starrte erstaunt umher. Kamen all diese schicken Stadttypen wirklich aus dieser Stadt? Wie kam es, dass sie sie nie auf den Straßen oder in den Geschäften herumlaufen gesehen hatte? Aus dem Augenwinkel bemerkte sie eine Bewegung und drehte sich um, um Roman zu sehen, der von einem Tisch im hinteren Teil winkte.

Er stand auf, als sie sich näherte, und schenkte ihr ein Lächeln, seine dunklen, flüssigen Augen schienen zu funkeln. Als ihr Magen eine Reihe von Saltos begann, unterdrückte sie es gnadenlos.

»Hi, Roman«, sagte sie und machte ihren Ton absichtlich knapp. »Luke ist noch nicht hier?«

Er rutschte ihr gegenüber hinein und streckte seinen Arm über die Rückenlehne des Nachbarstuhls. »Er hat angerufen und gesagt, er wäre in zehn Minuten hier. Ich schätze, das bedeutet, wir haben ein paar Momente, um uns zuerst zu unterhalten. Also… wie war dein Tag?«

»Gut, danke. Deiner?«

»Oh, weißt du, ziemlich langweilig. Nichts wie gestern. Dieser häusliche Fall war sicher ein Highlight.«

»Du hast einen kranken Verstand.«

Er beugte sich in seinem Sitz nach vorne, seine Augen fixierten ihre. »Nein, du verstehst nicht. Es ist nicht so, dass ich es mag, Leute verletzt zu sehen, aber in diesem Fall war das Ergebnis gut. Die Frau wurde in den letzten Jahren ein paar Mal verprügelt, und jedes Mal, wenn es passierte, hat sie entweder keine Anzeige erstattet oder sie am nächsten Morgen zurückgezogen. Dieses Mal bleibt sie dabei. Hat sich sogar einen Anwalt genommen. Ich liebe es, wenn man seinen Job macht und gleichzeitig ein Happy End bekommt.«

Mia nickte langsam. »Ich schätze, das muss sehr befriedigend sein.« Sie hielt inne, und er schaute nicht weg, sondern blieb auf ihr Gesicht fixiert. Es war beunruhigend, und sie blickte im Café umher, auf der Suche nach etwas, worüber sie reden konnte. Als ihr Kopf hartnäckig leer blieb, deutete sie auf die Theke vorne. »Möchtest du einen Kaffee oder so? Ich werde mir einen Latte holen. Ich könnte einen kleinen Schub gebrauchen.«

»Sicher, ich nehme noch einen Kaffee. Mach meinen zu einem Americano, schwarz.«

Er lächelte und lehnte sich gegen den Stuhl zurück, und für einen Moment war sie abgelenkt von der Art, wie sich seine Bizepse gegen den Ärmel seines T-Shirts spannten. Nachdem sie sicher war, dass sie zu lange gestarrt hatte, stand sie auf und drehte sich weg.

Es war eine Erleichterung, für einige Minuten in der Schlange zu stehen, während sie darauf wartete, zu bestellen. Am Anfang hatte sie Roman nur als Polizisten und den Bruder eines toten Mädchens gesehe n… ganz zu schweigen von jemandem, den es zu meiden galt, weil er möglicherweise ihre unschöne Vergangenheit ausgraben und ihr Ärger in der fast-zu-gut-um-wahr-zu-sein Gegenwart machen könnte.

Jetzt aber begann sie, ihn ein wenig kennenzulernen. Was sie sah, war ein ernsthaft heißes männliches Exemplar. Er liebte seine Familie, besonders seine Mutter. Diese Tatsache allein reichte aus, um ihr Herz zum Schmelzen zu bringen. Roman war leidenschaftlich bei seiner Arbeit, hatte definitiv einen dominanten Zug, was am Ende nervig sein könnte, aber auch ziemlich erregend war. Und schließlich war sie ziemlich sicher, dass er mit niemandem ausging, also schien er ungebunden und verfügbar zu sein.

Alles in allem war Roman Mancini durchaus ein guter Fang.

Aber nicht für sie, ergänzte sie und erinnerte sich an ihr Gelübde. Sie neigte dazu, ein Einzelgänger zu sein, zufrieden mit ihrer eigenen Gesellschaft und ihren Hunden. Menschen im Allgemeinen waren verdammt viel Arbeit. Wenn es um Männer ging, waren sie nichts weiter als eine Einladung, chaotisch zu werden. Sie machte kein Chaos. Als sie mit den Kaffees zum Tisch zurückkehrte, hatte sie sich und ihre Libido wieder ganz auf den Boden der Tatsachen zurückgeholt.

Romans Hand verweilte auf ihrer, als sie ihm den Becher reichte. »Danke. Ich übernehme das nächste Mal.«

Mia weigerte sich, von dem Gedanken an ein erneutes Treffen zum Kaffee begeistert zu sein. Ohne nachzudenken, nahm sie einen Schluck von ihrem Latte und verbrannte sich den Gaumen. »Verdammt«, spuckte sie aus.

»Ja, das tut höllisch weh, nicht wahr«, sagte Roman. »Ich hole dir ein Wasser oder so.«

Als er aufsprang, streckte Mia die Hand aus und berührte seinen Arm, um ihn aufzuhalten. »Nein, es ist in Ordnung. Mir geht's schon wieder gut.«

Er blickte auf die Hand an seinem Handgelenk und lächelte. »Okay. Wenn du sicher bist.«

Die Röte stieg Mias Brust und Hals hinauf und landete auf ihren Wangen, und sie zog ihre Hand zurück und legte sie in ihren Schoß. Gott, sie benahm sich wie ein Teenager bei seinem ersten Date, und dies war das Gegenteil von einem Date.

»Hey, Mia, es ist okay für uns, Freunde zu sein.« Romans Stimme war sanft. »Ich weiß, ich war am Anfang ziemlich ein Idiot zu dir, aber ich schätze alles, was du tust, um Anita zu finden. Es bedeutet mir viel, also danke. Und jetzt, wo du aufgehört hast, auf der Polizeiwache aufzutauchen und mir direkt ins Gesicht zu lügen, kann ich sehen, dass du ein lustiges Mädchen bist.«

Sie hob eine Augenbraue. »Ein lustiges Mädchen? Wow, was für ein Kompliment.«

»Ja, ich wollte es nicht übertreiben und unsere Arbeitsfreundschaft ruinieren.« Er zuckte mit den Schultern und zwinkerte ihr zu, bevor sein Blick über ihre linke Schulter wanderte. »Hey, Luke, du hast es geschafft. Danke, dass du gekommen bist.«

Roman stand auf und streckte die Hand aus. Der Mann war fast so groß wie Romans ein Meter achtundachtzig, aber schlanker und sehniger. Sie schüttelten sich die Hände, und Mia stand ebenfalls auf und bot ihre an.

»Schön, dich kennenzulernen. Ich bin Mia Reeves.«

Luke lächelte sie kurz an. In seinen hellgrünen Augen sah sie sowohl Müdigkeit als auch Vorsicht. »Hi, Mia. Meine Frau liebt deinen Schmuck. Sie hat letzte Woche auf dem Markt eine Kette und ein Paar Ohrringe gekauft. Hat sie seitdem nicht mehr abgelegt.«

»Oh, das freut mich zu hören. Danke. Können wir dir einen Kaffee oder etwas anderes anbieten?«

»Nee, ich bin gut.«

Roman deutete auf den Platz neben sich. Luke setzte sich mit einem Seufzer, während er und Mia auf ihre Stühle zurückkehrten. »Wie geht es Mandy und den Kindern?«, fragte Roman.

»Gut. Beschäftigt. Es scheint, als wären die Jungs rund um die Uhr unterwegs. Neil hat diesen Sommer mit Fußball angefangen, und ich kann sehen, dass es nicht mehr lange dauert, bis Patrick auch so weit ist. Dann gibt es noch Judo, Schwimmen, Schlittschuhlaufen. Du nennst es, sie machen es.« Er hielt inne und schluckte. »Ich habe Mandy übrigens nicht gesagt, dass ich mich mit dir treffe. Es kann manchmal etwas unangenehm sein. Du verstehst?«

»Ja, klar. Ich verstehe.« Roman nickte und breitete seine Hände auf dem Tisch aus. »Jedenfalls habe ich dich hergebeten, weil Mia dachte, es könnte helfen, mit dir zu sprechen, einige Fragen zu stellen.«

Bevor Mia ihrem Stichwort folgen und einsteigen konnte, wandte sich Luke ihr zu. »Es ist seltsam, dass du Juwelierin *und* Privatdetektivin bist. Wie hast du Zeit für beides?«

»Oh, nun ja… die PI-Arbeit ist wirklich zweitrangig. Ich steige tatsächlich gerade aus, ehrlich gesagt. Die Arbeitszeiten sind manchmal miserabel. Außerdem läuft mein Schmuckgeschäft wirklich gut, also denke ich, ich bleibe dabei. Ich mache das hier sozusagen als Gefallen.«

Luke nickte, schien die Erklärung zu akzeptieren. »Was möchtest du wissen?«

»Mal sehen… ähm… wann hast du Anita zum letzten Mal gesehen, bevor sie verschwand?«

Er runzelte die Stirn und blickte zu Roman. »Ich habe der Polizei schon tausendmal alles erzählt. Steht das nicht im Bericht?« Er seufzte und senkte den Kopf. »Wir haben uns am Sonntagabend bei Pizza Hut getroffen. Anita hatte nur eine kurze Pause. Sie arbeitete bis Ladenschluss, also haben wir gegen halb sechs schnell einen Happen gegessen.«

»Und am nächsten Tag? Du hast mit ihr gesprochen, richtig? Ich erinnere mich, dass das in den Telefonaufzeichnungen stand.«

»Ja, habe ich. Ein paar Mal. Wir wollten uns zum Mittagessen treffen, bevor ihre Schicht begann, aber ich… konnte nicht… ich wurde bei der Arbeit aufgehalten. Ich machte in diesem Sommer ein Praktikum im Büro meines Vaters, und du weißt ja, wie das ist, besonders wenn du der Sohn des Chefs bist. Man kann nicht einfach gehen, wann man will.«

»Ich schätze, sie hat dann an diesem Tag mit Brooke zu Mittag gegessen?«

»Ja, ich weiß. Ich hätte mich mehr bemühen sollen, freizukommen. Ich kann mich nicht einmal mehr daran erinnern, was mich zurückgehalten hat. Dumm. So dumm.«

Seine Faust schlug auf den Tisch, und Mia spürte die Qual in ihrem eigenen Körper. Seine Emotionen waren so roh, dass es leicht war, in ihn einzudringen. Was sie sah, war jedoch eine Überraschung, und ihr stockte der Atem, als die Ausschnitte einer Szene vorbeizogen. In einem Restaurant, das sie nicht erkannte, lehnten sich Luke und Anita eng über den Tisch und unterhielten sich intensiv. Stritten sie vielleicht? Anita wischte sich eine Träne von der Wange. Lukes Augen waren hart und sein Gesicht rot angelaufen.

»War zwischen dir und Anita alles in Ordnung, bevor sie verschwand?«, platzte es aus Mia heraus.

Luke zuckte zurück, schien sich aber zu fangen, straffte die Schultern und wandte sich ihr zu. »Ja, natürlich. Wir waren verrückt nacheinander.«

Mia bemerkte Romans plötzliches Interesse. Sein Fuß schob sich unter dem Tisch leicht gegen ihren. Als sie kurz zu seinem Gesicht hinüberblickte, war die Botschaft in ihrem Geist klar, weiter an diesem Punkt zu bohren.

»Oh, ich weiß, dass ihr beiden eng verbunden wart. Aber Paare, selbst die liebevollsten und engsten, haben gelegentlich Meinungsverschiedenheiten. Ich habe gehört, Anita war am Tag ihres Verschwindens nicht sie selbst. Du weißt schon, abgelenkt und verstimmt. Vielleicht hattet ihr am Abend zuvor beim Essen einen Streit?«, bohrte sie nach.

»Wir waren in Ordnung«, beharrte Luke. »Es war nichts falsch.«

Mia konnte nicht mehr in ihn hineinsehen, aber sie spürte, wie seine Angst wie eine Flutwelle aufstieg, gefolgt von dem verheerendsten Schmerz. Dann wurde alles in ihrem Geist dunkel. Mit einem Nicken zu Roman hin löste sie sich von ihrer Verbindung zu Luke und atmete leise aus, versuchte, das panische Gefühl loszuwerden. Sie hasste es, wenn die negative Energie von jemandem in sie eindrang.

Leider wollte die Energie nicht weichen, und nun gesellte sich ihre eigene unruhige Angst dazu, bis ihr Herzschlag in ihrem Kopf hämmerte und Punkte in ihrem Blickfeld erschienen. Sie stand unsicher auf. »Ich muss mal auf die Toilette«, sagte sie mit einer Stimme, die meilenweit entfernt klang.

Sie erhaschte einen Blick der Besorgnis in Romans Augen und sah, wie er aufstand, aber sie schüttelte den Kopf, drehte sich weg und flüchtete zur Toilette.

Mia trat aus der Damentoilette und sah Roman an der Wand lehnen, wie er über den Bildschirm seines Handys wischte und offensichtlich auf sie wartete. Sein Kopf schnellte hoch, sobald sie erschien.

»Hey, alles okay bei dir?«

Sie nickte, ignorierte den aufsteigenden Schwall von Verlegenheit und blickte über seine Schulter in Richtung ihres Tisches. »Mir geht's gut. Ist Luke gegangen?«

»Ja. Er war ziemlich durch den Wind, nachdem du abgehauen bist, obwohl er versuchte, es sich nicht anmerken zu lassen. Dann tat er so, als hätte er eine SMS bekommen, was er nicht hatte, weil ich nah genug war, um seinen Bildschirm zu sehen. Er erfand irgendeine lahme Ausrede, dass er nach Hause müsse, um mit den Jungs zu helfen.«

»Oh, es tut mir so leid. Ich hätte nicht so weggehen sollen. Ich… konnte einfach nicht bleiben.«

Roman musterte ihr Gesicht für einen langen Moment. »Was ist da drin passiert? Du wurdest schneeweiß. Ich schwöre, du sahst aus, als würdest du gleich ohnmächtig werden. Hast du wieder etwas gesehen?«

Mia seufzte und lehnte sich neben ihm an die Wand. »Nicht direkt. Ich glaube, Luke und Anita hatten am Abend vor ihrem Verschwinden vielleicht einen Streit, aber es war nur ein flüchtiger Eindruck. Ich habe keine Ahnung, worum es ging. Das war es aber nicht, was mich so mitgenommen hat. Es war seine Angst und sein Schmerz heute. Sobald ich anfing, über diese Dinge zu fragen, war er in Panik und es… okay, es ist schwer zu erklären, ohne wie eine Verrückte zu klingen, aber wenn das Gefühl in mich eindringt, ist es… es ist schrecklich. Ich musste es loswerden. Nur konnte ich das nicht, während ich direkt ihm gegenübersaß. Ich brauchte etwas Abstand.« Sie machte eine Pause und starrte auf ihre Füße.

»Hey, es tut mir leid.« Romans Stimme war kaum mehr als ein Flüstern. »Ich wusste nicht, dass dir zu helfen so viel Schmerz bereiten würde. Hör zu, wir können es fürs Erste sein lassen. Wenn dir etwas einfällt – wie vorhin im Park – dann ist das super, aber du musst dich dem nicht aussetzen. Die Wahrheit ist, Anita ist weg. Sie kommt nicht zurück. Nichts, was wir herausfinden, wird daran etwas ändern.«

Ihr stockte der Atem und sie hob ihren Blick, um Romans Augen zu begegnen. In ihnen spürte sie seine aufrichtige Sorge und Trauer. Sie nahm sich zusammen und tastete mit ihrem Geist nach ihm. Nun strömten seine Traurigkeit und was war es? ... vielleicht Reue ... in sie hinein.

Sie trat von der Wand weg. »Nein, absolut nicht. Wir suchen weiter. Fragen weiter. Ich komme damit klar. Manchmal brauche ich einen Moment, um mich zu stabilisieren, und manchmal, wenn es zu viel wird, muss ich mich eine Weile komplett zurückziehen, aber es geht mir gut. Ehrlich.«

Sein Kopf schüttelte sich hin und her wie ein Hund mit einem Knochen. »Nein, ich kann dich nicht darum bitten. Das ist nicht richtig.«

Sie packte seinen Arm und drückte fest zu, nahm mehr von seiner Verzweiflung in sich auf ... nahm so viel davon auf, wie sie ertragen konnte, damit er sicher eine ordentliche Stimmungs- und Energieaufbesserung spüren würde. Er starrte einen Moment lang auf ihre Hand und dann zurück in ihre Augen, die Frage deutlich in seinem Gesicht zu lesen.

Was zum Teufel? Warum kümmerte es sie auf einmal so sehr? Das war so untypisch für sie. Sie konnte ihre Gedanken nicht einmal ansatzweise durch die Gefühle sortieren, um es zu verstehen.

»Es ist meine Entscheidung«, beharrte sie stur. »Ich werde weiter nach deiner Schwester suchen, ob du willst oder nicht.«

Die Stille dehnte sich noch ein paar Momente aus, aber sie war zufrieden damit zu warten, während er auf sie herabblickte. Schließlich lächelte er, und seine Augen wurden durch und durch warm.

»Weißt du was, Mia? Du faszinierst mich. Ich habe noch nie jemanden wie dich getroffen.«

Seine Hand streckte sich aus, und weiche Finger strichen über ihre Wange, was ihr erneut den Atem stocken ließ. Vorsichtig, quälend langsam, senkte er sein Gesicht zu ihrem, während sie ihn anstarrte, ihr Herz galoppierte. Als sich ihre Lippen trafen, hörte Mia ganz auf zu denken und warf sich in den Kuss. Er schmeckte nach Kaffee. Seine Lippen waren warm und weich und irgendwie genau perfekt an ihren.

Ein Stöhnen stieg aus ihrer Brust auf, und sie presste sich an ihn, Brust an Brust, während seine Arme sich um ihre Schultern schlangen und ihren Rücken hinunterstrichen. Irgendwie waren ihre Hände in seinem Haar, all den Massen glorreicher schwarzer Seide, und er drängte sie sanft gegen die Wand, als sich ihre Lippen öffneten und ihre Zungen sich umspielten.

Das Verlangen, das Bedürfnis, krallte sich mit solcher Kraft in sie, dass ihr schwindelig wurde. Hitze überflutete sie, und sie schloss die Augen gegen das zu grelle Licht des Flurs, bevor sie ihre Hände an seine Brust wand und ihn wegschob.

»Nein«, sagte sie. »Das wird nicht passieren.«

»Aus meiner Sicht passiert es bereits«, sagte Roman, aber er rückte weg und ließ sie von der Wand los. »Da ist etwas zwischen uns. Meinst du nicht, wir schulden es uns selbst herauszufinden, was es ist?«

Sie warf ihr Haar zurück und ging an ihm vorbei, machte ein paar Schritte, bevor sie sich wieder zu ihm umdrehte.

»Es ist nichts weiter als grundlegende sexuelle Hitze. Das passiert ständig. Ich weiß nicht, wie es bei dir ist, aber wenn ich jedem Anflug von Lust bis zur offensichtlichen Schlussfolgerung folgen würde, würde ich nie etwas anderes zustande bringen.«

Ihr gefiel der Anblick des Lächelns nicht, das sich auf seinem Gesicht ausbreitete.

»Das war mehr als grundlegende sexuelle Hitze, und das weißt du, aber ich verstehe, dass es dich vielleicht ein bisschen erschreckt hat. Meine

Kräfte bei Frauen sind eine gewaltige Verantwortung«, zog er in die Länge. »Keine Sorge. Ich kann warten, bis du deine Angst wieder auf ein handhabbares Niveau gebracht hast. Aber wisse dies: Ich bin mit dir noch nicht fertig. Nicht mal annähernd.«

»Oh bitte, überschätz dich nicht«, fauchte sie. »Ich bin keine zwölf mehr. Jetzt, wo ich darüber nachdenke, hätte dieser 'du hast Angst und ich kann warten'-Mist nicht mal damals bei mir funktioniert. Ich habe keine Angst. Ich sage einfach nein.«

Als er die Arme vor der Brust verschränkte und weiter lächelte wie ein allwissender Weiser, knurrte sie und wirbelte herum.

»Ich werde morgen noch einmal mit Luke reden. Allein«, rief sie über ihre Schulter, bevor sie um die Ecke und zurück ins Café verschwand.

Kapitel Zwölf

Es brauchte etwas Überredungskunst, aber schließlich stimmte Luke zu, sich mit Mia zu treffen, diesmal in seinem Büro in der Klinik. Und obwohl er höflich war und ihre Fragen beantwortete, gab es jetzt eindeutig eine mentale Barriere zwischen ihnen. Obwohl es unwahrscheinlich war, dass er wusste, dass Mia am Tag zuvor in seinen Geist eingedrungen war, blockierte ein Teil von ihm sie trotzdem aus.

Als sie merkte, dass sie bei ihm nicht weiterkam, beschloss Mia, ein Risiko einzugehen und etwas härter nachzubohren.

»Luke, ich kann mich des Gefühls nicht erwehren, dass an dem Tag, als Anita verschwand, etwas mit ihr los war. Wenn du irgendetwas weißt, sag es mir bitte, denn es könnte wirklich helfen. Die Familie Mancini ist verzweifelt und möchte endlich Gewissheit haben.« Sie verzog das Gesicht und hob die Hand. »Ich weiß, ich hasse dieses Wort auch, aber in diesem Fall würde das Finden ihrer Leiche ihnen vielleicht etwas Frieden bringen. Ich bin sicher, dass es für dich genauso ist?«

Er runzelte die Stirn und lehnte sich in seinem Stuhl zurück. »Natürlich will ich das, aber ich weiß nichts. Ehrlich gesagt, die Art, wie du diesen Punkt betonst – als ob ich derjenige wäre, der ... sie verschwinden ließ oder weiß, was passiert ist und die Information all die Jahre zurückgehalten hat – ist beleidigend. Ich denke, wir sind hier fertig.« Er stand auf und ging um den Schreibtisch herum. »Ich habe dir mehr als genug meiner Zeit gegeben, und ich werde nicht noch einmal mit dir über Anita sprechen.«

Mia stand auf und folgte Luke zur Tür. Erst als sie den Riemen ihrer Handtasche über die Schulter zog, erinnerte sie sich an das, was sie mitgebracht hatte, und öffnete das äußere Fach. Sie zog eine schmale, silberne Schachtel heraus, auf deren Deckel Healing Crystals eingeprägt war.

»Ich habe das für deine Frau mitgebracht.« Sie hielt Luke die Schachtel hin, der sie mit zusammengekniffenen Augen betrachtete. »Du hast gesagt, sie mochte meinen Schmuck, also dachte ich, ihr gefällt vielleicht dieses Armband.« Als er weiter auf die Schachtel starrte, seufzte sie und hob den Deckel. »Schau, es ist keine Bestechung oder so, ehrlich. Ich bin leidenschaftlich bei meiner Kunst, und wenn Mandy sie auch schätzt, würde ich mich freuen, wenn sie noch ein weiteres Stück hätte. Die Steine sind Rosenquarz zur Entspannung. Bitte, nimm es. Ohne Hintergedanken.«

Schließlich streckte er die Hand aus und griff nach der Schachtel, drehte das Armband mit dem Finger um. »Es ist schön. Ich denke, es wird ihr gefallen. Danke.«

»Gern geschehen. Nochmals danke, dass du mit mir gesprochen hast.«

Mia zuckte innerlich mit den Schultern, während sie zu ihrem SUV zurückging. Alles in allem hätte es schlimmer sein können, nahm sie an. Ja, Luke hatte sie mehr oder weniger aus seinem Büro geworfen, aber er war nicht gemein gewesen, und sie hatte das Gefühl, dass er der Typ Mann war, der es ihr nicht unbedingt nachtragen würde.

Als sie sich wieder in Richtung Main Street wandte, fiel ihr Blick auf Gabes Diner, und sie fand sich selbst dabei wieder, wie sie in eine

Parklücke davor einbog. Gabriel stieg von seinem Hocker und ging zum Take-out-Tresen, um sie zu begrüßen.

»Guten Tag, meine Freundin. Lächelt der Herr heute auf dich herab?«

»Ähm ... ja, danke. Und bei dir?«

Er grinste. »Natürlich. Denn dies ist der Tag, den der Herr gemacht hat. Lasst uns frohlocken und uns freuen an ihm. Was kann ich dir bringen?«

Sie konnte nicht anders, als das Lächeln zu erwidern. Gabriel liebte seine Bibelzitate, das war sicher.

Nachdem sie ihre Bestellung aufgegeben hatte, ließ sie sich in eine leere Nische neben der Tür gleiten und setzte sich, um auf ihr Essen zu warten. Eine Frau und zwei kleine Kinder waren die einzigen ernsthaften Esser, dazwischen ein paar ältere Paare, die in dieser Flaute zwischen Mittag- und Abendservice Kaffee oder Tee genossen.

Die Kellnerin ging im Raum umher und füllte Getränke nach. Mia betrachtete den türkisfarbenen Rock der Frau und das Poloshirt mit der schokoladenbraunen Paspel. Gabes Diner war in großen Blockbuchstaben auf den Rücken gedruckt. Sie ertappte sich dabei, wie sie darüber nachdachte, dass die Farbe zwar die Haut der Frau ausbleichte und ihr strohblondes Haar noch unscheinbarer aussehen ließ, als es wahrscheinlich war, aber Anita perfekt gestanden hätte.

Mia winkte mit dem Arm und fing den Blick der älteren Frau ein. Sie kam direkt herüber und hob fragend die Kaffeekanne.

»Nein, danke. Ich warte auf mein Essen zum Mitnehmen. Bist du zufällig Mary?«

»Das steht hier drauf«, sagte sie und zeigte auf ihr Namensschild.

»Natürlich tut es das«, sagte Mia.

»Du bist Mia Reeves, Mädchendetektivin und Schmuckherstellerin und Mama eines Rudels Hunde. Es ist ein Wunder, dass du Zeit für alles hast.«

»Ja, nun, das mit dem Privatdetektiv ist wirklich, wirklich Teilzeit, wenn du verstehst, was ich meine. Du hast mit Anita Mancini gearbeitet?«

»Klar. Ich war diejenige, die sie eingearbeitet hat, als sie hier anfing. Damals waren wir nur acht Kellnerinnen. Anita arbeitete ein paar Abende die Woche, nicht zu spät wegen der Schule, und natürlich an den Wochenenden. Das Diner war damals kleiner. Diese beiden Partyräume wurden erst vor etwa fünf Jahren angebaut.« Sie ließ sich mit einem Seufzer gegenüber von Mia nieder.

»Du warst in der Nacht hier, als sie verschwand?«

»Stimmt. Ich habe mit der Polizei geredet, bis ich blau im Gesicht war, aber ich konnte ihnen wirklich nichts sagen. Anita und ich standen dort an der Eingangstür, nachdem sie ihre Schicht beendet hatte. Ich hatte noch ein paar Stunden vor mir.«

»Worüber habt ihr gesprochen?«

»Oh, nun, dies und das. Ein bisschen über den Arbeitsplan für die kommende Woche. Ein bisschen über den Jahrmarkt und die Feier zum vierten Juli. Ich hatte einen Klatsch über einen unserer Stammkunden gehört, und wir haben darüber gequatscht.«

»Schien sie normal zu sein? Jemand anderes hat mir erzählt, sie sei beim Mittagessen abgelenkt gewesen, bevor sie ihre Schicht begann.«

Mary schüttelte den Kopf. »Sie schien mir in Ordnung. Müde, sicher, aber ihr übliches, effizientes Selbst.«

»Haben sie und Luke sich in dieser Zeit gestritten?«

»Anita und Luke? Herrgott, nein. Selbst als Teenager waren die beiden schon wie ein altes Ehepaar. Kein übliches Drama oder Tränen bei ihnen. Zwei solide Kinder, die gute Noten bekamen und Pläne für die Zukunft schmiedeten.« Marys Stimme stockte bei den letzten Worten, und sie presste die Lippen zusammen, als wäre sie entschlossen, jeden Anflug von Emotion zu bekämpfen.

»Nichts Ungewöhnliches«, sagte Mia, halb zu sich selbst.

Mary schnaubte. »Das Ungewöhnlichste, woran ich mich erinnern kann, war, dass Anita sagte, sie müsse eine Schicht am Ende der Woche tauschen, weil sie einen Arzttermin vergessen hatte, in ihren Kalender einzutragen. Dieses Mädchen war so organisiert, ich glaube, sie hat in den fünf Jahren, die sie hier gearbeitet hat, nur eine Handvoll Mal Schichten getauscht.«

»Okay, danke. Ich schätze, dass du mit mir gesprochen hast.«

»Ich muss dir sagen, du hast vielen von uns hier echte Hoffnung gegeben. Glaubst du, du wirst herausfinden können, was mit ihr passiert ist?«, fragte Mary.

Mia seufzte. »Ich werde es versuchen.«

Zurück in ihrem Auto legte Mia die Tüte mit Essen auf den Beifahrersitz und lehnte ihren Kopf gegen das Lenkrad. Marys Worte ließen sie sich nutzlos fühlen. Warum konnte sie nicht herausfinden, wo Anita war?

Und wenn sie sie nicht fand, würde das, was sie mit dem Aufwirbeln von allem angerichtet hatte, mehr schaden als nutzen. Die Mancinis brauchten nicht noch mehr Schmerz. Tony oder Brooke oder sogar Luke auch nicht. Sie hatte nur versucht, das Richtige zu tun. Wäre sie nicht so sicher gewesen, dass sie Anitas Leiche in den Wäldern beim Park finden würden, hätte sie all das nie begonnen.

Der Park. Da musste noch etwas anderes sein. Etwas, das sie in die richtige Richtung weisen würde. Sie startete den Escape, fuhr vom Bordstein weg und auf die andere Seite der Stadt. Auf dem Parkplatz standen einige Autos, und der Spielplatz war voller kleiner Kinder. Natürlich, die Schule war für den Tag aus. Das Wetter war perfekt zum Spielen.

Mia schnappte sich ihr Essen und schlenderte zum Rand des Waldes, wo sie sich einen Platz im Schatten einer Eiche aussuchte. Sie ließ sich auf den Boden sinken, zog ihre Beine unter sich und holte den Gemüse-Wrap heraus. Langsam aß sie ihn, während sie die Menschen in der Ferne kommen und gehen sah.

Dieser Teil des Parks war glücklicherweise menschenleer, und sie entspannte sich Grad um Grad. Eichhörnchen flitzten umher, galoppierten Bäume hinauf und hinunter. Vögel zwitscherten einander zu, eine Symphonie aus Piepsen und Zirpen. Sie lehnte sich gegen den Baumstamm und war dankbar, dass das Mädchen an der Essensausgabe nicht aufgepasst hatte, als sie sagte, sie brauche kein Besteck. Mia öffnete den Deckel des Quinoa-Salats und löffelte etwas in ihren Mund.

Als das Essen aufgegessen war, lehnte sie sich zurück und schloss die Augen. Sie ließ die Geräusche des Waldes über sich waschen. Die Brise war warm auf ihrer Haut und kräuselte sanft ihr Haar an ihrem Nacken. Sie ließ ihre Gedanken wandern, von Marys abgenutztem Gesicht unter den hellen Lichtern des Diners zu den Kindern, die auf dem Klettergerüst herumturnten, zu ihren neuesten Schmuckbestellungen, bevor sie schließlich bei Roman landeten.

Dieser Kuss. Wow. Er hatte Recht gehabt. Es war viel mehr als einfache Hitze, aber die traurige Tatsache war, dass sie es nicht weiter gehen lassen konnte. Roman suchte nach mehr als einer einzigen Nacht Sex, und sich mit einem Polizeibeamten einzulassen, war wohl das Dümmste, was sie tun könnte.

Sie dachte zurück an den Moment, als sie aus dem Badezimmer gekommen war und ihn wartend vorgefunden hatte. Wie er mit den Fingerspitzen über ihre Wange gestrichen hatte und die Besorgnis in seinen Augen. Es hatte sie tief berührt. Sie konnte sich nicht erinnern, wann zuletzt jemand so viel Fürsorge gezeigt hatte.

Und wenn sie ehrlich zu sich selbst war, kümmerte sie sich auch um ihn. Sie wusste, sie sollte es nicht. Es war gefährlich. Besonders nach allem, was sie getan hatte, um sich von ihrer Vergangenheit zu distanzieren.

Sie drückte sich hoch und stand langsam auf. Es gab nichts, worüber man sich den Kopf zerbrechen musste. Selbsterhaltung bedeutete, dass sie keine romantische Beziehung mit Roman eingehen konnte. *Vielleicht könntest du einfach nur Sex haben*, flüsterte eine hinterlistige Stimme in ihrem Kopf, aber sie schüttelte sofort den Kopf. Er war nicht wie die anderen, die sie in den letzten Jahren als Bettgenossen gewählt hatte. Sie hing bereits an ihm. Sex würde ihre Gefühle sicherlich verstärken und es noch schwieriger machen, wegzugehen.

Entschlossen marschierte sie durch den Wald und direkt zurück zu der Stelle, an der sie den stärksten Teil der Vision gehabt hatte. Es musste hier etwas geben. Etwas, das sie entweder zum Mörder oder zu Anitas Leiche führen würde.

Aber da war nichts. Sie stand zwischen den Bäumen und lauschte dem Rascheln und Knarren des Waldes, dem stetigen Klopfen eines Spechts und der absoluten Stille in ihrem Kopf.

Roman konnte nicht zur Ruhe kommen. Er wünschte, seine Stimmung läge nur an Anita, aber er konnte sich selbst nicht belügen. Sicher, Anita war ein Teil davon, aber ein größerer Teil des rastlosen, zappligen Gefühls lag an Mia.

Er hatte sie aktiv verabscheut, als sie auf der Wache aufgetaucht war und behauptete, eine Vision von einem Angriff auf seine Schwester gehabt zu haben. Oh ja, er hatte ihr ins Gesicht schlagen und sie dazu bringen wollen, es zurückzunehmen. Dann hatte seine Mutter Mia in den Schoß der Familie gezogen und ihn mit Schuldgefühlen dazu gebracht, mit ihr zusammenzuarbeiten. Und verdammt, wenn er nicht langsam angefangen hatte, ihr zu glauben.

Wenn sie versuchte, ihn zu betrügen, konnte er es nicht erkennen. Zumindest nicht mehr. Tatsächlich hatte er das deutliche Gefühl, dass sie lieber nichts über Anita wissen würde. Und mehr noch, ihm zu helfen kostete sie eine Menge. Der Schmerz, den er in ihren Augen gesehen hatte - als sie letzte Nacht Luke gegenübergesessen hatte und später, außerhalb des Badezimmers, gefasster, aber milchweiß - hatte sein Herz wie in einem Schraubstock zusammengepresst.

Er war gut darin, Menschen zu lesen. Das musste er sein. Es war ein wesentlicher Teil seines Jobs. Seiner Meinung nach täuschte sie nichts davon vor.

Sie zog ihn an, und er schien nichts tun zu können, um die Anziehung abzuschalten. Die einzigen beiden Male, die er sich auf eine Beziehung eingelassen hatte, waren sie schneller ausgebrannt, als er es für möglich gehalten hätte. *Na und? Das hieß doch nicht, dass er aufhören sollte, es zu versuchen, oder?* Er ging zurück zum Tisch, nahm sein Handy und tippte ihre Nummer an, ohne sich Zeit zum Nachdenken zu geben.

»Hallo, Roman«, sagte sie mit ihrer ruhigen, beherrschten Stimme.

»Ja, hi. Wie geht's dir?«

»Mir geht's gut. Ich bin zurückgegangen und habe mit Luke gesprochen. Ich schätze, ich hätte dich anrufen sollen.«

»Mach dir keine Sorgen deswegen. Hast du etwas von ihm erfahren?«

Der Seufzer war klein, aber er trug Gewicht. »Nichts von Wert. Er hat mich im Wesentlichen aus seinem Büro geworfen und gesagt, er sei fertig damit, über Anita zu sprechen.«

»Schade. Aber es war einen Versuch wert, also danke, dass du hingegangen bist.« Er machte eine Pause und ging die wenigen Schritte zu seinem Fenster, zog die Jalousien auseinander und blickte auf die dunkle Straße hinunter. »Ich bin mit meinen Ideen zu Anita am Ende. Vielleicht könnten wir uns morgen Abend treffen und darüber reden. Ich bring was zum Mitnehmen zu dir mit. Pizza okay?«

Am Telefon herrschte für einige Sekunden Stille. »Ich habe auch keine Ideen mehr, also gibt es nicht viel zu sagen«, sagte sie schließlich.

»Okay, kein Problem. Wir könnten trotzdem zusammen essen. Wir müssen den Rest des Abends nicht mal über Anita reden.«

»Nein, Roman.« Sie seufzte. »Ich dachte, ich wäre gestern Abend ziemlich deutlich gewesen. Ich werde nicht mit dir ausgehen.«

Sein Atem entwich in einem Stoß, und erst da merkte er, dass er ihn angehalten hatte. »Ich verstehe nicht, warum du dich dagegen wehrst, aber okay, lassen wir es vorerst beiseite. Kein Problem. Früher oder später werden wir aber zusammenkommen.«

»Gott, du bist frustrierend«, zischte sie.

»Ja, ich weiß. Manche würden mich vielleicht hartnäckig nennen.«

»Mir fallen andere Worte ein.«

»Behalt sie lieber für dich. Streichel Layla von mir. Gute Nacht, Mia.«

»Gute Nacht, Roman.«

Er starrte auf das Telefon in seiner Hand. Verdammt nochmal. Sie hatte ihn ohne zu zögern abgewiesen. Roman durchsuchte sein Gedächtnis und konnte sich nicht erinnern, wann ihn das letzte Mal eine Frau so abgewiesen hatte. Er wusste, dass er gut aussah, nicht dass er darüber nachdachte oder so, aber in der Regel fühlten sich Frauen zu ihm hingezogen. Kevin scherzte oft, er sei der Typ, mit dem sie befreundet sein wollten, und Roman derjenige, den sie erobern wollten.

Als sein Telefon klingelte, hatte er einen kurzen Moment, in dem er dachte *Gott sei Dank, sie ruft zurück*, bevor er sah, dass das Bild seiner Mutter auf dem Bildschirm erschien. Er seufzte.

»Hey, Ma.«

»Hallo, mein hübscher Junge.«

Anscheinend nicht hübsch genug. »Wie geht's dir?«

»Sehr gut, danke. Hältst du dich aus Schwierigkeiten raus?«

»Darauf kannst du wetten.« Die Pause dauerte gerade lang genug, dass er praktisch die Räder in ihrem Kopf rattern hören konnte. »Ich weiß nichts Neues über Anita. Wir sind der Lösung vielleicht nicht näher gekommen«, sagte er.

»Sprich das nicht aus. Du und Mia, ihr werdet sie finden. Ich weiß es. Jedenfalls rufe ich deswegen nicht an. Dein Vater und ich haben geredet und beschlossen, dass wir nächstes Wochenende ein kleines Treffen veranstalten sollten. Es wäre ihr dreißigster Geburtstag gewesen.«

»Ja, ich weiß.« Sein Finger rieb an der Stelle zwischen seinen Augen, wo sich die Anspannung sammelte.

»Lass uns ein Grillfest am Ferienhaus machen. Wir nutzen es nicht oft genug. Lina kommt nach Hause und Tony auch. Ich dachte, vielleicht möchte Brooke auch dabei sein. Ich werde morgen mit ihr sprechen. Ich möchte, dass du Mia einlädst.«

»Ich glaube, es wäre besser, wenn du sie fragen würdest. Außerdem bezweifle ich, dass sie ihre Hunde für den Tag allein lassen will.«

»Na, die können doch mitkommen, oder? Es gibt viel Platz zum Herumtollen und im See zu schwimmen.«

»Schon, aber ich werde sie nicht fragen.«

»Was ist denn los mit dir?«

»Sagen wir einfach, ich glaube, sie hat genug von mir.«

»Unsinn. Außerdem spürt sie vielleicht etwas, wenn sie an Anitas Geburtstag bei uns ist.«

»Vielleicht. Es wird schön sein, Lina zu sehen.«

»Ja, Familie sollte zusammen sein. Hast du zu Abend gegessen?«

»Natürlich.«

»Ich meine ein richtiges, nahrhaftes Abendessen, das keine Pizza oder kein Sandwich war.«

Er kreuzte die Finger hinter seinem Rücken. »Klar, Ma.«

»Braver Junge. Bleib nicht zu lange auf.«

»Werde ich nicht. Versprochen. Gute Nacht.«

Er lächelte, als er das Telefon zurück auf den Tisch legte. Mia mochte ihn abgewiesen haben, aber es gab keine Möglichkeit, dass sie seine Mutter so leicht abschütteln würde.

Kapitel Dreizehn

Den ganzen Morgen über grübelte Mia. Sie wollte so gar nicht zum Ferienhaus fahren, aber angesichts der beeindruckenden Molly Mancini sah sie keinen Ausweg. Zumindest hatte sie die Frau davon überzeugen können, dass sie alleine hinfahren konnte, und hatte das Angebot, die Hunde mitzubringen, höflich abgelehnt.

»Ihr Jungs seid mein Notfallplan«, sagte sie und drehte ihren Stuhl, damit sie mit ihrem Fuß über Macs Rücken streichen konnte. »Ich denke, ich werde eine Stunde oder so bleiben und euch dann als Ausrede benutzen, um zu entkommen.«

Mac grunzte und rollte sich auf den Rücken, damit sie seinem Bauch etwas Aufmerksamkeit schenken konnte.

»Es wird wahrscheinlich gar nicht so schlimm sein, oder? Und selbst wenn es stressig ist, weiß ich zumindest, dass ich zu euch nach Hause komme. Wir können einen schönen Spaziergang machen, wenn ich zurück bin, und dann mache ich vielleicht Popcorn und schaue einen Film.«

Allein bei dem Gedanken daran seufzte sie. Wenn sie nur zu Hause bleiben und sich nicht mit all den Leuten abgeben müsste. Besonders Roman. Gott, sie wollte jetzt wirklich keine Zeit mit ihm verbringen, weil sie große Angst hatte, schwach zu werden.

Mehr als einmal in den letzten Tagen hatte sie ihr Handy in die Hand genommen und war kurz davor gewesen, sein Angebot zum Abendessen anzunehmen. Und jedes Mal hatte sie einen mächtigen inneren Kampf gekämpft, um sich davon abzuhalten, anzurufen. Sie wusste verdammt gut, dass sie am Kipppunkt war und es nur eine Kleinigkeit von ihm brauchen würde: ein sexy Lächeln, eine Berührung seiner Hand an ihrem Arm, eigentlich alles, und sie würde sich wahrscheinlich auf ihn stürzen.

Mit einem erneuten Seufzen wandte sie sich wieder der Aufgabe zu, Versandetiketten zu drucken. Die letzten Tage waren eine Zeit der Neuorientierung gewesen, und sie war froh, mit ihren Bestellungen auf dem Laufenden zu sein. Tatsächlich war sie in diesem Moment sogar der Zeit voraus und konnte bis Montag eigentlich entspannen. Vielleicht würde sie sich morgen sogar einen Tag frei nehmen.

Als Mia ein paar Stunden später aus ihrer Einfahrt fuhr, war sie mental vorbereitet. *Reingehen. Die sozialen Höflichkeiten erledigen. Rauskommen. Es ist wie eine militärische Mission,* dachte sie, nur ohne Waffen und Gewalt.

Sie war sich nicht sicher, was sie von dem Treffen erwarten sollte. Vielleicht würden alle traurig und nachdenklich sein. Vielleicht würde der größte Teil des Tages damit verbracht werden, zusammenzusitzen und Erinnerungen an Anita zu teilen. Das Einzige, was sie dazu beitragen konnte, war eine Vision vom Tod des armen Mädchens.

Wie sich herausstellte, hätte sie nicht falscher liegen können. Als sie aus ihrem Auto stieg, erfüllten Lachen und Schreie die Luft. Sie nahm den Behälter mit Kartoffelsalat und die Weinflasche vom Rücksitz und machte sich auf den Weg entlang des Pfades an der Seite des Ferienhauses. Als sie zur hinteren Terrasse spähte, sah sie Molly und Frank mit zwei anderen

Paaren sitzen. Die Terrasse erstreckte sich über mehrere Stufen hinunter bis zu einem Steg, wo Roman und Tony anscheinend patrouillierten, Wasserpistolen in der Hand.

»Ihr könnt rennen, aber ihr könnt euch nicht verstecken«, rief Tony, bevor er Roman ein Zeichen gab.

Roman schlich zurück zum Haus, sprang von der Seite der Terrasse und feuerte – in die Hocke gehend – einen Wasserstrahl ab. Die Schreie waren unglaublich, und er warf den Kopf zurück und heulte vor Lachen. Brooke und zwei andere Mädchen rannten unter der Terrasse auf Mias Seite hervor und stürzten auf Tony zu, der standhaft blieb und mit seiner Pistole zielte, wobei er das erste Mädchen voll im Gesicht traf. Sie heulte auf und ließ ihre Waffe fallen, stürzte sich auf ihn und riss ihn über die Seite des Stegs in den See.

»Kinder, genug.« Molly klatschte in die Hände. »Kein Gekreische mehr. Oh, Mia, da bist du ja. Komm rein. Gesell dich zu uns. Ich verspreche, alle werden sich benehmen. Du hast Essen mitgebracht? Das hättest du nicht tun müssen.«

»Es ist nur ein Kartoffelsalat«, sagte Mia und reichte ihre Mitbringsel.

»Frank, du stellst das in den Kühlschrank.« Molly nahm die Schüssel und die Flasche aus Mias Händen und reichte sie ihrem Mann. »Was möchtest du trinken? Wir haben Wein und Bier und natürlich Limonade. Ich glaube, es gibt auch Saft.«

»Ähm... Ginger Ale, wenn ihr habt. Oder Cola.«

»Kommt sofort«, sagte Frank.

Molly hakte Mia am Ellbogen ein und zog sie zu den vier Personen, die um den Tisch saßen. »Das sind Beth und Alan Wexler und Claudia und Ed Morris. Sie sind alte Familienfreunde.«

Alle nickten und lächelten und sagten Hallo.

»Hey, du hast es geschafft«, sagte Roman. Als sie sich zu ihm umdrehte, ging die Hitze direkt in ihren Kern.

Er war oben ohne, und sein Haar war feucht, sodass es sich um sein Gesicht und über seine Ohren lockte. Seine Brust, breit und gut durchtrainiert, glänzte vor Wasser, und seine Haut hatte die Farbe von goldbraunem Zucker. Als er sie anlächelte, blitzten seine Zähne unmöglich weiß gegen den dunklen Stoppelbart. Sie konnte seine Augen nicht sehen, da sie von Aviator-Sonnenbrillen bedeckt waren, aber sie stellte sich vor, wie sich die Ecken vor Belustigung kräuselten.

»Ja, ich hab's geschafft. Es ist ein wunderschönes Ferienhaus. Der See ist atemberaubend.«

»Keine Wasserpistolen mehr für jetzt«, sagte Molly nachdrücklich. Roman runzelte die Stirn.

»Ach komm schon. Das sagst du immer, wenn Tony und ich kurz davor sind zu gewinnen. Das ist eine Verschwörung, sag ich dir.« Er neigte den Kopf zu Mia. »Willst du mitmachen?«

»Äh... nein... danke.«

»Dachte ich mir. Das ist das Problem, wenn man so gut ist wie Tony und ich. Jeder hat Angst, es mit uns aufzunehmen.«

Sie wurde ärgerlich. »Ich habe keine Angst, aber ich habe keinen Badeanzug oder auch nur Wechselkleidung mitgebracht.«

Er schob seine Sonnenbrille hoch und setzte sie auf seinen Kopf. Dann zwinkerte er ihr zu. »Eine wahrscheinliche Ausrede.«

Ihr Bauch machte einen langsamen Salto, und für einen Moment konnte sie ihre Augen nicht von ihm losreißen.

»Hi, Mia. Ich bin Lina, die ältere und klügere Schwester dieses Tunichtguts. Ich habe viel von dir gehört.«

Mia wandte sich dem Mädchen zu, das Tony in den See gestoßen hatte. Ihr Haar war zurückgestrichen, und sie hatte sich in ein Strandtuch gewickelt. »Oh, hallo. Schön, dich kennenzulernen.«

Linas haselnussbraune Augen bohrten sich in sie. »Ganz meinerseits. Auch unter diesen Umständen.«

Brooke und das andere Mädchen kamen zu ihnen herüber. »Das ist Brooke, eine von Anitas besten Freundinnen aus der Schulzeit, und das ist Morgan, die Tochter von Claudia und Ed. Sie leben jetzt in Memphis, aber früher waren sie unsere Nachbarn. Wir Kinder haben alle zusammen gespielt.«

Mia nickte den beiden Mädchen zu, und Brooke lächelte sie an.

»Hallo, nochmal. Ich freue mich, dass du gekommen bist.«

»Und Tony kennst du natürlich«, fügte Molly hinzu, als er herübergeschlendert kam. »Okay, Kinder, geht spielen.«

»Wer hat Lust auf eine Runde Schwimmen?«, fragte Tony und nickte Mia zu.

»Ich nicht«, sagte sie. »Geht ihr nur vor.«

»Ich glaube, ich setze auch aus«, sagte Brooke. »Komm, Mia. Wir können uns auf dem Steg sonnen und die Sonne genießen.«

Molly deutete auf den Tisch, der mit einer Vielzahl von Snacks beladen war. »Bedient euch am Essen, und ich schaue mal, wo Frank mit deinem Getränk bleibt. Oh, da ist er ja. Na komm schon. Das Mädchen verdurstet hier noch, während sie hier steht.«

»Meine Entschuldigung«, verbeugte sich Frank und reichte ihr eine Flasche Cola.

»Danke«, sagte Mia.

Sie nahm einen Schluck und senkte die Flasche, während sie beiläufig umherblickte, bis ihre Augen wie magisch auf Roman fielen. Er stand mit den anderen am Rand des Stegs. Sie hatten sich aufgereiht und zählten offenbar den Countdown zum Hineinspringen.

»Komm, lass uns unsere Füße ins Wasser tauchen.« Brooke hakte sich bei Mia unter. »Ich bin wirklich froh, dass du gekommen bist. Ich weiß, wir haben bisher nur einmal miteinander gesprochen, aber ich habe ein gutes Gefühl bei dir.«

Ein Gefühl der Freude breitete sich in Mias Brust aus. »Ähm… danke… denke ich. Ich habe auch ein gutes Gefühl bei dir.«

Mia streifte ihre Sandalen ab, und sie setzten sich ans Ende des Stegs, ließen ihre Beine über den Rand baumeln und tauchten ihre Füße in das erfrischend kühle Wasser. Mia wackelte mit den Zehen und seufzte. Es fühlte sich wirklich gut an.

»Das ist das Leben, oder? Anita hätte diesen Ort geliebt«, sagte Brooke. »Die Mancinis haben ihn erst vor etwa fünf Jahren gekauft, also hat sie ihn nie zu Gesicht bekommen.«

»Oh, das ist schade. Aber ich dachte… hatte Tonys Vater nicht ein Ferienhaus? Ich nahm an, es wäre dieses hier gewesen.«

Brooke schüttelte den Kopf. »Nun, er hatte eins, aber es war nicht dieses hier. Sie haben es vor Jahren verkauft. Es lag auf der anderen Seite des Sees, dort drüben. Das mit der Flagge.« Mias Blick folgte Brookes Fingerzeig. »Tony spricht manchmal davon. Er hat viele Erinnerungen an seine Mutter von dort.«

»Das muss schwer für ihn sein«, murmelte Mia.

»Hör zu, ich will dich nicht nerven, aber hast du schon etwas über Anita herausgefunden?«

»Nein, bisher nicht. Ehrlich gesagt habe ich das Gefühl, in einer Sackgasse zu stecken.«

»Du gibst doch nicht auf, oder?«

Lina schwamm auf sie zu.

»Nein, ich gebe nicht auf. Wenn ich neue Informationen finde, werde ich ihnen nachgehen. Im Moment habe ich allerdings nichts. So läuft das manchmal.«

»Worüber redet ihr?«, fragte Lina, während sie Wasser trat und sich die Haare aus den Augen strich.

»Über Anita, natürlich«, sagte Brooke.

Lina tauchte tiefer ein und legte den Kopf in den Nacken, um zum Himmel zu schauen. »Es ist verrückt, daran zu denken, dass sie dreißig geworden wäre.« Sie drehte den Kopf, um Mia anzusehen. »Na, Girl Detective, wie läuft's mit der Suche nach ihr?«

Ihr Tonfall war leicht und neckisch, aber Mia sah plötzlich das Bild einer anderen Frau vor sich, mit weichen Gesichtszügen und dramatisch rot gefärbten Haaren. Sie nahm einen Scheck von Frank entgegen, während Molly weinte und sie anflehte, ihre Tochter zu finden. Mia versteifte sich.

»Ich tue mein Bestes.«

»Da bin ich mir sicher. Pass nur auf, dass du meinen Eltern nicht das Herz brichst deswegen.«

»Mia würde so etwas nie tun«, sagte Brooke mit schockierter Stimme.

Linas Schultern hoben und senkten sich in einem übertriebenen Achselzucken. »Ich hoffe nicht, aber wir kennen sie ja nicht wirklich, oder? Menschen tun alle möglichen beschissenen Dinge.«

»Warum bist du so gemein? Mia versucht nur zu helfen.«

Mia schwang ihre Beine hoch und stand auf. »Es sieht so aus, als wäre es keine gute Idee gewesen, heute herzukommen. Ich glaube, ich gehe besser.«

»Nein, das wirst du nicht«, sagte Brooke und kletterte auf die Füße, um neben ihr zu stehen. »Lina hatte schon immer eine gemeine Ader. Ich bin sicher, sie meinte es nicht so, wie es klang.«

Lina schwamm näher heran, um sich am Rand des Stegs festzuhalten. »Mia, du musst nicht gehen«, sagte sie mit müder Stimme. »Ich hätte das wahrscheinlich nicht sagen sollen. Ich bin wohl einfach müde davon, jedes Mal ein weiteres Stück meiner Seele zerbrechen zu lassen, wenn es so aussieht, als würden wir Anita finden, und es dann doch nie passiert. Manchmal denke ich, es wäre besser, wenn wir akzeptieren würden, dass wir nie erfahren werden, was mit ihr geschehen ist.«

Außer, dass ich es weiß, dachte Mia, während sich eine Last der Traurigkeit auf sie legte. Es war eine unmögliche Entscheidung, ob es für die Mancinis schlimmer wäre, alles über Anitas gewaltsamen Tod zu wissen oder für immer darüber zu rätseln, was mit ihrer Tochter, Schwester und Cousine geschehen war.

Mia schaltete wieder ein und hörte Lina sagen: »...bitte bleib. Ich verspreche, nett zu sein. Ich muss mich daran erinnern, dass dies ein Tag des Feierns ist. Wir haben Anita vielleicht nicht mehr bei uns, aber wir können immer noch ihr Leben feiern.«

»Ja, du musst bleiben«, drängte Brooke.

»Okay«, nickte Mia. »Wenn ihr sicher seid. Ich möchte nicht, dass meine Anwesenheit den Tag ruiniert.«

Roman schwamm herüber und spritzte Lina nass. »Alle sehen so ernst aus. Worüber reden wir?«

»Nichts Besonderes«, sagte Brooke mit einem gezwungenen Lächeln. »Was ist mit den anderen beiden passiert?«

»Tony und Morgan haben beschlossen, zum Ferienhaus der O'Reillys zu schwimmen. Sie war früher mit Megan befreundet und wollte sie und ihre Familie begrüßen. Ihr müsst unbedingt ins Wasser kommen. Es ist fantastisch.«

Seine Augen verweilten auf Mia, und sie schluckte, während sie seinen Blick mied und über den See schaute. »Oh, ich sehe sie. Morgan ist wirklich schnell. Sie ist meilenweit vor Tony.«

»College-Schwimmteam«, sagte Lina mit einem Lächeln. »Das wird Tonys Ego einen Dämpfer verpassen.«

»So ist er nicht«, protestierte Brooke.

»Glaub mir, Schwesterherz, er ist genau so. Alle Jungs sind so. Sogar dieser große Trottel hier.« Sie nickte in Romans Richtung.

Einen Moment lang sagte niemand etwas. Roman breitete die Arme aus. »Was ist schon dabei, wenn ich ein selbstbewusster Typ bin? Vielleicht habe ich ja Grund dazu«, sagte er, wobei er kurz zu Mia hinübersah und breit grinste.

Verdammt noch mal, dachte Mia. *Wie zum Teufel soll ich da wegkommen?*

Kurz darauf heizte Frank den Grill an. Innerhalb einer Stunde hatten sich alle auf der Terrasse versammelt und bedienten sich an Steaks und gegrillten Gemüsespießen und füllten ihre Teller mit verschiedenen Salaten und Beilagen. Roman folgte Mia um den Tisch herum und ließ sich neben ihr nieder. Er stieß mit seinem Oberschenkel gegen ihren. Als sie zu ihm hinübersah, lächelte er süß. Mia schluckte und starrte auf ihren Teller.

»Mia, warum nimmst du dir kein Steak? Es ist genug da«, drängte Molly.

»Oh, nein danke. Ich ... also, ich esse kein Fleisch.«

»Aber ... oh, ich verstehe.« Mollys Augenbrauen zogen sich zusammen und sie seufzte. »Anita war genauso. Wollte meinen Sonntagsbraten nicht essen. Würde nicht mal einen Streifen Speck ansehen. Sie hat sich irgendeinen Film über Massentierhaltung angeschaut, und das war's dann.«

Mia nahm einen Bissen Nudelsalat und kaute kräftig, während sie Molly anlächelte. »Es gibt so viel zu essen, und alles ist wunderbar. Nochmals vielen Dank für die Einladung.«

Diesmal lächelte Molly zurück, und als das Gespräch am Tisch wieder aufgenommen wurde, atmete Mia lautlos erleichtert aus. Es würde nicht lange dauern, bis das Abendessen vorbei war, und dann konnte sie sich endlich entschuldigen und nach Hause fahren.

Es war nicht so, dass sie sie nicht mochte, aber zwischen Linas Feindseligkeit und Romans ständiger Anziehungskraft war es schwierig, ruhig zu bleiben ... noch schwieriger wurde es während des Essens, als sein Arm irgendwie immer wieder gegen ihren zu stoßen schien ... oder wie er seinen Stuhl näher rückte, bis sie buchstäblich seine Wärme spüren konnte. Obendrein kämpfte sie mit dem typischen mentalen Überschwappen, wenn sie von so vielen Menschen umgeben war. Alles in allem war sie von der Anstrengung völlig erschöpft.

Frank räusperte sich, stand auf und hob sein Weinglas.

»Zunächst einmal möchte ich euch allen dafür danken, dass ihr gekommen seid. Es ist wirklich wunderbar, alle so zusammen zu haben. Sowohl alte Freunde als auch neue.« Bei den letzten Worten deutete er auf Mia. »Ich weiß, es ist schon lange her, dass wir Anita verloren haben, obwohl es für Molly und mich manchmal so scheint, als wäre sie erst gestern hier gewesen. Trotzdem hilft es zu wissen, dass ihr alle sie in euren Herzen tragt. Es lässt uns glauben, dass sie weiterlebt, auch wenn sie nicht mehr körperlich bei uns ist. Danke, euch allen. Danke, dass ihr unsere Anita ehrt.«

Molly beugte sich vor und griff nach ihrem Glas. »Und jetzt, wo die wunderbare Mia in unser Leben getreten ist, werden wir unser kleines Mädchen finden und nach Hause bringen.«

Frank wandte sich Mia zu und nickte, wobei er sich über den Tisch lehnte. »Ja, auf Mia.«

Mit einem unglaublich schlechten Gewissen hob Mia ihr Wasserglas und stieß es gegen Franks, um den Toast zu vollenden. Sie konnte die Welle der Hoffnung spüren, die sich um den Tisch herum erhob. Angesichts der Tatsache, dass sie von Anitas Familie und Freunden umgeben war, hätte sie von Szenen mit ihr überflutet werden müssen. Warum hätte Anitas Energie sie beim ersten Mal im Park so heftig gepackt, wenn es keine Hoffnung gab, ihre Leiche zu finden?

Sobald Molly und Lina anfingen, die Teller einzusammeln, sprang Mia auf und nahm ihren eigenen.

»Gute Nacht allerseits. Ich muss wirklich nach Hause. Es war ein wunderbarer Nachmittag. Danke, dass ich dabei sein durfte.«

Sie hörte einen Chor von Gutenachtgrüßen und schön-dich-kennen-gelernt-zu-haben. Vorsichtig darauf bedacht, keinen Blickkontakt mit Roman aufzunehmen, nahm Mia mehrere Beilagenschüsseln, um sie ins Haus zu bringen.

»Vielen Dank für das schöne Abendessen«, sagte Mia zu Molly. »Ich muss wirklich zu den Hunden zurück.«

»Oh, aber du hast noch keinen Nachtisch gehabt. Ich habe einen Kuchen gebacken. Red Velvet. Das war Anitas Lieblingskuchen.«

»Es tut mir leid, aber ich sollte besser gehen.«

»Okay.« Sie tätschelte Mias Arm. »Du gibst uns Bescheid, wenn du ihrer Auffindung näher kommst?«

»Ja, natürlich. Tschüss, Lina. Es war schön, dich kennenzulernen.«

»Gleichfalls. Mama, welche Schüsseln willst du für den Kuchen?«

»Die aus Glas mit den Blumen. Ich begleite dich raus, Mia.« Molly ging zu Mia hinüber, die sich langsam aus der Küche zurückzog, und legte eine Hand auf ihre Schulter. »Danke, dass du gekommen bist. Es bedeutete viel, dass du hier warst. Es war ein echter Trost. Ich kann dir gar nicht sagen, wie sehr ich alles schätze, was du für meine Familie tust. Du bist ein gutes Mädchen, Mia.«

Als sie die Arme für eine Umarmung ausstreckte, blieb Mia nichts anderes übrig, als mitzumachen. Mit Mollys Armen um ihre Schultern lehnte sie sich an die winzige Frau und gab ihr Bestes, um jegliche mentale Überschneidung zu blockieren. Sie fühlte sich bereits schuldig und unzulänglich genug und konnte nicht noch mehr ertragen.

»Gute Nacht, Molly. Nochmals vielen Dank«, sagte Mia, als sie sich endlich aus der Umarmung lösen konnte.

Mit einem aufgeregten Gefühl der Erleichterung drehte sie sich um und ging durch den Hauptraum zur Haustür hinaus. Die Blase platzte schnell, als sie Roman sah. Er stand an die Stoßstange ihres Autos gelehnt, die Arme vor der Brust verschränkt und mit einem bereiten Lächeln. Sie sammelte sich und näherte sich langsam, wobei sie einige Meter von ihm entfernt stehen blieb.

»Das war ein schneller Abgang, wenn ich je einen gesehen habe«, sagte er.

»Meine Hunde sind zu Hause. Ich hasse es, sie so lange allein zu lassen.«

»Klar, das stimmt, aber ich weiß auch, dass du es kaum erwarten kon-ntest, von hier wegzukommen. Du bist gut darin, es zu verbergen, aber ich bin ein geschulter Beobachter. Du hast so viele verräterische Anzeichen.«

Sie zuckte unentschuldigt mit den Schultern. »Ich bin nicht gerade ein geselliger Mensch. Es liegt nicht an deiner Familie. Sie sind wunderbare Menschen. Alle waren so nett und haben mich willkommen geheißen.«

»Sogar Lina?«

»Nun, nein. Sie nicht.« Mia schnaubte. »Sie mag mich überhaupt nicht, aber ich verstehe das. Sie versucht nur, deine Eltern zu schützen.«

»Das und sie ist von Natur aus nicht freundlich. War sie nie. Es ist ein Wunder, dass sie überhaupt einen Ehemann gefunden hat.«

»So schade, dass sie sich scheiden lassen.«

»Was bringt dich auf den Gedanken?«, fragte Roman fordernd.

»Oh ... entschuldige. Ich dachte, du wüsstest das. Ich hätte nichts sagen sollen.«

»Nö. Auf keinen Fall. Sie hat niemandem dieses kleine Detail erzählt. Warum zum Teufel sollte sie es dir vor ihrer eigenen Familie sagen?«

»Sie hat es mir nicht direkt gesagt.« Mia machte eine Pause und ihr Blick glitt von ihm weg. »Es war nur der flüchtigste Hauch einer Vision, ich schwöre. Ich hab nicht in ihrem Kopf herumgestöbert, falls du das denkst. Manchmal quillt Zeug aus den Leuten heraus und ich kann nichts dagegen tun. Daher mein Wunsch, allein zu sein. Bitte sag deiner Familie nichts davon.« Ihre Worte kamen am Ende überstürzt heraus.

Roman starrte sie volle zehn Sekunden an. Mia wusste das, weil sie in ihrem Kopf mitzählte. »Weißt du, ich hab das heute völlig vergessen. Vergessen, dass du... naja, du bist schon was Besonderes, das steht fest. Du hast mein Wort, dass ich nichts sagen werde, bis Lina es uns selbst erzählt. Ich schätze, das erklärt, warum Greg nicht hier war. Ziemlich sicher gab's keine Geschäftsreise.«

Mia atmete aus. »Okay, danke. Nun, ich sollte mich besser auf den Heimweg machen. Gute Nacht, Roman.« Sie schob sich an ihm vorbei und steuerte zielstrebig auf die Fahrertür zu.

»Warte. Halt mal kurz. Wir müssen über diese Sache zwischen uns reden. Du musst es doch auch spüren?«

Ihre Schultern sackten herab und sie blieb stehen, stützte sich mit der Hand auf die Vorderseite des Autos, als sie sich zu ihm umdrehte. »Es gibt keine *Sache* zwischen uns.«

Er legte den Kopf schief. »Warum bestehst du darauf, mich anzulügen? Es gibt ganz eindeutig eine Sache. Ich hab's beim Kuss gespürt und heute hab ich dich dabei erwischt, wie du mir verstohlene Blicke zugeworfen hast, als du dachtest, ich würde es nicht merken. Ich bin kein schlechter Kerl oder so. Es ist okay, wenn du mich magst.«

»Ich weiß, dass du das nicht bist. Tatsächlich denke ich, du bist ein sehr guter Mann. Gibt es keine anderen Single-Frauen in Dalton? Was ist mit Brooke? Sie ist süß und so hübsch. Ihr beide würdet ein tolles Paar abgeben. Mary-Ellen von der Bank hat sich gerade von ihrem Freund getrennt. Ich denke, ihr zwei könntet kompatibel sein.«

»Nur dass ich nicht an Brooke oder Mary-Ellen von der Bank interessiert bin. Ich bin an dir interessiert.«

»Bitte sei es nicht«, sagte sie leise und wandte sich ab. »Geh zurück zu deiner Familie und deinem Leben, Roman. Wenn mir irgendwas zukommt, wirst du der Erste sein, der es erfährt. Ansonsten denke ich, es wäre das Beste, wenn wir eine Weile nicht reden. Gute Nacht.«

Sie startete ihren Escape, fuhr rückwärts aus der Einfahrt und auf die Schotterstraße vor dem Cottage. Sie warf keinen Blick zurück zu ihm.

Er ging die kurze Strecke bis zur Mitte der Straße und stand dort, ihr nachschauend, als sie davonfuhr.

Kapitel Vierzehn

Mia dachte nicht, dass sie schlafen würde. Der Nachmittag mit der Familie Mancini – und die Art, wie die Dinge mit Roman geendet hatten – ließ ihren Magen sich winden, als wäre er voller Schlangen. Selbst nach einem über einstündigen Spaziergang mit ihren Hunden, gefolgt von einer langen und etwas gewalttätigen Unkrautjäten-Session in den Blumenbeeten hinter dem Haus, war sie immer noch voller Unruhe.

Doch als sie schließlich ins Bett ging und sich auf die Seite drehte, fiel sie sofort in den Schlaf. Der Traum kam am frühen Morgen. Nicht von Roman, was ihre Befürchtung gewesen war, als sie zu Bett ging, sondern von Anita.

Mia sah die Szene, als würde sie aus einiger Entfernung darüber schweben. Anita, tot und in ein grünliches Material gewickelt, wurde durch einen Wald in der Dunkelheit der Nacht getragen. Der Mann, gebeugt unter dem Gewicht auf seiner Schulter, stapfte durch das Unterholz, eine Schaufel hing von seiner linken Hand. Die Bäume waren eine Mischung aus Laub- und Nadelbäumen, und in der Ferne, jenseits des Waldes, glitzerte ein See im Mondlicht.

Der nächste Blitz brachte sie fliegend durch die Blätter, vorbei an Ästen und Baumstämmen und zoomte auf Bodenhöhe. Anita lag im Grab. Das raue grüne Material war auf dem Erdhaufen an der Seite des Lochs zurückgelassen worden.

Der Mann war nirgends zu sehen, aber als Mia nach unten blickte, sah sie die Spur von Fußabdrücken, die wegführten. Als sie sich wieder Anita zuwandte, bemerkte sie, dass der Körper sorgfältig abgelegt worden war, ihr Haar leicht auffächerte und ihre Hände auf ihrer Brust gefaltet waren. Die lebhaften Spuren an ihrem Hals waren das einzige Anzeichen einer Verletzung.

Mia fühlte sich übel und konnte das arme Mädchen nicht mehr ansehen. Sie stolperte einige Schritte zurück, stolperte über eine Baumwurzel und fiel auf den Hintern. Die Vorstellung, dass der Mann jederzeit wieder auftauchen könnte, erfüllte sie mit Panik. Er würde ihr sicherlich wehtun, wenn er merkte, dass sie Anitas Grab gesehen hatte. Sie rappelte sich auf, lehnte sich gegen den nächsten Baum und kämpfte gegen ein Schluchzen an.

Der Stamm war riesig. *Es muss ein sehr alter Baum sein.* Ihre Finger fuhren hin und her über die Rinde und über die Kanten von Schnitzereien. Mia schien es, als wären es Buchstaben in Herzen. Sie blickte über ihre Schulter und sah den ersten Lichtfunken, der sich seinen Weg durch die Bäume bahnte. Die Dämmerung brach an. Vögel zwitscherten in einem fröhlichen Chor. In der Ferne machte ein Seetaucher sein unheimliches Geräusch, als würde er die Nacht zurückrufen.

Mia blinzelte, als Luft an ihrem Gesicht vorbeirauschte, und sie merkte, dass sie wieder aufstieg. Höher und höher ging es, über die Bäume, über den See und noch höher, bis sie in weiter Ferne die Sonne an diesem wackligen Rand sah, bereit, den Horizont zu durchbrechen.

Die Hunde winselten und raschelten in ihrem Schlafzimmer herum. Mia stöhnte und öffnete widerwillig die Augen. Es war noch nicht ganz Morgen, obwohl etwas Licht in den Raum sickerte. Sie bemerkte, dass Mac neben dem Bett stand und sie mit besorgten Augen anstarrte. Tucker stieß einen Freudenlaut aus, als er merkte, dass sie wach war, und sprang neben ihr aufs Bett.

»Alles ist okay, Jungs. Entspannt euch. Es ist viel zu früh für's Frühstück. Geht wieder schlafen.«

Tucker grub sich unter die Laken und schmiegte sich an sie, ein heißer kleiner Fellball an ihrer Hüfte. Mac seufzte und legte seinen Kopf auf die Bettdecke. Mia ließ ihren Kopf zurück auf das Kissen fallen und schloss die Augen. Sie war so müde. Eine weitere Stunde könnte ihr zumindest eine Chance geben, sich für den Rest des Tages wie ein normaler Mensch zu fühlen.

Sie lag einige Minuten ruhig da und hörte den Hunden zu, wie sie sich wieder in verschiedene Schlafpositionen begaben. Ihr Verstand war matschig, kaum in der Lage, einen einzigen Gedanken festzuhalten. Etwas drängte sich ihr auf, etwas Wichtiges. Und dann, wie ein Blitzschlag, blitzte der Traum in ihrem Kopf auf.

Außer dass es kein Traum war. Sie war sicher, dass das, was sie gesehen hatte, tatsächlich passiert war. Es war nicht das erste Mal, dass sie eine ihrer Visionen auf diese Weise erlebt hatte. Sie rieb sich die Augen und blinzelte sie wieder auf.

Heilige Mutter Gottes. Sie wusste, wo Anita begraben war.

Okay, nicht genau wo, aber sie hatte einige Anhaltspunkte, um den Ort zu finden. Sie warf die Decken ab und glitt aus dem Bett. Was sollte sie tun? Vielleicht jemanden anrufen? Nein. Diesmal würde sie Roman nicht mit hineinziehen, es sei denn, sie müsste es. Zuerst musste sie den Ort finden und sicherstellen, dass es keine falsche Spur war.

Mit dieser Entscheidung eilte sie durch ihre morgendliche Badezimmerroutine, zog eine Jeans und ein T-Shirt an und fütterte die Hunde, bevor sie ihren Computer hochfuhr. Sie begann eine Suche nach Seen in der Gegend und verwarf schnell zwei, bevor sie auf einen stieß, der dem ähnelte, was sie in der Vision gesehen hatte.

Crawford Lake. Derselbe, an dem sich das Mancini-Ferienhaus befand. Sie war sich nicht sicher, wie weit sie das Grab in den Wald hinein schätzen sollte, aber es gab nur einen Abschnitt, der nicht sofort eine Straße entlang des Ufers hatte. Sie bewegte ihre Maus über diesen Teil des Waldes, zoomte hinein, konnte aber nichts anderes finden, was bei der Suche helfen würde.

»Wer möchte eine Fahrt machen?«, fragte sie die Hunde.

Sie müssen die Aufregung in ihrem Ton gespürt haben, denn das ganze Rudel stürzte zum Tisch, rieb und stieß gegeneinander, während sie um ihre Aufmerksamkeit wetteiferten. Sie schnappte sich ein paar Wasserflaschen aus dem Kühlschrank. Als Nachgedanke nahm sie einen Apfel aus der Obstschale. Dann stiegen sie und die Hunde in ihren Escape und machten sich auf den Weg.

Mia versuchte, nicht zu schnell zu fahren, aber das Adrenalin ließ alles um sie herum langsam und sirupartig erscheinen. Ein Teil von ihr hatte Angst, dass sie den Ort nicht finden würde, und ein anderer Teil fürchtete sich davor, die Grabstätte zu entdecken. Wie würden Molly und Frank reagieren?

Und was ist mit dem Mörder, fragte sie sich plötzlich?

Wie würde er auf die Aufdeckung seines abscheulichen Verbrechens reagieren? Ein Schauer traf sie mitten in die Brust und ließ die Haare in ihrem Nacken aufstehen. Mac lehnte sich um den Sitz herum und leckte ihre Wange.

»Ich weiß, Kumpel, aber wir müssen versuchen, sie zu finden«, sagte Mia.

Sie fuhr am Mancini-Ferienhaus vorbei und bemerkte das Familienauto in der Auffahrt zusammen mit zwei anderen. Aber natürlich war es erst gestern gewesen, dass sie dort war. Zwischen der… Sache… mit Roman und der Vision schien die Zeit verzerrt, und es fühlte sich an, als wäre es Tage her, dass sie bei der Grillparty gewesen war.

Sie fuhr nun vorsichtig, da die Straße schmal und voller Kurven war, und machte sich auf den Weg um den See zur gegenüberliegenden Seite. Ein winziger Parkplatz, leer von Autos, markierte den Eingang zum Nationalforst.

Sie sprang heraus, öffnete die hintere Tür und rief die Hunde, ohne sich mit Leinen zu belasten. Es war noch früh und der Weg am Eingang sah unbenutzt aus. Sie bezweifelte, dass es viel Fußgängerverkehr geben würde. Layla jaulte vor Freude und rannte voraus, wobei sie Tucker mitnahm, während Mac und Fifi mit Mia Schritt hielten.

Sie lief stundenlang. Mit der Vision fest in ihrem Kopf hatte sie gedacht, es würde so einfach sein. Sie konnte die Formation der Bäume um das Grab und den leichten Abstieg zum Ort sehen. Die Realität war jedoch, dass alle Bäume vertraut aussahen und es viele Abwärtshänge gab. Keiner davon schien richtig zu sein.

Als sie sich durch ein Blätterdickicht drängte und merkte, dass sie schon wieder den See erreicht hatte, atmete sie aus und sank zu Boden. Fifi, die ziemlich zerzaust aussah mit Zweigen, Kletten und verschiedenen anderen

Trümmern in ihrem flauschigen Fell verfangen, kroch in Mias Schoß und seufzte.

Vielleicht war das ein Irrweg, dachte sie und befreite vorsichtig das eingeklemmte Haar von einer besonders hartnäckigen Klette hinter dem Ohr des kleinen Hundes. Sollte sie jetzt jemanden anrufen oder aufgeben und nach Hause gehen? Früher oder später würde sie sicher einen weiteren Blitz von Anitas letzter Ruhestätte bekommen, und vielleicht gäbe es beim nächsten Mal genug Details, um sie tatsächlich zu dem Ort zu führen.

Sie war müde und die Hunde, obwohl sie anscheinend noch bereit waren weiterzugehen, hatten begonnen, fragende Blicke in ihre Richtung zu werfen, als ob sie sich fragten, ob ihre Rudelführerin den Verstand verloren hatte.

»Ich habe wahrscheinlich wirklich den Verstand verloren«, murmelte sie und rieb Fifis Rücken, bis der Hund sich vor Ekstase wand. »Kommt, lasst uns einen Weg hier raus finden und nach Hause gehen. Ich bin hungrig genug, um Rinde von einem Baum zu essen.«

Sie hatte eine ungefähre Vorstellung davon, wo die Straße war, war sich aber nicht sicher, wie weit der Eingang zum Pfad entfernt lag. Sie beschloss, die Mitte des Gebiets anzupeilen und trieb ihre müden Beine einen Anstieg hinauf. Sie duckte sich unter einem Ast hindurch und erreichte den Gipfel des Hügels.

Mac winselte und drückte sich gegen ihren Oberschenkel. Mia stolperte und musste sich am nächsten Baumstamm festhalten, um das Gleichgewicht zu halten. Ihr Körper kribbelte. Winzige elektrische Funken rasten ihre Wirbelsäule auf und ab. Details aus ihrer Vision blitzten in scharfem Fokus in ihrem Geist auf. Sie kannte diesen Baum. Als sie ihre Hand nach oben führte, fand sie die Schnitzereien. Herzen mit eingeschlossenen Initialen.

Sie drehte sich um und untersuchte den Boden dahinter. Es war kaum mehr als eine Lichtung, aber jetzt wusste sie es. Dies war der Ort, den sie gesehen hatte. Er war größtenteils frei von Bäumen und mit einer Decke aus leuchtend grünen Farnen bedeckt. Vorsichtig trat sie einige Schritte nach links und kniete sich hin, ihre Hunde versammelten sich um sie herum. Sie war hundertprozentig sicher... wusste es tief in ihren Knochen. Anita war genau unter ihr begraben.

Sie senkte den Kopf, Tränen strömten aus ihren Augen, tropften von ihrem Kinn und fielen auf die Erde darunter.

Roman ging nach einem Einsatz mit Kevin zurück zur Polizeistation. Er kramte eine Münze aus seiner Tasche.

»Kopf, ich mache den Papierkram. Zahl, du machst ihn«, sagte er.

Kevin verschränkte die Arme vor der Brust. »Nö, ich hab's letztes Mal gemacht. Du bist dran, mein Freund.«

»Du hast es letztes Mal gemacht, weil du den Münzwurf verloren hast.«

»Okay, gut, aber ich nehme Kopf«, sagte Kevin.

Roman warf die Münze und sah zu, wie sie auf Kevins Schreibtisch fiel, bevor er seine Faust hob. »Kopf, du hättest nicht wechseln sollen. Verlierer, Verlierer«, skandierte er in Kevins Gesicht.

»Du kannst manchmal so ein Arschloch sein, aber zumindest hast du endlich etwas gefunden, worüber du lächeln kannst.«

»Wir sind Polizisten. Wir lächeln nicht.«

»Ja, klar, aber während du nicht gelächelt hast, warst du verdammt mürrisch.«

Roman rieb sich mit der Hand über den Kopf. »Ich hatte keine besonders gute Nacht.«

»Willst du darüber reden?«

Er warf Kevin einen vernichtenden Blick zu. »Wir sind Polizisten und wir sind Männer. Wir reden nicht.«

Als Roman auf seine Uhr schaute, wurde ihm klar, dass er ab sofort Feierabend hatte. Er ging in sein Büro, um Schlüssel und Geldbörse zu holen. Als das Telefon klingelte, riss er es an sich. »Mancini«, sagte er automatisch.

»Hier ist Mia. Ich brauche dich, du musst mich treffen.«

Obwohl sein Herz sich zusammenzog, blieb seine Stimme ruhig. »Was ist passiert? Bist du verletzt?«

Er hörte, wie sie tief Luft holte. »Es geht um Anita. Ich habe ihr Grab gefunden. Ich bin im Crawford Lake Nationalforst. Ich kann dich zu der genauen Stelle bringen.«

Er fand sie in ihrem Auto sitzend, den Sitz zurückgekippt und die zwei kleinsten Hunde über sie ausgebreitet. Der Dobermann und der

Golden-Labrador-Mischling tauchten auf dem Rücksitz auf, als er sich näherte, einer voller Misstrauen und der andere mit enthusiastischem Schwanzwedeln zur Begrüßung. Er öffnete Mias Tür, während sie die kleinen Hunde auf den Beifahrersitz schob.

»Was ist los?«, fragte er. »Ich nehme an, es war eine weitere Vision oder so etwas?«

»Ja, diesmal in einem Traum. Ich zeige es dir«, sagte sie und glitt heraus. »Kommt, Jungs, los geht's.«

Er folgte ihr den Pfad am Rand des Parkplatzes entlang. Die Hunde zogen mit ihr mit, gelegentlich wegspringend und dann zurückkommend. Größtenteils gingen sie alle ruhig, fast feierlich. Der Marsch ließ Romans Magen sich zusammenziehen.

Bald lenkte Mia ihn tiefer in den Wald, sich zwischen Ästen windend und ausweichend, während sie die ganze Zeit über schwieg. Blätterstücke steckten in ihrem Haar. Die Unterseite ihrer Jeans und ihre Schuhe waren mit einer Schicht Schmutz bedeckt. Auch die Hunde sahen sehr schmutzig aus.

Als sie schon einige Minuten gelaufen waren, war er an dem Punkt angelangt, einige der Fragen zu stellen, die in seinem Kopf herumwirbelten, aber er bemerkte, wie sich ihre Schultern versteiften und sah, wie der Dobermann sich gegen ihr Bein drückte und den Kopf zu ihr hob.

»Wir sind fast da«, sagte sie und warf ihm einen kurzen Blick zu.

Sie hielt neben einer riesigen Eiche an, ihre Hand ruhte auf dem Stamm, und sie drehte sich um und zeigte auf den Boden zehn Fuß entfernt.

»Bist du dir sicher?«, fragte Roman. »Wie hast du diesen Ort überhaupt gefunden?«

Ohne ein Wort zu sagen, nahm sie seine Hand und legte sie auf den Baum, bis er die eingeritzten Buchstaben spürte. Er keuchte und starrte den Baum erstaunt an.

»Wir kamen früher oft hierher, als wir noch in der Oberstufe waren«, sagte er. »Der Ort heißt Liebespärchenlichtung. Wenn du als Junge eine Weile mit einem Mädchen zusammen warst, hast du sie hierher gebracht und eure Initialen in den Baum geritzt. Wenn sie dann ganz schmachtend wurde, hattest du gute Chancen, ihr die Klamotten auszuziehen.«

Er ging um sie herum und umrundete den Baum. »Da.« Er zeigte auf ein großes Herz mit RM plus PN in der Mitte. »Ich habe Penny Norris hierher gebracht, sobald ich meinen Führerschein hatte. Wir waren in der elften Klasse zusammen, und ich wollte sie mehr als meinen nächsten Atemzug. Mann, ich hatte diesen Ort völlig vergessen.«

Er ging um den riesigen Baum herum und blieb stehen, als er wieder bei Mia ankam.

»Ich habe diesen Baum in meiner Vision gesehen«, sagte sie. »Ich suche seit dem frühen Morgen im Wald danach. Vielleicht hätte ich dich zuerst anrufen sollen, aber ich wollte sichergehen.«

»Wenn du mich angerufen hättest, hätte ich dir den Großteil der Lauferei ersparen können.« Er drehte sich um und blickte auf den Flecken mit Farnen. »Glaubst du wirklich, dass jemand Anita hier begraben hat?«

»Ja, das tue ich«, sagte sie schlicht. »Sie ist genau hier. Ich bin mir sicher.«

Sie ging hinüber und kniete sich am äußersten Rand des Bereichs nieder. Er starrte zu ihr hinüber und bemerkte, dass die Hunde sich um sie herum aufgestellt hatten, als wollten sie sie unterstützen. Ihr Kopf war gesenkt, und Mac leckte ihre Hand. Sie sah erschöpft aus, aber mehr noch wirkte sie traurig und niedergeschlagen.

»Ich glaube dir«, sagte er.

Sie begannen erst zwei Tage später mit dem Graben. Roman beschloss, zunächst eigenständig eine GPR-Firma zu kontaktieren, bevor er die Polizei von Dalton einschaltete. Nach dem letzten Mal im Carlton Park und all den Kosten wollte er hieb- und stichfeste Beweise haben, dass es etwas zu untersuchen gab, bevor er mit seinem Chef sprach.

Er rief Mia an, als er den Bericht von der Firma erhielt.

»Das Bodenradar hat Hinweise auf Skelettreste gefunden«, teilte er ihr mit. »Mein Lieutenant übernimmt die Ermittlungen. Sie werden bei Tagesanbruch ein Team losschicken.«

»Das ist gut«, sagte sie. »Aber warum wurdest du von dem Fall abgezogen?«

»Ich bin nicht völlig raus ... nur nicht mehr verantwortlich. Wir wollen, dass alles streng nach Vorschrift abläuft. Wenn das wirklich Anita ist, könnte man sagen, dass ich nicht genug Objektivität habe, aber du kannst darauf wetten, dass ich bei jedem Schritt dabei sein werde. Ich rufe dich an, wenn wir mehr wissen.« Er machte eine Pause und seufzte. »Ich würde gerne Danke sagen, aber ich schätze, es ist eine seltsame Sache, jemandem dafür zu danken.«

»Schon okay, ich weiß, was du meinst. Es tut mir wirklich leid wegen Anita«, sagte sie leise.

Da jede Erdschicht sorgfältig ausgegraben und auf forensische Beweise untersucht werden musste, dauerte es bis zum nächsten Nachmittag, bis sie die Knochen erreichten. Sie fanden einen Ring, den er sofort als den erkannte, den seine Eltern Anita zu ihrem sechzehnten Geburtstag geschenkt hatten, zusammen mit zerfetzten Stoffstücken, die farblich zu der Kleidung passten, die sie in der Nacht ihres Verschwindens getragen hatte. Es gab auch einen zweiten Ring, den Roman noch nie zuvor gesehen hatte. Ein Smaragd im Prinzessschliff auf einem Goldband. Keine Spur von dem silbernen Herzarmband. Als die Erde vorsichtig von dem intakten Skelett weggebürstet wurde, wusste Roman, dass er auf seine Schwester hinabblickte.

Trotz der Ruhe, mit der er es Mia und seiner Familie erklärt hatte, war er wütend gewesen, als Lieutenant Schmidt die Leitung übernommen hatte. Jetzt verstand er es vollkommen. Er hielt sein Gesicht ausdruckslos, seine Stimme ruhig, aber innerlich wurde er erbarmungslos von Emotionswellen hin und her geworfen.

Er hatte sich immer vorgestellt, derjenige zu sein, der sie findet. Das war die treibende Kraft für seinen Eintritt in die Polizeiakademie gewesen. Aber jetzt, angesichts dieser Realität, wollte er nur noch aus dem Wald gehen, in sein Auto steigen und wegfahren, ohne zurückzublicken. Seine Mutter und sein Vater würden am Boden zerstört sein, denn egal was jemand sagte, Anita war für sie nicht wirklich tot gewesen. Jetzt würde sie es sein.

»Mancini, bring diese Beweise zur Verarbeitung auf die Wache. Ich schicke Latterly, um deine Familie herzubringen. Wir brauchen dokumentierte Aussagen von ihnen zu allem, was wir bisher gefunden haben. Die Forensik wird DNA-Tests durchführen, aber du weißt, dass es Tage dauern wird, bis wir die Ergebnisse haben. Wir sollten bis morgen einen Zahnabgleich machen können, sodass wir dann eine positive Identifizierung haben könnten.«

»Okay«, sagte Roman.

Schmidt rief ihm nach. »Wir werden Fräulein Reeves heute Abend zur Befragung hereinbringen. Du und Latterly könnt dabei zusehen. Ich möchte nicht, dass du vorher Kontakt zu ihr aufnimmst, verstanden?«

Roman nickte einmal, bevor er sich umdrehte und davonging.

Gegen Ende des Tages, als sie mit den Fragen und dem Papierkram fertig waren, brachte Kevin Romans Eltern ins Büro. Mollys Augen waren gerötet, und Frank sah aschfahl und abgekämpft aus.

»Du musst herausfinden, wer unserem Baby das angetan hat«, sagte seine Mutter. Ihre Stimme war stark, und sie sah ihm direkt in die Augen. »Ich will, dass diese Person gefasst und bestraft und hoffentlich zum Tode verurteilt wird. Mein ganzes Leben lang bin ich in die Kirche gegangen, habe versucht, ein guter Mensch zu sein. Wenn dieser Wunsch meine Seele verdammt, dann soll es so sein, aber wir müssen Gerechtigkeit für Anita haben. Für unser kleines Mädchen.«

Sein Vater legte eine Hand auf ihren Arm, und sie streckte die Hand aus und tätschelte sie einmal, bevor sie einen Schritt nach vorn machte und die Schultern straffte. »Du wirst das tun, Roman, für unsere Familie und für alle, die Anita geliebt haben. Komm, Frank. Lass uns nach Hause gehen.«

»Tut mir leid, Mann«, sagte Kevin, als sie weg waren. »Warum gehst du nicht? Geh zu ihnen.«

»Nein, ich werde es durchstehen. Sie haben Mia unten in Verhörraum B. Ich kann genauso gut zusehen.«

Mia wirkte klein und schutzlos, als sie Lieutenant Schmidt und Cooper, einem anderen Detektiv der kleinen Polizeitruppe, gegenübersaß. Die beiden setzten ihr hart zu, aber sie blieb standhaft und warf gelegentlich einen Blick auf den Einwegspiegel, als wüsste sie, dass Roman dahinter stand.

»Sie ist zäh«, bemerkte Kevin.

»Ja. Das ist sie.«

»Hast du mit ihr geschlafen?«

Roman biss die Zähne zusammen und entspannte seinen Kiefer wieder, während er weiter durch die Scheibe starrte.

»Komm schon, Mann. Ich bin dein Partner, und das ist eine Mordermittlung - an deiner Schwester - du weißt, ich muss fragen.«

»Nein, ich habe nicht mit ihr geschlafen«, sagte Roman verbittert. »Noch weitere Fragen zu meinem Sexleben?«

Kevin nickte einmal. »Nö, keine Fragen und das ist gut zu hören. Es würde die Sache nur komplizierter machen, wenn du mit Mia was laufen hättest und sie sich als Verdächtige herausstellt.«

»Sie ist es nicht.«

»Wie hat sie die Grabstätte gefunden?«

Roman rieb sich mit der Hand über die Augen und seufzte. »Okay, schau. Es ist nicht so, dass ich komplett an diesen ganzen Magie-Kram glaube, aber ich habe Mia einige ziemlich unglaubliche Dinge tun sehen. Sie weiß irgendwie Sachen, die sie nicht wissen sollte.«

»Du denkst also, es kam ihr in einer Vision?«

»Vielleicht... Scheiße, ich weiß es nicht. Die ganze Sache ist ein Albtraum.«

Mit einem Seufzer wandte sich Roman wieder dem Fenster zu und sandte ein stilles Dankgebet, dass Kevin den Mund hielt.

Als das Verhör endlich abgeschlossen war, verließen Schmidt und Cooper den Raum. Ein uniformierter Beamter führte Mia in den Verarbeitungsbereich, da sie eingewilligt hatte, eine DNA-Probe abzugeben. Sie kamen an Roman und Kevin vorbei, die im Flur standen.

Sie blieb vor Roman stehen und legte ihre Hand auf seinen Arm. »Geht es dir gut?«

Er lächelte kurz, bevor er zurücktrat. Ihre Hand fiel herab. »Danke, dass du heute Abend gekommen bist. Wenn dir noch etwas einfällt, das für den Fall relevant sein könnte, zögere bitte nicht, die Abteilung anzurufen.«

»Ja, natürlich. Ich verstehe. Es tut mir leid wegen deiner Schwester.«

Kapitel Fünfzehn

Die Ermittlungen im Mordfall Anita Mancini waren das einzige Gesprächsthema in der Stadt. Mia wusste, dass die Nachricht durchgesickert war, dass sie die Grabstätte gefunden hatte, denn Brooke hatte angerufen, um sie nach Informationen auszuquetschen. Sie erzählte ihr, was sie für vertretbar hielt, und beließ es dabei. Da sie keine Lust hatte, sich mit all dem Getuschel und Geplapper in der Stadt auseinanderzusetzen, blieb Mia auf ihrem eigenen Grundstück.

Nachdem sie den Tag über stetig gearbeitet, Bestellungen fertiggestellt und mit dem Aufbau ihres Gewächshauses begonnen hatte, da einige der Geräte eingetroffen waren, ließ sie sich in ihrem Wohnzimmer nieder und versuchte, sich mit Liam Neeson in *96 Hours* abzulenken. Sie stellte sich gerne vor, was sie in so einer Situation tun würde. Es wäre die perfekte Gelegenheit, ihre Fähigkeiten zu nutzen, um sich nicht nur selbst zu befreien, sondern auch dafür zu sorgen, dass die Bösewichte ihrer gerechten Strafe zugeführt würden.

Der Einfahrtssensor piepste aus der Küche, und sie sprang von der Couch auf … die Hunde Schritt für Schritt mit ihr. Als sie hinausschaute, sah sie Scheinwerfer, die sich langsam näherten. Wer würde um diese Zeit zu ihr kommen? Es war schließlich fast zehn Uhr abends.

Sie pausierte die DVD und spähte, an der Wand entlang, durch die Vorhänge hinaus zum Parkplatz. Ihre Muskeln entspannten sich, als sie Romans Auto erkannte. Sie hatte nicht mehr mit ihm gesprochen, seit sie ihn vor dem Verhörraum auf der Polizeiwache gesehen hatte.

Es war nicht schwer zu erraten, warum er so steif und förmlich zu ihr gewesen war. Sie war diejenige, die die Überreste eines Mordopfers gefunden hatte, also wäre sie natürlich eine Person von Interesse. Zumindest anfangs. Außerdem war es nicht gut, wenn einer der ermittelnden Beamten eine persönliche Beziehung zu ihr hatte, besonders wenn dieser Beamte der Bruder des Opfers war.

»Pscht, kein Gebell«, befahl sie den herumlaufenden Hunden. »Ihr bleibt drinnen.«

Sie drückte sich durch die Haustür und schloss sie fest hinter sich, bevor die Hunde sich hinauswieseln konnten. Mac, zutiefst gekränkt, heulte protestierend auf. »Hey, nichts da«, sagte sie durch die geschlossene Tür. Mit einem brummigen Knurren verstummte er.

Draußen schlug eine Autotür zu. Sie durchquerte den Wintergarten, und Roman traf sie am Fuß der Treppe. Die Sicherheitsbeleuchtung war aktiviert, und er war voll ausgeleuchtet.

»Ich hätte nicht kommen sollen«, sagte er. »Mir war nicht klar, wie spät es schon war, bis ich in deine Einfahrt einbog, und na ja, da war ich schon hier.«

»Geht's dir gut?«, fragte sie.

Seine Hand fuhr zu seinem Gesicht und rieb hin und her über seine Augen. Er ließ sie fallen, zuckte dann mit den Schultern und sagte müde: »Ich weiß es ehrlich gesagt nicht.«

Er sah erschöpft aus, wurde ihr klar. Er hatte einen Tagesstoppel, und seine Haare standen in seltsamen Winkeln ab, wo er wohl mit den Händen durchgefahren war. Seine Augen waren stark verschattet, aber am meisten zerrte die knochentiefe müde Haltung an ihrem Herzen.

»Ist das ein offizieller Besuch?«, fragte sie schließlich.

Sein Kopf schnellte hoch. »Nein. Ich bin nur als ich selbst hier, um dich zu sehen.«

Sie stieß einen Seufzer aus und öffnete die Fliegengittertür hinter sich. »Dann komm rein.« Sie wartete nicht auf ihn, sondern ging durch den Wintergarten und drückte die Haustür auf, wo die Hunde in atemloser Erwartung warteten. Sie stürzten sich auf sie.

Als Roman vorbeistreifte, löste sich Layla und ging zu ihm. Er ließ sich auf den Boden sinken und tätschelte den goldenen Labrador, seine Hand strich in langen, gleichmäßigen Bewegungen von der Nase bis zum Schwanz. Sie schmiegte sich regelrecht an ihn.

»Du bist ein braver Hund, nicht wahr?«, sagte er. Sie drängte sich an ihn, leckte sein Gesicht, und er lächelte kurz. Dann hielt er ihren Kopf still und drückte seine Stirn an ihre. »So ein braves Mädchen. Der beste Hund der Welt.«

Sie zappelte, ihre Zunge schnellte zu seinem Hals vor, und er drehte den Kopf und sah Mia an. »Sie haben die Überreste identifiziert. Anitas Zungenbein war gebrochen. Sie wurde erwürgt, genau wie du gesagt hast. Es müssen noch eine Million Tests gemacht werden. Wir haben noch keinen genauen Zeitrahmen, aber jeder kann sehen, dass sie schon lange in der Erde lag.«

Mia nickte langsam, ihre Augen auf sein Gesicht fixiert. »Es tut mir leid, Roman. Es ist schrecklich. Deine arme Familie.«

»Ja. Es ist schrecklich.« Sanft schob er Layla weg und kämpfte sich auf die Füße. »Ich wollte dir das andere Mal auf der Polizeiwache erklären. Es liegt an … nun, den Vorschriften der Abteilung und-«

»Ich weiß«, sagte sie und strich mit den Fingerspitzen seinen Arm hinunter. »Mach dir keine Sorgen deswegen. Ich bin ein großes Mädchen. Ich verstehe, wie die Welt funktioniert. Dein Leben muss im Moment ein Albtraum sein. Du hättest nicht den ganzen Weg hierher kommen sollen, um mir das zu sagen.«

»Ich wollte dich sehen.« Er bewegte sich auf sie zu, bis sie nur noch Zentimeter voneinander entfernt waren, und blinzelte zu ihr hinunter. »Ich könnte wirklich eine Ablenkung gebrauchen.«

Es gab keine Möglichkeit mehr, seine mentale Energie auszublenden. Sie strömte wie ein Wasserfall von ihm ab. Unfähig, den Zorn und die Trauer und das Gefühl absoluter Hilflosigkeit abzumildern, schrie er nach etwas, an das er sich klammern konnte … jemanden, der ihn zu sich selbst zurückbringen würde. Er wollte, dass sie es war. Sie wollte ihn auch. So sehr. Dennoch konnte sie auch die mahnende Stimme in ihrem Hinterkopf hören, ihn von hier wegzuschicken.

Sie schloss die Augen, schob seine Energie weg und wurde innerlich so still wie möglich. Mit klarem Kopf wusste sie, dass es keine wirkliche Entscheidung zu treffen gab. Sie hatte ihren Weg bereits gewählt, als sie ihn heute Abend ins Haus gelassen hatte.

Sie öffnete die Augen wieder und trat näher an ihn heran. Sie umrahmte sein Gesicht mit ihren Händen und stellte sich auf die Zehenspitzen, bis ihr Mund den seinen traf. Zuerst reagierte er nicht, blieb einfach still wie eine Statue, während sie gegen seinen Mund atmete. Sie senkte ihre Arme und schlang sie um seine breiten Schultern.

»Es ist okay«, flüsterte sie. »Ich bin hier.«

Seine Brust hob sich, und er drückte seinen Körper gegen ihren, während seine Hände ihre Hüften umfassten und sie hochhoben. Sie schlang ihre Beine um seine Taille, und er drehte sich, presste seinen Mund in einem harten, verzweifelten Kuss auf ihren. Irgendwie waren sie auf der Couch, und er ließ sich darauf zurücksinken, hielt sie fest in seinen Armen.

Mia drang vollständig in seinen Geist ein. So viel Kummer. Aber als sie mit ihren Händen durch sein Haar fuhr, als sie seinen Nacken hinunterstrich, spürte sie die Veränderung. Er ließ sich in den Moment sinken, und damit kam etwas Erleichterung von der Verzweiflung.

Sie konnte mehr tun, mehr geben. Er war zu ihr gekommen, um Trost zu finden, und in ihrem ganzen Leben hatte das noch nie jemand getan.

Sie wand sich frei und schob sich leicht zurück, dann begann sie, ihre Bluse aufzuknöpfen. Er sah zu, wie sie den Stoff auseinanderzog und ihn ihre Arme hinuntergleiten ließ, bis sie in einem schlichten weißen Baumwoll-BH auf seinem Schoß saß. Sie griff nach unten, nahm seine Hände und legte sie auf ihre Brüste.

»Nur zu«, sagte sie. »Nimm dir, was du brauchst.«

Seine Augen trafen ihre, dunkel und voller Kummer. »Danke«, flüsterte er.

Sie dachte, er würde es schnell wollen. Tatsächlich konnte sie in seinem Kopf nur den unbarmherzigen Ruf nach körperlicher Erlösung hören, aber er küsste sie sanft, fast ehrfürchtig, während seine Fingerspitzen den Rand ihres BHs nachzeichneten und langsam, so langsam, die Träger über ihre Schultern zogen. Sie änderte den Winkel, vertiefte den Kuss und kämpfte damit, hinter ihren Rücken zu greifen, bis es ihr schließlich gelang, den BH zu öffnen.

Trotzdem hielt er ihn an Ort und Stelle. Er formte seine Hände zu Schalen, den Stoff zwischen seinen Handflächen und ihren Brüsten gefangen. Er knetete mit steigender Erregung, bis sie sich bewegte und den BH freigab. Selbst dann nahm er sich Zeit, betrachtete ihren nackten Oberkörper, bevor er langsam seine rechte Hand ausstreckte, um mit den Fingern über ihre Brustwarzen zu streichen.

Sie stöhnte auf und bog den Rücken durch. Es war so lange her, dass sie jemand berührt hatte. So lange, seit sie sich hatte gehen lassen. Als er sich hinunterbeugte und seinen Mund an ihre Brust brachte, schoss der Hitzeschub direkt in ihren Schoß. Seine Zähne schlossen sich um die Brustwarze, und seine Zunge schnellte hervor, flatterte über die Spitze. Sie konnte die Empfindung nicht zurückhalten und rieb sich, ihre Hüften bewegend, in rhythmischen Stößen an seinem Bein.

»Oh ja«, stöhnte sie.

Seine Lippen hefteten sich an ihren Hals, knabberten und saugten, während seine Hände wieder von ihren Brüsten Besitz ergriffen. Sie konnte nicht denken, kaum atmen. Die Empfindungen, die er in ihr hervorrief, waren überwältigend, stärker als ein orkanartiger Wind, und sie wurde mitgerissen.

Anstatt Widerstand zu leisten, versuchte sie, voranzueilen, entschlossen, die Sturmfront zu erreichen. Alle Gedanken daran, Trost zu spenden, waren wie weggewischt und wurden ersetzt durch den treibenden Trommelschlag, sich zu paaren, ihren Körper mit seinem zu vereinen, als hinge ihr Überleben davon ab.

Sie stellte fest, dass sie ihre übliche Distanz nicht aufrechterhalten konnte. Alles vermischte sich in ihrem Kopf. Sie registrierte jede Berührung seiner Finger, jeden Hauch warmen Atems auf ihrer Haut. Seine Gefühle und Gedanken sickerten in sie ein und vermischten sich mit ihren eigenen Bedürfnissen.

Als sie versuchte, die Emotionen auszublenden, konnte sie es einfach nicht. Es war, als wäre jede Verteidigungslinie, die sie im Laufe eines Lebens mühsam aufgebaut hatte, weggerissen worden, und sie lag offen da, verletzlich und unfähig, sich zu schützen.

Doch obwohl ein Teil von ihr flüsterte, die Kontrolle zurückzuerobern, wollte sie es nicht. Ihr Körper reagierte auf eine Weise, wie er es noch nie zuvor getan hatte, die Nervenenden auf eine hauchdünne Reaktion geschärft, wobei die entsprechenden Wellen der Lust sich blitzschnell ausbreiteten und vervielfachten.

Konnte sie sich das nicht gönnen? War es so falsch, sich auch nur für ein paar Augenblicke mit jemandem verbinden zu wollen? Sie war schließlich ein Mensch, und dies war ein grundlegendes menschliches Bedürfnis. Später konnte sie sich Sorgen darüber machen, die Kontrolle zurückzugewinnen.

Sie spreizte die Knie und drückte sich nach unten, bis sie die harte Erhebung unter sich spürte. Oh ja, das war es, was sie wollte. Sie arbeitete sich an ihm, stützte ihre Hände auf seine Schultern, und er zog sie an seine Brust, die Arme um ihren Rücken geschlungen. Als sie spürte, wie die Wellen immer dichter aufeinanderfolgten, zwang sie sich, das Tempo zu verlangsamen.

Er hob den Kopf. »Was ist los? Du musst nicht aufhören.«

»Ich will dich nackt«, sagte sie und öffnete den Knopf seiner Jeans.

Er legte seine Stirn an ihre. »Gleiches Recht für alle. Ich will dich auch nackt.«

Damit hob er sie hoch und drehte sie herum, bis sie neben der Couch stand. Bevor sie auch nur zu ihm hinunterblinzeln konnte, lagen ihre Yogahose und ihr Slip auf dem Boden. Sie stieg aus ihnen heraus, während er seine Schuhe abstreifte und dann, neben ihr stehend, seine Jeans und Boxershorts auszog.

Sein Hemd blieb noch, also griff sie nach dem Saum und schob es seine Brust hinauf. Gehorsam hob er die Arme, und sie zog es ihm über den Kopf, überließ es ihm, sich daraus zu befreien.

Romans Bizeps spannte sich, als er den Arm beugte, um das Hemd wegzuwerfen, und sie strich mit den Fingern über die ausgeprägte Muskulatur. Seine Brust war ein Meisterwerk männlicher Form, breit und muskulös, mit einem Hauch dunkler Haare über den Brustmuskeln. Sie liebte die Art, wie alles zu seinem flachen Bauch mit den gut definierten Bauchmuskeln hinunterlief.

Er nahm ihre Hand und zog sie zu sich, bis sie Mitte an Mitte standen, und strich ihren Rücken auf und ab. »Ich hatte nicht erwartet… Ich habe nicht daran gedacht, etwas mitzubringen… Schutz, meine ich.«

»Schon okay«, sagte sie. »Ich habe Kondome. Lass uns ins Schlafzimmer gehen.«

»Gott sei Dank«, hauchte er an ihrem Hals. »Ich war bereit, total cool damit umzugehen, aber wenn ich dich jetzt nicht haben kann, bin ich mir nicht sicher, ob ich mich je von der Enttäuschung erholen werde.«

Als er sie auf dem Bett ausbreitete, als er endlich in sie eindrang, konnte sie sich nicht vorstellen, warum sie je in Erwägung gezogen hatte, sich das zu verweigern. Ihr Körper dehnte sich um ihn, zunächst fast schmerzhaft, aber bald in atemberaubende Lust übergehend. Seine Hitze, sowohl tief in ihr als auch an ihren Schenkeln und ihrer Brust, wo er sie bedeckte, gab ihr ein Gefühl der Vollständigkeit. Ein Gefühl der Zugehörigkeit.

Wellen flüssiger Ekstase überspülten sie, bauten sich auf, bauten sich auf, bis sie den Gipfel erreichte und auf der anderen Seite zerschellte. Mit hämmerndem Herzen und Hitze, die ihren Körper zu geschmolzener Asche werden ließ, gab es nichts anderes auf der Welt als Roman. Sein Körper stieß hart und tief, seine Hände waren über ihrem Kopf mit ihren verschränkt, und seine Augen waren laserscharf auf ihr Gesicht gerichtet.

Als sie mit ihrem Geist hinausgriff, erkannte sie, dass seine Erlösung genau dort auf ihn wartete, aber er hielt sich zurück, verlangsamte, änderte die Winkel und drängte sie immer wieder zurück. Seine Kontrolle war eine Sache der Schönheit.

In dem Verständnis, dass er es für sie tat, ließ sie sich wieder in die Empfindungen sinken, ließ sich das Klatschen von Fleisch auf Fleisch auf der Zunge zergehen, und die Art, wie er sich nach unten drückte und sinnlich vor und zurück wiegte, genoss die köstliche Reibung.

Ihr nächster Orgasmus baute sich auf wie eine sanft rollende See, Welle auf Welle, die sich sanft übereinander lagerten, bis der Fokus ihres ganzen Körpers ein einziger, pulsierender Nerv war. Als alles in ihr nach Erlösung schrie, befreite sie ihre Hände. Sie streckte sich nach oben und umrahmte sein Gesicht.

»Ich bin bei dir«, keuchte sie. »Es ist Zeit, loszulassen. Bitte, lass dich gehen.«

Kurz hielt er inne und brachte seine Stirn an ihre, während seine Augen für einige Sekunden flatterten. Dann richtete er sich auf, und seine Hände kamen unter ihre Hüften, hoben sie an. Er stieß wieder und wieder in sie, die Zähne in seine Unterlippe gebohrt, während sein Atem bei jedem

Stoß zischend entwich. Sie verlor sich, zitternd, aufschreiend, ihre Finger kratzten über seine Arme, während ihr Höhepunkt sich weiterdrehte und weiterdrehte, bis nichts mehr von ihr übrig war.

Kurz nahm sie wahr, wie Roman ein letztes Mal in sie stieß. Er hielt sich tief in ihr und stöhnte seine Erlösung heraus, bevor er auf ihre Brust zusammenbrach. Er nagelte sie auf die Matratze, seine Brust hob und senkte sich, und die Stoppeln auf seiner Wange kratzten über ihre Schulter.

Mia hätte ewig so bleiben können. Sie fühlte sich sicher, befriedigt und unglaublich lebendig. Sanft zog sie an seinen Haaren, ließ ihre Finger durch die dichten, dunklen Strähnen gleiten und erlaubte sich zu träumen. Als Roman sich räusperte und sich zur Seite drehte, musste sie sich zurückhalten, ihn nicht wieder zu sich zu ziehen.

Seine Augen waren schläfrig und so zufrieden. »Wie geht's dir?«

»Ich fühle mich verdammt fantastisch.«

»Ja, ich glaube, ich habe Gott gesehen.«

»Ich auch. Plus alle Apostel und vielleicht ein oder zwei Erzengel.«

Er fuhr mit einem Finger an ihrem Hals auf und ab, bevor er sich vorbeugte und ihre Wange küsste. »Danke.«

Sie lachte. »Gern geschehen. Obwohl ich denke, dass es eine Zwei-Personen-Aktion war, also kann ich nicht die ganze Anerkennung für mich beanspruchen.«

»Du weißt, was ich meine. Selbst wenn es Mitleidssex war, nehme ich ihn gerne an.«

Sie boxte ihm gegen die Schulter. »Ich mache keinen Mitleidssex. Und außerdem war das eine einmalige Sache. Ich bin sicher, dein Leutnant wäre nicht sehr glücklich zu wissen, dass du in meinem Bett bist. Keine Sorge. Ich bin wirklich gut darin, Geheimnisse zu bewahren.«

Er erstarrte und seine Augen verengten sich zu Schlitzen, während er sie musterte. »Der einzige Grund, warum du mit mir geschlafen hast, ist, dass du denkst, wir würden das nur einmal tun?«

Sie schwang ihre Beine über das Bett und setzte sich auf. Sie warf einen Blick über ihre Schulter und schenkte ihm ein selbstgefälliges Lächeln. »Genau, Herr Ernsthafter Detektiv. Kann ich dir jetzt etwas zu essen anbieten, bevor du gehst? Ich bin sicher, du willst nicht zu lange hier rumhängen, falls jemand zufällig dein Auto hier sieht.«

Er ließ sich mit einem Grunzen zurück aufs Bett fallen. »Du denkst, du hast das alles durchschaut, oder? Nun, Fräulein Besserwisserin, sie werden dich bald entlasten und dann wird es nicht mehr so wichtig sein. Was mein Auto betrifft, du wohnst außerhalb der Stadt und deine Auffahrt ist so lang wie der Amazonas, also sieht niemand etwas. Und nein, danke, ich habe keinen Hunger. Aber ein Bier könnte ich vertragen.«

»Ein Bier kann ich dir geben«, sagte sie und stand auf.

»Weißt du«, sagte er ein paar Momente später, stellte sein Bier auf die Küchentheke und drehte seinen Hocker zu Mia, »ich glaube nicht, dass sie irgendetwas gefunden haben, was uns helfen könnte, Anitas Mörder zu fassen. Vielleicht haben wir Glück und er hat eine Menge seiner Haare abgeschnitten, um sie mit ihr zu begraben oder so. Aber selbst dann, wenn er nicht schon im System ist, werden wir ihn nicht finden können.«

Mia seufzte und ließ ihren Kopf in ihre Hände fallen, drückte ihre Schläfen. »Ich bekomme immer noch nichts über ihn, nur einen leeren Typen. Er könnte jeder sein.«

»Außer, dass du gesagt hast, Anita kannte ihn«, wies Roman hin.

»Okay, er könnte jeder Typ sein, den sie je getroffen hat.«

»Siehst du, das grenzt es schon sehr ein. Alles, was wir brauchen, ist ein Ausgangspunkt. Es muss etwas geben, das uns in die richtige Richtung weist.«

Mia stand auf und ging zum Fenster. Sie stand da und blickte in die Dunkelheit, bis Mac seine Schnauze gegen ihre Hand drückte.

»Ich habe eine Idee«, sagte sie und bückte sich, um Macs Ohren zu kraulen. »Es ist vielleicht nicht die beste Idee, aber es könnte mir helfen, etwas zu sehen.«

Er hob seine Bierflasche und deutete damit auf sie. »Ich bin für alles offen, von dem du denkst, dass es uns diesen Typen schnappen lässt.«

Mia richtete sich wieder auf und stieß den Atem aus. »Ich glaube, ich muss Anita berühren.«

Romans Arm erstarrte mit der Flasche auf halbem Weg zu seinem Mund. Er stellte sie wieder ab und starrte sie an, bevor er langsam mehrmals nickte. »Du meinst ihre Knochen? Ja, das macht Sinn. Es ist irgendwie gruselig, aber es macht total Sinn. Ich denke, ich kann das ermöglichen. Kannst du zur Wache kommen?«

»Okay. Wann?«

Seine Finger tippten gegen seinen Mund. »Ähm... sie sind so gut wie fertig mit der Untersuchung ihrer Überreste. Morgen später. Wie wäre es, wenn ich dir schreibe, wenn alles klar ist. Und Mia, ich denke, das ist etwas, das wir für uns behalten sollten. Wenn dich jemand fragt, was du auf der Wache machst, sag ihnen, du erkundigst dich nach dem Stand der Ermittlungen oder so. Okay?«

»Klar, kein Problem. Wie geht es deiner Familie?«

»So lala. Ma gibt sich stark, aber ich kann sehen, dass es sie innerlich zerreißt. Dad sagt kaum etwas. Ich schwöre, er ist über Nacht um zehn

Jahre gealtert. Lina ist auf Rache aus, wie du dir vorstellen kannst, und Tony, nun, er hält sich gut, aber ich kann sehen, dass er am Boden zerstört ist. Ich sollte wirklich nach ihnen sehen.« Er warf einen Blick auf seine Uhr. »Jetzt ist es zu spät. Ich werde morgen früh auf dem Weg zur Arbeit vorbeischauen.«

»Nun, lass es mich wissen, wenn es noch etwas gibt, das ich tun kann.«

Er streckte die Hand aus und legte sie auf ihren Arm. »Das hast du schon getan. Danke. Ich bin froh, dass wir Anita gefunden haben. Es hilft. Mehr als du weißt, aber…«

»Du wirst keinen Frieden finden, bis du ihren Mörder gefasst hast«, beendete Mia den Satz für ihn. »Noch einmal, ich kann nichts versprechen, aber ich hoffe wirklich, dass ich morgen etwas von ihr erfahre. Wenn Anita so ein starkes Echo im Park hinterlassen hat, wäre es logisch, dass der direkte Kontakt mit ihr mir eine gute Vision geben sollte.«

»Man kann nur hoffen«, sagte er und drückte ihren Arm. »Also gut, ich gehe jetzt.«

Er kletterte auf die Füße und sie tat es ihm gleich. Sie sah ihn mehrere Sekunden lang an. »Danke, dass du vorbeigekommen bist«, sagte sie schließlich.

Sein Lächeln war strahlend gegen sein müdes, von Trauer gezeichnetes Gesicht. »Gern geschehen. Ernsthaft, danke, dass du da bist.«

Er kam näher an sie heran und legte ohne Vorwarnung seine Lippen auf ihre. Der Kuss war heiß und besitzergreifend, und ihr Herz hämmerte als Antwort.

»Der Mord an meiner Schwester mag uns zusammengebracht haben, aber da ist mehr zwischen uns. Ich würde nicht so fühlen, wie ich es tue, wenn es nur die reine Nähe und die Umstände wären«, sagte er und zog sich zurück.

Sie runzelte die Stirn, ihre Augenbrauen zogen sich zusammen. »Hör auf. Sag nicht solche Dinge.«

Als sie versuchte, zurückzutreten, packte er ihre Schulter und küsste sie erneut... diesmal sanft und verträumt. »Gute Nacht, Mia.«

»Gute Nacht. Ich warte auf deine Nachricht wegen des... wegen des Kommens zur Wache.«

Die Hunde erhoben sich von ihren verschiedenen Schlafplätzen und folgten den Menschen zur Haustür. »Achte darauf, hinter mir abzuschließen«, sagte Roman.

Sie beobachtete, wie die Rücklichter seines Autos in der Auffahrt verschwanden. *Ist das gerade wirklich passiert*, fragte sie sich? Es mag ein Fehler gewesen sein, aber aus ihrer Sicht war es das absolut wert. Fifi winselte und drehte sich an ihren Füßen. Mac stupste gegen ihr Bein.

»Okay, okay, hört auf mich zu bedrängen«, sagte sie. »Lasst uns ins Bett gehen.«

Kapitel Sechzehn

Die Nachricht von Roman kam erst spät am nächsten Tag.

Kannst du jetzt kommen? Schreib mir, wenn du da bist. Ich gehe runter und hole dich ab.

Als Mia die Polizeiwache betrat, war es relativ ruhig. Ein Mann saß am Empfangstresen, aber außer Roman, der am Aufzug wartete, war niemand sonst in der Gegend.

»Ich kümmere mich darum, Mike«, rief Roman dem Mann zu, bevor dieser etwas zu Mia sagen konnte.

Roman sah immer noch müde aus, war aber glattrasiert und hatte sein Dienstabzeichen am Hosenbund seiner Jeans befestigt. Der vom Kummer gezeichnete Mann war verschwunden. An seiner Stelle stand ein scharfsinniger Polizist.

Er drückte den Knopf an der Wand, und die Aufzugtüren sprangen auf. Mia folgte ihm hinein und wartete, während er den dritten Stock wählte. Die Türen schlossen sich wieder mit einem Ding, und Roman drehte sich zu ihr um, streckte die Hand aus und drückte kurz ihre Hand.

»Danke, dass du gekommen bist.«

»Gibt es heute etwas Neues?«

»Bisher nicht. Viele Berichte über Bodenzusammensetzung und Vegetation und solche Sachen. Nichts, was uns dabei hilft, diesen Kerl zu schnappen. Gott sei Dank habe ich dich auf meiner Seite, sonst wäre ich jetzt echt angepisst.«

Sie trat zurück und verschränkte die Arme vor der Brust, ihre Hand umklammerte den Riemen ihrer Handtasche, die an ihrer Schulter lag. »Du weißt, dass ich nichts versprechen kann«, begann sie. »Es ist nicht vorhersehbar-«

»Hey, ich weiß. Mach dir keine Sorgen. Wenn du heute etwas siehst, super. Wenn nicht, weiß ich, dass du es irgendwann tun wirst.«

Sie schüttelte den Kopf. »Nein, ich kann nicht-«

Wieder unterbrach er sie. »Mia, ich habe unendliches Vertrauen in dich. Auf die eine oder andere Weise wirst du uns helfen, diesen Bastard zu schnappen.«

Die Türen glitten auf, und sie traten in einen Bürobereich. Halbhohe Trennwände füllten die Etage, obwohl sie größtenteils menschenleer war. Sie konnte zwei Männer hören, die über ein bevorstehendes Baseballspiel sprachen. Als sie und Roman entlanggingen, sprach eine Frau in ein Telefon und versicherte jemandem, dass alles getan wurde, um die Person zu finden, die ihr Auto beschädigt hatte. Roman schritt voraus zur gegenüberliegenden Wand, bog links ab und ging weiter bis zur zweiten Tür. Er blieb stehen und bedeutete Mia einzutreten.

Es war klein, kaum genug Platz für einen Schreibtisch und zwei Besucherstühle. Es gab keine persönlichen Erinnerungsstücke zur Schau gestellt. Sie hatte Sporttrophäen oder Fotos oder so etwas erwartet, aber die Einrichtung war völlig unpersönlich.

»Du brauchst ein paar Pflanzen hier drin«, sagte sie, während sie den kleinen Raum weiter musterte.

»Meinst du?« Sein Lächeln war warm.

»Pflanzen reduzieren nachweislich Angst und erhöhen den Sauerstoffgehalt in der Luft. Es ist nicht gesund, den ganzen Tag drinnen zu verbringen und recycelte Luft zu atmen.«

»Und was ist, wenn ich vergesse, sie zu gießen, und sie einen langsamen und qualvollen Tod sterben?«

»Wir könnten dir die robusten Arten besorgen, die kaum Wasser brauchen. Ein paar Aloen und vielleicht ein oder zwei Bogenhanfe.«

Er schloss die Tür und lehnte sich dagegen. »Und wenn die Jungs sich über mich lustig machen, kommst du her und bringst sie zur Vernunft?«

»Absolut. Ich werde ihnen sagen, dass du sexy und sensibel bist und äußerst aufmerksam für meine Bedürfnisse im Bett.« Sie lächelte ein verschmitztes Lächeln. »Oder sind das die Dinge, die ich für mich behalten soll?«

»Definitiv Dinge, die du für dich behalten solltest.«

Er ging auf sie zu. »Hi, Mia.«

Sie trat zurück. »Nein, Roman.«

»Ist das dein Ernst? Wir hatten vor weniger als vierundzwanzig Stunden Sex.«

»Ja, aber das war eine einmalige Sache. Komm schon, wir können erwachsen damit umgehen. Lass es uns nicht unangenehm machen, okay? Warum fangen wir nicht an?«

Er sah sie einige Sekunden lang an und zuckte dann ruckartig mit den Schultern. »Klar. Kein Problem. Setz dich ruhig auf meinen Stuhl«, sagte er und wartete, bis sie um den Schreibtisch herumgegangen war und sich auf den Sitz gleiten ließ. »Öffne die oberste rechte Schublade.«

Sie folgte seiner Anweisung und sah sofort den durchsichtigen Plastikbeutel mit dem roten Band oben und dem schwarzen Aufdruck Beweismittel. Darin befanden sich zwei lange Knochen. Mia vermutete, dass sie vom Unterarm stammten. Sie legte den Beutel auf die Schreibunterlage des Schreibtisches und sah zu Roman hinüber, der sich an die Wand neben dem Fenster lehnte.

»Warte mal kurz. Da sollte noch ein Beutel drin sein. Mach zuerst den Ring. Keiner von uns erkennt ihn. Luke schwört Stein und Bein, dass er ihr nie einen Ring gekauft oder geschenkt hat.«

Mia fand den kleineren Beweismittelbeutel und zog ihn heraus. »Ist es okay, ihn anzufassen?«

»Ja, alles wurde bereits untersucht, also nimm ihn ruhig heraus.«

Der Ring war wunderschön. Der Smaragdstein funkelte, und die kunstvollen Schnitzereien am Band zogen den Blick auf sich. Sie hielt ihn vorsichtig in ihrer Handfläche und sah alle möglichen Dinge. Einen Latino mittleren Alters mit einem schmutzigen roten Bandana um den Hals, der einen gelben Hut mit einer darüber befestigten Lampe trug. Einen Freiluftmarkt mit Tisch um Tisch voller Edelsteine. Einen Mann in einem winzigen Büro, der finster über ein Formular mit dem Titel Einfuhrzölle und Steuern blickte. Das Spiegelbild einer kaukasischen Frau in einer Glasvitrine. Nichts mit Anita oder einem Grab oder irgendetwas anderem, das helfen könnte, den Mörder zu finden.

Sie schüttelte den Kopf und legte ihn zurück in den Plastikbeutel, bevor sie sich dem größeren Beutel zuwandte.

»Ich dachte, sie wären weiß«, sagte sie.

»Knochen, die lange Zeit im Boden gelegen haben, wie diese hier, sind typischerweise verfärbt.«

Mia schob den Verschluss über die Oberseite des Beutels, griff hinein und drückte ihre Fingerspitze auf den längeren der beiden Knochen. Die

Kante war rauer, als sie erwartet hatte. Es erinnerte sie an einen Bimsstein. Sie umschloss ihn mit ihren Fingern und schloss die Augen.

»Hallo, Anita«, dachte sie. »Es ist schön, dich kennenzulernen. Es tut mir leid, dass du tot bist. Und da du es bist, ist es wirklich wichtig, dass du mir sagst, wer dir wehgetan hat.«

Nichts geschah.

Mia konzentrierte sich auf ihren Atem. Langsam ein. Langsam aus. Was, wenn Anita ihr nichts zeigte? Nein, Sorgen würden nicht helfen. Sie hielt ihren Geist so leer wie möglich und schob die Angst beiseite. Sie rief sich einige der Blitzlichter in Erinnerung, die sie bereits von Anita mit Luke, mit Brooke, mit ihrer Familie gesehen hatte. Sie stellte sich ihre sanften braunen Augen und die schwungvollen Locken vor. Trotzdem blieben die Knochen stumm.

Schließlich wurde sie sich bewusst, dass Roman sich in der Nähe bewegte, und hörte ihn sich räuspern.

»Es tut mir so leid«, sagte sie schließlich, öffnete die Augen und drehte sich um, um seinen hoffnungsvollen Gesichtsausdruck zu sehen. »Da ist überhaupt nichts. Ich dachte wirklich, wenn ich-«

Sein Gesichtsausdruck glättete sich. »Ist schon okay. Wir mussten es versuchen, richtig?«

Sie blickte wieder nach unten und fuhr mit dem Finger um das knollige Ende des Knochens, bevor sie ihre Hand zurückzog und den Verschluss schloss, um die Tüte zu versiegeln. »Soll ich sie wieder in die Schublade legen?«

»Ja, klar.«

»Es tut mir wirklich leid«, sagte sie erneut.

Vorsichtig bettete sie die Tüte in die Schublade und begann, sie zu schließen. Aus dem Nichts überkam sie eine Welle intensiver Übelkeit, und sie griff sich an den Magen.

»Was ist los? Geht es dir gut?« Roman kniete sich neben den Stuhl.

Für einen Moment dachte Mia tatsächlich, sie müsste sich übergeben, und sie schloss die Augen, während sie heftig atmete. Im nächsten Augenblick war sie in der Szene.

Anita lehnte an der Wand einer Toilettenkabine. Ihr war schwindelig und übel. Sie rieb sich mit der Hand über die schweißnasse Stirn und drehte dann ihr Handgelenk, um auf ihre Uhr zu schauen. Fünf nach zwölf. Sie wartete, zählte bis sechzig und atmete dann tief aus, bevor sie sich zur Toilette drehte.

Auf dem Sitz lag ein weißes Plastikstäbchen. Sie nahm es auf und starrte darauf. Zwei rosa Linien. Schwanger. Sie stopfte den Teststreifen in ihre Handtasche und zog ein Büschel Toilettenpapier heraus, mit dem sie sich wütend die Augen abwischte.

»Mia. Mia. Sprich mit mir. Was ist los?«

Romans Stimme drang in ihr Bewusstsein, und die Szene verschwand blitzartig.

»Anita war schwanger«, flüsterte sie.

»Was? Bist du sicher?« Roman beugte sich zu ihr, seine Augen suchten in ihrem Gesicht.

»Ja, ich bin sicher.«

Er sprang auf und ging auf und ab, während er mit der Hand durch sein Haar fuhr. »Meine Schwester war schwanger«, murmelte er.

Mia erhob sich vom Stuhl, ging um den Schreibtisch herum und griff nach Romans Schulter. »Warte. Ich weiß nicht, wann sie schwanger war.

Vielleicht ist es lange vor ihrem Tod passiert. Sie könnte eine Abtreibung gehabt haben.«

Roman wirbelte zu ihr herum. »Was meinst du damit?«

»Schau, ich habe sie in einer Toilettenkabine gesehen, wie sie einen Schwangerschaftstest ablas. Ihr war übel und sie weinte. Was ich nicht weiß, ist, wann es passiert ist.«

»Gut, du hast recht. Ich möchte, dass du dich hier hinsetzt und über die Szene nachdenkst und mir alles erzählst, woran du dich erinnerst«, forderte er und drückte sie in den nächsten Besucherstuhl. »Du sagtest, sie war auf einer Toilette. War es im Haus meiner Eltern?«

Mia schüttelte den Kopf. »Nein, es war eine Kabine in einer öffentlichen Toilette. Die Seite war aus Metall, und auf dem Boden waren dunkelgraue Fliesen.«

»Was hatte sie an?«

Mia schloss die Augen. »Eine beige Caprihose, rote Sandalen und eine rote kurzärmelige Bluse.«

Er nickte. »Okay, also war es Sommer. Was noch? Hatte sie Nagellack auf? Schmuck? Konntest du sonst jemanden in der Toilette hören?«

»Ähm... ich glaube, sie war allein. Sie trug eine silberne Uhr mit einem quadratischen Zifferblatt am linken Handgelenk und einen Silber-Gold-Ring am Mittelfinger. Bei der anderen Hand bin ich mir nicht sicher. 'I Kissed a Girl' lief in der Musikanlage. Das ist alles, woran ich mich erinnere.«

»Okay, das ist gut. Meine Eltern haben ihr den Ring zum sechzehnten Geburtstag geschenkt, und ich glaube, die Uhr hat sie ein oder zwei Weihnachten später bekommen. Ich muss Mama fragen. Dieser Katy-Perry-Song, wann kam der raus?«

»Vor langer Zeit. Ich weiß es nicht mehr genau.«

Roman drehte sich um und ging zu seinem Stuhl. Er zog das Tastaturbrett zu sich heran und begann zu klicken und zu tippen. Er zeigte auf Mia. »'I Kissed a Girl' wurde 2008 veröffentlicht. Am 28. April, um genau zu sein. Genau in dem Jahr, in dem Anita verschwand.«

Er wandte sich wieder dem Bildschirm zu und tippte weiter, wobei er mit dem Kopf nickte, während er las. Ein breites Lächeln breitete sich auf seinem Gesicht aus.

»Was ist los?«, fragte sie.

»Das Wetter Anfang 2008 war nicht typisch. Der erste Tag, an dem es 27 Grad erreichte, war der 5. Mai. Anita hasste die Kälte. Es gibt keine Möglichkeit, dass sie eine dünne Bluse und Sandalen getragen hätte, wenn es nicht mindestens so warm war. Es ist wahrscheinlich, dass deine Vision irgendwann zwischen dem 5. Mai und dem 6. Juli des Jahres, in dem sie verschwand, stattfand.«

»Glaubst du, Luke wusste davon?«

»Das ist eine sehr gute Frage. Ich denke, wir sollten ihn vielleicht einfach fragen, oder?« Er lehnte sich in seinem Stuhl zurück und rieb sich mit der Hand übers Gesicht. »Ich muss mir überlegen, wie ich das in die Ermittlungen einbringen kann.«

»Oder wir könnten selbst mit ihm sprechen«, schlug Mia vor.

Er stieß den Atem aus. »Ja, aber es wäre viel besser, wenn wir das Verfahren einhalten. Wenn er irgendetwas mit dem zu tun hatte, was meiner Schwester passiert ist, will ich, dass alles offiziell ist.«

»Kann es nicht ein Folgeinterview sein, jetzt wo du ihre Überreste gefunden hast?«

Er nickte. »Vielleicht. Ich werde es wohl mit dem Leutnant besprechen.«

»Ich frage mich, ob Brooke und Ashley es wussten. Und was ist mit Lina? Reden Schwestern nicht über so etwas?«

»Ich weiß nicht. Lina war so viel älter, und sie war zu der Zeit schon lange weg zum Studieren und Arbeiten. Ich wäre sehr daran interessiert herauszufinden, ob Brooke es wusste.«

»Ich wette, Anita war beim Arzt. Du solltest ihre Krankenakten besorgen.«

»Das ist ein schwieriger Bereich. Sie war erwachsen, als sie starb, und es gibt diese ganze Sache mit der Schweigepflicht. Wenn ich jemanden dazu bringen kann zuzugeben, dass er es wusste, dann wird ein Richter wahrscheinlich bereit sein, eine Vorladung für alles aus ihrer Akte zu unterschreiben, was mit einer Schwangerschaft zu tun hat. Ansonsten sehe ich nicht, dass wir in dieser Hinsicht sehr weit kommen.«

»Nun, irgendjemand musste es wissen«, beharrte Mia.

»Ja.« Roman nickte. »Jetzt müssen wir nur noch herausfinden, wer.«

Mia grübelte den ganzen Weg nach Hause über die Enthüllung nach. Die Tatsache, dass Anita schwanger war, hatte nicht unbedingt etwas mit ihrem Mord zu tun, aber es schien zu zufällig, um es außer Acht zu lassen. Hinzu kam, dass es, wenn es nicht irgendwie wichtig wäre, keinen

Sinn ergeben würde, warum sie gerade diesen Moment kurz nach der Berührung ihrer Knochen gesehen hatte. Es musste etwas bedeuten.

Entschlossen dachte sie nicht an Roman. Die letzte Nacht war wunderbar gewesen, aber sie konnten nie langfristig zusammen sein. Er war schließlich ein Polizist, und sie... nun, wenn er je von ihrer Vergangenheit erfahren würde, würde er sowieso nicht mit ihr zusammen sein wollen. Es war das Beste, es als eine gegenseitig glückliche Ausschweifung zu betrachten und es dabei zu belassen.

Sie bog in ihre Einfahrt ein und war erst ein paar Meter gefahren, als ein Tier vor ihrem SUV über die Straße schoss. Sie trat heftig auf die Bremse, ihr Herz pochte. Was um alles in der Welt war das? Sie keuchte auf, als etwas gegen ihr Fenster prallte.

Oh mein Gott, es war Mac. Sie riss die Tür auf, rief nach ihm, und er sprang auf sie zu, seine Pfoten gruben sich in ihre Oberschenkel, während er ihr Gesicht ableckte.

»Was zum Teufel machst du hier draußen?«, rief sie und packte sein Halsband. »Sag bloß nicht, du bist über den Zaun gesprungen. Komm, Kumpel, ich bring dich auf den Rücksitz.«

Mac sprang bereitwillig hinein und begann dann zu winseln und herumzuzappeln, als sie sich hinters Steuer setzte. Sie legte den Gang ein, und Mac hob seine Nase in die Luft und heulte. Erneut trat sie auf die Bremse, und der Hund rutschte nach vorne, wobei seine Vorderpfoten vom Sitz glitten. Er sprang wieder zurück und winselte weiter.

»Ich verstehe schon«, sagte sie mitfühlend. »Es war gruselig, so allein herumzulaufen, aber ich bin jetzt zu Hause, und alles ist in Ordnung.«

Als Mia sich wieder umdrehte und sich darauf vorbereitete, zum Haus weiterzufahren, sah sie den winzigen weißen Hund, der vorne im Gras neben einem Baum saß. Sie sprang aus dem Auto.

»Fifi, komm. Komm her, Mädchen. Komm schon. Das ist mein braves Mädchen.«

Sie ging in die Hocke und bemühte sich, ihre Stimme ruhig und beruhigend zu halten. Das war nicht einfach, da sie nur wenige Schritte von der Straße entfernt waren. Obwohl es kaum eine Hauptverkehrsstraße war, wäre es ihr Pech, wenn Fifi auf die Straße laufen und angefahren werden würde.

Glücklicherweise galoppierte der kleine Hund auf sie zu, das Fell im Wind wehend und die Augen vor Aufregung leuchtend. Fifi sprang direkt in Mias Schoß, und sie drückte den Hund fest an ihre Brust.

»Oh, mein armes Baby. Komm, lass uns dich und Mac nach Hause bringen.«

Sie fuhr vorsichtig die Auffahrt hinunter, in Angst, dass sich entweder Layla oder Tucker plötzlich vor die Reifen werfen könnten. Keiner von beiden tauchte auf. Am Haus angekommen, nahm sie die Hunde mit hinein. Die absolute Stille verriet ihr, dass ihre Befürchtung wahr war. Die anderen beiden Hunde waren nirgends zu sehen.

Es ergab überhaupt keinen Sinn. Das Tor beim Haus war geschlossen und verriegelt, wie immer. Wie zum Teufel waren sie entkommen?

Keine Zeit, das jetzt zu lösen. Sie musste die vermissten Hunde finden. Da die Dämmerung hereinbrach, schnappte sie sich ihre leistungsstarke Taschenlampe an der Hintertür und ging, Mac und Fifi an der Leine, über das Grundstück, während sie nach Layla und Tucker rief. Es war eine windige Nacht, und es war schwer, etwas über das Rascheln der

Baumzweige und des Feldgrases hinaus zu hören, aber sie schrie ihre Namen und lief immer wieder um ihr Grundstück herum.

Der Mond begann aufzugehen, und allmählich ließ der Wind nach, aber immer noch nichts. Ihr Taschenlampenlicht kreuzte hin und her über die Felder. Sie drehte sich wieder um und zog einen nun widerwilligen Mac in Richtung des Baches am hinteren Ende des Grundstücks. Er winselte und drehte sich gegen die Leine und ließ plötzlich eine Reihe triumphierender Beller los.

Sie hörte ein antwortendes Jaulen und hielt den Atem an, die Ohren gespitzt, die Taschenlampe nach links und rechts schwenkend. Etwas streifte ihr Knie, und sie drehte sich um, um Layla zu sehen, die auf Mac sprang. Ihr Wiedersehen war laut, noch lauter, als Tucker durch einen nahegelegenen Busch sprang und sich ins Getümmel warf.

Mia sank zu Boden. Ihr Rudel lief über sie hinweg, leckte, winselte, stieß an, während ihr der Atem in Schluchzern entwich und Tränen der Erleichterung über ihre Wangen liefen.

Der Strahl von Romans Scheinwerfer verweilte auf den gezackten Schnitten. Er und Mia standen in der Nähe des Endes des Hundezwingers hinter ihrem Haus und starrten schweigend auf den Abschnitt des Zauns, der geöffnet worden war. Der Pfosten an der Ecke stand unversehrt, aber jemand hatte einen Drahtschneider benutzt und ein ganzes Paneel dort herausgerissen, wo es an der Kante befestigt war. Die Schnitte waren uneben, und einige der Drähte waren so heftig zurückgebogen, dass sie wie gebrochene Finger aussahen.

Er umging es in einem weiten Bogen und ließ sein Licht über den Boden schweifen. Er knurrte in seiner Kehle.

»Der Boden ist zu trocken, um Spuren zu finden. Wenn wir richtig Glück haben, hat der Täter vielleicht etwas fallen lassen. Ansonsten wird uns das nicht weiterhelfen.«

Mia nickte. »Und alles an dem Zettel ist so allgemein, ich wette, da ist auch nichts zu finden.«

»Lass uns reingehen und ihn noch einmal ansehen, bevor ich ihn zur Wache bringe.«

Als sie zum Haus gingen, legte er seinen Arm um ihre Schultern und zog sie an sich. »Es war eine schreckliche Sache. Es tut mir so leid.«

»Ja, nun, niemand wurde verletzt.«

»Dieses Mal. Sobald sie morgen mit der Untersuchung des Gebiets fertig sind, helfe ich dir, den Hundezwinger zu reparieren. Hast du jemanden, der heute Nacht bei dir bleiben kann?«

Sie schüttelte den Kopf. »Nicht wirklich. Außerdem werde ich schon zurechtkommen. Die Hunde werden mich beschützen.«

»Es mag wie ein dummer Streich erscheinen, aber du musst das ernst nehmen.«

»Glaub mir, das tue ich«, sagte sie grimmig. »Und nichts, was meine Hunde in Gefahr bringt, ist ein dummer Streich.«

Zurück in ihrer Küche zeigte sie auf das Stück Papier auf ihrer Arbeitsplatte. Er zog ein Taschentuch aus der Box auf dem Kühlschrank und hob damit vorsichtig den Zettel auf.

Hör auf, der Polizei zu helfen, oder es werden schlimmere Dinge passieren

Mia hatte ihn in den Fensterrahmen der Seitentür ihrer Küche geklemmt gefunden. Der Umschlag war schlicht weiß ohne Beschriftung. Die Notiz war getippt oder von einem Computer generiert auf einem DIN-A4-Blatt mit der einzelnen Zeile grob in der Mitte platziert.

Das war alles. Keine anderen Markierungen waren mit bloßem Auge zu erkennen, außer einem Schmutzfleck entlang einer Seite des Umschlags, der mit der Kante des Fensters übereinstimmte. Roman bezweifelte, dass sie etwas finden würden, das helfen könnte, die Person zu lokalisieren, die das getan hatte.

Er blickte zu Mia hinüber, die mit verschränkten Armen und die Hüfte gegen die Arbeitsplatte gelehnt dastand. Ihr Gesicht zeigte entschlossene Züge. Trotz ihrer tapferen Miene wirkte sie auf ihn sehr klein. So schutzlos.

»Warum bleibe ich nicht für ein paar Tage hier? Zumindest bis wir die Chance hatten, denjenigen aufzuspüren, der das getan hat.«

Sie schüttelte sofort den Kopf. »Ich habe dir gesagt, ich komme klar. Ich habe die Hunde. Roman, du brauchst dir keine Sorgen um mich zu machen. Ich passe schon seit langem auf mich selbst auf.«

»Okay, gut. Aber ich möchte, dass du mir morgens und abends eine Nachricht schickst. Du trägst das Handy überall mit dir herum, verstanden?«

»Jawohl, Sir. Sofort, Sir.« Mit den ersten beiden Fingern ihrer rechten Hand gab sie ihm einen komischen Salut.

Sein Gesicht war von Sorge gezeichnet. »Ich will sichergehen, dass du in Sicherheit bleibst. Du bedeutest mir viel.«

Ihr Lächeln war wehmütig. »Danke, Roman. Du bist wirklich ein guter Kerl.«

Kapitel Siebzehn

Als Roman die Gegenstände als Beweismittel registriert und seine Notizen zur Fallakte geschrieben hatte, war es zu spät, um zu seinen Eltern zurückzukehren. Also fuhr er die drei Blocks zu seiner Wohnung und stieg die Treppe zu seiner Haustür hinauf.

Er war erschöpft. Alles in allem war es eine harte Woche gewesen. Was er brauchte, war eine ordentliche Auszeit, und er hoffte zu Gott, dass er endlich mal wieder durchschlafen würde. Seit Anitas Leiche gefunden worden war, war er zu angespannt gewesen, um länger als eine Stunde am Stück zu schlafen. Die Tatsache, dass es Beweise dafür gab, dass jemand seine Schwester ermordet hatte, ließ einen Klumpen Wut in seinem Magen brodeln und machte ihn unruhig und überreizt.

Mit Mias Problem obendrauf fühlte er sich sicherlich nicht ruhiger. Es kam ein Punkt, an dem der Körper sich nahm, was er brauchte, und er spürte, dass heute Nacht dieser Punkt gekommen war. Er putzte sich die Zähne, spritzte sich Wasser ins Gesicht und zog sich bis auf die Boxershorts aus, bevor er mit dem Gesicht voran aufs Bett fiel. Innerhalb von Momenten glitt er in den Schlaf.

Sechs Stunden durchzuschlafen half, aber trotzdem war sein erster Gedanke beim Aufwachen Kaffee. Er stützte sich auf die Ellbogen, hob den Kopf und schnüffelte in der Luft. Nichts. Verdammt, er hatte vergessen, am Abend zuvor die Kaffeemaschine vorzubereiten. Für einen Moment fühlte sich alles zu viel an, und er fragte sich, was passieren würde, wenn er sich das Kissen über den Kopf ziehen und sich weigern würde aufzustehen.

Eine Vision von Mia huschte durch seinen Kopf, die Augenbrauen zusammengezogen und die Hand zwischen ihren Brüsten auf und ab reibend, wie sie es tat, wenn sie aufgeregt war. Dann kamen die geröteten Augen seiner Mutter und das aschfahle Gesicht seines Vaters, und schließlich Anitas Schädel mit den leeren Augenhöhlen und verfärbten Zähnen. Er dachte daran, wie sehr sie es hassen würde zu wissen, dass all die Zahnaufhellungsstreifen der Welt gegen ein Jahrzehnt Erde keine Chance gehabt hatten.

Er rollte sich aus dem Bett und stand auf, streckte die Arme über den Kopf und lehnte sich zurück, bis seine Schultern knackten. Es war Zeit, den Tag in Angriff zu nehmen und hoffentlich dem Fangen eines Mörders näher zu kommen.

Als er geduscht, Kaffee getrunken und die paar Blocks zur Wache gefahren war, steckte er voller Energie. Sein Handy pingte, während er über den Parkplatz zur Eingangstür ging, und als er nach unten sah, bemerkte er, dass es von Mia war.

Hier alles okay. Keine Anzeichen, dass der Eindringling zurückgekehrt ist. Wie geht's dir?

Anstatt zurückzuschreiben, wartete er, bis er an seinem Schreibtisch saß mit einer weiteren Tasse Kaffee in der Hand. Er wählte ihre Nummer. Sie nahm beim zweiten Klingeln ab.

»Guten Morgen«, sagte er. »Wie hast du geschlafen?«

»Ähm… okay, denke ich.«

»So gut, hm? Du hättest mein Angebot zum Übernachten annehmen sollen. Du hast nie gesagt, ob du etwas… ich meine, ob du… du weißt schon, etwas gesehen hast, als du die Notiz berührt hast, die der Täter an deinem Fenster hinterlassen hat.«

Er hörte sie ausatmen. »Das liegt daran, dass ich nichts davon bekommen habe. Nada. Es ist frustrierend. Ich sehe all diese zufälligen Visionen von Menschen und Gegenständen, aber wenn es etwas wirklich Wichtiges für mich und meine Sicherheit ist, kann ich kein einziges Ding sehen. Vielleicht, wenn ich es noch einmal versuche, wenn ich nicht so emotional bin, könnte es funktionieren…« Sie verstummte und seufzte.

»Hey, lass dich davon nicht so runterziehen. Weißt du, was mir eingefallen ist? Es ist wahrscheinlich, dass die Person, die deinen Hundezaun durchgeschnitten hat, Anitas Mörder ist.«

»Zu wissen, dass ein Mörder auf meinem Grundstück war und mir eine Drohnotiz hinterlassen hat, lässt mich nicht besser fühlen«, fauchte sie.

»Okay, ja, dieser Teil ist nicht toll, aber auf der anderen Seite bedeutet es, dass er noch hier in der Gegend ist und verdammt nervös ist. Nervöse Kriminelle machen Fehler.«

»Ich schätze, das ist eine gute Sache«, sagte sie.

»Hör zu, die Techniker werden bald bei dir sein. Sie werden wahrscheinlich mehrere Stunden dort sein, um den Tatort zu untersuchen, besonders jetzt, wo wir ihn im Zusammenhang mit Anitas Mord betrachten. Ich werde ein paar Streifenwagen anfordern, die dein Haus patrouillieren, und ich werde heute Abend da sein. Nur zur Info, ich werde auf der Couch schlafen, wenn du das möchtest, aber ich bleibe.«

»Es ist... okay, wir werden sehen, wie der Tag verläuft, denke ich, und später entscheiden. Hattest du die Chance herauszufinden, ob jemand in deiner Familie von Anitas Schwangerschaft wusste?«

»Niemand wusste es, und es war ein weiterer Pfeil in ihre Herzen, das kann ich dir sagen. Wir werden Luke heute Morgen herbringen und sehen, was er zu sagen hat.«

»Viel Glück.« Sie machte eine kurze Pause. »Ich weiß ehrlich nicht, was ich mir wünschen soll. Luke schien ein wirklich netter Kerl zu sein, und er hat die zwei kleinen Jungs und alles. Es ist schwer zu glauben, dass er sie getötet haben könnte.«

»Nun, wenn er es getan hat, wird er dafür büßen.« Roman brauchte einen Moment, um seine Fäuste zu entspannen, und als er wieder sprach, war seine Stimme sanfter. »Ich melde mich später. Lass dich wissen, wann ich zu dir rauskomme. Denk dran, Handy immer bei dir.«

»Aye aye, Käpt'n. Bis später.«

Kevin steckte den Kopf zur Tür herein. »Sie haben Luke McNally hergebracht. Schmidt sagte, wenn du dabei sein willst, können wir das Verhör durchführen. Andernfalls werden es er und Cooper machen.«

Roman legte den Hörer auf und erhob sich vom Stuhl. »Ich will so sehr dabei sein, dass es weh tut.«

Sie gingen im Laufschritt die Treppe hinunter, aber bevor Kevin die Tür öffnen konnte, trat Roman vor, um den Weg zu blockieren. »Hör zu, Mann, ich weiß nicht, ob ich jetzt darauf zu sprechen komme, aber ich will, dass du auf ein paar Fragen über Anitas Schwangerschaft vorbereitet bist.«

Kevin hob die Augenbrauen. »Und du hast das für dich behalten, wei l...?«

»Weil ich es erst gestern Abend erfahren habe. Ich muss davon ausgehen, dass McNally es wusste. Ich weiß noch nicht, wie es ins Spiel kommt, aber…«

»Ja, aber…«, sagte Kevin. »Woher hast du die Information?«

Roman trat zur Seite und griff nach dem Türgriff. »Mia«, sagte er, bevor er in die Hauptlobby trat.

»Oh Mann«, sagte Kevin leise, bevor er ihm eilig folgte. »Hey, Roman, bist du von allen guten Geistern verlassen?«

Roman antwortete nicht, bis sie vor dem Beobachtungsraum für Verhör A standen. »Ich werde ihn erst mal abtasten und sehen, wie es läuft. Ich muss glauben, dass Anitas Schwangerschaft wichtig ist. Wenn es nichts mit ihrem Tod zu tun hatte, warum hat McNally dann nie etwas darüber gesagt?«

»Schmidt wird das nicht gefallen«, warnte Kevin.

»Ja, nun, Mia hat sie gefunden, oder? Ich kann mir nicht vorstellen, wie wir ohne sie, die uns direkt zu der Stelle geführt hat, auf Anitas Überreste gestoßen wären, du etwa?«

»Nein, aber komm schon, du weißt, was die Chefs von Hellsehern und dergleichen halten.«

»Ich weiß. Ich auch, meistens. Aber diesmal ist es anders. Diesmal haben wir jemanden, der tatsächlich etwas sieht. Echte Sachen. Und es geht um meine Schwester, Mann. Ich muss da nachhaken. Ich verstehe, wenn du dich da raushalten willst.«

Kevin stieß zischend die Luft aus. »Nein, wir sind Partner. Ich stehe hinter dir. Tu mir einen Gefallen, okay? Sorge dafür, dass es uns irgendwohin führt. Ich will nicht, dass die Jungs uns fertigmachen.«

Roman nickte, bevor er den Raum betrat. Mit einem Seufzer folgte Kevin ihm.

»Er hat sich einen Anwalt genommen«, sagte Leutnant Schmidt, als Roman und Kevin neben ihm an die Scheibe traten und Luke McNally ansahen. »Jessop aus Nashville. Er ist ein großes Tier. Hat einige aufsehenerregende Mordfälle bearbeitet. Ich würde sagen, unser Arzt spürt den Druck. Seid ihr Jungs bereit?«

»Jawohl, Sir«, sagte Roman.

»Okay, gut. Ich werde zuschauen. Kein Grund, hart reinzugehen, da es nur eine routinemäßige Nachbefragung ist. Ich gebe euch die Chance, weiter in der Ermittlung mitzumischen, also lasst eure persönlichen Gefühle vor der Tür, Mancini.«

»Welche persönlichen Gefühle?«, fragte Roman.

»Er hat Eis in den Adern«, fügte Kevin hinzu und klopfte Roman auf die Schulter.

Als sie den Verhörraum betraten, stand der Anwalt auf. »Detectives, ich bin Walter Jessop. Mr. McNally hat meine Dienste in Anspruch genommen.«

Er war ein großer und extrem dünner Mann. Sein marineblauer Anzug saß wie angegossen. *Muss maßgeschneidert sein*, dachte Roman. Mit einem Blick nach unten bemerkte er, dass der Anwalt die beliebten schwarzen Flügelkappenschuhe trug, auf Hochglanz poliert. Der Aktenkoffer auf dem Tisch kostete wahrscheinlich mehr als Romans Auto.

Kevin zeigte auf Roman. »Das ist Detective Mancini, und ich bin Detective Latterly. Hallo, Luke. Tut uns leid, dass wir dich wieder hierher bringen mussten. Wir werden das Gespräch aufzeichnen.«

Roman ging quer durch den Raum. Nachdem er seinen Schlüsselanhänger herausgezogen hatte, öffnete er den Schrank in der Ecke. Er wählte einen der digitalen Rekorder aus und brachte ihn zum Tisch zurück, bevor er ihn einschaltete und genau zwischen beide Parteien stellte. Kevin nannte die Fallnummer, das Datum und die Namen der Anwesenden, bevor er sich zurücklehnte und sich Roman zuwandte.

»Entschuldigen Sie, Detectives, aber ich möchte damit beginnen zu fragen, warum mein Mandant heute hier ist? Wenn Sie keine neuen Beweise haben und nicht vorhaben, ihn anzuklagen, ist das völlig unnötig. Ich bin mir durchaus bewusst, dass Sie, Detective Mancini, Mr. McNally letzte Woche in einem Café befragt und am nächsten Tag Ihre Assistentin in sein Büro geschickt haben. Ich denke, ich könnte einen starken Fall für Belästigung machen.«

Der Anwalt lehnte sich in seinem Stuhl zurück und breitete die Arme aus, in einer Geste eines Mannes, der versuchte, unter außerordentlich schwierigen Umständen vernünftig zu sein. Roman würde wetten, dass Jessop vor Gericht ein Killer war. Die Geschworenen liebten ihn wahrscheinlich auch. Luke hatte gut gewählt, aber es würde ihn sicher ein Vermögen und möglicherweise sein Erstgeborenes kosten.

»Wir haben ein paar Nachfragen«, sagte Kevin mit ruhiger Stimme. »Ich bin sicher, Ihr Mandant ist genauso begierig wie wir darauf, die Person zu finden, die seine Freundin getötet hat.«

Roman drehte sich, um Luke direkter anzusehen und gleichzeitig Jessop zu ignorieren. »Luke, erzähl uns noch einmal von dem Abendessen, das du am Sonntag, dem 5. Juli, mit Anita hattest. Wie war sie drauf?«

Lukes Blick wanderte zu Jessop und dann wieder zurück zu Roman. »Ähm… sie war müde. Wir waren es alle. Wie Sie wissen, war es ein arbeitsreiches Wochenende.«

»Worüber habt ihr beiden geredet?«, warf Kevin geschmeidig ein.

»Oh, über die Parade und das Feuerwerk. Solche Sachen eben. Wir freuten uns beide auf etwas Ruhe am Ende der Woche.«

»Warum hat sie geweint?«, fragte Roman.

»Sie… Moment mal, was?«, stotterte Luke. »Wer hat gesagt, dass sie geweint hat?«

Roman machte eine kurze Pause und sah Luke direkt in die Augen. »Sagen wir mal, ich hatte neulich ein interessantes Gespräch mit Brooke. Es stellt sich heraus, dass mit Anita etwas nicht stimmte, oder?«

»Brooke konnte nicht wissen… Ich meine, Anita hat nicht-«

Jessop hob die Hand. »Einen Moment bitte. Ich möchte mich mit meinem Mandanten besprechen.«

Kevin streckte die Hand aus und drückte den Stoppknopf am Rekorder, und sowohl er als auch Roman standen auf und gingen zurück in den Beobachtungsraum.

»Was ist los, Mancini?«, Schmidt stürzte sich praktisch auf Roman, als er den Raum betrat. »Du hast besser etwas in der Hand, oder Jessop wird uns in der Luft zerreißen.«

Roman stieß die Luft aus und drehte sich um, starrte in den Raum. Jessop und Luke steckten die Köpfe zusammen, wobei der Anwalt offenbar den Großteil des Gesprächs führte. Luke nickte gelegentlich.

»Er wusste es«, sagte Roman zu Kevin, bevor er seinem Leutnant antwortete. »Ich habe kürzlich erfahren, dass Anita in den Wochen vor ihrem Tod schwanger war.«

Schmidts eisige blaue Augen fixierten Roman. »Warum bist du damit nicht zu mir gekommen?«, verlangte er zu wissen.

»Weil die Information erst gestern Abend ans Licht kam und die Quelle nicht offiziell aussagen kann. Ich musste herausfinden, ob McNally es wusste. Das schien der beste Weg, es zu tun.«

»Soll ich davon ausgehen, dass Brooke Adams dir diese Information nicht gegeben hat?«

Roman schüttelte den Kopf. »Nein, ich habe sie nur dort drinnen bei McNally als Druckmittel benutzt.«

Schmidt seufzte. »Dann also Mia Reeves? Ich hätte es wissen müssen. Du solltest besser dafür sorgen, dass das funktioniert, denn ich werde dich nicht vor dem retten, was dieser hochkarätige Anwalt dir an den Kopf wirft, wenn du falsch liegst.«

»Verstanden«, sagte Roman.

»Du auch, Latterly.«

»Ja, Leutnant. Ich verstehe.«

Zurück im Verhörraum schaltete Kevin den Rekorder wieder ein und nickte Roman zu.

»Warum hat Anita geweint?«, fragte Roman.

»Weil… es gab… wir führten eine Diskussion über unsere Zukunft, und sie wurde emotional, das ist alles.« Lukes Augen blieben auf seinen Händen, die auf dem Tisch ruhten.

»Hast du mit ihr Schluss gemacht?«, fragte Kevin.

Lukes Kopf schoss hoch, und er sah Kevin an. »Nein, absolut nicht.«

»War sie also glücklich über das, worüber ihr beiden gesprochen habt?«, hakte Kevin nach.

»Nicht direkt glücklich. Wir versuchten, einige Dinge zu entscheiden.«

»Warum würdet ihr versuchen, wichtige Zukunftsentscheidungen in einer Pizza Hut während Anitas kurzer Essenspause zu treffen, an einem Abend, an dem ihr beide zugegebenermaßen erschöpft wart?«, fragte Roman.

»Es war nicht geplant. Es ist einfach so passiert«, sagte Luke.

»Mein Mandant hat Ihre Fragen über das Gespräch, das er mit dem Opfer am Abend des fünften Juli führte, beantwortet. Gab es sonst noch etwas?«

Roman stieß einen Seufzer aus und dachte *scheiß drauf.* »Komm schon, Luke. Wir wissen, dass sie schwanger war. Das muss ein Schock gewesen sein. Du warst kaum im zweiten Jahr deines Medizinstudiums, und jetzt hättest du ein Baby zu versorgen. Ich bin sicher, das war nicht in deinem sorgfältig durchgeplanten Lebensentwurf vorgesehen.«

Luke sagte nichts. Mit gesenktem Kopf hielt er seinen Blick auf den Tisch gerichtet.

»Vielleicht hast du sie zu einer Abtreibung gedrängt?«, schlug Kevin vor. »Ist das der Grund, warum sie geweint hat?«

Jessop schob die Kappe auf seinen goldenen Stift und legte ihn zusammen mit dem gelben Notizblock in seinen Aktenkoffer. Er schloss den Deckel mit einem Schnappen. »Wir sind hier fertig, meine Herren. Mein Mandant hat dem nichts weiter hinzuzufügen. Wenn Sie ihn nicht wegen etwas anklagen, werden wir jetzt aufstehen und gehen.«

»Ich mochte dich immer, Luke«, sagte Roman. »Und ich weiß ohne den geringsten Zweifel, dass Anita dich geliebt hat. Es ist schade, dass die Dinge schwierig wurden, und als sie dich am meisten brauchte, warst du nicht der ehrenhafte Kerl, für den wir dich alle gehalten haben.«

Roman schob sich vom Tisch weg, während Jessop ihn mit einem Blick fixierte. »Das war völlig unnötig«, sagte der Anwalt. »Ich werde nicht zulassen, dass Sie meinen Mandanten belästigen. Er ist eine Stütze dieser Gemeinschaft. Wenn ich herausfinde, dass Sie seinen Namen beschmutzen, sehen wir uns vor Gericht. Darauf können Sie sich verlassen.«

»Ja, ich kann sehen, wie schrecklich es wäre, seinen Namen zu beschmutzen. Es ist ja nicht so, als würden wir über den Mord an einer unschuldigen jungen Frau oder so etwas reden«, sagte Roman mit leiser Stimme.

Kevin legte eine Hand auf seinen Arm, und Roman nickte nur und entfernte sich vom Tisch.

»Ja, sie war schwanger. Ja, das Baby war von mir. Aber ich habe nie zu einer Abtreibung gedrängt, und so wahr mir Gott helfe, ich habe sie nicht getötet«, sagte Luke, seine Augen funkelten in Romans.

»Luke wusste es, oder?«, fragte Mia innerhalb von Sekunden, nachdem Roman an diesem Abend ihr Haus betreten hatte. »Glaubst du, er hat sich getötet?«

»Weißt du was? Ich könnte wirklich ein Bier gebrauchen.« Er reichte ihr die beiden Pizzakartons und kniete sich hin, um die Hunde zu streicheln, besonders Layla.

»Tut mir leid. Natürlich, komm rein. Ich habe Rolling Rock und Desperados. Warum setzt du dich nicht und entspannst dich.«

»Ich nehme ein Rolling Rock.«

Er folgte ihr in die Küche und lehnte das Angebot eines Glases ab, nahm die Bierflasche von ihr und trank tief. Er lehnte seine Hüfte gegen die Theke, bewegte seinen Kopf hin und her, um seinen Nacken zu strecken, und seufzte.

»Möchtest du, dass ich das aufwärme?«, fragte Mia und hob den Deckel der größeren der beiden Pizzen an.

»Nein, so ist es für mich in Ordnung. Weißt du, ich habe noch nie eine Pizza ohne Fleisch und ohne Käse bestellt. Gus hat mich angesehen, als ob mein Gehirn nicht funktionieren würde. Du bist wirklich diszipliniert mit deiner Ernährung, oder?«

Mia drehte sich weg und öffnete einen Schrank, holte zwei blaue Teller heraus. »Ich schätze schon«, murmelte sie. »Es ist aber nicht das, was du denkst.«

»Was ist es dann?«

Sie sagte für einen Moment nichts. Stattdessen häufte sie vier Pizzastücke, beladen mit Pepperoni und Wurst und triefend vor Käse, auf einen der Teller und reichte ihn ihm. »Servietten sind auf dem Tisch.«

Er beobachtete, wie sie die kleinere Pizzaschachtel öffnete und zwei Stücke auf den zweiten Teller legte. Sie ging um ihn herum und machte sich auf den Weg zum Tisch in der Küchennische. Sie griff nach dem Makramee-Serviettenhalter, legte eine auf das Gedeck ihr gegenüber und eine auf ihren Schoß. Mac schlenderte herüber und setzte sich neben ihren Stuhl. Roman stand noch einen Moment da, während sie ein Stück

Pizza nahm und vorsichtig hineinbiss. Er ging hinüber und setzte sich ihr gegenüber.

»Du willst es mir nicht sagen?«, fragte er.

Sie kaute weiter und schluckte, bevor sie seinen Blick erwiderte. »Es wird verrückt klingen.«

»Versuch's.«

»Ich bekomme manchmal Dinge vom Essen. Blitzartige Eindrücke, meine ich. Was ich von Fleisch und Milchprodukten sehe, ist... sagen wir mal, es gibt keine Möglichkeit, dass ich es essen kann, nachdem ich gesehen habe, was ich sehe. Obst und Gemüse können mir auch Dinge vermitteln, besonders wenn die Person, die sie pflückt oder erntet oder was auch immer, in einem Zustand emotionaler Belastung war. Aber zumindest esse ich nichts, dessen Elend und Tod fest in meinem Bewusstsein verankert sind. Und mehr noch, das Leiden des Tieres wurde im Wesentlichen von mir verursacht.«

Roman starrte sie an und lehnte sich dann abrupt gegen die Stuhllehne zurück und verschränkte die Arme vor der Brust. »Versuchst du, mich schlecht fühlen zu lassen, damit ich zum Veganismus konvertiere? Das wird nicht funktionieren. Ich liebe mein Fleisch.«

»Nein, das tue ich nicht. Ich glaube fest daran, dass jeder selbst entscheiden muss«, sagte sie. »Obwohl ich denke, es wäre verdammt interessant, wenn jeder sehen könnte, was ich sehe.«

Er schaute auf seine Pizza und dann wieder zu ihr. »Dann bin ich wohl froh, dass ich es nicht sehen kann.« Er nahm ein Stück von seinem Teller, biss kräftig hinein und kaute. Sie lächelte ihn gelassen an.

»Okay, ich sterbe hier. Du musst mir erzählen, was mit Luke passiert ist«, sagte sie, als er das Stück aufgegessen und noch einen Schluck aus der Flasche genommen hatte.

»Nach einigem Drängen und Bohren gab er zu, dass er wusste, dass Anita schwanger war. Sie hatte den Test erst an dem Tag bei der Arbeit gemacht, an dem sie sich zum Abendessen bei Pizza Hut trafen. Sie waren beide schockiert und aufgewühlt und hatten noch nichts entschieden, als sie wieder zur Arbeit zurück musste. Luke gab zu, dass er für eine Weile den Verstand verloren hatte. Sie sollten am nächsten Tag zum Mittagessen gehen und weiter reden, aber er sagte in letzter Minute ab. Sagte, er bräuchte Zeit zum Nachdenken.«

»Und als Luke absagte, wandte sich Anita an Brooke. Deshalb war sie während ihres Mittagessens so abgelenkt. Allerdings scheint es, dass sie ihr nichts von der Schwangerschaft erzählt hat.«

Roman zuckte mit den Schultern. »Ich würde wetten, dass sie es nicht tat, aber wir werden morgen bei Brooke nachhaken.«

»Zurück zu Luke. Denkst du, er hat Anita getötet?«

»Ich weiß nicht. Es wirkt nicht so. Er macht den Eindruck, als würde er die Wahrheit sagen, oder zumindest tut er das jetzt. Außerdem hat er ein wasserdichtes Alibi, es sei denn, seine Eltern haben für ihn gelogen. Eltern tun so etwas, klar, aber in diesem Fall kann ich mir nicht vorstellen, dass Doc McNally mit der Tatsache leben könnte, dass sein Sohn ein Mädchen getötet hat.«

Sie klopfte mit der Faust auf den Tisch. »Ich wünschte, ich könnte Luke besser einschätzen. Das Einzige, was ich wahrgenommen habe, waren Schmerz und Verlust und Reue. Nichts davon fühlte sich gewalttätig an.«

»Und wenn es nicht Luke ist, stehen wir wieder vor dem Nichts.«

»Fällt dir sonst noch jemand ein, dem sie es erzählt haben könnte?« Mia schüttelte den Kopf. »Ich schätze, es spielt eh keine Rolle, weil der Einzige, dem die Schwangerschaft wichtig genug gewesen wäre, Luke war.«

»Abgesehen von Brooke und Ashley fällt mir niemand ein. Ich hätte vielleicht an Tony gedacht, aber er sagte, er wüsste nichts davon. Tatsächlich war er sogar geschockter als alle anderen, als ich es neulich der Familie erzählt habe.« Er schüttelte den Kopf und ließ sich mit den Ellbogen auf dem Tisch nach vorne sinken. »Mann, ich dachte wirklich, diese Schwangerschaftsnachricht wäre der Durchbruch, auf den ich gehofft hatte, aber sie hat uns nirgendwohin geführt.«

Sie streckte die Hand aus und legte sie auf seine. »Es tut mir so leid, Roman. Ich glaube immer noch, dass es etwas bedeutet, denn warum hätte ich es sonst gesehen?«

»Ich weiß nicht. Du hast gesagt, dass dir zufällige Dinge einfallen. Es könnte einfach das sein, völlig zufällig.«

»Ich frage mich, warum sie den Schwangerschaftstest auf der Arbeit gemacht hat. Glaubst du, dass diese andere Kellnerin, Mary, davon wusste? Nicht, dass es wichtig wäre, aber trotzdem eine interessante Frage.«

Er richtete sich auf, drehte seine Hand unter ihrer und verschränkte ihre Finger. »Ja, es kann nicht schaden, das auch zu überprüfen. Okay, kein Anita-Gespräch mehr heute Abend. Ich muss abschalten.«

Sie zog ihre Hand weg und stand auf, um die Teller einzusammeln. »Klar, absolut. Lass uns mit den Hunden spazieren gehen. Es wird einen wunderschönen Sonnenuntergang geben. Ich kann es spüren.«

Ihr Blick von der Veranda war spektakulär, mit schräg einfallenden Strahlen, die rosa und orange Streifen am Himmel erzeugten. Das Licht filterte durch die Bäume am hinteren Ende des Grundstücks und verwandelte den Bach in eine Malerpalette, die das Wasser mit Rot- und Goldtönen durchzog. Im Hintergrund sang ein Chor von Grillen seinen Beifall.

Alle Hunde tobten herum. Überglücklich, in der süßen Abendluft zu sein, jagten sie einander durch das Grasfeld und folgten mit der Nase am Boden den Gerüchen zwischen den Bäumen. Zurück im Freien kreiste ein Falke auf der Jagd. Tucker, der seine Anwesenheit als persönliche Beleidigung empfand, sprang in die Luft und bellte wild. Seine Aktionen hatten keinerlei Wirkung auf den Raubvogel, aber er schien sehr zufrieden mit sich und stieß gegen Layla, sein Hundelächeln zeigend.

Mia atmete tief ein, legte den Kopf in den Nacken und blickte zum Himmel. »Nichts kann eine Nacht wie diese überbieten«, sagte sie.

»Ich war immer ein Stadtmensch. Ich mag es, Nachbarn zu haben, sie gut genug zu kennen, um ‚Hey, wie geht's?' zu sagen. Ich mag es, einen halben Block zu gehen, um einen Kaffee oder ein Sandwich zum Mittagessen zu holen, aber das hier übertrifft alles. Das Land und die Farben und das Gefühl, dass es nur zu meinem Vergnügen geschieht. Es ist verdammt großartig, nicht wahr?«

»Ja. Ich liebe es. Ich wusste, sobald ich es mir leisten könnte, würde ich mir einen Platz auf dem Land suchen. Das Stadtleben ist so gar nichts für mich.«

»In welchen Städten hast du gelebt?«

»Hier und da. Nirgendwo Besonderes.« Sie zuckte gleichgültig mit den Schultern, bevor sie ihren Arm hob, um über seine Schulter zu zeigen. »Oh, sieh mal, der Mond geht auf. Kein Vollmond, aber ein gutes Dreiviertel.«

»Das ist keine schwierige Frage, Mia.«

»Wir sollten uns wohl langsam auf den Rückweg machen.« Sie pfiff. »Mac, Layla, kommt. Zeit, nach Hause zu gehen. Kommt schon, Leute.«

Mac kam angesprungen, Fifi eine halbe Länge hinter ihm. Ein paar Sekunden später rannten Layla und Tucker herbei, um sich ihnen anzuschließen. Mia hatte erst ein paar Schritte gemacht, als Roman sie am Arm packte.

»Warum willst du mir nicht sagen, wo du gelebt hast? Das ist doch sicher kein Staatsgeheimnis?«, drängte er.

Sie blickte auf seine Hand an ihrem Arm und dann über das Feld, wo die Sonne gerade unter dem Horizont verschwand. »Die Vergangenheit ist nicht wichtig. Wo ich gelebt habe, ist nicht wichtig. Ich bleibe lieber in der Gegenwart.«

Er nahm sie bei den Schultern und drehte sie zu sich. »Was zum Teufel ist dir passiert, dass du so ängstlich bist?«

»Mir ist nichts passiert. Ich gehe meinen eigenen Weg in diesem Leben. Treffe meine eigenen Entscheidungen. Ich weiß, du hast diese Vorstellung, ich sei irgendeine Art von Opfer, aber das bin ich nicht.« Sie streckte die Hand aus und strich ihm sanft eine Haarsträhne von der Stirn. »Du musst akzeptieren, dass aus uns beiden nie etwas werden wird. Es tut mir leid, denn du bist ein großartiger Kerl, aber ich möchte, dass du dich zurückziehst.«

Sie ging weg und schritt eine kleine Anhöhe hinauf, ihre Hunde um sie herum versammelt und der dramatische Himmel, der ihre Silhouette umrahmte.

Die Sehnsucht traf ihn wie ein Schlag in den Magen. Warum zum Teufel wollte er sie so sehr? Es widersprach jeder Logik. Sie sah gut aus, das stimmte schon, aber sie war nicht unbedingt sein Typ, da er in der

Vergangenheit eher zu schlanken Brünetten tendiert hatte. Manchmal war sie stachelig und ausweichend und schien keine Probleme damit zu haben, ihn abzuweisen. Sie hatte ihm mindestens eine Handvoll Mal eine Absage erteilt, und trotzdem schien es für ihn keinen Unterschied zu machen.

Komm schon, knurrte er in seinem Kopf, *du bist ein Narr. Es ist Zeit, weiterzuziehen.*

Kapitel Achtzehn

Am nächsten Morgen, als Roman wieder in der Stadt auf der Polizeiwache war, gab Mia zu, dass es eine harte Nacht gewesen war. Zu wissen, dass er im Gästezimmer schlief - nur wenige Schritte entfernt und bereit, sie unter der Decke willkommen zu heißen - war die schlimmste Art von Versuchung gewesen. Besonders jetzt, da sie aus erster Hand wusste, wie viel Vergnügen sie einander bereiten konnten.

Wenn er doch nur locker sein könnte, anstatt alles so ernst zu nehmen. Die meisten Kerle wären froh über eine simple sexuelle Affäre mit einer willigen Frau, aber nicht Roman.

Sie seufzte. Es wäre grausam, noch einmal mit ihm zu schlafen, wenn sie wusste, wie er fühlte. Sie konnte das nicht tun. Oder doch?

Nein. Es wäre falsch. Sie war jetzt ein besserer Mensch. Verdammt. Ein gutes und ehrenwertes Leben zu führen, war schwieriger als gedacht.

Mit eiserner Willenskraft zügelte Mia ihren abgelenkten Geist und konzentrierte sich auf die Herstellung ihres Schmucks. Trotzdem stürzte sie sich am Nachmittag auf ihr Handy, als es klingelte.

»Hallo, Brooke. Wie geht's dir?«, sagte Mia.

»Mir geht's gut. Bist du beschäftigt?«

»Muss ich nicht sein.«

»Das ist gut. Ich habe mich gefragt, ob du Lust hast, einen Kaffee trinken zu gehen?«

»Ähm... klar, okay. Um wie viel Uhr?«

»Jetzt wäre super, wenn das für dich passt. Ich bin in Gabes Diner.«

»Jetzt passt gut. Ich mache mich fertig und bin in zwanzig Minuten da.«

Im Diner angekommen, brachte eine Hostess, die Mia noch nie gesehen hatte, sie zu Brookes Tisch. Brooke lächelte zu ihr hoch.

»Danke, dass du gekommen bist. Es war ein ziemlich harter Tag, und ich könnte ein offenes Ohr gebrauchen.«

Mia spürte die Traurigkeit deutlich. Sie strahlte in stetigen Wellen von Brooke aus. Sie setzte sich ihr gegenüber, streckte die Hand aus und legte sie über die geballte Faust auf dem Tisch. »Ist etwas passiert?«, fragte sie.

»Nein, nicht wirklich. Na ja, irgendwie schon. Ich komme gerade von ...« Brooke hielt inne und zog ihre Hand unter Mias weg, als die Kellnerin sich näherte.

»Was darf ich Ihnen bringen?«, fragte die Frau Mia.

»Pfefferminztee, bitte.«

»Klar, Schätzchen. Möchten Sie nachschenken?« Sie deutete auf Brookes Kaffeetasse.

Brooke schüttelte den Kopf. »Nein, danke. Ich trinke noch.«

Als sie wieder allein waren, hob Mia die Augenbrauen und bedeutete Brooke fortzufahren.

Brooke atmete aus und verschränkte die Arme vor der Brust, umarmte sich selbst. »Ich wurde auf die Polizeiwache gerufen. Sie wollten nochmal mit mir sprechen. Dort habe ich erfahren, dass Anita schwanger war. Da du Roman bei den Ermittlungen hilfst, wusstest du das wahrscheinlich.« Sie hob den Blick, um Mias Augen zu begegnen.

Mia neigte den Kopf. »Ja, ich habe davon gehört. Du wusstest es wirklich nicht vorher?«

»Nein.« Brookes Gesicht verzog sich, und Tränen begannen ihre Wangen hinunterzulaufen. »Ich kann nicht verstehen, warum sie es mir nicht erzählt hat. Ich war ihre beste Freundin. Sie muss so verängstigt gewesen sein. Warum hat sie nichts gesagt, als wir an dem Tag zu Mittag gegessen haben? Dass sie abgelenkt war, ergibt jetzt so viel Sinn.«

»Ich weiß nicht, Brooke. Ich bin sicher, sie hatte vor, es dir zu erzählen. Ich schätze, es war noch so neu. Es klingt, als hätten sie und Luke selbst kaum Zeit gehabt, darüber zu sprechen.«

Die Kellnerin tauchte wieder auf. Als ihr Blick zu Brooke huschte, sagte sie nichts, stellte einfach nur den Becher vor Mia ab und ging schweigend davon.

Jetzt war es Brooke, die die Hand ausstreckte. Sie klammerte sich an Mias Hand. »Das muss der Grund gewesen sein, warum sie getötet wurde. Sonst würde die Polizei nicht danach fragen. Denkst du, es war Luke?«

Mia zuckte mit den Schultern. »Ich weiß es ehrlich nicht. Ich bin sicher, die Polizei verfolgt jede mögliche Spur.«

Brooke wischte sich mit der freien Hand die Augen, ihre Lippen zitterten. »Ich weiß, es ist lange her, aber seit sie sie letzte Woche im Naturschutzgebiet gefunden haben, fühlt es sich an, als würde alles von vorn passieren. Ich vermisse sie so sehr.«

»Das muss schrecklich sein«, sagte Mia mit beruhigender Stimme. »Ich hatte nie eine enge Freundin, also kann ich mir nur vorstellen, wie schwer das für dich ist. Es tut mir leid für deinen Verlust.«

»Wenn sie nicht getötet worden wäre, wäre das Baby jetzt neun Jahre alt. Ich muss ständig daran denken. Ich frage mich, ob es ein Junge oder ein Mädchen war.«

»So wie es klingt, war es viel zu früh, um das zu sagen.«

»Sie wollte immer Kinder. Wir haben oft darüber gesprochen. Sobald sie mit dem College fertig war und sie und Luke verheiratet wären, sagte sie mir, dass sie auf drei hoffte, aber vier nicht ausschloss. Ich weiß, vor dem College schwanger zu werden, war nicht ihr Plan. Trotzdem muss ich glauben, dass sie sich darüber gefreut hätte.«

Die Trauer war jetzt überwältigend. Mia ließ ihren Blick für einen Moment von Brooke abschweifen. Sie sah Frau Bird vom Postamt, die mit ihrem Mann saß und eine Kanne Tee teilte. Gabriel kam aus der Küche, ein Geschirrtuch über die Schulter geworfen und ein freundliches Lächeln im Gesicht.

»Jedes Kind ist ein Segen«, sagte Mia und fand es schwierig, den Blick von Gabriel abzuwenden. Schließlich wandte sie sich wieder der schluchzenden blonden Frau zu. »Du hast recht, ich bin sicher, Anita hätte sich gefreut.«

Brooke nickte mehrmals und ließ Mias Hand los, griff dann nach einer Serviette. Sie putzte sich die Nase und wischte sich die Augen. »Alle sagen mir ständig, ich sollte darüber hinwegkommen. Ich glaube, meine Mutter und meine anderen Freunde denken, ich würde absichtlich in der Trauer schwelgen. Das tue ich nicht. Ich schwöre. Ich kann Anita einfach nicht loslassen.«

»Ich kannte Anita offensichtlich nicht, aber ich habe so viel über sie gehört. Sie klingt wie jemand, der das Leben mit offenen Armen empfing und immer in die Zukunft blickte. Ich muss vermuten, dass sie dich nicht gerne so sehen würde. Denkst du nicht, sie würde wollen, dass du dein Leben in vollen Zügen lebst? Wenn du gestorben wärst, würdest du wollen, dass sie immer noch so traurig ist?«

Brooke stieß einen Seufzer aus. »Ich weiß. Das haben mir Leute schon früher gesagt. Aus irgendeinem Grund fühlt es sich anders an, es jetzt von dir zu hören. Als wäre es tatsächlich wahr. Danke, dass du mit mir geredet hast. Du bist wirklich nett. Tut mir leid, dass ich so ein Wrack bin.« Sie putzte sich wieder die Nase und wedelte dann mit dem Arm durch die Luft. »Okay. Jetzt geht's mir gut. Kein Weinen mehr.«

Danach sprachen sie über leichte Themen. Brooke nahm Mia den ganzen Druck ab, Konversation machen zu müssen, weil sie glücklich war, über alles Mögliche zu plaudern. Sie erklärte ihre Pläne für die Herbst-Tanzgala und drängte Mia erneut, ihrem Anfängerkurs für Erwachsene beizutreten. Brooke fragte auch nach dem Prozess der Schmuckherstellung und wollte die Geschichte von jedem von Mias Hunden wissen.

Mia fand es entspannend, eine Stunde mit der anderen Frau zu verbringen. Sie war warmherzig und witzig und schien nicht dazu zu neigen, viele persönliche Fragen über ihre Vergangenheit zu stellen. Vielleicht, wenn alles gut liefe, würden sie und Brooke gute Freundinnen werden. Vielleicht würden sie sich zum Mittagessen und Abendessen treffen und genau so plaudern. Die Vorstellung erfüllte Mia mit einem warmen Gefühl. Es wäre schön, eine Freundin zu haben.

»Stimmt es, dass du und Roman was am Laufen habt?«

Brookes Frage riss sie aus ihrem Tagtraum. »Ich… äh… nein. Haben wir nicht«, brachte sie schließlich heraus.

»Das ist schade, denn ich denke, ihr würdet super zusammenpassen. Na ja, okay, ich kenne dich nicht wirklich gut, aber ich habe so ein Gefühl, dass ihr euch wirklich gut verstehen würdet. Oh, natürlich…« Sie schlug sich dramatisch an die Stirn. »Du hast wahrscheinlich schon einen Freund. Ich hätte es gehört, wenn es jemand von hier wäre, also musst du eine Fernbeziehung führen. Das muss hart sein. Wird er hierher ziehen?«

Mias Kopf begann zu schwirren. War es erst einen Moment her, dass sie gedacht hatte, die Unterhaltung mit Brooke sei einfach?

»Keine Fernbeziehung und kein Freund. Ich bin single und glücklich damit.«

»Tut mir leid.« Brooke kicherte. »Okay, nicht ganz leid, aber trotzdem, ich weiß, ich kann aufdringlich sein. Lass mich nur sagen, du solltest über Roman nachdenken. Er ist einer der Guten. Ich glaube, vielleicht hat ihn die Sache mit Anita düsterer gemacht, als er sonst gewesen wäre, aber er ist immer noch felsenfest.«

»Du machst ja echt 'ne tolle Verkaufsshow für ihn. Wieso habt ihr zwei nie was miteinander gehabt?«

»Ich weiß nicht genau. Es ist nicht so, dass ich ihn nicht ansehe und denke *oh lecker*. Irgendwie sind wir aber nie in diese Richtung gegangen. Wer weiß, wenn die Dinge anders gewesen wären, hätten wir vielleicht, aber ich glaube nicht, dass es gehalten hätte. Ich glaube fest an die Macht des Bauchgefühls. Meins hat nie einen Mucks von sich gegeben, wenn er in der Nähe war.«

»Aber es wurde zur Quasselstrippe, wenn Tony auftauchte?«

Brooke hielt inne und starrte auf ihre Tasse mit kaltem Kaffee. »Du hörst zu gut zu.«

»Oh, es ist okay für dich, mich über Roman auszufragen, aber wenn es um Tony geht, bist du praktisch stumm?«

»Ja, nun, für mich war er wohl derjenige, an den ich mich immer erinnert habe. Und jetzt fühlt es sich an, als wäre es zu spät. Bei manchen Dingen kann man einfach nicht zurück, weißt du?«

»Tut mir leid. Ich wollte kein schwieriges Thema anschneiden.«

»Kein Problem. Das ist alter Kaffee.« Brooke sah auf ihre Uhr und schob die fast volle Tasse von sich. »Das ist mein Stichwort zu gehen. Ich hab in fünfzehn Minuten Unterricht. Danke, dass du gekommen bist, Mia. Mit dir zu reden, hat mehr geholfen, als du dir vorstellen kannst. Und was Roman angeht, vielleicht solltest du ihm noch eine Chance geben.«

Mia schüttelte den Kopf und winkte Brooke ab. Sie blieb noch einen Moment sitzen und trank ihren Tee aus, bevor sie auf die Uhr sah. Fast vier Uhr. Obwohl sie versucht hatte, ihn davon abzubringen, hatte Roman darauf bestanden, wieder in ihrem Haus zu bleiben, um sicherzugehen, dass sie keine unerwünschten Besucher hatte. Ursprünglich hatte sie geplant zu kochen, aber da sie schon im Diner war, erschien ihr die Idee, etwas zum Mitnehmen zu holen, plötzlich viel verlockender.

An der Theke für Essen zum Mitnehmen bestellte sie zwei große Salate, einen mit Sesam-Hühnchen und den anderen mit Kichererbsen und Linsen. Sie wusste, Roman würde mit nur einem Salat unzufrieden sein, aber wenn sie dazu noch Kräuter-Knoblauchbrot machte und ihm zum Nachtisch einen Apfelcrumble anbot, würde er sich wohl nicht zu sehr beschweren.

Gabriel erhob sich von seinem Hocker hinter der Haupttheke und kam zu ihr herüber, während sie auf ihre Bestellung wartete. »Wie geht's, junge Dame?«

»Ganz gut. Haben Sie einen schönen Tag?«

»Immer. Jeder Tag, an dem mir der Herr Atem schenkt, ist ein guter Tag. Werde ich dich am Sonntag beim Gottesdienst sehen?«

»Ähm... ich bin nicht sicher...«

»Denk darüber nach. Alle sind immer so beschäftigt damit, an ihrem Verstand und ihrem Körper zu arbeiten, wenn die wirklich wichtige Arbeit in der Seele stattfindet.«

»Da haben Sie sicher recht.« Sie sah sich um, verzweifelt bemüht, ein anderes Gesprächsthema zu finden.

»Es tut mir leid, Liebes. Ich kann sehen, dass ich dich in Verlegenheit bringe«, sagte Gabriel. »Normalerweise dränge ich nicht so sehr, aber seit Anita gefunden wurde, beschäftigt es mich. Keiner von uns weiß je, wann wir von dieser Erde abberufen werden, also ist es wichtig, vorbereitet zu sein, unserem Herrn zu begegnen.«

»Ja, natürlich. Oh, sieh mal, mein Essen ist fertig. Ich schätze, ich sehe Sie später.«

»Pass auf dich auf. Und keine Predigten mehr, versprochen. Ich fühle mich heute wohl etwas melancholisch.«

Sie wurde weicher. Er sah wirklich traurig aus. »Schon okay. Danke, dass Sie sich genug sorgen, um... nun, danke. Wir sehen uns später.«

Erst als sie zur Kasse getreten war und in ihrer Handtasche nach ihrem Portemonnaie kramte, kam die Vision über sie. Alles, was sie tun konnte, war dazustehen und zuzusehen, wie sie sich abspielte.

»Einundzwanzig Dollar und siebzehn Cent. Mia. Alles in Ordnung? Was ist los?«

Die Frau kam hinter der Theke hervor und berührte Mias Schulter. »Ich bin... es ist... mir geht's gut. Tut mir leid, wie viel sagten Sie?«

Mit zitternden Händen zählte Mia das Geld ab, griff nach den Essensbehältern und drückte sie an ihre Brust. Sie hielt an der Tür inne und drehte sich langsam um, suchte das Diner nach Gabriel ab. Er war zu seinem üblichen Platz hinter der Haupttheke zurückgekehrt.

Er nickte einem Mann auf einem Hocker zu und zeigte auf die Backwaren unter dem Glas. Der Kunde sagte etwas. Gabriel griff hinunter und holte einen Muffin in der Größe einer kleinen Bowlingkugel hervor. Er stellte ihn vor den Mann. Als Gabriel zurücktrat, hob er den Kopf, und seine Augen trafen Mias. Lächelnd hob er kurz die Hand zum Gruß, bevor er sich wieder dem Mann auf dem Hocker zuwandte.

Die Haut in ihrem Nacken kribbelte vor Elektrizität. Sie stieß die Tür auf und eilte zu ihrem SUV. In weniger als zwei Minuten parkte sie vor der Polizeistation von Dalton.

»Sag mir noch mal, was Gabriel zu ihr gesagt hat«, sagte Roman.

»Ich kann es immer noch nicht glauben. Sicher war er es nicht?«

Mias Hand rieb hin und her über ihre Jeans. Roman streckte die Hand über die Mittelkonsole aus und legte seine Hand auf ihre, um sie zur Ruhe zu bringen. Er wartete, bis sie ihre Augen hob, um seinen Blick zu erwidern. »Mach dir jetzt keine Gedanken darüber. Wichtig sind die Details dessen, was er zu Anita gesagt hat.«

Sie nickte knapp. »Du hast recht. Okay. Was er sagte, war: ›Es soll kein Bastard in die Gemeinde des HERRN kommen, auch nicht in der zehnten Generation sollen seine Nachkommen in die Gemeinde des HERRN kommen.‹ Das ist seltsam, oder? Es klingt, als würde er aus der Bibel zitieren oder so.«

»Und du bist sicher, dass Anita ihm gesagt hat, sie wolle noch nicht heiraten?«

»Absolut. Und sie weinte. Da tätschelte er ihren Arm und sagte ihr, sie solle eine extra lange Mittagspause machen.«

Roman lehnte sich in seinem Sitz zurück und schrieb weiter in sein Notizbuch. »Okay. Das ist gut«, sagte er, als er seinen Stift zuklickte und den Deckel des kleinen Spiralblocks zuklappte. »Jetzt muss ich nur noch herausfinden, wie ich ihn offiziell zum Verhör hierher bekomme. Ich denke, ich werde mit Schmidt sprechen. Geht es dir gut?«

»Ehrlich gesagt, fühle ich mich irgendwie schlecht. Ich wollte nicht, dass es Luke ist, und das gilt doppelt für Gabriel. Er war immer so nett zu mir. Es fängt an, sich so anzufühlen, als könnte jeder hier Anitas Mörder sein.«

»Willkommen in meiner Welt.«

»Es tut mir leid. Es geht hier nicht um mich. Das sind deine Leute. Du kennst sie dein ganzes Leben lang. Es muss für dich millionenfach schlimmer sein.«

»Lass uns einfach darin übereinstimmen, dass wir es beide hassen, jeden mit Misstrauen zu betrachten. Warum gehst du nicht nach Hause? Ich denke, ich werde das erstmal ruhen lassen. Es ist sowieso fast Schichtende, und das gibt mir mehr Zeit, um herauszufinden, wie ich Schmidt an Bord bekomme. Ich habe noch ein paar Dinge zu erledigen, und dann komme ich nach. Soll ich Essen mitbringen?«

»Das ist okay. Ich habe schon Abendessen vom Diner mitgebracht. Mach dir keine zu großen Hoffnungen«, sagte sie schnell, als sein Gesicht aufleuchtete. »Wir haben heute Abend gesunde Salate. Du musst anfangen, besser auf dich aufzupassen.«

»Vielleicht sollte ich einen Vor-Abendessen-Snack haben, bevor ich losfahre. Ich glaube, ich habe irgendwo in meinem Auto einen Gutschein für KFC.«

»Wag es ja nicht. Es wird genug Essen geben, und es wird dir schmecken, das verspreche ich.«

»Sicher, sicher. Fahr vorsichtig... und Mia, danke, dass du damit sofort hergekommen bist.«

»Kein Problem.«

Sie war mehr als bereit, nach Hause zu gehen. Zurück zu ihren vierbeinigen Jungs und Mädchen und der Ruhe, wo sie sich nicht fragen musste, ob sie mit einem Mörder Schulter an Schulter stand. Es war zweifelhaft, ob sie sich auf die Arbeit konzentrieren könnte, aber im Wintergarten mit einem Glas Wein zu sitzen, klang einfach perfekt.

Die Hunde schienen besonders energiegeladen, als sie mit dem SUV vor dem Haus vorfuhr. Sie rannten zum Zaun, und Mac prallte tatsächlich so hart dagegen, dass der Draht nachgab und ihn zurückschnellen ließ. Es war seltsam. Sie war nur ein paar Stunden weg gewesen.

Natürlich rannten sie durch die Hundeklappe vor ihr ins Haus und warfen sie fast um, als sie eintrat. Layla tat etwas, von dem sie wusste, dass es gegen die Regeln war. Sie sprang hoch, sodass ihre Vorderpfoten auf Mias Brust landeten, wobei sie ihr die Essensbehälter aus den Händen schlug und sie gegen die geschlossene Tür drückte.

»Böses Mädchen«, zischte sie. »Was ist los mit dir? Das hast du nicht mehr gemacht, seit ich dich adoptiert habe.«

Layla kauerte sich zu ihren Füßen. Tucker winselte und leckte dem goldenen Labrador übers Gesicht. Mia rieb sich den Hintern, der den Großteil des Aufpralls mit der Tür abbekommen hatte, bückte sich und hob das Essen auf. Na ja, den Salat würde sie nicht mehr mischen müssen, dachte sie.

Jetzt ruhiger, folgten die Hunde ihr im Abstand von ein paar Schritten in die Küche. Mac ließ ein leises Winseln hören und setzte sich zu ihren Füßen. Fifi kauerte zwischen Macs Vorderbeinen und starrte zu Mia hoch. Die anderen beiden Hunde liefen in der Küche hin und her.

Sie starrte sie einige Sekunden lang an. »Was zum Teufel ist los mit euch Leuten? Wollt ihr spazieren gehen, ist es das? Ich dachte an Veranda und Wein, aber vielleicht wäre ein Spaziergang besser. Okay, Truppe. Lasst es uns tun.«

Sie wurden etwas munterer, als Mia das Wort *spazieren* sagte, blieben aber ruhig, als sie die Küchentür aufschloss und hinaustrat. Nicht nur Mac drückte sich an ein Bein, sondern auch Layla blieb untypischerweise an ihrem anderen Oberschenkel kleben. Die beiden kleinen Hunde reihten sich neben ihren größeren Gefährten ein, und Mia fühlte sich, als würde sie in Formation marschieren. Als Mac ein zweites Mal winselte, schaute sie endlich auf.

Ihr Herz machte einen Satz in ihrer Brust, und ihre Hand flog unwillkürlich zu ihrem Mund. »Zurück«, schrie sie, bevor sie vollständig registriert hatte, was vor ihr war. »Kommt schon. Alle ins Haus. Sofort.«

Sie packte Laylas Halsband und rannte zur Seitentür. Die Hunde folgten wie eine Einheit, und Mia hatte alle innerhalb von Sekunden sicher zurück in der Küche. Sie wirbelte herum und schob den Riegel ins Schloss. Ihr Atem kam in kurzen Stößen, während sie nach ihrem Handy griff und Romans Nummer in ihrer Kontaktliste wählte.

»Hey«, antwortete er. »Ich bin fast fertig. Sollte in etwa fünfzehn Minuten losfahren können. Hast du deine Meinung über das gesunde Essen geändert?«

»Du musst *jetzt* kommen.« Ihre Stimme klang falsch in ihren Ohren.

»Wo bist du? Bist du in Sicherheit?«

»Ich bin... ja, ich bin sicher. Die Hunde und ich sind im Haus eingeschlossen. Jemand war hier. Das Gewächshaus ist in Stücke geschlagen.«

»Geh nicht raus. Öffne niemandem die Tür, egal wer es ist. Ich bin in zehn Minuten da.«

Er schaffte es in acht.

Kapitel Neunzehn

Selbst in der kurzen Zeit, die Mia auf Romans Ankunft wartete, gelang es ihr, sich zu beruhigen. Es ging ihr gut. Den Hunden ging es gut. Alles andere konnte repariert oder ersetzt werden. Vom Fenster aus beobachtete sie, wie Roman und Kevin mit gezogenen Waffen aus dem Impala stiegen. Ein schwarz-weißer Polizeiwagen raste hinter ihnen her. Als er abrupt zum Stehen kam, sprangen zwei Beamte heraus.

Roman wies sie zum Haus, und Mia sah, wie er Kevin zunickte, bevor er vorsichtig in Richtung Hinterhof ging. Sie kehrte in die Küche zurück und spähte durch das Fenster über der Spüle, wo sie ihren Fortschritt um das Gewächshaus herum verfolgen konnte. Alles war ruhig. Wer auch immer die Glasscheiben zerschlagen hatte, war anscheinend längst verschwunden.

Schließlich näherten sich Roman und Kevin der Seitentür, wo sie wartend stand.

»Es sieht so aus, als wäre es komplett ruiniert. Es tut mir wirklich leid«, sagte Roman.

»Was ist mit der Ausrüstung drinnen?«

Kevin schüttelte den Kopf. »Vielleicht kann einiges davon repariert werden, aber Kabel wurden durchgeschnitten und die meisten Tabletts sind verbeult oder gesprungen.«

»Verdammt. Das ist meine neue Hydrokultur-Anlage. Ich habe sie buchstäblich erst letzte Woche bekommen.«

»Ich weiß.« Roman nahm ihre Hand in seine. »Das ist echt Mist. Warum setzen wir uns nicht? Du kannst uns den Ablauf des Nachmittags schildern.«

»Es kann nicht Gabriel gewesen sein«, sagte sie, als sie am Ende angekommen war. »Ich habe mit ihm gesprochen, kurz bevor ich zu dir kam. Es war nicht genug Zeit, um hierherzukommen und das Gewächshaus zu verwüsten, bevor ich nach Hause kam.«

»Ja, da stimme ich zu. Aber was ist mit der Zeit, als du gerade im Diner ankamst? Hast du ihn da gesehen?«

Mia schloss die Augen. »Das neue Mädchen war am Empfang. Sie hat mich zu meinem Platz geführt. Brooke war schon da. Ähm… Jim arbeitete damals an der Theke. Ich schätze, ich habe Gabriel erst später bemerkt, als er aus der Küche kam.«

»Also könnte es zeitlich gepasst haben, besonders wenn er dein Haus beobachtet und gesehen hat, wie du weggefahren bist?« Seine Augen huschten zu Kevin hinüber. »Dem müssen wir nachgehen. Ich würde auch gerne wissen, wo Luke McNally heute Nachmittag war.«

»Das ist so dumm«, sagte Mia. »Ich habe zwar Anitas Leiche gefunden, aber ich weiß immer noch nicht, wer sie getötet hat.«

»Aus der Sicht des Mörders hat sich zehn Jahre lang niemand dafür interessiert oder Hinweise gefunden, und dann kamst du und hast die ganze Sache wieder aufgewirbelt. Ich vermute, er will dich von hier weg haben. Je früher, desto besser«, sagte Kevin.

»Das lässt mich mich fragen, ob er verzweifelt genug wird, um wieder zu töten«, sagte Roman.

»Aber diesmal gab es keinen Zettel. Wir wissen nicht einmal sicher, ob es dieselbe Person war«, protestierte Mia.

»Die Chancen stehen gut, dass es so war«, sagte Kevin.

Sie rieb sich mit der Hand übers Gesicht. »Ich weiß. Nichts davon erscheint real.«

»Ich denke, es wäre das Beste, wenn du in die Stadt ziehst. Es ist so abgelegen hier draußen. Du machst es dem Mörder zehnmal leichter«, sagte Roman.

Sie starrte ihn an. »Ich habe vier Hunde und arbeite von zu Hause aus. Ich bezweifle, dass das örtliche Bed and Breakfast mich aufnehmen würde.«

»Ich meinte zu mir.«

»Nun, da ich deine Wohnung noch nie gesehen habe, kann ich das nicht mit Sicherheit sagen, aber es klingt nach einer Wohnung. Eine Ein-Zimmer-Wohnung«, sagte sie und betonte die letzten Worte, bevor sie auf die Hunde zeigte, die an der Küchentür auf und ab liefen. »Wie genau stellst du dir das vor?«

»Okay, du hast Recht. Dann das Haus meiner Eltern. Es ist groß genug, und ich bin sicher, sie wären mehr als glücklich, dich bleiben zu lassen, bis dieser Typ gefasst ist.«

»Roman, danke. Ich meine es ernst. Aber ich ziehe nicht mit einem Rudel Hunde und einem Online-Schmuckgeschäft in das Haus deiner Eltern. Bisher ist es nur passiert, wenn ich nicht zu Hause war. Von jetzt an bleibe ich hier. Ich kann praktisch alles bekommen, was ich brauche, mit einer Internetverbindung und FedEx.«

»Wir werden einen Streifenpolizisten vor dem Haus postieren«, sagte Kevin.

»Ja, für ein oder zwei Tage, aber du und ich wissen beide, dass wir langfristig nicht das Personal dafür haben«, sagte Roman.

»Ich habe die Hunde und ein Handy, und ich werde vorsichtig sein«, beharrte Mia. Sie wusste nicht, warum der Gedanke, ihr Zuhause zu verlassen, sie so panisch machte, aber es war so.

»Und ich werde nachts hier sein«, fügte Roman hinzu. »Nicht verhandelbar. Tagsüber schickst du mir jede Stunde eine Nachricht.«

»Jede Stunde? Komm schon. Findest du nicht, dass du es ein bisschen übertreibst? Wie wäre es mit zweimal am Tag?«

»Viermal«, konterte er. »Alle zwei Stunden.«

»Dreimal«, sagte sie bestimmt. »Um zehn, zwölf und fünfzehn Uhr.«

»Und wir werden ein paar zusätzliche Kontrollfahrten machen«, sagte Kevin. »Das sollte reichen. Mia scheint mir nicht der Typ zu sein, der unnötige Risiken eingeht.«

»Nein, das tut sie nicht, aber ich kann das Gleiche nicht von diesem Psychopathen behaupten.«

Als alle außer Roman gegangen waren, ging Mia hinaus und umrundete vorsichtig die Überreste des Gewächshauses. Jede einzelne Platte außer denen auf dem Dach war beschädigt. Die meisten waren in unzählige Stücke zerschlagen. Der Rasen war übersät mit Trümmern. Es würde eine Menge Arbeit sein, das aufzuräumen, und sie musste die Hunde bis dahin von dem Bereich fernhalten.

Sie bewegte sich langsam, bahnte sich ihren Weg zwischen den größeren zackigen Glasscherben. *Wie lange wird es dauern, das zu erledigen*, fragte sie sich? *Und was hat er benutzt? Einen Baseballschläger? Eine Brechstange?*

Blitz. Der kürzeste Moment einer Vision. Ein Vorschlaghammer. *Das hat er benutzt.* Alt, das Metall mit einem Hauch von Rost überzogen und der Griff aus Holz. Sie sah den schwarzen Lederhandschuh und einen dunkelblauen Ärmel. Dann war es vorbei. Obwohl sie sich anstrengte, still stand und die Augen geschlossen hielt, während sie verzweifelt mit ihrem Geist danach griff, konnte sie die Vision nicht zurückbringen.

»Sonst nichts?«, fragte Roman, als sie schließlich aufgab und hineinging, um es ihm zu erzählen. »Was ist mit Schuhen oder Hosen? Irgendetwas im Hintergrund, wie vielleicht ein Auto?«

»Nein. Es war kaum eine Sekunde, und die Vision war eng begrenzt. Ich sah es, als würde ich nach unten blicken. Der Arm schwang nach vorne. Ein Arm, eine Hand und der Vorschlaghammer. Sonst nichts. Die Ränder meines Sichtfeldes waren verschwommen und grau.«

»Konntest du etwas hören? Haben die Hunde gebellt?«

Sie dachte einen Moment nach. »Es war mehr wie ein Schnappschuss. Nur ein einziger Moment, eingefroren in der Zeit. Warte, da war...« Sie hielt inne und rieb sich mit der rechten Hand die Schläfe. »Da war... er war glücklich. Nein, übermütig. Das ist das richtige Wort. Er war erfüllt von Übermut.«

Als der Schauer ihren Rücken hinunterlief, schlang sie ihre Arme um ihre Brust.

»Es ist okay. Versuch, dir keine Sorgen zu machen. Wir werden diesen Kerl kriegen.«

»Ich weiß. Ich mache mir keine Sorgen«, log sie.

Die nächste Woche war genug, um sie zum Schreien zu bringen. Tagsüber hielt sie alle Türen verschlossen und ging nur auf die hintere Veranda, wenn die Hunde im Auslauf waren. Sie hatte Angst, der Mörder könnte wieder etwas versuchen. Etwas Unheimlicheres als ein Loch in den Zaun zu schneiden.

Abgesehen von den Aufenthalten auf der Veranda verließ sie das Haus nicht.

Ihre einzige Erholung war ein abendlicher Spaziergang mit Roman und den Hunden. Es wurde so eingerichtet, dass einer der uniformierten Beamten ihm am Ende der Schicht zu Mias Haus folgte und das Grundstück bewachte, während sie mit den Hunden um das Anwesen gingen, um ihre Beine zu strecken. Roman trug seine Waffe und sagte während der Ausflüge wenig, seine Augen ständig die Felder und Baumreihen scannend.

Seine laserartige Fokussierung auf die Umgebung ließ sie sich völlig exponiert fühlen, und sie konnte kaum atmen, während ihr Kopf sich mit Visionen eines maskierten Mannes füllte, der sie mit Kugeln überschüttete. Es wäre erschreckend einfach für den Mörder, sich irgendwo zu verstecken und sowohl Roman als auch sie in Sekunden niederzustrecken.

»Vielleicht sollten wir das nicht machen, bis er gefasst ist«, sagte Mia.

»Wir sind in Ordnung. Mach dir keine Sorgen. Dave und ich fahren immer die Nebenstraße hinter deinem Grundstück auf unserem Weg hierher. Es gibt keine verdächtigen Fahrzeuge, die irgendwo in der Gegend geparkt sind. Entspann dich einfach und genieß die Nachtluft, okay?«

»Okay«, sagte sie, obwohl sie sich nicht viel besser fühlte.

Nach den ersten paar Tagen setzte Mia ihren Fuß nieder und bestand darauf, dass sie nicht von Essen zum Mitnehmen leben könne. »Es ist nicht gesund. Es ist teuer, und außerdem koche ich gerne«, sagte sie ihm und zählte die Gründe an ihren Fingern ab.

Mia begann, diese Tageszeit wirklich zu schätzen. Sobald sie sicher vom Abendspaziergang zurück waren, ließen sie sich im Blockhaus nieder, und sie beendete die Zubereitung des Essens und richtete das Abendessen an. Sie und Roman aßen in der Küchenecke. Die Hunde, völlig daran gewöhnt, einen zusätzlichen Menschen um sich zu haben, lagen in Pfützen der späten Abendsonne, die durch die Fenster des Vorderzimmers fiel.

Diese neue Routine war gemütlich und entspannend. Anstatt sich eingeengt zu fühlen, fand sie es schön, jeden Abend jemanden zum Reden zu haben. Roman erzählte ihr lustige Geschichten über die Jungs auf der Polizeiwache oder über einige der kleinen Ereignisse, die in seinem Tag passierten. Er sprach über seine Familie und die Sportteams, denen er folgte, besonders die Atlanta Braves. Sie hatte nie wirklich Baseball geschaut, aber gesellte sich jetzt manchmal zu ihm auf die Couch, um ein paar Innings mitzuerleben.

Und natürlich drehte sich das Gespräch oft um Anitas Mord.

Es gab immer noch keine neuen Hinweise darauf, wer zu Mias Grundstück gekommen war und das Gewächshaus zerstört hatte. Luke McNally hatte ein solides Alibi. Er hatte zur fraglichen Zeit Patienten gesehen und das Bürogebäude den ganzen Nachmittag nicht verlassen. Was Gabriel betraf, konnte Roman ihn nicht offiziell zum Verhör vorladen, da die einzige Verbindung, die sie zu dem Fall hatten, Mias Vision von ihm war, in der er Anita über unehelich geborene Kinder belehrte.

Trotzdem hatte Roman sich in der Stadt leise nach dem Tag erkundigt, an dem das Gewächshaus vandalisiert wurde, und erfuhr, dass Gabriel bis zum späten Nachmittag zu Hause gewesen war. Dies war anscheinend sein typischer Wochenplan, da er das Restaurant jeden Abend ohne Ausnahme schloss. Selbst mit weiteren Nachforschungen bei den Angestellten des Diners konnte er den Aufenthaltsort des Mannes für den Rest dieses Nachmittags nicht bestätigen, da er angeblich Besorgungen machte.

Es frustrierte ihn wahnsinnig, dass Gabriel ein möglicher Verdächtiger sein könnte, aber er hatte bisher keine Möglichkeit, ihn zu befragen.

Die forensischen Beweise an Anitas Begräbnisstätte hatten ihnen nichts eingebracht. Durch Internetrecherche fand Roman heraus, dass der Smaragdring Teil einer Signaturlinie war, die von Zale's, einer der größten Juwelierketten des Landes, geführt wurde. Keiner der Verdächtigen hatte in den zwei Jahren vor Anitas Ermordung etwas in einem Zale's-Geschäft mit Kredit- oder Debitkarte gekauft. Da es keine Möglichkeit gab, einen Barkauf zurückzuverfolgen, entlastete es eigentlich keinen von ihnen. Im Grunde führte der Ring sie nirgendwohin.

Da der Mord vor zehn Jahren geschehen war... erinnerte sich niemand in der Stadt an irgendwelche Fahrzeuge, die am Eingang zum Wald geparkt waren... noch war jemand kurz nach Anitas Begräbnis über den frisch kultivierten Boden gestolpert. Es war wirklich ein riskanter Ort gewesen, um ihre Überreste zu verstecken, da es ein bekannter Treffpunkt für Teenager war.

Roman konnte sich nicht entscheiden, ob die Wahl des Begräbnisortes es wahrscheinlicher oder unwahrscheinlicher machte, dass der Mörder ein Teenager gewesen war. Wussten Erwachsene überhaupt von Sweetheart's Clearing oder war der Typ einfach zufällig auf den Ort gestoßen?

»Wie geht es deiner Familie?«, fragte Mia, als sie eines Abends beide am Tisch saßen.

»Einigermaßen okay. Ich kann sehen, dass es an ihnen zehrt, aber nach all dieser Zeit sind sie im Grunde daran gewöhnt, mit solchen Dingen umzugehen. Lina ist zurück nach Atlanta. Sie hat immer noch nichts von einer Scheidung gesagt. Ich schätze, sie denkt, es gibt im Moment genug los, ohne noch mehr schlechte Nachrichten in die Familie zu bringen. Tony ist... ich glaube, diese Woche in Miami.«

»Das ist gut, ich meine, was Tony betrifft. Ist er lange weg?«

»Nicht sicher. Ich glaube, er hält es bei der Arbeit locker, bis wir herausfinden, wann wir die Gedenkfeier abhalten.« Roman nahm eine Gabel voll Kartoffelpüree und seufzte. »Das ist wirklich gut.«

»Danke. Ich hatte nicht an die Gedenkfeier gedacht. Wann werden Anitas Überreste freigegeben?«

Er schluckte und legte seine Gabel ab. »Ich schätze, jeden Tag jetzt. Sie haben alles getestet und wieder getestet. Ich glaube nicht, dass ihre Knochen uns noch mehr erzählen können. Ma denkt vielleicht an den sechsten Juli.«

»Der Tag, an dem sie verschwand und wahrscheinlich getötet wurde?«, murmelte Mia. »Sehr passend.«

»Ja, es schließt irgendwie den Kreis, denke ich. Wann auch immer es ist, ich möchte, dass du kommst.«

Bevor sie sich stoppen konnte, hatte sie über den Tisch gegriffen und ihre Hand auf seinen Arm gelegt. »Natürlich. Es wäre mir eine Ehre.«

Er nickte. »Gut. Dich dort zu haben... es wird es leichter machen.«

»Und vielleicht werde ich etwas spüren«, sagte Mia und drückte seinen Arm.

Er lehnte sich in seinem Stuhl zurück und bewegte ihre Hand, bis er seine Finger mit ihren verschränken konnte. Sie blickte einen Moment auf ihre verschränkten Hände, ihre Stirn runzelnd, sagte aber nichts.

»Es wird gut sein, sie zur Ruhe zu betten. Ich würde den Mörder lieber zuerst fangen. Trotzdem, selbst so wird es sich anfühlen, als hätten wir etwas für sie getan«, sagte Roman.

»Ich weiß. Ich bin sicher, deine Mutter und dein Vater werden erleichtert sein.«

»Das ist sicher. Sie hassten den Gedanken, dass sie in ungeweihter Erde begraben sein könnte. Diese Dinge sind ihnen wichtig.«

»Dir nicht?«

»Das katholische Zeug?« Er zuckte mit den Schultern. »Ich mag einige der Zeremonien und Rituale, aber ich glaube nicht alles, was sie predigen. Wusstest du, dass ich Ministrant war?«

»Was? Wirklich? Wie war das?«

»Ehrlich gesagt, war es cool. Es hat mir Spaß gemacht, hinter den Kulissen zu sein, an Orte zu gehen, die anderen nicht erlaubt waren, wie zum Altar oder in die Sakristei. Ich mag das immer noch, denke ich. Als Detektiv kann ich mitten im Geschehen hinter dem Polizeiband sein, und alle anderen müssen zurückbleiben. Wie ist es bei dir? Irgendwelche religiösen Zugehörigkeiten?«

»Nein. Einige der Heime... ich meine, meine Eltern waren Anglikaner, aber gingen nicht in die Kirche.«

Er starrte sie an und blinzelte schnell. »Welche Heime?«, fragte er schließlich.

Sie ließ seine Hand los und beugte sich vor, um ihre Teller und das Besteck einzusammeln. »Wir sind ein paarmal umgezogen, das ist alles. Ich habe Brownies zum Nachtisch gemacht.«

»Warum willst du nicht darüber reden?«

»Worüber?«

»Über alles von früher. Wie oft seid ihr umgezogen? Wie war es, ein Einzelkind zu sein? Wieso hast du einen Abschluss in Kunstgeschichte, aber es gibt keine Gemälde in deinem Haus oder Bücher über Kunst? Die meisten Leute haben persönliche Fotos und Relikte aus der Vergangenheit überall herumstehen. Wo sind deine?«

Sie zögerte, bevor sie in die Küche trat. »Dreimal. Einsam. Ich habe erkannt, dass ich nicht leidenschaftlich für Kunst bin, und die meisten meiner Sachen gingen bei einem Brand verloren. Möchtest du, dass ich deinen Brownie aufwärme?«

Er nahm ihre Gläser und folgte ihr. »Ich schätze, das ist ein Anfang. Obwohl es mich nur dazu bringt, mehr Fragen zu stellen.«

Sie stellte die Teller ab und umklammerte die Kante der Arbeitsplatte, bevor sie die Schultern straffte. »Roman, warum bohrst du ständig in dieser Sache? Meine Vergangenheit ist meine Sache. Ich teile sie mit niemandem.«

»Was auch immer du fürchtest, wovor auch immer du davonläufst, ich kann dir helfen. Ist es ein gewalttätiger Freund oder Ehemann? Du musst es mir nicht jetzt sagen, aber ich muss wissen, ob jemand nach dir suchen könnte.«

Sie schüttelte den Kopf und machte ein knurrendes Geräusch in ihrer Kehle, bevor sie sich zu ihm umdrehte. »Du musst dir diese dumme Idee aus dem Kopf schlagen. Ich bin kein verängstigtes Weibchen, und ich brauche keine Rettung«, fauchte sie. »Ich wähle einfach, nicht über meine Vergangenheit zu sprechen. Komm endlich darüber hinweg.«

Er hob eine Hand, als wolle er sie abwehren. »Okay. In Ordnung. Verstanden.«

Sie standen da und starrten einander an, während die Sekunden verstrichen, und dann nickte sie. »Halleluja. Endlich. Okay, möchtest du Eis zu deinem Brownie?«

Die Spannung blieb für den Rest des Abends bestehen. Mia beschloss, früh schlafen zu gehen. *Genau deshalb will ich niemanden in meinem Leben*, dachte sie, als sie sich die Zähne putzte. *All die Emotionen und das Verhandeln und die Aufregung. Es ist so viel besser, allein zu sein. Nur ich und meine Hunde.*

Sie versuchte, den verletzten Ausdruck in Romans Augen oder das ruckartige Achselzucken, das er oft machte, wenn er mit seinen Gefühlen kämpfte, zu vergessen. Allein daran zu denken, machte sie wütend. Sie hatte ihm immer wieder gesagt, dass sie keine Beziehung wollte. Er drängte trotzdem weiter auf Intimität. Sie war einfach nicht so gebaut. Warum konnte er nicht zufrieden damit sein, die Dinge an der Oberfläche zu belassen, einfach mitzuschwimmen und die Gesellschaft des anderen zu genießen, während sie in dieser seltsamen Situation waren und gezwungen waren, zusammenzuleben?

Sie lag mit ihrem Laptop im Bett, als Roman an die Schlafzimmertür klopfte.

»Ja«, sagte sie ungeduldig.

»Kann ich reinkommen? Ich muss dir etwas sagen.«

Sie seufzte schwer. »Ich schätze schon.«

Er öffnete die Tür und trat ins Zimmer. Layla sprang sofort von ihrem Bett und stürzte auf ihn zu, als wäre seine Anwesenheit das Größte überhaupt. Er lächelte kurz nach unten und tätschelte ihren Kopf. Mia sah, dass er geduscht hatte. Sein feuchtes Haar war aus seinem Gesicht zurückgestrichen. Wenn sie nicht so wütend wäre, hätte sie vielleicht Gefallen daran gefunden, alle eins achtzig dieses erstklassigen männlichen Exemplars zu mustern. Stattdessen sagte sie »Ja?« und zog die Augenbrauen hoch.

»Also«, begann er, »du hast absolut Recht, dass deine Vergangenheit deine Sache ist. Es tut mir leid, dass ich ständig darauf herumreite. Ich werde nicht wieder fragen. Versprochen. Vielleicht vertraust du mir eines Tages genug, um mir mehr über dich zu erzählen, aber wenn alles, was du bereit bist zu teilen, das Hier und Jetzt ist, nehme ich es.«

»Du nimmst es?«, sagte sie langsam.

»Ja. Ich habe kaum ein Geheimnis aus meinen Gefühlen gemacht, also musst du wissen, dass ich dich mag. Lass mich versuchen, es locker zu halten, wie du gesagt hast. Ich werde zufrieden genug sein, einfach mit dir abzuhängen oder was auch immer, ohne Versprechen auf mehr. Wir gehen es Tag für Tag an.«

Sie schob sich weiter am Kopfende hoch und musterte ihn mit zusammengekniffenen Augen. »Ich glaube nicht, dass du das kannst.« Sie spitzte die Lippen. »Nein, du bist viel zu intensiv. Du wirst es nie schaffen, es locker zu halten.«

Er neigte den Kopf, bevor sich seine Lippen langsam zu einem Lächeln verzogen. »Forderst du mich ernsthaft heraus? Hör zu, Kleine, ich kann es locker halten, kein Problem. Tatsächlich wette ich, dass du diejenige sein wirst, die nachgibt. Du wirst total auf mich abfahren, weil ich ein wirklich toller Kerl bin. Je mehr Zeit du mit mir verbringst, desto schwerer wird es dir fallen, distanziert zu bleiben.«

Sie lachte und strich sich die Haare zurück, die ihr ins Gesicht gefallen waren. »Okay, du bist dran. Aber wie legen wir die Parameter fest, um herauszufinden, wer gewinnt? Und was steht auf dem Spiel?«

Er ging weiter ins Zimmer, bis er am Fußende des Bettes stand. »Ich setze hundert darauf, dass ich dich knacken kann. Was die Parameter angeht, nun, ich würde sagen, auf meiner Seite kein Fragen nach deiner Vergangenheit, offensichtlich. Kein Gerede von einer gemeinsamen Zukunft. Außerdem werde ich, solange ich hier bleibe, nicht erwarten, mit dir zu Abend zu essen oder davon ausgehen, dass wir jeden Abend zusammen abhängen. Ich werde es total locker halten.«

Sie nickte und lächelte zu ihm hoch. »Ich frage mich, ob wir das aufschreiben sollten? Nee, du wirst nicht lange genug durchhalten, als dass wir es vergessen könnten. Ich gehe mit deinen hundert mit und sage, dass es auf meiner Seite keine spontanen, liebevollen Gesten gibt. Definitiv keine Erklärungen, dass ich dich liebe, brauche oder vermisse. Ich werde unter keinen Umständen in deinen vergangenen Beziehungen herumschnüffeln. Wenn du nicht anrufst oder vorbeikommst, wird es mich nicht stören, und ich werde sicher nicht anrufen, um zu fragen, wo du bist. Noch etwas?«

»Sex. Erlaubt oder nicht?«

Ihr Lächeln war strahlend. »Erlaubt. Keine Frage. Das Einzige, worum ich bitte, ist keine anderen Sexualpartner. Wenn es vorbei ist, sagen wir, dass es vorbei ist, und dann sind wir frei, mit jedem und allen zu schlafen. Einverstanden?«

»Einverstanden. Noch etwas?«

»Mir fällt nichts ein. Sollen wir darauf anstoßen?«

Sie klappte den Laptop zu und legte ihn auf den Nachttisch, dann schlug sie die Bettdecke zurück. Ihr Grinsen war voller Spaß und Erotik. »Ich kann mir eine bessere Möglichkeit vorstellen, den Deal zu besiegeln, aber du musst zu mir ins Bett kommen, und zwar nackt. Es sei denn, du willst nicht?«

Er stand für mehrere Sekunden wie angewurzelt da, dann packte er den Saum seines T-Shirts und zog es sich über den Kopf. »Ich denke, ich könnte dich noch unterbringen, da ich sonst nichts vorhabe.«

Sie rollte aus dem Bett und folgte seinem Beispiel, indem sie ihr Shirt auszog. »Wer zuerst nackt ist!«

Nackt fielen sie zusammen aufs Bett, Arme und Beine ineinander verschlungen. Roman rollte sich, bis sie unter ihm festgenagelt war. Er umrahmte ihr Gesicht mit seinen Händen und senkte seinen Mund, um ihre Lippen mit heißen, hungrigen Küssen zu treffen. Sie seufzte an ihm und ihre Hände strichen seinen Rücken hinunter und verweilten auf seinem Hintern, knetend, bevor sie sich wand und drehte. Er rollte bereitwillig wieder herum.

Als sie zwischen ihnen hinuntergriff, schloss sich ihre Hand um ihn und sein Atem stockte in seiner Kehle.

»Ich hatte das heute Abend nicht erwartet, aber wie du siehen kannst, bin ich hundertprozentig bereit«, flüsterte er in ihr Ohr, bevor er sich an ihrem Hals entlang knabberte.

»Das bist du wirklich«, sagte sie, während sie ihn drückte und streichelte und er an ihrer Halsseite stöhnte.

»Wenn nichts anderes, bin ich ein Schnellstarter.« Seine Zähne schlossen sich um die zarte Haut an ihrem Halsansatz und sie keuchte auf.

Als seine Hände jedoch aktiv wurden, schlug sie sie weg. »Nein. Deine einzige Aufgabe ist es, dich zurückzulehnen und die Fahrt zu genießen.«

Kaum hatte sie das gesagt, setzte sie sich rittlings auf seine Hüften und glitt nach unten, bis sie auf seinem Schoß saß. Langsam und geschmeidig rieb sich Mia an ihm. Seine Hände umfassten ihre Hüften. Sie schüttelte den Kopf und hielt seine Handgelenke fest, drückte sie an seine Seiten und fixierte sie mit ihren Knien. Wieder rollte sie mit den Hüften, bog sich zurück und umfasste ihre Brüste. Anhebend, streichelnd, arbeiteten ihre Hände stetig, während ihre Augen auf die seinen fixiert blieben.

Als sie ihn an den Rand der Verzweiflung gebracht hatte, verlagerte sie sich zurück auf ihre Fersen und senkte sich langsam auf ihn nieder... Zentimeter um glorreichen Zentimeter. Seine Augen schlossen sich für einen Moment. Diesmal, als er nach ihr griff, ließ sie ihm freie Hand. Er liebkoste und knetete, während sie auf und ab ging, sich beugte und wiegte, sanft, so sanft, im Einklang mit ihrem Atem.

Doch bald baute sich das Verlangen Schicht um Schicht auf, bis sie nicht länger die Kontrolle hatte. Ihr Körper spannte sich an und stürzte sich auf seinen eigenen Pfad. Die nagende Verzweiflung trieb sie schneller, härter, tiefer. Roman sah den Höhepunkt kommen, als ihre Augen weich und unfokussiert wurden. Mit einem Stöhnen ließ sie sich wieder hinabsinken und bog sich zurück, während sie die Arme über den Kopf hob und ihr Atem in einer Art Triumph herausschluchzte.

Ehrfürchtig zu ihr aufblickend, dachte er, sie sähe aus wie eine Göttin. Mia war schlank in der Taille, vollbusig, das Mondlicht badete ihre Haut, die porzellanweiß gegen ihr feuriges Haar leuchtete. Tief in ihrem Inneren, in der Hitze, umschloss sie ihn und kreiste langsam noch ein paar Mal mit den Hüften, während ihr Körper zitterte. Er glaubte, noch nie etwas Schöneres in seinem Leben gesehen zu haben.

Schließlich brach sie auf ihm zusammen, ihr Herz hämmerte gegen seine Brust, und er zog sie eng an sich und rollte herum, bis er wieder oben lag. Er packte ihre Beine und schob sie um seine Taille, endlich, freudig, erlaubte er sich loszulassen. Stoß um Stoß um Stoß hämmerte er, bis die Hitze und die Lust durch ihn schossen. Er war jetzt so nah dran. Sein Körper schrie nach Erlösung und, oh Gott, es war alles, was er tun konnte, um nicht zu folgen.

Gleichzeitig wünschte er sich, dieser Moment würde sich irgendwie für immer und ewig ausdehnen, und er könnte für alle Ewigkeit so mit ihr sein. Als er kam, als alle Spannung verschwand, lag er schlaff auf ihr, keuchend und teilweise blind vor Glückseligkeit, ein kleiner, geheimer Teil von ihm vermisste sie bereits. Physisch war sie direkt neben ihm, aber in jeder anderen Hinsicht war Mia nicht einmal annähernd nah.

Kapitel Zwanzig

Die Idee nagte an Romans Gedanken, während er und die anderen Beamten an der Dienstbesprechung teilnahmen. Sie verfolgte ihn auf der Straße, als er und Kevin losgeschickt wurden, um einen Einbruch im benachbarten Walkerton zu untersuchen. Er wusste nicht einmal, was den Gedanken ursprünglich ausgelöst hatte, aber jetzt, wo er sich in seinem Kopf festgesetzt hatte, fühlte er sich dumm, das Offensichtliche übersehen zu haben. Wäre es die Mordermittlung eines anderen gewesen, hätte er sofort daran gedacht.

Als er schließlich zur Wache zurückkehrte, schloss er sich in seinem Büro ein und meldete sich in der NCIC-Datenbank an. Er begann eine Suche nach gelösten und ungelösten Mordfällen und fügte Details aus Anitas Fall in die Parameter ein. In der Annahme, dass es einige Zeit dauern würde, ging er Kaffee holen. Als er an seinen Schreibtisch zurückkehrte, war Roman überrascht zu sehen, dass bereits zwei Ergebnisse auf dem Bildschirm angezeigt wurden.

Das erste stammte vom Juli des letzten Jahres in Cleveland, oder genauer gesagt in Brecksville, einem Vorort der Stadt. Marla Shaw beendete am Abend des sechsten Juli ihre Arbeit an einem Schmuckkiosk im Sparkswork Mall. Überwachungskameras zeigten, wie sie um 21:20 Uhr das Einkaufszentrum durch die Tür beim Kino verließ. Es gab keine

Aufnahmen vom Parkplatz. Ihr Auto blieb dort, wo sie es am frühen Nachmittag geparkt hatte. Niemand sah oder hörte je wieder von ihr.

Sie wurde eine Woche später von einem Mann gefunden, der seinen Hund ausführte. Sie war in einem flachen Grab im bewaldeten Gebiet des Furnace Run Parks vergraben worden. Der Hund hatte seinen Besitzer in den Wald gezerrt, und der Mann sah die Spuren kürzlicher Grabungen und etwas, das wie ein menschengroßes Grab aussah, und rief die Polizei.

Der Toxikologiebericht zeigte Spuren von Chloroform in ihrem System. Sie war vergewaltigt und erwürgt worden. Sie trug einen Smaragdring am Ringfinger ihrer linken Hand. Es wurde weder Sperma noch andere DNA-Beweise gefunden, und es gab keine ungewöhnlichen Fasern oder andere Spurenmaterialien an ihrem Körper. Der Fall blieb ungelöst.

Das zweite Opfer war Jenny Maple aus Wilmington, North Carolina. Sie verschwand vor sieben Jahren am sechsten Juli, ebenfalls nach Verlassen ihrer Arbeitsstelle. Diesmal arbeitete das Opfer bei Dunkin Donuts. Der Manager behauptete, sie über den Parkplatz zur Bushaltestelle gehen gesehen zu haben. Er konnte sich nicht erinnern, ob noch jemand dort wartete. Er war die letzte Person, die sie lebend sah.

Ihre teilweise verweste Leiche wurde erst fast vier Monate später in einem Park auf der anderen Seite der Stadt während einer Schnitzeljagd des Rotary Clubs entdeckt. Wie bei Marla wurde Chloroform in ihrem System gefunden, und sie trug einen Smaragdring. Die Behörden hatten keinerlei Anhaltspunkte in dem Fall.

Mit hämmerndem Herzen klickte Roman zurück auf die Suche, die er im Hintergrund laufen gelassen hatte. Drei weitere Ergebnisse. Alle am sechsten Juli entführt. Alle erwürgt. Alle trugen entweder einen Smaragdring oder einer wurde am Fundort gefunden.

»Kevin, komm mal her«, rief Roman.

Der Detektiv trat ins Büro und lehnte sich lässig gegen den Türrahmen. »Was gibt's?«

»Wir haben es mit einem Serientäter zu tun«, sagte Roman, ohne den Blick vom Bildschirm zu nehmen.

»Du meinst den Einbruchsfall? Nee, ich hab's überprüft. Nichts Weiteres in der Gegend gemeldet.«

»Nein, ein Serienmörder. Der Gleiche wie bei meiner Schwester. Scheiße. Gerade ist noch einer aufgetaucht. Das bringt die Zahl auf sieben. Bisher sind alle nach Anita passiert.«

»Ernsthaft? Niemals. Abgesehen von ein paar häuslichen Gewaltdelikten mit tödlichem Ausgang und Leonard Karl, der von seinem Schwager für den Betrug an seiner Schwester getötet wurde, hatten wir in den letzten zehn Jahren keine Morde in der Gegend.«

»Nicht hier. Versuch's mal mit Wilmington, Cleveland, Gainesville, Tucson, um nur einige zu nennen. Sie sind über die ganzen USA verteilt. Alle am sechsten Juli.«

»Verdammt nochmal. Ich hätte nie daran gedacht, nachzuschauen. Heilige Scheiße, wir müssen das dem Lieutenant melden.«

»Ja. Werden wir. Aber lass uns das erstmal zusammensetzen. Ich lasse die Suche zu Ende laufen und sehe, was dabei rauskommt. In der Zwischenzeit werde ich die nächsten zwei Opfer genauer untersuchen. Warum nimmst du nicht Marie Gleeson und Rhonda Ziegler? Ich schicke dir die Links zu den Akten per E Mail.«

Am Ende waren es insgesamt neun, einschließlich Anita. Alle erwürgt, viele mit Chloroform betäubt, und an jedem Fundort gab es einen Smaragdring. Ein paar der Leichen wiesen Teppichfasern auf, aber abgesehen davon, dass sie einem Autotyp zugeordnet werden konnten, war es wertlos, bis sie den Mörder fanden. Keine Spuren fremder DNA an den Opfern. Jedes einzelne, wieder mit Ausnahme von Anita, war zum Zeitpunkt der Vergewaltigung und des Todes bewusstlos gewesen.

Lieutenant Schmidt lehnte sich in seinem Stuhl zurück, die Hände über dem Bauch gefaltet und die Zeigefinger aneinandergelegt. Er sagte nichts, während Roman und Kevin ihn auf den neuesten Stand brachten.

»Okay, ich möchte, dass ihr beide die Liste aufteilt und jeden einzelnen leitenden Detektiv anruft«, sagte er, als sie fertig waren. »Schaut, ob ihr irgendetwas von ihnen bekommen könnt, das uns hilft. Lasst uns das vorerst still behandeln, bis wir die Chance hatten, es gründlicher zu untersuchen. Ich will nicht, dass die Stadtbewohner in Massenhysterie ausbrechen.« Er machte eine Pause und rieb sich das Kinn. »Euch ist klar, wenn dieser Kerl sein Tempo beibehält, plant er wahrscheinlich, dieses Jahr jemanden zu töten. Das gibt uns zehn Tage.«

»Jawohl, Sir«, sagte Roman.

»Und ich möchte, dass ihr einen Teil eurer verbleibenden Fälle an Cooper und White abgebt. Das hier hat für euch jetzt Priorität. Denkt dran, wenn ihr etwas Neues erfahrt, will ich es zwei Sekunden später wissen.«

»Wir sind dran«, sagte Kevin.

»Ihr wisst, dass wir das FBI einschalten müssen, aber lasst uns erst diese Runde der Ermittlungen abschließen und alles zusammentragen«, fügte Schmidt hinzu.

»Damit habe ich gerechnet«, sagte Roman. »Die werden uns hoffentlich nicht ausschließen.«

»Das werden sie, Junge. So läuft das. Der einzige Weg, wie wir auf dem Laufenden bleiben, ist, wenn der Killer hier wieder zuschlägt. Das scheint unwahrscheinlich, da er bisher nie einen Tatort wiederholt hat.«

»Komm schon, Partner.« Kevin klopfte Roman auf die Schulter. »Vielleicht können wir den Fall knacken, bevor das FBI übernimmt.«

Sie gingen zurück in Kevins Büro und teilten die Opfer unter sich auf. »Irgendwie seltsam, dass dieser Typ nur einmal im Jahr tötet. Die meisten Serientäter zeigen nicht so viel Kontrolle und warten sicher nicht so lange zwischen den Opfern. Ich frage mich, ob er in der Zwischenzeit etwas anderes getan hat?«

Roman rollte seine ausgedruckte Liste der Opfer zu einem Zylinder und klopfte damit gegen sein Bein. »Du denkst an sexuelle Übergriffe, richtig? Vielleicht hat er sie auf die gleiche Weise mit Chloroform entführt, aber ich wette, diese Mädels hatten keinen Ring. Wahrscheinlich muss er sie töten, um sie eines Rings würdig zu machen. Ich werde mich wieder ins NCIC einloggen und eine weitere Suche durchführen. Gute Überlegung.«

»Siehst du, ich bin nicht nur ein hübsches Gesicht. Weißt du, mir fällt auch auf, dass es bei diesen Morden, die über das ganze Land verstreut sind, vielleicht kein Einheimischer aus Daltonion ist. Als wir dachten, deine Schwester wäre das einzige Verbrechen, hatte ich angenommen, es wäre jemand von hier, aber vielleicht nicht. Könnte ein Typ gewesen sein, der wegen des Feuerwerks in der Stadt war.«

»Ja. Darüber habe ich auch schon nachgedacht. Na ja, wir werden sehen, wohin uns die Spur führt.«

Es war fast dunkel, als Roman vor dem Haus vorfuhr. Er hatte früher angerufen, um zu sagen, dass er spät dran sein würde. In diesem kurzen Moment am Telefon spürte Mia seine Aufregung. Jetzt beobachtete sie ungeduldig, wie er aus seinem Auto stieg und über die Veranda zur Treppe ging. Sie empfing ihn hinter der Haustür, mit Mac an ihrer linken Seite und den anderen Hunden, die sich dahinter auffächerten.

»Du hast eine neue Spur«, sagte sie, noch bevor das Schloss der Tür einrastete.

Er drehte sich zu ihr um, und sie sah die Müdigkeit in seinen Augen. »Ich hätte wissen müssen, dass du auf dem Laufenden bist. Ja, wir hatten einen Durchbruch, aber immer noch keinen Verdächtigen.«

»Oh.«

»Ich werde dir alles darüber erzählen. Zuerst brauche ich eine Dusche und ein Bier, und dann werde ich wahrscheinlich alles in deinem Kühlschrank aufessen.«

»Ich habe ein Rührgericht vorbereitet. Geh nach oben und wasch den Tag ab. Das Abendessen wird fertig sein, wenn du runterkommst.«

Als sie schließlich am Tisch saßen mit dampfenden Tellern vor sich, streckte sie die Hand aus und berührte seinen Arm. »Ich sterbe hier vor Neugier. Du musst es mir erzählen.«

Er nahm einen tiefen Schluck von seinem Bier, rieb sich mit der Hand übers Gesicht und legte ihr alles dar.

»Aber… ich meine… wow. All diese Frauen. Glaubst du, Anita war die erste?«

»Vielleicht. Entweder war sie die erste, oder er hat seine Methode nach ihr leicht geändert, denn alle anderen Leichen wurden in flachen Gräbern zurückgelassen. So sind sie leichter zu finden. Wenn er vor ihr getötet und sie tief vergraben hat, haben wir seine früheren Opfer vielleicht noch nicht gefunden. Werden sie vielleicht nie finden.«

»Ich schätze, das eröffnet die Möglichkeit, dass es jemand von außerhalb der Stadt sein könnte. Wenn das der Fall ist, ist er entweder jetzt wieder hier und wahrscheinlich die Person, die mein Grundstück verwüstet, oder es ist völlig unabhängig davon, und wir haben das alles falsch betrachtet.«

»Bis auf die Notiz über die Hilfe für die Polizei«, sagte Roman.

»Ja, das stimmt«, stimmte sie zu. »Wer aus der Stadt reist viel?«

Roman kaute zu Ende, schluckte und lehnte sich in seinem Stuhl zurück. »Ähm… mir fallen spontan ein paar Typen ein. Chad Murray ist ständig unterwegs. Dusty Preston arbeitet für Whirlpool und fährt mehrmals im Jahr zu Verkaufskonferenzen. Es könnte jemand sein, der hier aufgewachsen ist und weggezogen ist, aber immer noch zurückkommt, um Familie zu besuchen. Verdammt, es könnte wirklich jeder sein. Alles, was sie tun müssen, ist jeden Juli in den Urlaub zu fahren.«

»Es hilft eigentlich nicht«, sagte sie, nachdem sie alle Möglichkeiten durchdacht hatten.

»Jetzt nicht. Es wird helfen, wenn wir jemanden im Visier haben, weil wir dann die Daten mit seinem Aufenthaltsort abgleichen können. Bis dahin sehe ich nichts, was uns weiterbringen wird.«

Sie schlug sich mit dem Handballen gegen die Stirn. »Ich kann nicht glauben, dass ich es erst jetzt kapiere. Der Smaragdring. Es ist Anitas

Geburtsstein, also müssen sie für sie sein. Es sei denn, alle anderen Frauen wurden auch im Mai geboren? Ich denke, die Morde könnten mit deiner Schwester begonnen haben.«

Roman schüttelte den Kopf. »Ich erinnere mich, dass mindestens eines der Opfer im Oktober Geburtstag hatte, weil das Datum einen Tag vor meinem war.« Er sah sie einen Moment lang an. »Du bist wirklich gut darin. Bist du sicher, dass du kein Polizist werden willst?«

Mia schnaubte. »Millionenfach sicher.« Ihr Gesicht wurde wieder ernst. »Es ist nicht fair. Dieser Typ läuft herum und tötet Frauen, und es scheint keine Möglichkeit zu geben, ihn zu fassen.« Sie hielt inne und starrte auf ihr Essen. »Vielleicht könnte ich irgendwie helfen?«

»Ich bin froh, dass du fragst. Ich denke, es kann nicht schaden, dir die Bilder der Frauen zu zeigen. Vielleicht fällt dir etwas auf. Bist du sicher, dass du dazu bereit bist?«

»Ja. Absolut. Lass es uns tun.«

Sie begann, vom Tisch zurückzurutschen.

»Moment mal. Ich bin mehr als begierig darauf, diesen Bastard zu schnappen, aber lass uns einen Moment innehalten und unser Abendessen genießen. Eine Stunde hin oder her wird keinen großen Unterschied machen. Wie war dein Tag?«

Sie rückte ihren Stuhl wieder näher an den Tisch und nahm ihre Gabel. »Es war in Ordnung, wenn man davon absieht, dass ich praktisch in meinem Haus eingesperrt bin. Ich liebe mein Zuhause, aber ich muss dir sagen, ich fange an, mich klaustrophobisch zu fühlen.«

»Ich weiß. Es tut mir leid. Es ist hart für dich. Ich wünschte bei Gott, ich könnte das alles verschwinden lassen. Hoffentlich bald, Schatz.«

Sie legte den Kopf schief und hob eine Augenbraue. »Schatz?«

»Dachte, ich probier's mal aus. Ich glaube, es gefällt mir. Wieso? Hast du was Besseres im Sinn?«

»Das wäre ein Nein. Ist Schatz nicht irgendwie abgedroschen?«

»Oh, ich verstehe. Du willst etwas super Einzigartiges. Danach zu fragen, klingt, als würdest du dich in die trüben Gewässer einer ernsten Beziehung begeben. Ich glaube nicht, dass Leute in unverbindlichen sexuellen Vereinbarungen sich darum kümmern, welche Art von Kosenamen verwendet werden.«

»Weißt du, so hatte ich das noch gar nicht betrachtet. In dem Fall wird Schatz schon passen.«

Er trommelte mit den Fingern auf den Tisch. »Wie wär's mit Kumquat?«

Daraufhin brach sie in Gelächter aus. »Das nenne ich einzigartig. Ich glaube, ich verzichte auf Kumquat, es sei denn, du willst, dass ich dich mein Schnucki-Putzi-Bär nenne.«

»Wenn du das möchtest, bin ich damit einverstanden.« Er blähte in einer übertriebenen Bewegung die Brust auf.

Sie schüttelte nur den Kopf. »Warum sind Männer immer so fixiert auf Größe?«

Er zuckte mit den Schultern. »Du bist ein Mädchen, natürlich verstehst du das nicht.«

»Und ich werde es wohl nie verstehen.«

Nachdem sie fertig gegessen hatten, rückte Mia vom Tisch weg, aber Roman war schneller beim Einsammeln von Tellern und Besteck.

»Gleiches Recht für alle. Du hast gekocht, also räume ich ab.«

»Da werde ich nicht widersprechen. Danke. Ich habe noch mehr zu tun. Bist du später für Sex zu haben?«

Die Frage traf ihn unerwartet, und er hielt auf halbem Weg zur Küche inne. Nach einem Moment drehte er sich zu ihr um, seine Lippen verzogen sich zu einem schelmischen Grinsen. »Ich bin immer für Sex zu haben, Kumquatchen. Sag mir einfach wann und wo.«

»Ich pfeife, wenn ich bereit bin«, sagte sie.

»Soll ich dann angelaufen kommen?«

»Das hängt davon ab, wie eifrig du bist, würde ich sagen.«

»Ziemlich eifrig. Soll ich mich auch noch rollend überschlagen und Pfötchen geben?«

»Nein, ich denke, es reicht erstmal, wenn du kommst, wenn du gerufen wirst.«

»Wirst du mir dann sagen, dass ich ein braver Junge bin und mir einen Keks geben?«

»Ich werde dir sagen, dass du ein braver Junge bist, aber einen Keks gibt's nur, wenn der Sex wirklich, wirklich heiß ist.«

Er ging weiter in die Küche und stellte die Teller auf die Arbeitsplatte neben der Spülmaschine. »Das klingt fair«, sagte er über seine Schulter. »Und der Sex wird wirklich, wirklich heiß sein. Halt die Kekse bereit.«

Kapitel einundzwanzig

Zwei Tage später klappte Roman seinen Laptop auf und öffnete die Dateien, die Special Agent Millar ihm kurz vor seinem Verlassen des Reviers geschickt hatte. Es war gar nicht so schlimm, mit den großen Jungs vom FBI zusammenzuarbeiten. Da die Morde in mehreren Bundesstaaten stattgefunden hatten, leiteten sie die Ermittlungen, aber die Polizei von Dalton war immer noch für Anitas Mord zuständig.

Das Bureau hatte größere Budgets und bessere Ressourcen. Bisher waren sie nicht geizig damit, die Daten zu teilen. Trotzdem sprang für niemanden etwas Handfestes heraus. Millar sagte Roman, es sei unwahrscheinlich, dass sie den Täter fassen würden, es sei denn, er würde erneut töten.

An diesem Morgen war eine Pressemitteilung an alle großen Medien verschickt worden, die die Öffentlichkeit vor der Gefahr warnte und jeden mit Informationen zu einem der Morde bat, eine neu eingerichtete Hotline anzurufen. Das würde zweifellos eine Lawine von Anrufen von jedem Verrückten im Land auslösen. Irgendein armer Kerl am Schreibtisch würde den ganzen Unsinn durchforsten müssen. Roman erwartete nicht, dass dabei etwas Nützliches herauskommen würde.

In der Zwischenzeit konnten sie nur die verschiedenen Verdächtigen aller Opfer zusammenfassen, jeden erneut befragen, die Aufenthaltsorte zu den Mordzeiten überprüfen und zu Gott beten, dass etwas dabei herauskäme. Wenn dieser Typ seit einem Jahrzehnt oder länger gemordet hatte, ohne dass die Polizei ihn fand, musste er sehr, sehr gut darin sein, seine Spuren zu verwischen. Der einzige Unterschied jetzt war, dass sie auf ihn warteten. Alle Staatspolizeien waren angewiesen worden, sofort auf jede Vermisstenanzeige in der kommenden Woche zu reagieren. Vielleicht würden sie dieses Mal Glück haben.

Mehr als alles andere wollte Roman, dass es vorbei war… die Gedenkfeier, das Fangen des Mörders und vor allem das Weitergehen in seinem Leben, jetzt, da er Mia in seinem Herzen hatte. Es war ihm egal, wie lange es dauerte, er würde sie mürbe machen und in eine Beziehung locken.

Als er mit der Arbeit fertig war, wanderte er aus dem Gästezimmer im Obergeschoss und machte sich auf die Suche nach ihr. Wie zu erwarten, fand er sie in dem Zimmer neben der Küche an ihrem Arbeitstisch. Die Frau war unermüdlich, wenn es um ihr Geschäft ging.

»Das ist wirklich hübsch. Was ist das?«, fragte er und zeigte auf einen gelben Stein.

Sie sah ihn mit müden Augen an. »Citrin. Er steht für Erleuchtung und Klarheit. Die Kundin ist eine Schriftstellerin und hofft, dass er ihr hilft, eine Geschichte zu entwickeln, mit der sie kämpft. Ich habe versprochen, die Kette morgen versandfertig zu haben. Hey, soll ich dir auch eine machen? Es könnte dir bei dem Fall helfen.«

Er fuhr mit der Fingerspitze über den großen, länglichen Kristall. »Ich glaube nicht, dass es zu meiner Hautfarbe passt, sonst würde ich total ja sagen.«

Sie kicherte und nahm ein Werkzeug vom Tisch, um einen Silberdraht um den Stein zu wickeln. »Witzbold.«

Seine Hand ruhte auf ihrer Schulter. »Du arbeitest zu hart.«

»Sagt der Mann, der nie aufhört.« Sie hielt inne und sah wieder zu ihm auf. »Weißt du, das klingt nach etwas, das Leute in ernsthaften Beziehungen zueinander sagen. Ich hoffe, du bist nicht dabei, die Grenze zu überschreiten.«

Er zog seine Hand schnell zurück. »Nur eine einfache Beobachtung. Das ist es, was ich tue. Beobachten.«

Sie wandte ihre Aufmerksamkeit wieder der Kette zu und machte eine Schlaufe in den Draht, die sie um die erste Schlaufe wob und so ein schlangenförmiges Muster erzeugte. »Okay. Ich musste nur nachfragen.«

Er stand noch einen Moment da und beobachtete sie bei der Arbeit, dann räusperte er sich. »Anitas Gedenkfeier ist für Freitag angesetzt. Ich habe meine Eltern überredet, sie nicht am Sechsten abzuhalten. Wenn du immer noch hingehen möchtest, werde ich dafür sorgen, dass ein Streifenpolizist auf das Haus aufpasst, während du weg bist.«

Sie drehte sich in ihrem Stuhl um und schenkte ihm nun ihre volle Aufmerksamkeit. »Ja, natürlich möchte ich hingehen. Bist du… geht es deiner Familie gut?«

Er nickte einmal, und seine Augen ruhten kurz auf ihrem Gesicht, bevor sie wegglittenen. »Ja. Danke der Nachfrage. Ich denke, alle sind begierig darauf, es hinter sich zu bringen. Sie werden es schätzen, dass du kommst. Ich werde kurz vor der Feier damit beschäftigt sein, meinen Eltern zu helfen. Kevin hat angeboten, dich hinzufahren.« Er machte eine Pause, beugte sich hinunter und streichelte Laylas Kopf. »Okay. Ich gehe nach oben. Gute Nacht, Mia.«

Ihr Herz zog sich vor Mitgefühl zusammen. »Gute Nacht, Roman.«

Am Freitagmorgen gab sich Mia besondere Mühe, ihre Haare zu locken und sorgfältig Make-up aufzutragen. Sie schlüpfte in ein dunkelblaues Kleid mit halblangen Ärmeln und einem eng anliegenden Rock. Da die Gedenkfeier in dem kleinen Park neben dem Rathaus stattfand, entschied sie, dass hohe Absätze unpraktisch wären, und zog stattdessen ein Paar Ballerinas an.

Um Viertel vor zehn stand sie wartend in der vorderen Veranda. Die Hunde waren drinnen untergebracht, die Tür zum Hundeauslauf verschlossen, und Officer Jensen saß vor dem Haus postiert. Sie beobachtete, wie Kevin Latterly vorfuhr und auf dem vorderen Parkplatz parkte. Er hatte kaum Zeit gehabt, aus seinem Auto auszusteigen, bevor sie den Plattenweg entlang kam, um ihn zu treffen.

»Danke, dass du gekommen bist«, sagte sie. »Obwohl ich immer noch denke, dass ich selbst hätte fahren können.«

Er breitete die Arme aus. »Es schadet nie, vorsichtig zu sein.«

Er ging mit ihr um die Vorderseite des Autos herum, öffnete die Beifahrertür und bedeutete ihr einzusteigen.

»Ich habe die Pressemitteilung neulich abends in den Nachrichten gesehen. Hat es überhaupt geholfen?«, fragte sie, als sie losfuhren.

»Nicht dass ich wüsste. Es ging mehr darum, die Öffentlichkeit zu warnen. Diese Hotlines bringen kaum jemals echte Hinweise, aber wir müssen es tun. Es ist nett von dir, zu Anitas Gedenkfeier zu gehen. Ich weiß, dass es der Familie Mancini viel bedeutet.«

»Es scheint das Mindeste zu sein, was ich tun kann. Wie ist…« Sie hielt inne und stieß einen Seufzer aus. »Roman sagt in den letzten zwei Tagen nicht viel, scheint er dir okay zu sein?«

Kevins Augen huschten kurz zu ihr und dann zurück zur Straße. »Wir sind alle müde. Es gibt eine Menge Daten zu durchforsten. Er hält sich wacker.«

Mit gerunzelter Stirn nickte sie langsam. »Das ist gut. Wird Lisa heute da sein? Wir haben uns noch nicht getroffen, aber ich habe so viele nette Dinge über sie gehört.«

»Lisa ist großartig und ja, sie wird da sein. Sie ist in Dalton aufgewachsen und kennt die Familie Mancini.«

Mia fing einen Blitz von Kevin und Lisa auf, die sich über einen Küchentisch hinweg küssten, wobei Servietten und Besteck zu Boden fielen und Lisa kicherte. »Ich bin froh, dass du jemand Besonderes in deinem Leben hast«, sagte sie, bevor sie den Kopf drehte und aus dem Fenster starrte.

Die Gedenkfeier war gut besucht. Mia überblickte die Menge und schätzte, dass sich fast fünfhundert Menschen auf der Grünfläche versammelt hatten, über der eine amerikanische Flagge im steifen Wind flatterte und knatterte. Sie trennte sich von Kevin und bahnte sich ihren Weg zur gegenüberliegenden Seite, wo noch einige leere Stühle standen. Die Rathausuhr schlug zur vollen Stunde, und eine Stille legte sich über die Menge, als Frank Mancini ans Rednerpult vor dem Rathaus trat.

»Guten Morgen, allerseits. Vielen Dank, dass ihr gekommen seid«, sagte er, wobei das Mikrofon seiner Stimme trotz des Windes reichlich Reichweite verlieh. »Vor zehn Jahren ist unser kleines Mädchen verschwunden, und wir haben seitdem zutiefst um sie getrauert. Wie alle wissen, hat die Polizei sie endlich gefunden. Es ist nicht das Ende, auf das wir gehofft hatten, und mein Herz wird nie mehr dasselbe sein, aber ich bin froh, dass sie nicht mehr allein dort draußen im Wald ist. Sobald die Polizei sie uns übergibt, werden wir eine private Familienbeerdigung abhalten. In der Zwischenzeit wollten wir etwas für alle tun, die sie kannten und die mit uns getrauert und uns während dieser langen, schwierigen Jahre getröstet haben.«

Er trat einen Schritt zurück und drehte sich zur Seite, um jemandem hinter den Kulissen zu winken. Mia streckte sich, um über die Köpfe vor ihr hinwegzusehen, und beobachtete, wie Lina herüberkam. Sie umarmte ihren Vater, zog dann einen kleinen Stapel Karteikarten heraus und stellte sich neben das Rednerpult.

Lina erzählte davon, was für ein sprudelndes, fröhliches Kind Anita gewesen war. Eine mit einem offenen Herzen und einem bereitwilligen Lächeln. Immer beliebt, hatte sie ihre Schulzeit genossen und freute sich auf eine Karriere in Innenarchitektur und darauf, eines Tages ihren Schatz zu heiraten. Mia drehte den Kopf hin und her wie viele der in ihrer Nähe Sitzenden und entdeckte Luke McNally mit seiner Frau Mandy auf der anderen Seite. Er schien Linas Kommentar nicht zur Kenntnis zu nehmen. Obwohl es subtil war, sah Mia, wie Mandy von ihrem Ehemann wegrückte. Als Lina fertig gesprochen hatte, ging sie die Stufen hinunter, um sich zu ihrer Familie in der ersten Reihe zu gesellen.

Mia nahm sich einen Moment Zeit, um die Broschüre zu studieren, die ihr bei ihrer Ankunft bei der Gedenkfeier überreicht worden war. Auf der Vorderseite war ein Bild von Anita, das irgendwann im Jahr vor ihrem Tod aufgenommen worden sein musste. Darauf war sie längst aus dem frühen Teenager-Stadium heraus und sah ganz erwachsen aus. Es war eine Momentaufnahme, und das hübsche Mädchen wurde mitten in einer Drehung eingefangen, mit weit ausgestreckten Armen und einem Lächeln der Freude auf ihrem Gesicht.

Innen waren weitere Bilder aus verschiedenen Lebensabschnitten des Mädchens zu sehen. Das süßeste davon war nach Mias Meinung ein Schnappschuss von Anita aus ihren frühen Teenager-Jahren, flankiert von Roman und Tony. Jeder der Jungen hatte seinen Arm um sie gelegt, und sie hatte ihren Kopf auf Tonys Schulter gelegt.

Mia konnte sich nicht länger zurückhalten und suchte in der Menge nach Roman. Sie fand ihn ganz vorne in der ersten Reihe, wo er neben seiner Mutter und Tony saß. Sie konnte nur wirklich die Seite seines Gesichts sehen, aber sie starrte ihn einen langen Moment an. Er bewegte sich und warf einen Blick über seine Schulter direkt zu ihr, als hätte er genau gewusst, wo sie saß, und wäre sich der Musterung bewusst gewesen. Sie starrten sich für eine scheinbare Ewigkeit in die Augen, bevor er sich wieder umdrehte und seinen Arm um die Schulter seiner Mutter legte.

Zwei weitere Redner betraten die Bühne. Eine war Mrs. Wexler, eine alte Familienfreundin und Nachbarin. Mia erinnerte sich an sie von der Grillparty im Mancini-Cottage. Die letzte, die sich an die Menge wandte, war eine Highschool-Lehrerin. Mia senkte den Kopf und schloss die Augen, ließ die Worte über sich ergehen, während sie ihren Geist öffnete. Normalerweise saß sie nicht ungeschützt in einer großen Versammlung, aber sie hoffte, dass, wenn der Mörder hier wäre… vielleicht, nur vielleicht, würde sie etwas von ihm aufschnappen.

Nach einigen Minuten öffnete sie die Augen und blendete erneut das ganze mentale Geplapper aus. Ein heftiges Pochen hatte sich in ihrem Kopf festgesetzt, und sie befürchtete, dass weitere Channeling-Versuche ihr eine Migräne bescheren würden. Sie bekam sie früher ständig, als sie noch klein war und noch nicht gelernt hatte, sich zu schützen. Es war sowieso zwecklos. Die Traurigkeit aller um sie herum war überwältigend, und nichts anderes schien durchzudringen.

Die Familie Mancini erhob sich und ging zur Bühne, wobei Frank wieder ins Mikrofon sprach.

»Es war wunderbar, die vielen freundlichen Worte und warmen Erinnerungen an unsere Tochter, Schwester und Cousine zu hören. Danke euch allen. Und nun ist es Zeit, Abschied zu nehmen.« Er wandte sich Molly zu, und sie trat vor und ergriff seine Hand. Roman stand an seiner anderen Seite, mit Lina und Tony an den äußeren Enden. »Anita Maria Mancini«, sagte Frank. »Du wirst immer in unseren Herzen sein. Wir wissen, dass du an einem glücklichen Ort bist und hoffen, dass du über uns wachst. Wir sind fest davon überzeugt, dass wir dich wiedersehen werden. Bis dahin sagen wir Lebewohl zu dir, unser liebes Mädchen.«

Eine melancholische Note erklang durch die Tonanlage, gefolgt von der vertrauten Stimme Eric Claptons, als er »Tears in Heaven« anstimmte. Lina und Tony lösten sich von der Gruppe und bückten sich, um jeweils eine dekorative Box von der Vorderseite der Bühne aufzuheben. Sie hielten sie an ihre Brust, bevor sie die Deckel öffneten. Zwei Wolken von Monarchfaltern stiegen auf. Brillante Farbausbrüche füllten die Luft, als unzählige Flügel in einem Streben nach Flug schlugen. Sie flogen höher und höher, während die Musik anschwoll.

Als die Tränen hervorbrachen, griff Mia in ihre Handtasche, packte eine Handvoll Taschentücher und tupfte sich die Augen ab. Die Frau neben ihr schluchzte. Für einen Moment war es zu viel, zu intensiv, und Mia senkte den Kopf und versuchte, sich zu sammeln. Wie um alles in der Welt war sie hier gelandet, bei einer Gedenkfeier für ein Mädchen, das sie im Leben nicht einmal gekannt hatte, mit dem sie sich aber untrennbar verbunden fühlte?

Die Energie der Menge prasselte von allen Seiten auf sie ein, also konzentrierte sie sich auf ihre Atmung und hielt sie langsam und gleichmäßig. Als sich ihr Geist endlich klärte, hob sie den Kopf. Die Mancinis standen immer noch auf der Bühne, Hand in Hand und blickten in den Himmel, wo sie beobachteten, wie sich die Schmetterlinge allmählich zerstreuten.

Die letzten Klänge der Musik erfüllten die Luft und verklangen dann. Hinter Roman flog ein Kardinal tief herab, streifte kaum seinen Kopf, bevor er auf dem Mikrofonständer landete. Der Vogel neigte den Kopf zur Seite, streckte seine Flügel aus und flog erneut los. Der leuchtend rote Blitz schoss über die Menge hinweg, kreiste zurück zum Rathaus und verschwand aus dem Blickfeld.

Es schien eine Ewigkeit zu dauern, bis sie nach vorne kam. Eigentlich wäre sie gerne gegangen, war sich aber nicht sicher, wo sie Kevin finden sollte. Außerdem gebot es der Anstand, mit der Familie zu sprechen. Die Schlange bewegte sich langsam vorwärts. Jeder wollte mit den Mancinis sprechen, und sie blieben weiterhin vereint und standen zusammen unter der Bühne.

»Es war ein schöner Gottesdienst«, sagte sie zu Molly Mancini. »Unglaublich berührend.«

»Ich bin so froh, dass du gekommen bist. Ich weiß, du hast mein Baby nie kennengelernt, aber ich denke, sie hätte gewollt, dass du hier bist.«

»Ich bin auch froh, dass ich gekommen bin«, sagte sie.

Frank schüttelte ihr die Hand und Tony, dessen normalerweise sonniges Gesicht in ernste Züge gesetzt war, zog sie in eine feste Umarmung.

»War es nicht wunderschön?«, fragte er, als er sie endlich losließ. »Die Schmetterlinge waren meine Idee. Ich denke, Anita hätte sie geliebt.«

»Ich bin sicher, das hätte sie«, besänftigte Mia. Sie wandte sich Lina zu und nickte. »Deine Grabrede war wunderbar. Du sprichst sehr gut.«

»Danke. Ich habe gehört, du hattest einige Probleme bei dir zu Hause.«

Mia nickte. »Ein bisschen. Hoffentlich wird es bald geklärt sein. Roman war eine so große Unterstützung.« Da ihre Emotionen so nah an der Oberfläche waren, zwang sie sich, nicht zu ihm hinüberzuschauen. »Alle Polizisten waren unglaublich. Apropos, ich sollte wirklich zurückgehen. Es tut mir so leid für euren Verlust.«

Lina nickte und legte überraschenderweise ihre Hand auf Mias Arm. »Ich weiß, ich war nicht sehr freundlich, als ich dich im Cottage getroffen habe. Es ist nicht ... Ich wollte nicht ... na ja, es tut mir leid. Danke, dass du heute gekommen bist.«

»Natürlich. Und mach dir keine Sorgen deswegen. Ich verstehe das.«

Bevor Mia einen Schritt zurücktreten konnte, klopfte ihr jemand auf die Schulter. Sie drehte sich um und stand Brooke gegenüber, die sie sofort in eine Umarmung zog.

»Ich kann kaum aufhören zu weinen«, sagte Brooke an ihrer Schulter. »Ich wollte über Anita sprechen, aber ich wusste, ich würde es nie durchhalten.« Sie ließ Mia los und wischte sich mit der Hand über die Augen.

»Du hättest mir sagen sollen, dass du kommst. Wir hätten zusammensitzen können. Oh, ich möchte, dass du Ashley kennenlernst.«

Brooke drehte sich um und winkte eine Frau heran. »Ash, das ist Mia, die Frau, von der ich dir erzählt habe. Mia, das ist Ashley. Anita, Ashley und ich waren während der ganzen Highschool-Zeit beste Freundinnen.«

Ashley war einer dieser perfekten, zierlichen Typen mit feinen Händen und einer winzigen Taille. Sie hatte langes kaffeebraunes Haar und sanfte, rehbraune Augen. Als sie Mia anlächelte, blitzte ein Grübchen in ihrer linken Wange auf. »Es freut mich sehr, dich kennenzulernen. Brooke sagte, du hättest der Polizei geholfen, Mia zu finden.«

»Nun ja, das stimmt wohl. Es tut mir leid um deine Freundin. Brooke hat mir erzählt, dass du in Nashville lebst.«

»Das stimmt. Ich habe direkt nach dem College einen Job bekommen und bin seitdem dort. Es ist perfekt, weil es nicht weit ist, um nach Dalton zurückzukommen und meine Eltern zu besuchen.«

Roman kam herüber und hob Ashley beinahe hoch. »Ich wusste gar nicht, dass du hier bist«, sagte er, während er sie in einer Umarmung an seine Brust drückte. »Es ist schön, dich zu sehen, auch wenn die Umstände nicht die besten sind.« Er setzte sie ab, trat zurück und schenkte ihr ein Lächeln. »Wenn du noch eine Weile bleibst, sollten wir uns alle treffen und aufholen. Es ist schon eine Weile her. Ich habe noch ein paar Dinge auf der Wache zu erledigen, aber ich könnte wahrscheinlich früher Schluss machen.«

Mia hätte schwören können, dass ihr jemand in den Magen geboxt hatte, während sich gleichzeitig eine riesige Faust fest um ihr Herz schloss. Ihr Gesicht fühlte sich starr an, und es kostete sie große Willenskraft, ihren Ausdruck in freundliche Züge zu zwingen. Mit einem Schritt zur Seite, von dem sie hoffte, dass er unauffällig war, begann sie sich langsam zu entfernen. Brookes Hand schoss vor und packte ihren Ellbogen.

»Mia sollte auch mitkommen«, sagte Brooke.

»Danke, aber nein. Ich muss zurück zur Arbeit. Außerdem wollt ihr sicher alte Zeiten aufleben lassen und über Anita reden. Ich werde Kevin suchen und ihn bitten, mich nach Hause zu bringen.«

Roman zog sein Handy aus dem Inneren seines Sakkos und hob eine Hand. »Moment mal. Ich bekomme gerade eine Nachricht von ihm. Er sucht nach dir.«

»Sag ihm, ich treffe ihn an seinem Auto.«

Als sie sich zum Gehen wandte, wurde ihr Arm erneut festgehalten. »Warte. Ich kann dich zurückbringen, wenn du möchtest«, sagte Roman.

Sie machte eine scheuchende Handbewegung. »Nein, das ist nicht nötig. Geh du und sei mit deiner Familie und deinen Freunden zusammen.«

Seine Augen fixierten die ihren. »Oder du könntest dich uns anschließen, wie Brooke vorgeschlagen hat.«

Für einen Sekundenbruchteil wollte sie bei ihm bleiben, aber mit dem Gefühl kam ein Anflug von Panik, und sie schob es rücksichtslos beiseite. »Ich kann wirklich nicht. Der Gottesdienst war wunderschön.«

Seine Hand fiel von ihrem Arm. »Danke, dass du gekommen bist. Ich weiß das zu schätzen. Wir sehen uns später?«

»Weißt du, ich denke, ich komme für eine Nacht allein zurecht. Warum bleibst du nicht in der Stadt?«

Ashley schob sich an seine Seite. »Würde es dir etwas ausmachen, bei meinen Eltern vorbeizufahren, um mich abzuholen? Ich habe kein Auto gemietet, und ich möchte sie nicht ohne zurücklassen.«

Da Ashley Roman kurzzeitig ablenkte, nutzte Mia die Gelegenheit, sich umzudrehen und wegzugehen.

»Hey, warte mal«, sagte er.

»Ich muss los. Kevin wartet«, rief sie über ihre Schulter, ohne zurückzublicken.

Kapitel zweiundzwanzig

Zu Hause konnte Mia nicht arbeiten. Konnte nicht essen. Konnte sich auf nichts konzentrieren außer auf das Bild von Roman, wie er Ashley umarmte und sie anlächelte. Die Hunde spürten ihre Unruhe und liefen ihr durchs Haus hinterher. Sie musste sich bewegen, diese Anspannung loswerden. Schließlich winkte sie die Hunde zur Haustür hinaus.

Sie hatte ihr Handy dabei. Das Haus war sicher verschlossen. Falls der Psycho-Killer zurückkäme und mehr Schaden anrichten würde, könnte man das immer reparieren. Von nun an weigerte sie sich, eine Gefangene in ihrem eigenen Haus zu sein. Vielleicht sollte sie doch umziehen. Ihre Identität ändern. Diesmal würde sie jedoch nicht vor ihrer Vergangenheit fliehen, sondern vor der Aufmerksamkeit eines Serienmörders.

Es fühlte sich gut an, sich ein neues *Ich* in einem neuen Leben vorzustellen. *Außer, dass du Roman nicht hättest*, flüsterte eine hinterlistige Stimme in ihrem Kopf.

Sie schlurfte durch das hohe Gras und pfiff nach den Hunden. »Kommt schon, Jungs und Mädels, wir sollten zurückgehen. Meine Zeit zum Grübeln ist offiziell vorbei.«

Wenig überraschend schrieb Roman eine Nachricht, dass er spät dran sei und Mia dieses eine Mal auf ihren Spaziergang verzichten müsse. Sie machte sich nicht die Mühe, ihm zu sagen, dass sie bereits am Nachmittag allein unterwegs gewesen war. Stattdessen schlug sie in ihrer Antwort erneut vor, er solle nicht kommen, und sicher würden sie und die Hunde eine Nacht allein zurechtkommen. Er antwortete nicht.

Als er kurz nach zehn Uhr ankam, sagte sie: »Du hattest einen anstrengenden Tag. Geht es dir gut?«

Er streifte seine Schuhe ab und schob sie mit dem Fuß auf das Schuhregal neben der Haustür. »Mir geht's gut. Ich bin froh, dass alles vorbei ist. Die Gedenkfeier war schwer, aber ich muss sagen, es tat gut, Zeit mit Familie und Freunden zu verbringen.«

»Ashley schien… nett zu sein«, konnte sie sich nicht verkneifen zu sagen.

Von einer plötzlichen Eingebung getroffen, hielt er inne, bevor er seinen Rucksack aufhob. Er leerte seinen Geist und konzentrierte sich auf Ashley… stellte sich ihr langes, mokkabraunes Haar und ihre dunklen Augen vor. Er erinnerte sich, wie sie seine Hand genommen hatte, während sie nach dem Essen zu seinem Auto zurückgingen, und als Bonus stellte er sich vor, sie zu küssen. *Da hast du was zum Nachdenken, Mia*, dachte er. Es wäre wirklich interessant zu sehen, wie Miss Unverbindlich mit ein wenig Konkurrenz umgehen würde.

»Sie ist nett. Außerdem war sie schon immer eine Augenweide. Sie sieht jetzt sogar noch heißer aus als in der Highschool. Ich muss zugeben, ich habe eine Schwäche für Brünette«, sagte er.

Mia sagte für einige Sekunden nichts. Stattdessen trat sie zurück und wanderte über den Flur, bis sie sich schließlich gegen den Türrahmen zur

Küche lehnte. Roman verbarg sein Lächeln, während er seine Schlüssel in die Seitentasche des Rucksacks steckte.

»Ich hatte den Eindruck, dass Tony es besser verarbeitet hat. Akzeptierender war. Glaubst du, er könnte jemals an Brooke interessiert sein?«, sagte sie, ihr Schweigen brechend.

Jetzt richtete Roman sich auf und blickte sie an, den Kopf zur Seite geneigt. »Ich weiß nicht. Warum fragst du?«

»Nur so ein Gefühl, das ich habe. Ich denke, Brooke wäre dafür offen.«

»Ach wirklich? Kann nicht sagen, dass ich je gesehen hätte, dass Tony über Freundlichkeit hinaus viel Interesse an ihr gezeigt hätte. Er datet meist Stadtmädchen, wenn du verstehst, was ich meine. Bisher hat er keine von ihnen lange behalten. Ich glaube, er ist noch dabei, sich selbst zu finden. Vielleicht kann er jetzt, wo Anitas Gedenkfeier hinter uns liegt, weitermachen.«

»Roman...«

»Ja?«

»Die Gedenkfeier war wunderschön und unglaublich bewegend, und mehr denn je wünschte ich, ich hätte deine Schwester gekannt.«

Er seufzte. »Ich wünschte auch, du hättest sie gekannt. Bis morgen früh.«

Zum ersten Mal, seit er in ihrem Haus übernachtete, wünschte Mia, sie hätte nicht darauf bestanden, in getrennten Zimmern zu schlafen.

Mia fand die Nacht qualvoll. Ihr Geist konnte sich nicht von dem Bild lösen, wie Roman und Ashley Hand in Hand zu seinem Auto gingen, wie sie sich küssten. Sie hatte es glasklar gesehen, als sie in seinen Kopf eingedrungen war. Es war beunruhigend leicht, sie sich als Paar vorzustellen, mit ihrer ähnlich dunklen Färbung und ihrem herausragenden Aussehen.

Sie hätte nicht in seinem Kopf herumstöbern sollen. Es war nicht richtig. Hatte sie sich nicht versprochen, besser zu sein als das? *Manchmal sterben alte Gewohnheiten eben schwer.* Sie seufzte, als sie die Treppe hinunterging. Es schien, als hätte sie in Sachen persönlicher Integrität noch viel Arbeit vor sich. Vielleicht war das, was sie jetzt fühlte, eine Art Strafe, um sie auf dem rechten Weg zu halten. Ein Fall von sofortigem Karma.

Sie hasste es, dass die Vorstellung von Ashley und Roman sie störte. Er war doch nur eine lockere Affäre, oder? Sie hatte das so deutlich wie möglich klargemacht. Wenn er scharf auf eine sexy Brünette aus der Highschool war, ging sie das nichts an. Sie könnte leicht Auf Wiedersehen sagen und nie zurückblicken.

Außer, dass sie kein Auf Wiedersehen sagen wollte. Sie mochte es, ihn um sich zu haben. Mochte es, mit ihm zu reden. Der Sex war hervorragend, und jetzt, wo er sich an die Regeln hielt, musste sie sich nicht mit aufdringlichen persönlichen Fragen herumschlagen. Ihrer Meinung nach war es das Beste von allem.

Er wird damit nicht lange zufrieden sein, flüsterte eine Stimme in ihrem Kopf. Er ist ein ernsthafter Typ, der nach einer ernsthaften Beziehung sucht. Vielleicht war dies genau der Weckruf, den sie brauchte, denn ihr war nicht klar gewesen, dass sie sich an ihn gewöhnt hatte.

Nein, *gewöhnt* war nicht das richtige Wort. Vertraut. Das war besser. Sie war *vertraut* mit ihm, das war alles. Wie ein... was? Ihr Verstand suchte und kam schließlich auf Hausreinigung. Okay, sicher, er war wie ein Reinigungskraft. Er war in ihrem Haus und erledigte Dinge für sie. Obwohl man Sex kaum als Gelegenheitsarbeit bezeichnen konnte, und es war ja auch nicht so, als würde sie ihn bezahlen.

»Du zergliederst die Sache bis zum Gehtnichtmehr. Reiß dich zusammen«, sagte sie laut und bemerkte dann, dass die Hunde sie erwartungsvoll ansahen. »Okay, ihr habt Recht. Es ist Zeit fürs Frühstück. Lasst uns euch etwas zu fressen geben.«

Nachdem sie die Hundenäpfe gefüllt und die Vierbeiner für ihren morgendlichen Streifzug im Hundeauslauf hinausgelassen hatte, setzte sie sich mit einer Tasse Kaffee auf die hintere Veranda und hielt eine ernste Ansprache mit sich selbst.

Das sah ihr gar nicht ähnlich. Sie ließ sich nie ernsthaft auf Männer ein. Verbrachte sicherlich keine Zeit damit, über sie zu grübeln. Sie dachte an die Wette, die sie mit Roman abgeschlossen hatte, und fragte sich unwillkürlich, ob er selbst eine Art sechsten Sinn hatte. So oder so, es stellte sich als prophetisch heraus, denn sie, Mia Reeves, hatte Schwierigkeiten, emotionale Distanz zu wahren.

Sie fühlte sich dumm, dass sie überhaupt darüber nachdachte. Sie war ein Meister darin, emotionale Distanz zu wahren, und das war schon immer so gewesen. Es war einfach eine Sache, ihre üblichen Instinkte die Oberhand gewinnen zu lassen. Und der beste Zeitpunkt, damit anzufangen, war sofort.

Als Roman eine Stunde später in die Küche kam und mit seinem Morgenstoppeln und zerzausten Haaren sexy aussah, sagte sie sich, dass sie ihn nicht mehr attraktiv fand. Sie stand von der Frühstücksecke auf, goss ihm eine Tasse Kaffee ein und reichte sie ihm mit einem flüchtigen Lächeln, bevor sie auf ihren Laptop auf dem Tisch zeigte.

»Ich habe etwas über Kameras recherchiert. Es gibt eine Firma nicht weit von hier, also dachte ich, wenn es dir nichts ausmacht, auf das Haus aufzupassen, könnte ich hingehen und die Sache ins Rollen bringen. Du arbeitest doch nicht, oder?«

»Was?« Er nahm einen Schluck Kaffee und rieb sich die Augen.

»Du bleibst. Ich gehe. Verstanden?«

Er warf einen Blick auf den Laptop, ließ sich auf den Stuhl gleiten und studierte den Bildschirm. »Du holst dir Überwachungskameras? Willst du nicht, dass ich sie mir ansehe und vielleicht mit den Jungs rede?«

»Ich glaube, ich hab das im Griff. Es ist nicht gerade kompliziert.«

»Herrje, die Dinger sind teuer.«

»Ja. Das wird wehtun, so viel ist sicher. Aber es wird sich lohnen. Selbst wenn dieser Psychokiller gefasst wird, glaube ich nicht, dass ich mich je wieder wohl dabei fühlen werde, die Hunde allein zu lassen. Die Kameras werden mir zumindest etwas Seelenfrieden geben. Ich hoffe, sie dieses Wochenende installieren zu lassen, und dann musst du nicht mehr babysitten. Ich bin sicher, du bist mehr als bereit, zu deinem eigenen Leben zurückzukehren.«

Er runzelte die Stirn und blickte auf den Laptop-Bildschirm. »Das scheint irgendwie plötzlich. Willst du dich nicht umschauen, Preise vergleichen?«

Sie betrachtete sein Profil und schob das aufsteigende Gefühl der Sehnsucht in ihrem Bauch beiseite. »Nein, ich will es erledigt haben. Ich brauche meinen Freiraum, und du brauchst sicher deinen.«

Er hob den Blick, um ihren zu treffen, und blinzelte mehrmals. »Also geht es hier wirklich darum, mich aus deinem Haus zu bekommen? Interessant.«

Mia klappte den Laptop zu und nahm ihn unter den Arm, bevor sie einen Schritt zurücktrat. »Daran ist nichts Interessantes. Die Kameras machen Sinn. Und mit ihnen brauche ich niemanden mehr nachts hier.«

»Wirklich? Was, wenn der Typ trotz der tollen Kameras in dein Haus einbricht, während du schläfst? Wie willst du dich schützen?«

»Ich habe vier Hunde und einen Baseballschläger unter meinem Bett. Ich habe ein Handy. Der Sicherheitsalarm wird mich wecken, bevor er ins Haus kommt.«

»Sekunden davor«, sagte Roman, stand auf und verschränkte die Arme vor der Brust. »Du wirst kaum aus dem Bett sein, und er wird schon im Haus sein, die Treppe hochkommen. Klar, du hast die Hunde, aber ich würde darauf wetten, dass sie losrennen, um den Kerl zu konfrontieren. Alles, was er tun müsste, wäre, sie zu erschießen. Es wäre nicht schwer, wenn er sich im Gästezimmer versteckt und sie einzeln erledigt. Oder er könnte an der Haustür bleiben und auf sie schießen, wenn sie die Treppe herunterkommen. Du könntest zwar den Notruf wählen, aber er wird dich aus dem Haus und in sein Auto gebracht haben, bevor sie überhaupt die Chance haben, den ersten Wagen loszuschicken. Dann bist du weg. Bis wir dein Grab in irgendeinem abgelegenen Waldgebiet finden. Willst du wirklich Nummer zehn sein?«

»Wenn du versuchst, mir Angst zu machen, wirst du feststellen, dass ich nicht so schreckhaft bin.« Ihr Blick fixierte seinen.

»Das habe ich auch nie behauptet. Was du bist, ist dumm.«

Sie lachte. »Netter Versuch. Ich werde mich von dir nicht in einen Streit locken lassen. Das ist mein Leben. Ich entscheide, wie ich es leben werde. Dass wir Sex hatten, gibt dir kein Recht, ein Wörtchen mitzureden.«

»Schön und gut. Wie wäre es damit? Du holst dir deine Kameras. Melde dich bei einer Sicherheitsfirma an, wenn du willst. Es ist mir scheißegal, was du tust. Aber lass dir eines durch deinen Dickschädel gehen - solange Anitas Mörder da draußen ist, werde ich jede Nacht hier sein, ob du es willst oder nicht. Ich werde notfalls in meinem Auto schlafen, aber ich werde nicht zulassen, dass dir etwas passiert.«

Sie wirbelte herum und presste den Laptop an ihre Brust. »Ich bin nicht Anita. Du musst mich nicht beschützen.«

Er packte ihren Ellbogen und drehte sie zu sich um. »Doch, ich muss dich beschützen. Es ist mein Job, und außerdem bedeutest du mir etwas. Sehr sogar. Wenn dieser Kerl dich schnappen würde... wenn er dir wehtun würde...« Er schüttelte den Kopf. Seine Hand hob sich zu ihrem Gesicht, und seine Fingerrücken strichen sanft wie ein Flüstern über ihre Wange. »Das wird einfach nicht passieren, das ist alles. Worum geht es hier wirklich?«

»Was meinst du?« Sie zog ihren Kopf zurück, und seine Hand fiel weg.

»Ich meine, warum bist du heute Morgen aufgestanden mit dem festen Entschluss, mich hier rauszubekommen? Es scheint irgendwie plötzlich.« Als sie nichts sagte und ihn nur mit eisigem Blick ansah, brach sein Gesicht in ein Lächeln aus. »Oh, ich verstehe. Du bist wegen Ashley aufgebracht, und das hat dich in Stimmung gebracht.«

Mit einiger Anstrengung glättete sie ihren Gesichtsausdruck und schlenderte zurück zum Tisch, um den Laptop abzustellen. »Ashley?«, sagte sie mit leichter Stimme. »Was hätte sie damit zu tun? Es ist mir egal, wen du küsst.«

»Wirklich? Weil es so aussieht, als würde es dich interessieren. Und nur für's Protokoll, Ashley und ich haben uns letzte Nacht nicht geküsst, oder in letzter Zeit überhaupt. Vielleicht gab es mal in der Highschool auf einem Tanz etwas Lippenakrobatik, aber das war's auch schon. Lustig, für jemanden, der angeblich alles locker sieht, scheinst du ziemlich eifersüchtig zu sein wegen der irrtümlichen Vorstellung, ich hätte jemand anderen als dich geküsst.«

»Warum lügst du? Nicht, dass es mich interessiert, aber ich weiß, dass du sie geküsst hast. Was mich betrifft, kannst du sie tausendmal küssen, es wird mich nicht stören.«

»Gut zu wissen, aber ich habe sie nicht geküsst.«

»Ich habe es gesehen. Du hast sie total auf irgendeinem Parkplatz geküsst. Es war genau da in... Ich meine... du hast es getan, das ist alles.«

Er ging auf sie zu und tippte mit dem Finger gegen ihre Nase. »Hast du in meinem Kopf herumgeschnüffelt? Du böses, böses Mädchen.«

»So ist es nicht... Ich habe nicht... okay, ich habe nachgesehen. Es tut mir leid, aber ich musste es wissen. Ich verstehe nicht, warum du darüber lügst.«

Er rieb sich die Hände und lachte. »Gott, das ist gut. Du magst diese unglaubliche Gabe haben, aber ich weiß jetzt, wie ich sie umgehen kann. Ich wusste, dass du wegen Ashley aufgebracht warst und dachte, du könntest vielleicht herumschnüffeln, also habe ich mir das Ganze ausgedacht, und es hat total funktioniert.«

»Du hast dir vorgestellt, Ashley zu küssen?«, stotterte sie. »Aber...«

»Genau. Ich habe dich reingelegt, und zwar gründlich. Jetzt zum besten Teil von allem: Du warst hundertprozentig gestört von der Vorstellung von Ashley und mir. Der einzige Grund, warum du aufgebracht wärst, ist, dass du Gefühle für mich entwickelst. Das Problem ist, du willst es dir selbst nicht eingestehen, also versuchst du, mich mit den Kameras wegzudrängen. Es ist okay, Mia. Ich verspreche dir, ich bin ein guter Kerl. Ich könnte dich vielleicht verletzen, weil jeder in einer ernsthaften Beziehung den anderen von Zeit zu Zeit verletzt, aber ich werde es nicht absichtlich tun. Wir sind großartig zusammen. Selbst du musst das doch sehen können?«

Mit gesenktem Kopf wich sie zurück. »Ich kann nicht. Es würde sowieso nie funktionieren.«

Der Stich traf ihn tief im Magen. »Du willst es also nicht einmal versuchen? Wow, das nenne ich feige.«

Jetzt schnellte ihr Kopf nach oben, und sie traf seinen Blick. »Es ist keine Angst für mich. Ich werde nicht verletzt werden. Du wirst es. Ich bin nicht für ernsthafte Beziehungen gemacht.«

Sein Lachen klang hart in seinen Ohren. »Wow. Wie selbstlos von dir. Danke, dass du auf mich aufpasst, aber so wie du vorhin gesagt hast, das ist mein Leben, und ich entscheide, wie ich es leben will. Ich habe keine Angst davor, verletzt zu werden… also nur zu.«

»Du kennst mich nicht einmal. Du kennst mich seit Wochen, ein paar Monaten. Du kennst das, was ich dir zeige, und das meiste davon ist sowieso eine Lüge.«

»Du kennst mich auch nicht. Das ist der ganze Sinn der Sache. Wir verbringen Zeit miteinander. Lernen uns kennen. Darum geht es in Beziehungen, Mia.«

»Das ist nicht einmal mein Name«, platzte es aus ihr heraus, bevor sie sich eine Hand vor den Mund schlug. Eine rote Röte raste ihren Hals hinauf und breitete sich über ihr Gesicht aus.

»Ich weiß«, sagte er leise. Aufmüpfige Augen trafen ihn, und er zuckte mit den Schultern. »Ich weiß es schon seit einer Weile.«

»Du weißt, dass ich Identitätsbetrug begehe, und hast nichts dagegen unternommen?«, sagte sie langsam, ohne sich bewusst zu sein, dass sie sich von ihm wegbewegte.

»Ja, seit wir im Carlton Park nichts gefunden haben. Ich habe eine gründliche Hintergrundprüfung zu Mia Reeves durchgeführt und schließlich herausgefunden, dass sie tot ist. Deine Identität ist gut. Richtig gut. Das muss viel gekostet haben.«

»Hat es«, murmelte sie und sank auf einen Stuhl am Tisch. Ihr Herz hämmerte in ihrem Kopf, jeder Schlag klang wie eine Warnung. »Was wirst du tun?«

Er legte den Kopf schief. »Ich werde nichts tun. Irgendwann hoffe ich, dass du mir erzählst, wovor du wegläufst, aber ich werde es nicht aus dir herausdrohen. Und wenn du es tust, werden wir damit umgehen.«

Als sie nach unten blickte, bemerkte sie, dass sich die Hunde um sie versammelt hatten. Ihre Familie. Ihr Herz. Wie immer… direkt da für sie. Sie konnte es nicht riskieren, egal wie sehr sie Roman mochte. Sie müsste gehen. Weiterziehen. Ihren Namen wieder ändern. Gott, der Gedanke an alles, was das mit sich brachte, ließ sie erschöpft fühlen.

Sie zwang sich zu einem Lächeln und hob ihr Gesicht, um seinem Blick wieder zu begegnen. »Du bist so geduldig mit mir. Danke, dass du nicht drängst. Vielleicht könnte es zwischen uns funktionieren. Ich muss darüber nachdenken.«

»Komm her.«

Er ging zu ihr und bot ihr seine Hand an. Fast ohne zu zögern nahm sie an, und er zog sie auf die Füße. Seine Finger umfassten ihr Kinn, und dunkle flüssige Augen suchten in ihren. Was auch immer er in ihr sah, es stellte ihn zufrieden, denn er lächelte und beugte sich hinunter, um sie mit weichen Lippen zu küssen. Keine Forderungen. Keine Dringlichkeit. Nur einfacher, süßer Kontakt. Ihr Herz zog sich schmerzhaft zusammen, und sie rieb sich mit einer Hand zwischen den Brüsten.

»Hey, alles okay?«, seine Stimme war von Sorge durchzogen. »Du zitterst.«

Sie schüttelte den Kopf. »Mir geht's gut. Ich bin nur ein bisschen durcheinander, schätze ich. Ich möchte es langsam angehen lassen, okay?«

»Natürlich ist das okay. Solange wir zusammen sind, ist der Rest nur Detail. Ich habe ein gutes Gefühl bei uns. Wir werden das herausfinden.«

Sie wünschte, es wäre wahr. Wünschte, sie könnte sich eine Zukunft mit Roman vorstellen. »Ich bin sicher, du hast recht. Ich brauche Zeit, mich daran zu gewöhnen. Mich an den Gedanken zu gewöhnen. Ich möchte trotzdem die Kameras besorgen.«

»Sie sind eine gute Idee. Besonders hier draußen. Ich kann mich um den Ort kümmern, während du weg bist.«

Anstatt zur Sicherheitsfirma zu fahren, fuhr Mia jedoch nach Dalton, ihr Verstand rechnete. Wenn Roman schon so lange von ihrer falschen Identität wusste, würde er in den nächsten Tagen nichts unternehmen. Sie hatte noch etwas Zeit.

Ihr erster Halt war im Containergeschäft. Sie brauchte Kisten. Sie würde nicht alles mitnehmen, aber sicherlich all ihre Schmucksachen. Von einer plötzlichen Erkenntnis getroffen, griff sie nach einem Regalbrett, um sich zu stützen. Sie konnte ihr Schmuckgeschäft nicht einmal unter einem neuen Namen weiterführen. Es wäre viel zu einfach für Roman, sie aufzuspüren.

Okay. Gut. Sie konnte den Bestand trotzdem irgendwo unterwegs verkaufen. Sie wusste bereits, dass sie wahrscheinlich ihr Haus aufgeben müsste, also würde ihr das zumindest etwas zusätzliches Bargeld für den Weg geben.

Nachdem sie sich mit Aufbewahrungsboxen eingedeckt hatte, hielt sie bei der Bank und hob achttausend Dollar ab. Es war ein riskanter Zug, da die Kassiererin sofort missbilligend mit der Zunge schnalzte, als Mia zugab, dass sie nicht vorher angerufen hatte, um die Mittel zu arrangieren.

»Tut mir leid«, sagte sie. »Es ist eine Sache in letzter Minute, und ich dachte, ich versuche es mal, ob Sie genug vorrätig haben.«

Am Ende musste sie mit dem Filialleiter sprechen und einen langwierigen Prozess durchlaufen, um an das Bargeld zu kommen. Sie wusste, dass sie zwar nicht sofort auf die Straßen der Stadt gehen und die Nachricht verbreiten würden, dass Mia Reeves Gelder abhebt, aber sie war sich verdammt sicher, dass es ans Licht kommen würde, sobald sie verschwunden war.

Sie plante auch, in den nächsten ein oder zwei Tagen bei den Geldautomaten vorbeizuschauen, wenn sie in der Stadt war. Sie brauchte so viel nicht nachverfolgbares Bargeld wie möglich. Trotzdem würde es sie nicht in eine bestimmte Richtung weisen, da sie selbst noch nicht entschieden hatte, wohin sie gehen würde.

Im Lebensmittelgeschäft deckte sie sich mit Reisevorräten ein - Hundefutter und anderen Notwendigkeiten -, damit sie sie nicht kaufen musste, wenn sie auf der Flucht war. Es war wichtig, dass sie ihre normalen

Gewohnheiten mit Roman nicht änderte. Während sie unterwegs war, kaufte sie Zutaten für ein schönes Abendessen. Sie wusste, dass er sie in den nächsten Tagen genau beobachten würde. Sie müsste sich so normal wie möglich verhalten.

Als sie alles in den Kofferraum ihres Escape schob, dankte sie dem Himmel für die getönten Scheiben. Es war unwahrscheinlich, dass Roman die Vorräte bemerken würde, die auf dem Boden gestapelt waren. Als Nächstes öffnete sie ihren Reise-Werkzeugkasten und wählte einen Schraubenzieher und eine Mini-Dose WD-40 aus.

Der Parkplatz war etwa zu einem Drittel gefüllt, vielleicht fünfzehn Autos oder so. Sie hatte sich für einen Platz in der hinteren Ecke entschieden und besonders nah an dem Nissan Sentra daneben geparkt. Sie zog ihr Handy heraus und tat so, als würde sie telefonieren. Sie lehnte sich gegen ihren SUV, bevor sie hinter dem Fahrzeug auf und ab ging und dabei die Umgebung scannte. Keine Angestellten, die Einkaufswagen einsammelten. Keine anderen Kunden, die aus dem Laden kamen. Dies war so gut wie jeder andere Zeitpunkt.

Mia ging in die Knie, sprühte schnell auf die Schrauben und zog den Schraubenzieher aus ihrer Gesäßtasche, um das Nummernschild effizient zu entfernen. Sie nahm ein weiteres an der Bowlingbahn und schließlich ein drittes auf dem Gemeinschaftsparkplatz hinter der Pizza Hut, dem Sonnenstudio, einem Friseur und einem Michaels Bastelladen.

Wahrscheinlich würde man es auf herumalbernde Teenager schieben. Für Mia war es zusätzliche Tarnung während der ersten Tage. Besonders, wenn sie irgendwelche Mautstraßen benutzen würde. Sie könnte sogar noch ein paar mehr stehlen, wenn sie es schaffen würde, wieder in die Stadt zu kommen.

Zufrieden mit diesen vorläufigen Schritten fuhr sie zurück zu ihrem Haus. Zum ersten Mal, seit sie das Anwesen gekauft hatte, ließ sie ihren Blick nicht auf dem Blockhaus, den Gärten oder der Art und Weise verweilen, wie sich die Felder jenseits der Auffahrt ausbreiteten.

Es gehörte ihr nicht mehr.

Kapitel dreiundzwanzig

Mia überstand das Abendessen und den Rest der Nacht, ohne in Panik zu geraten. Jedes Mal, wenn sie etwas für Roman empfand, eine Sehnsucht, einen Hauch von Zuneigung, sagte sie sich, dass sie ihn wie einen Köder behandeln musste. Er durfte ihr nichts bedeuten. Obwohl sie ihm nicht wirklich etwas stahl, log sie ihn genauso an und musste ihrer Rolle treu bleiben, wie sie es in der Vergangenheit bei anderen Männern getan hatte.

Sie konnte aber keinen Sex haben. Als er so etwas andeutete, behauptete sie, erschöpft zu sein, was nicht ganz unwahr war, und zog sich mit den Hunden für eine frühe Nachtruhe in ihr Schlafzimmer zurück.

Der Schlaf war bestenfalls unruhig. In den wachen Momenten dachte und plante sie und versuchte, nicht emotional zu werden. Trotzdem stand sie am frühen Morgen mit schwerem Herzen auf, um den Tag zu beginnen.

Roman war vor ihr in der Küche. Sie hatte ihn in der Nacht herumgehen hören und wusste, dass er nicht viel mehr geschlafen hatte als sie.

»Guten Morgen«, sagte sie fröhlich.

Er stand da und schüttete Esslöffel für Esslöffel Kaffee in die Kaffeemaschine. »Noch nicht«, brummte er.

Sie werkelte herum, fütterte die Hunde, beaufsichtigte sie im Hundeauslauf und goss ihre Zimmerpflanzen. *Was wird mit ihnen passieren, wenn ich weg bin*, fragte sie sich, schloss dann schnell die Augen und verdrängte den Gedanken. Als sie sich umdrehte, um zurück in die Küche zu gehen, ertappte sie Roman dabei, wie er sie musterte.

»Stimmt etwas nicht?«, fragte sie.

»Nicht mit mir. Ich würde sagen, du fühlst dich nach gestern immer noch unruhig. Mach dir nicht so viele Sorgen. Es wird nicht so schwer, wie du denkst.«

Wenn das nur wahr wäre. »Ich weiß. Es wird nur etwas Zeit brauchen, sich daran zu gewöhnen.«

Sein Gesicht hellte sich zu einem breiten Lächeln auf. »Hey, mir ist gerade etwas eingefallen. Sieht aus, als hätte ich die Wette gewonnen. Du schuldest mir hundert große Scheine.«

Sie tat so, als würde sie über die Idee nachdenken und neigte den Kopf. »Wieso das?«

»Du, die angebliche Eiskönigin der Romantik, konntest die Dinge nicht locker halten. Wer war eifersüchtig auf Ashley? Ja, genau. Du warst es. Ich hab dir gesagt, ich bin total unwiderstehlich.«

»Du wirst warten müssen, bis ich die Gelegenheit habe, zur Bank zu gehen, es sei denn, du nimmst einen Scheck an?«

»Ich kann warten. Hey, möchtest du heute etwas unternehmen? Wenn es auf der Wache ruhig ist, könnte ich einen der Uniformierten bitten, hier aufzupassen, und wir könnten vielleicht zum Mittagessen in die Stadt fahren und dann hierher zurückkommen und einen Film schauen.«

Sie blickte in seine glücklichen, hoffnungsvollen Augen und ihr Herz brach. »Das klingt schön, aber ich habe viel-«

Als sein Handy klingelte, stöhnte er und kramte es aus seiner Tasche. »Einen Moment.« Er hielt sich das Telefon ans Ohr. »Mancini. Ja. Okay. Wo nochmal? Ich kenne es vage. Treffe dich auf der Wache. Ich breche jetzt auf. Könnte sein... es ist unser erster echter Durchbruch... ja, genau.«

»Und?«, fragte sie.

Er steckte sein Handy bereits weg und sammelte den Laptop ein. »Ich bin mir nicht sicher. Jemand aus Brighton hat Anitas Geldbörse und Herzarmband gefunden. Oder zumindest denke ich, dass es ihr Armband sein wird. Ich muss los.«

»Okay. Wow. Das ist riesig, oder? Wie weit ist Brighton entfernt?«

»Es liegt auf der anderen Seite von Walkerton. Etwa fünfundvierzig Minuten, mehr oder weniger.«

Er lief nach oben und kam Momente später zurück, sein Waffenhalfter an Ort und Stelle und seine Marke an den Bund seiner Jeans geklippt. »Wir müssen das Mittagessen und den Film verschieben.«

»Ich wünschte, ich könnte mitkommen. Bitte lass es mich wissen, was passiert.«

»Werde ich. Ich muss die Situation mit dem FBI klären. Außerdem müssen wir sehen, ob es wirklich ihre Sachen sind. Ich melde mich.«

Das ist gut, dachte Mia, als er gegangen war. Wenn die Polizei endlich eine handfeste Spur zu Anitas Mörder hatte, würde Roman in den nächsten Tagen gut beschäftigt sein. Das würde ihr mehr Zeit zum Planen und Vorbereiten geben. Wenn sie den Kerl schnappten, hätte es den zusätzlichen Vorteil, dass ihre Bewachung aufgehoben würde, was es ihr noch leichter machen würde, sich davonzustehlen, bevor jemand merkte, dass sie ging.

Sollte sie einfach jetzt gehen?

Nein, mehr Zeit wäre besser. So könnte sie mehr von ihren Sachen organisieren und packen. Das würde den Neuanfang ein bisschen leichter machen. Außerdem konnte ein Teil von ihr nicht anders, als das hier durchstehen zu wollen. Roman könnte ihre Hilfe brauchen, um die Details über den Mörder oder seinen Aufenthaltsort herauszufinden. Da sie plante, ihn ohne Erklärung, ohne Abschied zu verlassen, war das Mindeste, was sie tun konnte, sicherzustellen, dass er Gerechtigkeit für seine Schwester bekam.

Sie ließ die Hunde drinnen, holte die Plastikbehälter aus ihrem SUV und brachte sie ins Haus, wobei sie die Tür hinter sich abschloss. Sie konnte nicht alles einpacken, ohne ihn misstrauisch zu machen, aber Kleidung und allgemeine Toilettenartikel schienen eine sichere Wahl zu sein. Es dauerte nur sehr kurz, einige der Behälter zu füllen und sie zum Escape zurückzubringen. Die leeren stapelte und verstaute sie hinten in ihrem Schrank.

Nach einem Blick auf ihre Uhr schätzte Mia, dass Roman und Kevin jetzt fast in Walkerton sein müssten. Sie wünschte, sie wüsste, was vor sich ging. *Bitte lass das eine Lösung für den Fall bringen.* Angst durchströmte sie. Sie lief im Wohnzimmer auf und ab, unsicher, was sie mit sich anfangen sollte. Die Hunde, die die Anspannung spürten, blieben bei ihr.

»Okay. Herumlaufen und einen Morgen verschwenden wird mich nur schlechter fühlen lassen. Es gibt nichts, was ich tun kann, um entweder zu helfen oder zu packen. Daher sollte ich arbeiten«, sagte sie zu den Hunden.

Obwohl sie den Healing Crystal Laden schließen würde, sobald sie die Stadt verließ, konnte sie immer noch Produkte an Geschäfte und auf Messen verkaufen, während sie unterwegs war. Je mehr fertige Stücke sie hatte, desto besser wäre die Rendite ihrer Investition.

Mia stellte ihre New-Age-Musikmischung ein und ließ sie im Hintergrund laufen. Mit einer frisch gebrühten Kanne Kamillentee auf ihrem Arbeitstisch und einem Lavendeldiffusor, der die Luft parfümierte, ging sie ihren Bestand durch und entschied, dass Ohrringe heute die richtige Wahl wären. Sie waren aufwendiger als Halsketten und würden daher ihren Geist angemessen fokussieren. Blaue Spitzenachat-Ohrringe, um genau zu sein. Der Stein strahlte eine beruhigende und besänftigende Schwingung aus, was genau das war, was sie jetzt brauchte.

Sie würde ruhig und besänftigt sein und nicht auf ihre Uhr schauen, bis sie die Ohrringe fertig hatte.

Das hielt ganze zweiundzwanzig Minuten an. *Roman sollte jetzt tief in der Untersuchung des Fundorts stecken. Bitte lass es der große Durchbruch sein, auf den alle hoffen.* Dieser Kerl musste gefasst werden, bevor er wieder tötete.

Sie stieß einen Schrei aus, als ihr Einfahrtsmelder in der Küche piepste. Unmöglich, dass es Roman war. Zu früh für seine Rückkehr. Sie eilte zum Fenster und erkannte Tony, der über den Rasen zu ihrer Haustür rannte. Sie traf ihn in der Veranda.

»Oh, Mia. Gott sei Dank. Roman wurde angeschossen. Ich kenne nicht alle Details. Wir müssen los.«

»Was? Nein. Das kann nicht stimmen. Jemand von der Dienststelle hat ihn angerufen. Sie haben einige Gegenstände gefunden, die vielleicht Anita gehörten, in…« Sie rieb sich die Handfläche hart gegen die Schläfe. »Nicht Walkerton. Scheiße. Ich kann mich nicht an den Namen der Stadt erinnern.«

»Brighton. Ich weiß. Er hat uns vor weniger als einer Stunde unterwegs angerufen. Ich schätze, der Typ war da. Versteckt. Roman und Kevin wurden getroffen. Kevin geht es gut, aber Roman wird gerade für eine Operation vorbereitet. Ich wusste, du würdest mitkommen wollen. Ich brauche dich bei mir. Ich habe solche Angst um ihn.«

Sie schüttelte den Kopf und versuchte, einen Sinn in seinen Worten zu finden. Es konnte nicht real sein. »Ja, natürlich. Ich komme mit.«

Tony packte sie am Ellbogen und eilte mit ihr durch die Fliegengittertür. »Mein Onkel und meine Tante sind schon unterwegs. Lina war am Flughafen auf dem Heimweg, aber ich denke, sie wird sich ein Uber oder so nehmen. Immerhin haben sie den Kerl geschnappt. Lebendig sogar, was gut ist. Ich will, dass der Bastard den Rest seines Lebens in einer Gefängniszelle verbringt.«

»Warte. Ich habe die Tür nicht mal abgeschlossen. Ich brauche meine Handtasche«, sagte Mia, als sie das Auto erreichten.

»Sie haben ihn, Mia. Niemand ist mehr hinter dir her. Wir müssen für Roman da sein.«

Sie nickte schnell. »Du hast Recht. Okay.«

Tony legte den Rückwärtsgang ein und drehte sich um, wobei Kies aufspritzte.

Als sie die Straße erreichten, wandte sich Mia ihm zu. »Wo wurde er getroffen? Er hatte doch seine Weste an, oder?«

»Ich nehme es an. Er ist normalerweise ziemlich vorsichtig damit, sie zu tragen«, sagte Tony. »Ich habe nicht alle Details. Ich glaube, vielleicht am Hals und im Gesicht. Tante Molly hat versprochen anzurufen, wenn sie dort ankommt.«

Sie fuhren schweigend weiter, wobei Tony schnell fuhr und durch die Kurven raste. Mias Herz verkrampfte sich, und für einen schrecklichen Moment dachte sie, sie müsste sich tatsächlich übergeben. Sie lockerte ihren Sicherheitsgurt und legte den Kopf zwischen die Knie. Das Auto wurde langsamer, und sie merkte, dass er an den Straßenrand fuhr.

»Hey, was ist los? Geht es dir gut?«, fragte Tony.

»Es ist okay. Fahr weiter. Ich glaube nicht, dass ich mich übergeben muss, aber ich bleibe vielleicht hier unten, bis es vorbeigeht.«

Er stellte den Wagen auf Parken, und sie hörte das Klicken seines Sicherheitsgurts. Eine sanfte Hand rieb ihren Rücken. »Oh, Mia, du machst es mir so leicht«, flüsterte er.

Die Warnung schrie durch Mias Kopf. Als ihr Kopf hochschnellte, war es bereits zu spät. Tony drückte etwas Hartes an ihre Halsseite, und ihr Körper explodierte in schockierendem, explosivem Schmerz, wobei sich jeder Muskel in einem vollen Krampf zusammenzog. Die Luft wurde aus ihren Lungen gepresst, und ein Teil ihres Verstandes registrierte, dass die keuchenden Schreie, die sie hörte, von ihr kamen.

Als es endlich aufhörte, war sie völlig bewegungsunfähig. So schwach, dass sie Tony nicht einmal wegschlagen konnte, als er ihre Wange küsste. Er nahm ein Taschentuch aus der Box auf dem Armaturenbrett und wischte vorsichtig den Speichel von ihrem Mund. Irgendwann später bemerkte sie, dass er den Kofferraum geöffnet hatte.

»Warum tust du das?«, fragte sie dumm, ihre Worte undeutlich und kaum verständlich.

»Weil ich es muss«, sagte er mit einem Singsang in der Stimme. Er öffnete die Autotür und stieg aus.

Lauf. Beweg dich. Geh. Tu etwas.

Die Worte schrien in ihr, aber in Wirklichkeit konnte sie kaum den Kopf drehen. Zumindest lichtete sich der Nebel in ihrem Gehirn etwas. Als sie die Augen bewegte, erinnerte sie sich, dass sie auf einer Landstraße waren. Tony hatte einen Weg durch die Hintertür genommen, der angeblich schneller war, und jetzt wusste sie warum. Sie waren von Wäldern umgeben. Kein Verkehr. Das nächste Haus war am Ende einer langen, schmalen Einfahrt kaum sichtbar, und wahrscheinlich war sowieso niemand zu Hause.

Tony öffnete die Beifahrertür, und sie schaffte es, sich gegen den Sitz zu drücken. Sie sah ihm in die Augen. »Bitte nicht«, flehte sie.

Er beugte sich hinunter, befreite sie vom Sicherheitsgurt und zog sie dann aus dem Auto. Sie kämpfte so gut sie konnte, aber er war ein fitter Mann, der wahrscheinlich dreißig Kilo mehr wog als sie, und sie war in einem geschwächten Zustand. Er holte Kabelbinder aus seiner Gesäßtasche.

»Okay, lass uns dich umdrehen und die hier anlegen.«

Sie fiel auf die Knie, als er sie herumdrehte. Es schien ihn nicht zu verlangsamen, und bevor sie es wusste, waren ihre Hände hinter ihrem Rücken gefesselt. Das Plastik grub sich in ihr Handgelenk, als er sie auf die Füße zog.

»Sie sind zu eng«, keuchte sie.

»Oh nein. Das ist furchtbar. Ich wette, sie tun wirklich weh«, sagte er mit fröhlicher Stimme. »Weißt du, es wäre vielleicht am besten, wenn du eine Weile nicht sprichst.«

Seine Hände kamen auf beiden Seiten ihres Gesichts hoch, und er riss ihren Mund auf und schob etwas Weiches hinein. Sie versuchte, es auszuspucken, aber es war unmöglich. Aus einem Rucksack am Boden holte er eine Rolle Klebeband und riss ein Stück ab. Als sie den Kopf schüttelte, hielt er sie fest und zog das Klebeband über ihren Mund.

»So, da haben wir's. Leise wie ein Mäuschen. Lass uns dich in den Kofferraum legen.«

Etwas Kraft kehrte in ihre Muskeln zurück, und mit einem Schuss aufwallenden Adrenalins schaffte sie es, nach ihm zu treten und auf seinen Fuß zu stampfen.

»Du dumme Schlampe«, schnauzte er und drückte sie gegen das Auto. »Du machst es nur schlimmer für dich.«

Als er sich wegdrehte und in den Kofferraum griff, rannte sie los. Sie war kaum zehn Schritte weit gekommen, bevor sie stolperte und auf ein Knie fiel. Mit gefesselten Händen hinter dem Rücken und ihrem noch immer aus dem Gleichgewicht geratenen Körper konnte sie nicht wieder aufstehen. Im nächsten Moment packte er ihre Schulter und wedelte mit einem Taser vor ihrem Gesicht.

»Willst du das noch mal? Es macht mir nichts aus, dir noch einen guten Stromschlag zu verpassen, wenn das nötig ist. Ja, ich dachte mir schon. Jetzt wirst du aufstehen.« Er zerrte an ihren Haaren und zog sie auf die Füße. »Und du wirst zurück zum Auto gehen und in den Kofferraum klettern.«

Sie hatte gedacht, ihr Herz wäre bereits am absoluten Limit, aber es fand noch einen ganz anderen Gang und füllte ihren Kopf mit dem panischen Geräusch seines Schlagens. Ihr Verstand blieb in einer Panikschleife gefangen, in der das Einzige, was er vorzuschlagen schien, war zu rennen. Wenn sie in den Kofferraum stieg, war sie so gut wie tot. Mia wusste es, aber abgesehen davon, dass ein Meteor auf Tony herabstürzte, konnte sie keinen Ausweg sehen.

Kapitel vierundzwanzig

Roman rief Mia zum vierten Mal in der letzten halben Stunde an. Als sie erneut nicht antwortete, gefror ihm das Blut in den Adern. Er hatte sie genau beobachtet, seit er gestern Morgen unvorsichtig gewesen war und verraten hatte, dass er wusste, dass Mia Reeves ein Alias war. Obwohl sie eine gute Show abzog, wusste er verdammt gut, dass sie erschüttert war. Sicher würde sie nicht weglaufen, zumindest nicht so bald?

Dann traf ihn ein anderer Gedanke und ließ sein Herz in seiner Brust stocken. Was, wenn dieser psychopathische Serienmörder sie hatte? Sie beide, ihn und Kevin, den ganzen Weg nach Walkerton zu locken, war eine großartige List und machte es erbärmlich einfach, sie zu schnappen. Und verdammt noch mal, heute war der sechste Juli.

Ohne zu zögern rief er die Wache an und ließ einen Streifenwagen zu ihrer Wohnung schicken, um ihren Aufenthaltsort festzustellen. Er wies sie an, mit Blaulicht anzurücken. Von seinem jetzigen Standort aus konnte er nichts weiter tun.

Er wandte seine Aufmerksamkeit wieder Kevin zu. Sie befanden sich in den Eingeweiden eines schäbigen Busbahnhofs, wo die Techniker eine Reihe von Schließfächern nach Fingerabdrücken absuchten.

»Es wird ewig dauern, all diese Abdrücke zu überprüfen«, murrte Kevin.

»Ja. Und die Chancen stehen gut, dass unser Typ sowieso nicht im System ist. Wir sollten zurückfahren. Unsere Spurensicherung weiß, was sie tut, und wir haben alles eingesammelt, was wir finden konnten. Warum hat der Mistkerl das hier gemeldet? Es muss der Mörder gewesen sein. Es scheint, als würde er mit uns spielen, und jetzt kann ich Mia nicht erreichen.«

Kevin wirbelte herum. »Was?«

»Ich habe einen Streifenpolizisten zu ihrer Wohnung geschickt, aber ich habe ein schlechtes Gefühl dabei.«

»Hey, beruhige dich. Wir fahren jetzt sowieso zurück, und ich wette, sie finden Mia beim Nickerchen machen oder so. Sie ist zu schlau, um nach draußen zu gehen, und sie würde niemals jemanden reinlassen. Außerdem hat sie ungefähr eine Million Hunde.«

»Ich hoffe, du hast recht. Okay, lass uns losfahren.«

»Ich fahre. Du kümmerst dich ums Telefon.«

Er erinnerte sich an den Tag, als er vom Camping mit seinen Freunden nach Hause fuhr und die Stadt in Aufruhr, seine Eltern erschüttert und seine Schwester vermisst vorfand. Schmerz pochte hinter seinen Augen. Sein Magen rebellierte. Das konnte nicht wieder passieren.

Als der Anruf kam, schloss er die Augen und befahl sich, ruhig zu bleiben.

»Ihr Auto ist da?«, fragte er, als Martins erklärte, dass niemand die Tür öffnete und die Hunde drinnen verrückt spielten.

»Das ist korrekt«, sagte sie. »Ich habe die Haustür überprüft, und sie ist nicht abgeschlossen. Ich habe durch alle Fenster im Erdgeschoss geschaut. Es gibt keine Spur von ihr. Was soll ich tun?«

Am liebsten hätte er Martins angewiesen, hineinzugehen, aber er war sich nicht ganz sicher, ob Mac ihr nicht ein Stück herausreißen würde. Er blickte auf das GPS. Sie waren noch volle zwanzig Minuten entfernt. Scheiße. Wenn Mia wirklich vermisst wurde, zählte jede Sekunde.

»Geh um die Terrasse herum. Es gibt ein Tor an der Seite des Hauses. Wenn möglich, schlag die Hundeklappe ein. Nein, die Küchentür. Das wäre besser. Brich dort ein. Öffne sie einen Spalt, aber klemm etwas dagegen. Vielleicht einen der Terrassenstühle. Etwas, das die Hunde durchschieben können. Das gibt dir genug Zeit, wieder durch das Tor zu kommen, bevor sie es tun. Sobald sie im Zwinger sind, lauf zur Haustür und geh hinein, bevor sie merken, was du vorhast. Du solltest es zurück in die Küche schaffen und sie aussperren können.«

»Und wenn nicht?«, fragte sie.

»Der Dobermann ist derjenige, den du für dich gewinnen musst. Die anderen werden seiner Führung folgen. Sein Name ist Mac. Benutze ihn. Sag ihm, er soll sitzen und zeig auf den Boden. Bleib standhaft. Sei bestimmt. Schau nicht weg. Ich würde dich nicht darum bitten, wenn ich nicht glauben würde, dass es um Leben und Tod geht. Ruf mich an, wenn du das Haus durchsucht hast.«

»Okay, Sir.«

»Was zum Teufel, Mann«, sagte Kevin, als Roman auflegte. »Ich habe diese Hunde gesehen. Dieser Dobermann könnte Martins in Sekundenschnelle zu Boden bringen.«

Roman lehnte seinen Kopf gegen den Sitz und schloss die Augen. »Ich weiß. Welche Wahl hatte ich? Wenn Anitas Mörder Mia hat, haben wir keine Zeit zu verschwenden. Wir sind schon zu spät dran.«

Die Momente tropften wie Sirup dahin, und sie warteten schweigend auf das Klingeln des Telefons. Als es ertönte, tippte Roman auf den Bildschirm. »Martins?«

»Ich bin drin, und die Hunde sind draußen eingesperrt. Mia Reeves ist nicht anwesend. Es steht ein Teekrug, noch leicht warm, auf einem Tisch im Zimmer neben der Küche, zusammen mit einem Paar halb fertiger Ohrringe. Musik spielt über die Lautsprecher von ihrem iPod. Er ist auf Wiederholung eingestellt. Ihr Handy liegt auf der Küchentheke, und ihre Geldbörse ist in ihrer Handtasche im Flurschrank. Keine Anzeichen von Unruhe. Keine umgeworfenen Möbel.«

»Danke, Martins. Ich melde es. Ich möchte, dass Sie dort bleiben. Ich bin in zehn Minuten da.«

Kevin schaltete die Sirenen ein und gab Gas, überholte ein Fahrzeug nach dem anderen, während er die Autobahn hinunterbretterte. Roman nahm kaum etwas davon wahr. Er wandte seine Aufmerksamkeit dem Telefon zu, atmete tief durch und rief Leutnant Schmidt an.

»Sir, es sieht so aus, als wäre Mia Reeves aus ihrem Haus entführt worden. Haustür unverschlossen. Handy, Geldbörse, Schlüssel, alles zurückgelassen, zusammen mit ihren vier Hunden. Ich habe Martins vor Ort, und ich bin auf dem Weg dorthin.«

»Ich gebe eine Fahndung raus. Sind Sie sicher, dass Sie stabil genug sind, um das zu handhaben?«

»Ja, Sir. Absolut.«

Tony half Mia in den Kofferraum zu klettern und fesselte dann ihre Knöchel. »Keine Sorge, ich habe den perfekten Ort für dich ausgesucht. Jetzt lehn dich zurück, entspann dich und genieß die Fahrt. Wir sehen uns bald.«

Der Deckel schloss sich mit einem scharfen Klicken, und sie war in der Dunkelheit. Wie war es möglich, dass sie mit all ihren zusätzlichen Fähigkeiten das Monster in Tony nie gesehen hatte? Armer Roman. Das würde ihn zerstören.

Oh Gott, Roman. War er schon im OP? Aber… warte… vielleicht war er gar nicht angeschossen worden. Tony hatte die Geschichte wahrscheinlich erfunden, um sie dazu zu bringen, mit minimalem Aufhebens und ohne ihr Handy mitzukommen. Es hatte perfekt funktioniert. Niemand würde die geringste Ahnung haben, wo sie war.

Panik stieg wieder in ihr auf. Der Stoff in ihrem Mund war jetzt völlig mit Speichel durchtränkt, und sie fühlte sich, als könnte sie ersticken. Ihr Magen rebellierte. Es machte ihr Angst, an Erbrechen zu denken, denn mit dem gefesselten Mund würde sie innerhalb von Minuten ersticken. Sie schloss die Augen und zwang sich, langsam durch die Nase ein- und auszuatmen.

Der Motor startete, und das Auto rollte vorwärts. Es musste einen Weg geben, den Kofferraum von innen zu öffnen. Nicht, dass sie herausspringen und weglaufen könnte, aber vielleicht könnte sie irgendwie entkommen. Ihre Schultern schmerzten unerträglich, und sie rollte sich auf den

Bauch, um den Druck zu lindern. Als der Schmerz nachließ, schaffte sie es, sich wieder zu drehen und ihre Hände in die Nähe des Schlosses am Deckel zu bringen.

Ihre angespannten Finger tasteten sich in ölige Ritzen und entlang der Konturen des Metalls, aber egal, was sie drückte oder wackelte, der Kofferraum blieb hartnäckig verschlossen. Ihre Augen hatten sich inzwischen an die Dunkelheit gewöhnt. Tatsächlich war es nicht völlig stockfinster, da etwas Licht durch die Nieten an den Seitenverkleidungen eindrang. Nicht viel, wohlgemerkt, aber es half ihrer Gemütsverfassung ungemein.

Sie rollte sich erneut und wand sich weiter in die Tiefen des Kofferraums, bis ihre Füße gerade nach hinten zeigten. Sich drehend und wendend schaffte sie es, ihre Beine anzuheben und zum Körper zu krümmen, um dann auszutreten und gegen den Kofferraumdeckel zu schlagen. Sie tat dies immer und immer wieder, bis ihr der Schweiß in die Augen lief und ihre Brust sich hob und senkte. Es war zwecklos. Es gab nicht die geringste Bewegung oder irgendetwas, das darauf hindeutete, dass sich das Schloss lockerte.

Das Auto wurde langsamer und bog ab, und nun war die Straße holprig. Ihr Kopf stieß gegen die niedrige Decke nahe der Rücksitze. Sie rollte sich wieder in den Hauptbereich des Kofferraums und klemmte ihre Füße in die Ecke des Radkastens, um sich abzustützen. Es half. Sie lag still da und überlegte.

Ihre Finger begannen zu kribbeln, und ihre Schultern beschwerten sich weiterhin über die Position ihrer Arme. Mia öffnete und schloss ihre Fäuste, um den Blutfluss aufrechtzuerhalten. Ihr Herz schlug ihr bis zum Hals, als ihre Hand ein Schmuckwerkzeug in ihrer hinteren Hosentasche streifte. Sie hatte es vergessen, und glücklicherweise hatte Tony sie nicht abgetastet. Bitte lass es ein Drahtschneider sein, betete sie.

Sie hakte ihren Zeigefinger in den Stoff und tastete herum, wobei sie zwei Metallzinken bemerkte. Also entweder die Zange, die nicht besonders nützlich wäre, oder der Schneider. Ihre Gedanken flogen zurück zu den Ohrringen. Was genau hatte sie gemacht, als sie aufgehört hatte, um nach Tony zu schauen? Sie dachte, sie hätte das Umwickeln des Kupferdrahts um die erste Kristallperle unter dem blauen Achat beendet. Hatte sie ihn abgeschnitten? Ja, definitiv, denn in ihrer Vorstellung konnte sie jetzt die Abschnitte auf dem Tisch sehen.

Aufregung brach in ihrer Brust aus, aber bevor sie eine Chance hatte, den Schneider aus ihrer Tasche zu ziehen, kam das Auto abrupt zum Stehen. Eine Tür wurde geöffnet und dann zugeschlagen. Tony pfiff, wie sie erkannte, und ihre Hand erstarrte am oberen Rand ihrer Tasche. Es blieb keine Zeit mehr.

Den größten Teil ihres Lebens war sie von skrupellosen Menschen umgeben gewesen. Lügner, Betrüger, Schwindler, viele von ihnen gewalttätig. Tony machte ihr mehr Angst als alle zusammen.

Dumm. Dumm. Dumm.

Tränen brannten in ihren Augen. Wenn sie sich nur früher an das Werkzeug erinnert hätte. Jetzt würde er mit ihrem Pech die Waffe bemerken und sie ihr wegnehmen. Ihre einzige und vielleicht letzte Chance zur Flucht glitt ihr durch die Finger.

Der Kofferraum öffnete sich, und er griff hinein und streichelte ihre Wange. »Wir sind da, meine Schöne. Du und ich werden so viel Spaß haben.«

Sie lag schlaff und teilnahmslos da, selbst als er die Fesseln an ihren Knöcheln löste. Mit scheinbar wenig Anstrengung hob er sie hoch und setzte sie auf den Boden. Seine Stärke erschreckte sie. Sie war buchstäblich hilflos und seiner Gnade ausgeliefert, und sie war verdammt sicher, dass er ihr keine Gnade zeigen würde.

Sie parkten am Fundament einer alten Scheune. Einige der Planken waren noch an den Seitenwänden vorhanden, aber das Dach war verschwunden. Als sie den Kopf hin und her drehte, konnte sie nirgendwo ein Haus sehen.

»Ja, es ist schön abgelegen, nicht wahr? Das Grundstück liegt am Ende einer Sackgasse. Ich habe dafür gesorgt, dass niemand jemals hierher kommt. Okay, lass uns in die Scheune gehen, damit ich etwas holen kann. Wir werden dann hinauswandern. Vergiss nicht, ich habe immer noch meinen treuen Freund bei mir.« Er zeigte auf seine Hüfte, wo der Taser im Holster steckte.

In der Ecke des Scheunenfundaments lag eine Schaufel. Tony nahm sie in die linke Hand und schob sie durch die Öffnung in der Wand nach draußen. Sie hielt ihre Hände gegen ihre hintere rechte Tasche gedrückt in der Hoffnung, er würde den Schneider nicht bemerken. In dem Bewusstsein, dass sie ihn ablenken musste, machte sie dringende Geräusche durch den Stoff in ihrem Mund.

Er schüttelte den Kopf und lächelte herablassend. »Oh, es tut mir leid. Wie dumm von mir, den Knebel zu vergessen. Wenn du versprichst, dich zu benehmen, nehme ich ihn dir ab. Ehrlich gesagt mache ich mir keine Sorgen, dass dich jemand hören könnte, denn wirklich -« Er breitete die Arme weit aus. »Sieh dich um. Es ist niemand kilometerweit. Aber ich werde nicht zulassen, dass du unsere gemeinsame Zeit mit Schreien und

Weinen verdirbst. Gibst du mir dein Wort, dass du dich wie eine Dame benehmen wirst?«

Mia sah ihm in die Augen und nickte heftig. Er lächelte, erfreut über ihre Reaktion. Er ließ die Schaufel zu seinen Füßen fallen, griff nach oben und zog vorsichtig das Klebeband ab, bevor er das durchnässte Material aus ihrem Mund zupfte. Sie drehte den Kopf zur Seite und spuckte mehrmals, um den schrecklichen Geschmack aus ihrem Mund zu bekommen.

Er zuckte mit den Schultern und klopfte ihr auf die Schulter. »Unangenehm, ich weiß, aber leider notwendig. Okay, wir haben eine kleine Wanderung vor uns. Am besten gehen wir los.«

»Ich dachte, du tötest normalerweise zuerst und bewegst dann den Körper woanders hin, um ihn zu begraben.«

Er drehte den Kopf, und sein Lächeln wurde breiter, als hätte sie etwas unglaublich Kluges gesagt. »Ah ja, aber ich verfeinere meinen Prozess. Ich entwickle mich sogar weiter. Du bemerkst, ich habe dich auch nicht betäubt? Das war eine unordentliche Angelegenheit. Ich mochte es nie wirklich, das zu tun. Du merkst es vielleicht nicht, aber du markierst einen Wendepunkt für mich. Nach Anita habe ich meine Mädchen zufällig ausgewählt. Du bist die erste, die ich kannte und deren Tod ich geplant habe.«

»Aber du kanntest Anita.«

»Sehr richtig. Anita war jedoch etwas Besonderes. Es gab keinen Plan. Die ganze Sache entwickelte sich natürlich. Manche würden sagen, es war ein Unfall, aber ich würde es Schicksal nennen. Sie zeigte mir den Weg. Meinen Weg. Nach dieser Nacht wusste ich endlich, warum ich hier war. Bis zu diesem Zeitpunkt hatte ich mein Leben für sinnlos gehalten, sogar für einen Fehler, dann kam alles in den Fokus. Ich hatte eine Berufung. Und du, meine Schöne, bist der Beginn der nächsten Phase.«

»Du benutzt nie eine Pistole. Wieso?«

Er machte ein verächtliches Geräusch in seiner Kehle. »Pistolen sind für Amateure. Für Leute, die keine Kontrolle aufrechterhalten können. Ich finde sie abstoßend. Und ich würde niemals eines meiner Mädchen entstellen wollen. Es würde alles verderben. Das ist schön, dass wir so miteinander reden. Ich möchte aber nicht, dass du dir Hoffnungen machst, denn es wird nichts ändern. Du und ich werden die Erfahrung vollenden. Es muss so sein. Und falls ein kleiner Teil von dir daran denkt wegzulaufen, dieser Taser kann problemlos fünfzehn Fuß weit reichen. Außerdem bin ich hundertprozentig sicher, dass ich schneller bin als du.«

»Roman und seine ganze Familie werden am Boden zerstört sein, wenn sie herausfinden, dass du der Mörder bist.«

»Ja. Ich weiß. Ich habe meinen Frieden damit gemacht. Sie haben mich nie so akzeptiert, wie ich bin. Wusstest du, dass sie mich jahrelang zu Psychologen geschickt haben, um mich besser zu machen?« Er benutzte seine Finger als Anführungszeichen bei dem Wort besser.

»Ich bin sicher, sie wollten, dass du glücklich bist. Es muss schrecklich gewesen sein, deinen Vater zu verlieren, als du so jung warst, besonders da deine Mutter nicht oft da war.«

»Ich habe ihn nicht verloren«, schnappte Tony. »Er hat sich entschieden zu gehen.«

»Roman hat mir erzählt, es war ein Autounfall.«

»Ja, klar. Die Art von Unfall, die auf einer verlassenen Straße an einem perfekten Tag passiert und damit endet, dass das Auto meines Vaters an einem Baum aufgespießt wird. Er konnte es nicht ertragen, dass meine

Mutter ihn verlassen hatte, und hat sich umgebracht. Ich weiß das, weil ich es untersucht habe, als ich älter war. Beide sind aus freien Stücken gegangen.«

»Oh, Tony, du armer kleiner Junge. Es tut mir so leid.«

Er wirbelte herum und schlug ihr ins Gesicht. »Halt den Mund. Kein Wort mehr.«

Mit brennender Wange ließ Mia ihre Finger wieder in ihre hintere Hosentasche gleiten. Sie hatte zu viel Angst, das Werkzeug fallen zu lassen, um es herauszunehmen, während sie gingen. Sie würden irgendwann anhalten, überlegte sie. Und wenn sie das täten, müsste sie einen Weg finden, sich zu befreien.

Es schien, als ob sie ewig liefen. Sie starrte auf seinen Hinterkopf, auf das glänzende weizenblonde Haar, und versuchte, in seinen Geist einzudringen. Wie zuvor war es zwecklos. Sie konnte einfach keinerlei Gedanken von ihm lesen. Es war, als hätte er keine Gedanken oder Gefühle oder Erinnerungen. Da war nichts außer leerem Raum.

Er wirkte so normal. Als er darüber sprach, dass Töten seine Lebensaufgabe sei, klang es vernünftig, als ob jeder das verstehen sollte. Nicht anders, als wenn jemand beschreiben würde, wie er Anwalt oder Politiker wird. Und doch musste er doch sicher um sich blicken und sehen, dass niemand, den er kannte, Menschen tötete.

»Denkst du, Mord sollte legalisiert werden?«, fragte sie.

Er blieb stehen und drehte sich zu ihr um. »Was für eine interessante Frage. Du entpuppst dich als so viel mehr, als ich erwartet hatte. Ich denke, diese neue Methode, bei der ich mit meiner Auserwählten interagiere, wird mir viel mehr Freude bereiten, als ich mir vorgestellt hatte. Also, denke ich, dass Mord legalisiert werden sollte? Hmm... nun, ich denke nicht, dass jeder in der Lage ist, das zu tun, was ich tue. Es ist eine enorme Verantwortung, und nur diejenigen mit absoluter Beherrschung ihrer selbst sollten dieses Privileg haben dürfen.«

»Vielleicht sollte die Regierung eine Art Programm einführen, und nur diejenigen, die die Prüfungen bestehen, dürften Mörder sein?«, schlug sie vor.

Er neigte den Kopf. »Ich weiß nicht. Was ich tue, ist eine Kunst. Es kann nicht gelehrt werden. Brauchte Rembrandt jemanden, der ihm das Malen beibrachte? Was ist mit Mozart? Wer hat ihn dazu gecoacht, ein genialer Komponist zu werden? Und du?« Er zeigte mit dem Finger auf ihren Kopf. »Wie hast du gelernt, die Gedanken der Menschen zu lesen?«

»Ich konnte es schon immer, so lange ich mich erinnern kann.«

»Genau mein Punkt. Zurück zu deiner Hauptfrage dann. Ich denke, bestimmte außergewöhnliche Individuen sollten nicht an die Gesetze gebunden sein, die für die allgemeine Bevölkerung gewöhnlicher Menschen geschaffen wurden. Was ich tue, ist nicht falsch. Es ist eine äußerst künstlerische Erfahrung, die nur wenige Auserwählte je kennen werden. Du solltest dich glücklich schätzen.«

Als sie nichts sagte, lachte er leise und gab ihr mit dem Kopf ein Zeichen weiterzugehen. *Okay*, dachte sie, während sie hinter ihm herstapfte, *mit diesem Typen kann man nicht vernünftig reden.* Er war weit draußen am Rand des Wahnsinns.

Ihre Gedanken schweiften zurück zu Roman. Sie sah seine wunderschönen dunklen Augen, die auf sie gerichtet waren. Sein sexy Mund, der sich zu einem Lächeln verzog. Er war so gut zu ihr gewesen, so ehrlich und aufrichtig, und sie hatte nichts anderes getan, als ihn Tag für Tag anzulügen. Wäre sie eine andere Art von Person gewesen, die sich nicht vor ihrer Vergangenheit versteckte, wäre sie völlig und komplett in ihn verliebt gewesen. Wen wollte sie täuschen? Sie *war* in ihn verliebt.

Selbst unter diesen bizarren Umständen fühlte es sich befreiend an, es sich endlich selbst einzugestehen. Sie liebte Roman... konnte sich leicht vorstellen, jeden Morgen neben ihm aufzuwachen. Sogar ein Leben mit ihm zu verbringen. Warum war sie so verängstigt gewesen?

Weil es sowieso vorbei wäre, sobald er von meiner Vergangenheit erfährt.

Vielleicht. Vielleicht aber auch nicht. Und wäre es nicht wert gewesen, zu versuchen, es herauszufinden? Sie dachte an ihre Pläne zu verschwinden, ihre Identität wieder zu ändern und ein ganz neues Leben aufzubauen. Früher hatte sie es aufregend gefunden und es machte ihr nichts aus zu verschwinden, bevor sie sich in jemand Neues verwandelte. Jetzt ließ es sie nur leer zurück. Jetzt spielte es keine Rolle mehr, weil sie nur noch Minuten vom Tod entfernt war.

Nein, dachte sie grimmig und strich erneut mit der Hand über das Werkzeug in ihrer Tasche. *Heute ist nicht mein Todestag.*

»Wir sind da«, sagte er und riss sie aus ihren Gedanken.

Er ließ die Schaufel neben einem riesigen Haufen frischer Erde fallen. Das Loch war groß. Als sie über den Rand spähte, sah sie, dass es auch sehr tief war. Am Boden schimmerte eine Wasserpfütze. *Muss vom gestrigen Regen sein*, schloss sie.

»Das muss ewig gedauert haben, das zu graben«, sagte sie beiläufig, während ihre Finger sich um den Griff in ihrer Tasche schlossen.

Tony ließ den Rucksack von den Schultern gleiten und spannte seinen rechten Bizeps an, klopfte mit der anderen Hand darauf. »Weniger als zwei Stunden. Mein Körper ist ein Instrument, und ich halte mich gerne in ausgezeichneter Form.«

Sie wich vom Loch zurück und ließ sich auf den Boden sinken. »Du siehst wirklich sehr fit aus«, sagte sie.

Mia zog das Werkzeug vorsichtig aus ihrer Tasche, ohne es fallen zu lassen. Es gelang ihr, es mit der Klingenseite nach unten zu drehen, und sie versuchte, die beiden Arme auseinander zu bekommen, hatte aber Schwierigkeiten, es über die Kabelbinder zu bekommen. Sie schob es weiter ihre Hände hoch, während ihre Handgelenke verkrampften, dann wieder nach unten. Immer noch keine Verbindung zwischen dem Maul des Drahtschneiders und dem Plastik.

»Sie werden nicht brechen«, sagte er. Ihr Gesicht erstarrte vor Schreck. »Die Kabelbinder. All diese Leute im Internet lieben es, Videos zu posten, wie man sich befreien kann, indem man den Verschluss zwischen den Händen positioniert und die Arme nach unten schlägt. Glaub mir, diese Dinger sind lächerlich stark. Selbst ich könnte mich nicht ohne ein Messer daraus befreien.«

»Ich habe nicht... Ich wollte nicht... Meine Schultern sind wund. Ich habe versucht, den Druck zu lindern.«

Einen schrecklichen Moment lang dachte sie, er würde herüberkommen und ihre Hände überprüfen. Nachdem er entschuldigend die Schultern zuckte, hockte er sich hin und öffnete den Reißverschluss des Rucksacks. Ihre Hände arbeiteten daran, den Schneider stabil auf den Kabelbindern zu halten, während sie die Griffe zusammendrückte.

Kapitel Fünfundzwanzig

Mit einer letzten Kraftanstrengung drückte Mia die Zange zu, und die scharfen kleinen Klingen durchtrennten den Kunststoff mit einem einfachen Schnitt. Sie ließ das Werkzeug zurück in ihre Tasche gleiten und massierte mit möglichst kleinen Bewegungen etwas Leben in ihre schreienden Handgelenke zurück.

Tony holte eine Decke und eine Wasserflasche aus dem Rucksack. Er richtete sich auf, kickte Stöcke und Steine zur Seite und breitete die Decke aus, als würde er ein romantisches Picknick vorbereiten. Er öffnete die Wasserflasche und trank tief, leerte sie zur Hälfte, bevor er sich mit dem Handrücken den Mund abwischte.

»Dieser Ort wird perfekt für uns sein.« Tony lächelte zu ihr hinüber. »Ich möchte dir zuerst etwas zeigen.«

Ihr Herz war jetzt ein eigenständig lebendiges Ding und schlug so hart gegen ihre Rippen, dass sie sich wunderte, warum es nicht aus ihrer Brust platzte. Er kam auf sie zu, und ihre Augen huschten überall hin auf der Suche nach einer Waffe, die substanzieller war als eine Schmuckzange. Die Schaufel lag noch beim Loch, aber wenn sie danach rennen würde, würde er sie wahrscheinlich zu Boden werfen oder einfach den Taser ziehen.

Das Gleiche galt für den umgefallenen Ast hinter ihm. So oder so würde er entdecken, dass ihre Hände frei waren, und sie würde jeden Vorteil verlieren.

Als sie all das geschlussfolgert hatte, kniete Tony bereits vor ihr und streckte die Hand aus, um ihr Kinn zu umfassen. Er senkte sein Gesicht zu ihrem, und Abscheu stieg aus ihrem Magen auf, als sie dachte, er wolle sie küssen. Stattdessen presste er seine Stirn gegen ihre.

»Das wird das Beste überhaupt, weil ich dir mit dir all die Mädchen zeigen kann, die vor dir kamen. Jetzt, und nur dieses eine Mal, werde ich dich in meinem Kopf herumschauen lassen. Ich weiß, dass du das willst.«

Die Bilder kamen so schnell, so heftig, dass sie sie nicht hätte blockieren können, selbst wenn sie es versucht hätte. All seine Opfer, unter ihm, weinend, bettelnd, während er vergewaltigte und würgte, vergewaltigte und würgte. Es war wie eine Montage aus einem Film, nur ohne Musikuntermalung und erfüllt von Schrecken, Grausamkeit und Tod.

»Hast du je etwas Schöneres gesehen?«, flüsterte er, während sein warmer Atem ihre Lippen streifte. »Das war ihr Moment, wofür sie geboren wurden. Jetzt verstehst du doch sicher?«

Er zog sich zurück und starrte sie an, und endlich, endlich schien der Wahnsinn durch seine Augen wie ein Fieber.

Ihr Körper war taub, und sie konnte nicht zu Atem kommen. Rote und gelbe Punkte tanzten vor ihren Augen, und als ihre Ohren zu kribbeln begannen, befürchtete sie, völlig ohnmächtig zu werden. Das durfte sie nicht zulassen. Sie rappelte sich auf die Füße und taumelte weg, während er sie anlächelte.

»Braves Mädchen. Du wirktest so passiv, ich hatte schon Angst, du würdest dich nicht wehren.«

Während sie rückwärts zur Schaufel ging, behielt sie ihn im Auge. »Kannst du mir vorher eine Sache sagen? Ist Roman wirklich verletzt?«

Er warf den Kopf zurück und lachte. »Das war ein guter. Ich schwöre, ich habe noch nie jemandes Gesicht so weiß werden sehen wie deins. Es war so einfach, dich dazu zu bringen, dein Haus zu verlassen. Bei all der Aufregung um das Finden von Anitas Geldbörse und Armband wette ich, dass alle vergessen werden, nach dir zu sehen. Du wirst wahrscheinlich tot sein, bevor jemand überhaupt merkt, dass du vermisst wirst. Ich hoffe irgendwie, dass ich es schaffe, noch einmal zu dir nach Hause zu schwingen und den Hunden ein letztes Lebewohl zu sagen.«

Eisige Nadelstiche überzogen ihre Haut. »Bitte tu das nicht. Ich werde tun, was du willst. Alles, was du willst. Bitte lass sie in Ruhe.«

»Da haben wir's. Ich liebe es, wenn ihr Mädchen bettelt. Es lässt mich großartig fühlen.« Er stellte sich aufrecht hin und klopfte sich auf die Brust, als wäre er Superman. »Okay, genug Vorspiel. Es ist Zeit, zur Sache zu kommen.«

Sie wich weiter zurück, während sie fieberhaft die Entfernung zur Schaufel abschätzte. Weniger als einen Meter jetzt. Sie könnte mit einem Sprung dort sein. Direkt daneben wäre besser, dachte sie und schlurfte mit den Füßen. Wenn sie eine echte Chance haben wollte, musste er näher kommen. Sie täuschte ein Stolpern vor und ging praktisch auf der Schaufel auf die Knie. Sie hoffte, dass er sie in dieser Position als völlig machtlos sehen würde.

»Bitte nicht. Du musst das nicht tun. Wir können dir helfen besorgen«, sagte sie und achtete darauf, dass ihre Stimme zitterte.

Er ging auf den Köder ein und stürmte mit gebleckten Zähnen auf sie zu. Sie tat so, als würde sie zurückweichen, wartete, bis er in Reichweite war, drehte sich dann zur Seite, griff nach der Schaufel und schwang hoch und hart. Für einen Moment war Schock in seinen Augen zu sehen, bevor die Klinge die Seite seines Kopfes traf. Er taumelte zurück, und sie war auf den Beinen und schwang erneut. Sein Arm kam hoch und blockte den Schlag. Sie tanzte weg, positionierte ihren Arm neu, um wieder zuzuschlagen, und traf seinen Kopf ein zweites Mal.

Jetzt fiel er wie ein Stein. Es war genau wie in den Filmen. Tonys Augen wurden glasig, seine Hand umklammerte seinen Kopf, und er kippte zur Seite. Ein Blutstrom ergoss sich über das Ohr und den Hals hinunter. Danach bewegte er sich nicht mehr.

Mias erster Instinkt war zu rennen. Aber wohin? Selbst wenn sie es zurück zu seinem Auto schaffen würde, war es unwahrscheinlich, dass er freundlicherweise die Schlüssel im Zündschloss gelassen hatte. Er würde sie bei sich haben, oder? Aber was, wenn er nur so tat, als wäre er bewusstlos, und sie würde wieder gefangen werden?

Luft pumpte wie ein Kolbenmotor in sie hinein und wieder heraus.

Beruhige dich, dachte sie. *Nimm dir einen Moment und sammle dich.*

Sie blickte zu Tony hinüber. Er schien sich nicht bewegt zu haben. Okay, zuerst würde sie herausfinden, ob er wirklich bewusstlos war. Sie hielt sich gut zurück und stieß mit dem Griff der Schaufel gegen sein Bein. Als Nächstes versuchte sie es an seiner Schulter, bevor sie schließlich um ihn herumging und in seine Brust stach. Es gab überhaupt keine Reaktion.

Seine Augen waren geschlossen, und es war unmöglich zu sagen, ob er atmete. Blut floss weiterhin, wenn auch jetzt eher tröpfchenweise. Okay. Sie war ziemlich sicher, dass er nicht aufspringen und sie packen würde. Trotzdem schadete es nicht, vorbeugende Maßnahmen zu ergreifen. Sie eilte zu seinem Rucksack und wühlte darin herum.

Feuchttücher, eine weitere Wasserflasche, zwei Müsliriegel, eine leichte marineblaue Jacke. Eine kleine rote Samtbox im Inneren des Rucksacks ließ ihren Magen sich zusammenziehen. Nicht gut. Vielleicht konnte sie seine Hände mit der Jacke fesseln. Die erste Seitentasche enthielt Kaugummi, aber in der zweiten fand sie endlich, wonach sie suchte. Kabelbinder.

Sie umkreiste ihn mehrmals und versuchte herauszufinden, wie sie seine zweite Hand frei bekommen könnte. Als sie seinen oberen Arm und die Art, wie seine Beine zur Seite gekrümmt waren, studierte, hatte sie eine Idee. Es brauchte vier Kabelbinder plus zwei weitere zur Sicherheit, aber als sie fertig war, war sein linkes Handgelenk an seine gefesselten Knöchel gebunden.

Als sie ihn so sah, löste sich alles in ihr. Es gab keine Möglichkeit mehr, dass er sie jetzt kriegen konnte. Tatsächlich beugte sie sich hinunter und setzte etwas Kraft ein, um ihn leicht zu rollen, bis seine rechte Hand frei war. Sie zog zwei weitere Kabelbinder aus der Packung und vollendete seine Sicherung. Für einen kurzen Moment verstand sie etwas von dem Vergnügen, das er daraus gezogen hatte, all diese Frauen bewegungsunfähig zu machen, denn Freude durchströmte sie, als sie auf ihn hinabblickte.

Moment, lebte er überhaupt noch? Als sie ihren Geist ausstreckte, konnte sie definitiv etwas spüren, obwohl es nicht klar war. Sie kauerte sich hin und legte eine Hand auf seine Brust. Sein Herz schlug unter ihrer Handfläche, langsam und gleichmäßig. Okay. Sie hatte ihn nicht getötet. Gut. Sie wollte, dass dieser Bastard für das, was er getan hatte, bezahlte, vorzugsweise in einem Hochsicherheitsgefängnis für den Rest seines erbärmlichen Lebens.

Aber was war mit den Mancinis? Wenn sie es herausfänden, wäre es für sie schwieriger, wenn Tony tot oder lebendig wäre?

Auf einmal begann sie zu zittern. Warum stand sie hier und dachte diese dummen Gedanken, wenn sie nur Momente zuvor der Gnade eines brutalen Serienmörders ausgeliefert gewesen war? Sie musste hier raus, und zwar schnell. Wo waren die gesegneten Autoschlüssel?

Da sie nicht im Rucksack gewesen waren, mussten sie bei Tony sein. Sie stählte sich und kniete sich ein letztes Mal neben ihn. Sie schob ihre Hände in die hinteren Taschen seiner Jeans. Tränen verschleierten ihre Sicht, als sie einen Schlüsselanhänger herauszog. Sie drückte ihn an ihre Brust und wiegte sich vor und zurück. Jetzt würde wirklich alles gut werden.

Sie rappelte sich auf, drehte sich um und rannte.

Roman war am Telefon mit Special Agent Millar, als Kevin, mit seinem eigenen Handy am Ohr, ihm ein Zeichen gab.

»Wir haben vielleicht Neuigkeiten. Warte kurz«, sagte Roman in sein Handy.

Kevin drehte sein Telefon von seinem Mund weg und richtete seine Worte an Roman. »Mia ist es gelungen zu fliehen und es geht ihr anscheinend gut. Sie hat den Notruf gewählt. Sie triangulieren jetzt ihren Standort und sind bereit, Rettungsfahrzeuge zu entsenden. Es hört sich an, als wäre sie auf der Shaker's Line in der Nähe von Walkerton.«

»Hast du das gehört?«, fragte Roman Millar. »Ich fahre jetzt dorthin. Ich halte dich auf dem Laufenden.«

Sie sprinteten zum Auto. Vor dem Haus liefen Mias Hunde an der Zaunlinie entlang und bellten und kläfften. Roman glitt hinter das Steuer und knallte seine Tür zu. »Sonst noch was? Was sagen sie?«, verlangte er zu wissen.

»Ja. Es ist Shaker's direkt am Ende neben dem Wald.«

»Und sie sind sicher, dass es ihr gut geht?«

»Das ist die Nachricht. Sie ist noch in der Leitung mit ihnen. Sie berichten, dass sie den Killer bewusstlos und gefesselt im Wald zurückgelassen hat.«

»Heilige Scheiße. Sie hat ihn gefasst.«

Er warf einen Blick auf den Tachometer. Wie konnte er hundertundzwanzig fahren, wenn alles am Auto wie in Zeitlupe vorbeischwamm? Er beugte sich nach vorn, als wolle er sie zum Fliegen bringen, während eine Million Szenarien von Mia und dem Killer durch seinen Kopf blitzten.

»Hey, sie ist in Sicherheit. Du wirst sie nicht verlieren«, sagte Kevin.

»Ich werde es erst glauben, wenn ich sie mit eigenen Augen sehe.«

Er wurde geringfügig langsamer, als er in die Shaker's Line einbog. Die Einfahrt auf dem Grundstück war nichts weiter als eine schlammige Spur. Vor ihm sah er den Krankenwagen, und sein Puls schlug im Takt der Blinklichter. Er war neben einem braunen Chevy Malibu geparkt. Die Rückseite des Rettungsfahrzeugs stand weit offen. An der Tür lehnte Mia.

Roman trat mit aller Kraft auf die Bremse. Das Auto erzitterte und rutschte zum Stehen, und er schaltete in den Leerlauf. Er sprang heraus, stürzte zu ihr hinüber und riss sie in seine Arme. Seine Kehle war rau und sein Atem unregelmäßig. Sie fühlte sich warm und weich und so real an ihn gepresst an.

»Du zitterst«, sagte sie und klopfte ihm auf die Schultern.

Er kämpfte ein Schluchzen nieder und atmete lang und langsam aus. »Du zitterst auch.«

»Ich weiß. Ich kann nicht aufhören. Aber es ist okay. Mir geht's gut. Ich bin so froh, dass du hier bist.«

Er zog sich zurück und starrte auf sie hinab, während seine Hände über ihr Gesicht fuhren. »Er hat dir nicht... wehgetan?«

»Nicht sehr. Ein paar blaue Flecken und Prellungen. Meine Handgelenke sind wund. Ansonsten geht es mir gut.«

»Wo ist der Bastard?«

»Er ist im Wald. Ich kann es dir zeigen. Bist du sicher, dass du dorthin zurückgehen solltest?«

»Darauf kannst du wetten, dass ich dorthin zurückgehe. Ich will diesen Psycho mit eigenen Augen sehen, genau so, wie du ihn zurückgelassen hast. Er lebt noch, oder?« Sie studierte sein Gesicht für einige Sekunden, und er sah Kummer in ihre Augen kommen. »Was? Sag es mir.«

»Ich dachte, du wüsstest es. Es ist Tony.«

Er taumelte zurück und streckte blindlings seinen Arm aus, um sich an der Seite des Krankenwagens abzustützen. Er schüttelte den Kopf, konnte aber vor dem Summen in seinen Ohren nicht klar denken. Hitze schoss seinen Nacken hinauf und seine Sicht füllte sich mit einem roten Schleier. Der Junge, mit dem er aufgewachsen war. Derjenige, der ein fester Bestandteil seiner Familie gewesen war. Tony konnte nicht der Mörder sein. Er schluckte die Galle in seinem Hals hinunter.

»Mein Cousin Tony?«

Sie berührte seinen Arm. »Ja, es tut mir so leid. Ich kann immer noch nicht glauben, dass ich es nie gespürt habe, bis es fast zu spät war.«

»Ich will ihn sehen. Jetzt. Bring mich zu ihm.«

Kevin näherte sich zögernd. »Mia, ich bin wirklich froh, dich zu sehe n… äh… Roman, ich muss kurz mit dir sprechen.«

»Was?«, schnauzte Roman, als sie wieder im Impala saßen.

»Schmidt nimmt dich vom Fall ab. Er hat angeordnet, dass du dich vom Tatort fernhältst.«

Roman dachte, sein Kopf würde explodieren. Seine Faust knallte auf die Konsole zwischen ihnen. »Das ist kompletter Schwachsinn. Er ist mein Cousin. Meine Schwester wurde ermordet. Die Frau, die ich liebe, wurde entführt. Ich gehe da raus und ich arbeite an diesem Fall.«

Kevin schüttelte den Kopf. »Nein, das tust du nicht. Komm schon. Wir müssen das Protokoll befolgen. Niemand wird wegen irgendeiner Interessenkonflikt-Lücke freigelassen. Also fahren du und ich zurück zur Wache. Sie schicken Jensen, um Mia abzuholen, sobald sie von den Ärzten freigegeben wurde. Und bevor du fragst, nein, Schmidt will nicht, dass wir sie fahren. Er würde es vorziehen, wenn du nicht mit ihr sprichst, bis sie befragt wurde. Ich weiß, es ist Mist, aber sag ihr, du musst gehen. Dann bringe ich dich zurück nach Dalton. Vergiss das. Ich sage es ihr. Du bleibst im Auto.«

Roman widersprach seinem Partner nicht. Er drehte den Kopf und beobachtete, wie Kevin zum Krankenwagen ging und sich vor Mia hinhockte. Die Sanitäter hatten ihr eine Decke um die Schultern gelegt. Ihr Haar löste sich aus ihrem Zopf, und Strähnen hingen herunter und bedeckten einen Teil ihres Gesichts. Sie sah Kevin an und nickte langsam. Dann hob sie den Kopf und blickte zum Impala hinüber. Schlammstreifen bedeckten ihre rechte Wange, und selbst von seinem Platz aus konnte Roman erkennen, dass sie weinte.

Kevin klopfte ihr auf die Schulter und stand wieder auf. Er beugte sich hinunter und muss noch etwas gesagt haben, denn sie schüttelte den Kopf und zog die Decke fest unter ihr Kinn. Nach einigen Momenten drehte er sich um und ging weg. Mia sackte zusammen und verbarg ihr Gesicht in ihren Händen.

Die Tür neben ihm öffnete sich, und Kevin schlug ihm auf die Schulter. »Steig aus. Ich fahre.«

Roman antwortete nicht. Er rutschte einfach hinter dem Lenkrad hervor und ging wie ein Schlafwandler um die Vorderseite des Autos herum. »Was sagen die Sanitäter über sie?«, fragte er.

»Scheint körperlich okay zu sein. Sie hat eine Beule am Hinterkopf, Kratzer und blaue Flecken hier und da, sonst nichts Besonderes. Sie wollen ihr etwas Ativan geben, aber sie sagt nein, es gehe ihr gut. Sie zittert noch immer, was verständlich ist.«

Ein Streifenwagen näherte sich dem Feldweg, als Kevin ihr Auto auf die Schotterstraße lenkte. Er hielt an, und das Fahrerfenster wurde heruntergelassen.

»Hey, Jensen«, sagte Kevin.

»Latterly, Mancini. Das ist ja was.«

»Das kannst du laut sagen. Pass gut auf sie auf, okay?«

»Du hast mein Wort.«

Sie fuhren einige Minuten schweigend. Das Funkgerät knisterte mit Neuigkeiten. Mia war jetzt auf dem Weg nach Dalton. Der Täter war im Wald gefunden worden und war noch immer bewusstlos. Es schien sich um Antonio Mancini zu handeln.

Kevin warf Roman einen Seitenblick zu. »Geht's dir gut?«

Er schüttelte den Kopf und starrte wieder aus dem Fenster.

Bald darauf hörten sie, dass ein Rettungshubschrauber entsandt worden war. Techniker fotografierten bereits den Tatort. Die Sanitäter vermuteten, dass Tony einen Schädelbruch und eine Hirnverletzung hatte. Seine Pupillen reagierten nicht auf Licht. Sie versuchten, ihn auf einer Trage aus dem Wald zu bringen.

Für Roman schien das alles jemand anderem zu passieren. Sie sprachen nicht von Tony und Mia, sondern von zwei Fremden. Nichts davon hatte irgendwas mit ihm oder seiner Familie zu tun. Er konnte sich nicht einmal die Reaktion seiner Eltern vorstellen. War es möglich, dass irgendeiner von ihnen jemals darüber hinwegkommen würde?

Er zog sein Handy heraus. »Ma«, sagte er, als seine Mutter antwortete. »Ich möchte, dass du und Dad mich auf der Wache trefft.«

Ihre Stimme war hart. »Habt ihr ihn? Habt ihr den Mörder meines Babys gefasst?«

»Ihr müsst kommen. Sprecht mit niemandem außer mir. Wir sehen uns in zehn Minuten.«

Kevin seufzte. »Schmidt wird das nicht gefallen. Trotzdem kann ich nicht sagen, dass ich es nicht genauso gemacht hätte.«

Sie waren jetzt in der Hauptstraße. Alles sah gleich aus. Absolut normal. Als wäre nichts passiert und keine Leben zerrissen würden. Was stimmte. Nur sein Leben.

Roman wartete in der Lobby, bis seine Eltern eintrafen.

»Hat jemand von Mia gehört? Wo ist dieser Mann, dieser Mörder?«, forderte Molly zu wissen, als sie und Frank in die Wache stürmten. »Ich will ihn mit eigenen Augen sehen.«

»Mia geht es gut, Gott sei Dank. Lasst uns in mein Büro gehen«, sagte Roman.

Molly machte ein ungeduldiges Geräusch in ihrer Kehle, und Franks Gesichtsausdruck verdüsterte sich.

»Wenn du uns schlechte Nachrichten überbringen willst, sag es einfach, Sohn«, sagte Frank.

»Ma, Dad, ich will das nicht hier draußen machen. Kommt nach oben, wo wir etwas Privatsphäre haben.«

In seinem Büro wies er seine Eltern zu den Besucherstühlen und schloss die Tür, bevor er hinüberging, um vor ihnen zu stehen. *Schnell ist am besten*, dachte er.

»Wie ihr wisst, ist Mia heute Morgen verschwunden. Sie wurde entführt und gezwungen, in den Wald zu gehen, wo bereits ein Grab ausgehoben worden war. Es gelang ihr, ihre Hände zu befreien und den Mann mit einer Schaufel bewusstlos zu schlagen. Nachdem sie ihn gefesselt hatte, rannte sie zurück zu dem Auto, mit dem er gefahren war. Darin fand sie ein Wegwerf-Handy. Vor etwas mehr als einer Stunde ging ihr Anruf beim Notrufdisponent ein.«

Mollys Hand schoss hoch und bedeckte ihren Mund, und sie starrte Roman mit weit aufgerissenen Augen an.

Frank räusperte sich. »Ist sie unverletzt?«

»Ja.«

»Die Polizei… sie haben den Mann gefasst?«, fragte Molly.

»Er wird mit Verdacht auf Schädelbruch ins St. Mark's geflogen. Der nächste Teil ist schwer, und ich wollte sichergehen, dass ihr es zuerst von mir hört. Es ist Tony. Er hat Mia entführt. Höchstwahrscheinlich ist er der Serienmörder.«

Seine Eltern erstarrten zu Stein. Roman starrte von einem zum anderen, bevor er auf seine Schreibtischkante zurücksackte und sich mit einer Hand über die Augen rieb. Er hörte, wie seine Mutter scharf die Luft einzog. Als er hinüberblickte, sah Roman die Röte, die hoch auf ihren Wangenknochen saß. Sie stand auf und stach mit einem Finger nach ihm.

»Das ist nicht wahr. Ich weiß nicht, warum Mia diese Dinge sagen würde. Sie ist nicht die, für die ich sie gehalten habe. Tony könnte das nie tun.« Sie schüttelte den Kopf, und ihre Augen bohrten sich in Romans. »Er würde Anita nicht töten. Er ist es nicht.«

»Du sagst, Mia hat Tony überwältigt und seinen Schädel gebrochen?«, Frank schüttelte den Kopf. »Wie könnte ein kleines Mädchen wie sie entkommen? Vielleicht hat Mia Tony in den Wald gelockt und es so aussehen lassen, als wäre er der Mörder. Sie muss ihn reingelegt haben. Wir haben nur ihr Wort dafür, dass er sie entführt hat. Wir sollten abwarten und sehen, was Tony sagt.«

»Ja. Wir müssen Tonys Version hören«, stimmte Molly zu, verschränkte die Arme vor der Brust und starrte Roman trotzig an.

»Es kann eine Weile dauern, bis Tony sprechen kann, vorausgesetzt, er erholt sich überhaupt«, sagte Roman. »In der Zwischenzeit werden wir an dem Fall arbeiten. Na ja, ich nicht. Schmidt hat mich wegen des Interessenkonflikts abgezogen.«

»Ich möchte mit deinem Leutnant Schmidt sprechen«, sagte Molly.

»Ja, wir sollten befragt werden«, stimmte Frank zu.

Roman seufzte. »Ich werde den Leutnant wissen lassen, dass ihr hier seid.«

Kapitel Sechsundzwanzig

Auf der Rückbank des Polizeiwagens konnte Mia kaum die Augen offen halten. Ihr Kopf hämmerte, ihr Körper schmerzte, und sie war so durstig, dass sie Schwierigkeiten beim Schlucken hatte. Sie umarmte sich selbst und sank in die Ecke neben der Tür, die Augen geschlossen. Sie sehnte sich nach ihren Hunden, ihrem Haus und vor allem nach Roman. Der Ausdruck in seinem Gesicht, als sie ihm gesagt hatte, dass es Tony war, würde sie nie vergessen.

Sie erinnerte sich an das letzte Mal, als sie Tony bei der Gedenkfeier gesehen hatte, wo er eine geschlossene Einheit mit der Familie Mancini präsentiert hatte. Er hatte sogar die Schmetterlinge freigelassen. Danach hatte er sie umarmt. In mancher Hinsicht schien es immer noch unmöglich, dass er der Mörder war.

Dann wurde ihr Kopf von all den Szenen überflutet, die er ihr gezeigt hatte. Neun Mädchen, brutal misshandelt und getötet, weil er beschlossen hatte, dass dies seine Lebensaufgabe sei. Eine von ihnen war sogar seine eigene Cousine. Es war nur ein Wunder, dass sie dem gleichen Schicksal entkommen war.

Sie richtete sich auf und rutschte in die Mitte des Sitzes, bis sie in den Rückspiegel sehen konnte. »Officer Jensen, was wird passieren, wenn ich auf der Polizeiwache ankomme?«

Seine Augen trafen ihre im Spiegel. »Du wirst durch die Aufnahme gehen. Sie werden deine Kleidung und Proben von unter deinen Fingernägeln haben wollen, solche Dinge eben. Ich nehme an, sie werden den Hergang durchgehen müssen, wahrscheinlich mehrmals.«

»Es klingt, als könnte ich eine Weile dort sein«, sagte sie.

»Ich denke nicht, dass es schnell gehen wird«, stimmte er zu.

Und tatsächlich hatte Officer Jensen Recht. Als sie ihre Geschichte zum dritten Mal erzählt hatte, wollte sie nie wieder darüber sprechen. Je mehr sie darüber sprach, desto weniger real erschien es. Wie etwas, das sie in einem Film gesehen hatte. Ihr Geist war taub, und sie fragte sich, ob das Hämmern hinter ihrem Auge jemals aufhören würde.

»Danke, Miss Reeves. Sie waren sehr kooperativ. Ich muss kurz rausgehen.«

Sie konnte sich nicht an den Namen des Detektivs erinnern. Sie nickte müde und rieb sich die Augen. Es war derselbe Raum, in dem sie gewesen war, als sie vor all diesen Wochen zum ersten Mal auf die Polizeiwache gekommen war. Nichts davon wäre passiert, wenn sie es auf sich hätten beruhen lassen. Einschließlich Roman.

Wenn sie die Wahl hätte, würde sie alles wieder genauso machen, entschied sie.

Es dauerte Stunden, die sich wie Tage anfühlten, aber Mia wurde schließlich kurz nach 22 Uhr von der Polizeiwache entlassen. Ein uniformierter Beamter namens Murphy fuhr sie nach Hause. In ihrem tiefsten Inneren war sie gebrochen. Weil sie so erschüttert war, fragte sie sich, wie sie sich jemals davon erholen würde. Da sie sich immer für stark und unzerstörbar gehalten hatte, war dies schwer zuzugeben. Sie hatte Roman seit dem Krankenwagen auf Shaker's Line nicht mehr gesehen und stellte sich vor, dass er in einem weit schlimmeren Zustand sein musste als sie selbst.

Als Murphy die letzte Kurve zum Parkplatz machte, streiften die Scheinwerfer die Hunde im Zwinger hinter dem Haus. Sie stürmten zum Zaun, sprangen und bellten, als sie aus dem Auto stieg. Das Haus war hell erleuchtet. Ein zweiter Polizeiwagen parkte seitlich des Gehwegs. Die Beamtin, eine Frau, stieg aus und ging hinüber, um mit Murphy zu sprechen. Mia stand unsicher da.

»Wir sind hier fertig«, sagte die Frau. »Sie können reingehen.«

Mia nickte und ging die Stufen hinauf in ihr Haus. Sie ging direkt durch in die Küche und öffnete die Seitentür. Die Hunde stürmten herein, stießen gegeneinander und sprangen auf sie zu. Schluchzend rutschte sie zu Boden und zog sie an sich. Mac krabbelte halb auf ihren Schoß und zwängte seinen Kopf zwischen ihre Arme, um ihr Gesicht zu lecken. Tucker, unfähig seine Aufregung zu zügeln, sprang vor und zurück über ihre Beine und stieß Bellen frenetischer Freude aus.

»Ihr Jungs, ich hab euch so vermisst«, schluchzte sie. »Ich dachte, ich würde euch nie wiedersehen.«

Es dauerte lange, bis sie aufhörte zu weinen. Die Hunde, allmählich ruhiger werdend, saßen auf ihren Beinen oder drückten sich an sie. Als sie sich endlich vom Boden hochrappelte, schloss sie die Küchentür ab, bemerkte das Klebeband über der zerbrochenen Scheibe am Griff und schaltete das Licht aus. Dann ging sie zurück zur Haustür, prüfte, ob sie abgeschlossen war, und als Einheit stiegen sie und die Hunde die Treppe hinauf und gingen direkt ins Bett.

Mias Träume brachten sie zurück in den Wald. Nur diesmal konnte sie ihre Hände nicht befreien. Oder die Schaufel verwandelte sich in ein Plastik-Lichtschwert und prallte harmlos von Tonys Kopf ab. Einmal griff sie in seine hintere Hosentasche, um die Autoschlüssel zu holen, und er erwachte zum Leben, nicht länger gefesselt. Er warf sie zu Boden. Sie wachte keuchend auf, zitternd, manchmal schreiend, mit den Hunden um sie herum, die winselnd auf dem Bett lagen.

Schließlich, um Viertel vor vier, hatte sie genug, und nach einer belebenden Dusche ging sie nach unten. *Wenn es je einen Morgen für Kaffee gab*, dachte sie, während sie eine kleine Kanne aufsetzte, *dann war es heute*. Ihr Handy lag auf der Theke, und sie starrte es volle dreißig Sekunden an, bevor sie es aufnahm.

Drei verpasste Anrufe. Alle von Roman. Sie sollte ihn anrufen. Na ja, offensichtlich nicht jetzt, da es vier Uhr morgens war, aber bald. Sie brauchte ihn, verdammt. Und sie hatte in ihrem ganzen Leben noch nie jemanden gebraucht.

Nachdem sie den Hunden eine doppelte Ration gegeben hatte, um den Tag zuvor auszugleichen, trank sie Kaffee auf der hinteren Veranda und beobachtete den Horizont, wartend auf den Sonnenaufgang und einen neuen Tag.

Warum hatte sie solche Angst?

Es war kaum nach fünf, als Scheinwerfer über den Schuppen am Ende ihrer Einfahrt tanzten. Die Hunde wurden aufmerksam, bevor sie zum Zaun stürmten und ihr heftiges Missfallen über die Störung hinausbellten.

Roman parkte neben ihrem Escape, stieg aus und scannte das Grundstück. Mia bewegte sich nicht, gab keinen Laut von sich, aber er musste sie selbst im Halbdunkel gespürt haben. Anstatt dem Weg zur Veranda zu folgen, bahnte er sich seinen Weg über den Rasen und öffnete das Törchen neben der Küche.

Die Hunde umringten ihn, begrüßten ihn wie einen lang verlorenen Bruder. Er hockte sich hin, tätschelte und streichelte sie, ohne den Blick von ihr abzuwenden. Wegen des Schattens des Hauses und der hinter ihm aufgehenden Sonne konnte sie seinen Gesichtsausdruck nicht lesen, aber sie spürte die Anspannung deutlich genug. Es sah aus, als stünden sie beide auf unsicherem Boden und tasteten sich vorwärts.

Nur wusste sie, was sie tun würde. Was sie tun musste. Und nichts hatte ihr je so viel Angst gemacht.

»Hi, Roman«, sagte sie. »Möchtest du Kaffee?«

Er erhob sich langsam, schob die Hunde zur Seite und trat auf die Veranda, bevor er vor ihrem Stuhl niederkniete. Seine Arme umschlangen ihre Schultern, und seine Stirn presste sich gegen ihre, während er sie so fest umarmte, dass sie befürchtete, eine Rippe könnte brechen. Sein Atem war ungleichmäßig, und sie konnte das Pochen seines Herzens an ihrer eigenen Brust spüren, stark und schnell.

Sie streichelte seine Wange, die sich rau von Stoppeln anfühlte, neigte dann ihren Kopf und küsste ihn sanft. Als seine Lippen bedürftig und fordernd wurden, schob sie ihn behutsam zurück, bis sich ihre Blicke trafen. Sie konnte die Fragen, die Müdigkeit und vor allem den unerträglichen Kummer in seinen Augen lesen.

»Sind wir nicht okay?«, fragte er. »Wir müssen okay sein. Ich hätte dich gestern fast verloren, und ich schwöre bei allem, was heilig ist, ich dachte, ich würde direkt mit dir sterben. Ich weiß, du musst erschüttert sein, aber wende dich nicht von mir ab. Bitte, Gott, schließ mich nicht aus.«

Sie lehnte sich wieder zu ihm und küsste erst die eine, dann die andere Wange und strich mit einer Hand durch sein Haar. Sie rutschte zur Seite und stand auf.

»Erinnerst du dich an neulich, als du mir gesagt hast, dass du wusstest, dass Mia nicht mein richtiger Name ist?«

Er stand ebenfalls auf. Mit vor der Brust verschränkten Armen sah er sie mit wachsamen Augen an. »Ja, ich erinnere mich.«

»Sobald ich wusste, dass du es weißt, plante ich abzuhauen. Ich bin nicht zur Sicherheitsfirma gegangen, wie ich gesagt habe. Ich bin nach Dalton gefahren und habe so viel Bargeld wie möglich abgehoben, zusammen mit ein paar Vorräten. Ich habe auch ein paar Nummernschilder gestohlen, falls ich sie als Tarnung auf mautpflichtigen Straßen brauchen würde. Gestern Morgen, nachdem du nach Walkerton gerufen wurdest, habe ich angefangen zu packen.«

Roman wich einige Schritte zurück, bis sein Rücken die Hauswand berührte. »Warum erzählst du mir das?« Seine Stimme klang jetzt ganz nach offiziellem Polizisten.

Sie ließ den Kopf hängen, atmete lang und tief aus, hob ihn dann wieder und begegnete seinem Blick. »Weil ich dich nicht mehr anlügen werde. Ich vermute, das wird das Ende für uns bedeuten. Ich hoffe nicht, denn ich habe mich in dich verliebt. Es ist übrigens das erste Mal, dass ich verliebt bin. Jedenfalls musst du mir zuerst etwas versprechen.«

»Ich würde gerne, aber ich möchte erst hören, was du zu sagen hast, bevor ich dir mein Wort auf irgendetwas gebe.«

Sie nickte langsam einmal, zweimal und ließ ihren Blick über den Hof schweifen, wo die Hunde an der hinteren Zaunlinie schnüffelten. »Ich denke, das ist fair. Also kein Versprechen, aber ich werde dich trotzdem fragen. Wenn sich das zwischen uns abspielt… und du dich entscheidest, welchen Weg du gehen willst, falls etwas passiert… wenn ich nicht mehr in der Lage bin, mich um die Hunde zu kümmern, bitte finde ein Zuhause für sie. Sie haben es nicht verdient, für meine Fehler zu büßen.« Sie drehte sich wieder zu ihm um. »Und kein Tierheim, okay? Ich weiß, es ist zu viel verlangt, ein Zuhause für alle vier zu finden, aber vielleicht könntest du die Paare zusammen lassen. Das würde mir sehr viel bedeuten.«

Er blinzelte sie an, offensichtlich hatte er das nicht erwartet. »Ich werde mein Bestes tun«, sagte er schließlich.

Sie ging zurück zum Stuhl. Sie rieb ihre Handflächen an der Vorderseite ihrer Jeans entlang, setzte sich dann für einen Moment, sprang aber gleich wieder auf. »Ich bin nervös. Das ist schwieriger als ich dachte.«

»Fang mit etwas Kleinem an«, schlug er vor.

»Okay. Mein wirklicher Name ist Jennifer Melanie Dawson. Eigentlich Jenny. Und das ist tatsächlich nicht klein, oder?«

»Ich weiß nicht. Es wird davon abhängen, warum du einen Alias benutzt.« Er löste seine verschränkten Arme und hakte seine Daumen in die vorderen Taschen seiner Jeans ein.

»Aus dem Grund, aus dem es die meisten Menschen vermutlich tun. Um meiner Vergangenheit zu entkommen. Es ist nicht das erste Mal, dass ich meine Identität gewechselt habe, aber dieser Name war anders, weil ich die Erleuchtung hatte. Nicht in einem 'zu-Jesus-kommen'-Sinne... eher, dass ich neu anfangen und ein gutes, anständiges Leben führen wollte, das nicht damit zu tun hatte, das Gesetz zu brechen... nun, einige der anderen Dinge, die ich in der Vergangenheit getan habe.«

Sie seufzte, und die ganze Anspannung wich von ihr. Sie setzte sich wieder in den Muskoka-Stuhl und nahm einen Schluck von ihrem Kaffee, bevor sie fortfuhr. »Ich wollte mich niederlassen, ein Geschäft führen und aufhören, mich ständig umdrehen zu müssen. Und es war eine Weile großartig. Als ich jünger war, habe ich mir immer vorgestellt, dass ich zu Tode gelangweilt wäre, ein normaler, gesetzestreuer Bürger zu sein. So falsch. Ich liebte es. Liebte mein Haus, meine Schmuckherstellung und besonders die Hunde. Dann liebte ich dich, und es tat so weh, weil ich wusste, dass ich dich nicht behalten konnte. Ein Polizist und eine Kriminelle zusammen? Wie sollte das je funktionieren? Die Antwort war, es würde nicht funktionieren. Irgendwie hast du mich aber glauben lassen, dass ich es versuchen musste.«

»Hast du jemanden getötet?«

»Was? Nein. Niemals. Ich hatte nicht einmal eine Waffe. Meine Spezialität war Diebstahl. Ich freundete mich mit irgendeinem Typen an, meist einem reichen natürlich. Und mit meinen Fähigkeiten dauerte es nicht lange, Alarmcodes, Kombinationen für Safes und solche Dinge herauszufinden. Dann nahm ich, was ich wollte, und zog weiter zum nächsten Opfer. Ich hielt mich meist an Bargeld und Schmuck, obwohl manchmal ein Gemälde mein Interesse weckte. Für eine kurze Zeit war sogar ein Monet in meinem Besitz.«

Abgesehen vom Blinzeln seiner Augen war Roman während ihres Geständnisses praktisch bewegungslos geblieben. Als sie zu ihm aufblickte und mit den Schultern zuckte, kam er endlich zum Leben.

»Sag mir die Wahrheit. Hast du irgendwelche Bürger in Dalton ins Visier genommen?«

»Nicht einen einzigen«, sagte sie leichthin. »Ich habe dir gesagt, ich lebe jetzt ein anständiges Leben. Nun, abgesehen von den Nummernschildern. Außerdem bin ich sowieso immer nur auf die sehr Reichen losgegangen. Ich würde nie jemandem etwas wegnehmen, der hart arbeitet und gerade so durchkommt.«

Er stieß einen Atemzug aus und schüttelte den Kopf, dann rieb er sich mit einer Hand übers Gesicht. »Ich glaube, ich kann nicht mehr ertragen. Zwischen Tony und jetzt dir habe ich das Gefühl, meine ganze Welt bricht zusammen.«

»Ich weiß«, sagte sie leise. »Es ist viel. Aber ich hatte schreckliche Angst, als ich in diesem Kofferraum eingesperrt war. Später, als er mich durch den Wald trieb, versprach ich mir, wenn ich überlebe, werde ich es besser machen. Besser sein. Ich hatte schon einen anständigeren Weg eingeschlagen, aber das fühlt sich wie der letzte Schritt an. Wenn ich ins Gefängnis muss, nun…« Sie breitete die Hände aus. »Ich werde einen Weg finden, damit umzugehen.«

»Du hast mich in eine verdammt schwierige Lage gebracht.«

»Es tut mir leid. Vergiss aber nicht, du hast darum gebeten. Du hast gedrängt und gedrängt und mich nicht gehen lassen. Du hast mir gesagt, du willst eine Beziehung. Nun, hier bist du. Ich bin voll dabei, genau wie du es wolltest.«

Er trat von der Wand weg und ging zum Tor und wieder zurück die Treppe hinauf auf die Terrasse. »Warum konntest du nicht einfach einen gewalttätigen Ex haben oder so? Das wäre so viel einfacher zu handhaben gewesen.«

»Weil ich nie zugelassen hätte, dass mich jemand misshandelt. Ich habe dir schon gesagt, ich bin kein hilfloses Fräulein in Nöten.«

»Wo ist deine Familie in all dem?«

Ihr Kopf neigte sich nach vorn, und ihr Haar fiel ihr ins Gesicht und verbarg ihre Augen. »Weiß nicht, wo meine Mutter ist. Ich stelle mir vor, Pop zieht immer noch seine Betrügereien durch wie eh und je. Er mochte Las Vegas, aber er könnte überall sein.«

Roman sagte einen Moment lang nichts. Schließlich ging er zurück und setzte sich auf den zweiten Stuhl. »Hat er dir wehgetan?«

»Pop?« Sie schnaubte. »Nein. Er hat mir nie wehgetan.«

»Aber er hat dich in dieses Leben gebracht, nicht wahr?«

»Klar. Hat mir alles beigebracht, was er wusste.«

»Jenny… Nein, du wirst für mich immer Mia sein. Mia, es ist nicht deine Schuld.«

»Vielleicht nicht am Anfang, als ich noch klein war, aber Kinder wachsen auf. Sie lernen, was richtig und falsch ist. Lange Zeit wusste ich, dass ich kein guter Mensch war.« Sie zuckte mit den Schultern und strich sich eine Haarsträhne hinters Ohr. »Irgendwann habe ich mich entschieden, einen anderen Weg einzuschlagen. Ich kann nicht zurückgehen und meine Vergangenheit ändern. Kann nicht rückgängig machen, was ich getan habe. Das ist ein Teil von mir, und du musst entscheiden, ob du damit leben kannst.«

Er atmete aus. »Ich habe noch ein paar Fragen. Erstens, hast du eine Gefängnisstrafe verbüßt?«

»Ich wurde einmal wegen Ladendiebstahls in den Jugendarrest geschickt. Hat mir nicht sonderlich gefallen.«

»Warum hast du dich entschieden, aus diesem Leben auszusteigen? Meiner Erfahrung nach wachen Kriminelle nicht einfach eines Tages auf und werden plötzlich zu guten Menschen.«

»Ja, nun, da gibt es eine Geschichte. Sagen wir einfach, ich wurde übermütig. Dachte, ich wäre unbesiegbar. Stellte sich heraus, dass ich es nicht war. Ein bestimmtes Opfer, tatsächlich mein letztes, kam mir irgendwie auf die Schliche. Da er Verbindungen zur russischen Mafia hatte, könnte man sagen, dass es mir nicht besonders gut erging. Ich kam in einer Gasse zu mir, völlig zugerichtet und mein ganzer Vorrat war weg. Fast eine Million Dollar. Ich konnte nicht ins Krankenhaus. Und die Polizei war offensichtlich auch keine Option. Das gab mir viel Zeit zum Nachdenken. Zu viel Zeit. Als ich endlich wieder auf die Beine kam, wusste ich, dass ich mit den Betrügereien fertig war.«

»Aber du hattest kein Geld«, sagte Roman.

»Dir entgeht nicht viel, oder?« Als er ihren Blick weiterhin festhielt, seufzte sie. »Okay, ich habe keine Betrügereien mehr durchgezogen, aber ich bin nach Atlantic City und dann nach Las Vegas gefahren. Poker. Das ist ein gutes Spiel für mich. Ich war vorsichtig. Bin durch alle Casinos gezogen. Habe darauf geachtet, hier und da zu verlieren und nicht ständig die großen Töpfe abzuräumen. Nach ein paar Monaten hatte ich viel Geld gespart. Ich hatte schon angefangen, nebenbei Schmuck herzustellen. Hauptsächlich zum Spaß. Wann immer ich eines meiner Stücke trug, kommentierten es die Leute, und das brachte mich auf die Idee, Healing Crystals zu gründen. Das war's.«

Sie lehnte sich im Stuhl zurück und rieb sich mit der Hand über die Stirn. Die Hunde waren auf die Terrasse zurückgekehrt und lagen ausgestreckt zu ihren Füßen. Da die Sonne jetzt schon halb am Himmel stand, fingen Lichtstrahlen Feuer in ihrem Haar. Sie sah müde aus, aber entschlossen und wich seinem prüfenden Blick nicht aus.

»Okay«, sagte er schließlich. »Danke, dass du es mir erzählt hast. Ich bin mir nicht sicher, was ich tun werde. Ich brauche Zeit, um darüber nachzudenken.«

»Ich verstehe. Möchtest du immer noch den Kaffee?«

»Ähm... nein, ich sollte wohl besser zurückgehen.«

»Kannst du mir sagen, was los ist? Wie geht es deinen Eltern?«

»Nicht so gut, wie du dir wahrscheinlich vorstellen kannst. Zuerst glaubten sie nicht, dass es Tony war. Aber die Polizei in Nashville fand eine Menge Alias-Namen und die dazugehörigen gefälschten Dokumente.« Er zuckte bei den Worten zusammen und warf einen flüchtigen Blick zu Mia, die nicht reagierte. »Jedenfalls führte sie das zu einem Lagerraum, und alles war dort. Mehr Smaragdringe. Souvenirs von den anderen Frauen, meist Geldbörsen und Handtaschen. Ein weiterer Taser zusammen mit Chloroform und Ketamin. Er hatte sogar Zeitungsartikel über jedes Verschwinden und jeden Mord ausgedruckt und führte eine Art Prahlerei-Akte. Die Beweise sind unwiderlegbar.«

»Ich denke, deine Eltern werden irgendwann begreifen, was er getan hat, aber es ist so schrecklich. Glaubst du, sie werden darüber hinwegkommen?«

Sie streckte die Hand aus und tätschelte mitfühlend seinen Arm. Er versteifte sich, und obwohl es nur subtil war, rückte er genug ab, um den Kontakt zu unterbrechen. Sie verstand. Er tat es nicht, um sie zu verletzen, sondern um sich selbst zu schützen, während er sich über alles, was sie ihm erzählt hatte, klar wurde. Es tat trotzdem weh. Wie ein Messer im Bauch. Nun, sie hatte es selbst heraufbeschworen, oder?

»Ich weiß ehrlich gesagt nicht, ob sie sich jemals davon erholen werden. Wir stehen alle unter Schock.«

»Und Tony?«, fragte sie zögernd.

»Im St. Mark's und immer noch im Koma. Meine Eltern sind dort und beten, dass er aufwacht. Ich glaube nicht, dass er es wird.«

»Es tut mir so leid, Roman. Ich wollte nicht... ich hatte nicht vor... ich war völlig verängstigt. Ich hatte keinen Mord im Sinn. Ich wollte nur wegkommen. Zurück zu dir. Es ist seltsam, wie klar alles in so einer Situation wird. Ich wusste, ich musste dir alles erzählen. Ich hatte solche Angst, dass ich keine Gelegenheit dazu bekommen würde. Dann hättest du nie erfahren, was ich wirklich für dich empfinde.«

Nach einer Weile beugte er sich in seinem Stuhl vor und nahm ihre Hand in seine. »Auch wenn es sich im Moment schwer anfühlt, bin ich wirklich froh, dass du es getan hast. Ich werde jetzt zurück ins Krankenhaus gehen... bei meinen Eltern sein. Ich hoffe, du verstehst, dass ich alles überprüfen möchte, was du mir erzählt hast. Vielleicht hättest du nichts dagegen, mir Namen, Orte und so weiter zu schreiben? Besonders von deinem letzten Typen. Dem Russen.«

Sie schluckte einmal, brachte aber ein Lächeln zustande. »Natürlich. Lass es mich wissen, wie… nun, ich hoffe, du bleibst in Kontakt.«

»Du solltest darüber nachdenken, für die nächste Woche oder so etwas Sicherheit zu engagieren. Dein Name ist noch nicht durchgesickert, aber das wird er. Die Reporter sind im Krankenhaus, und zweifellos werden sie heute in Dalton einfallen. Es wird nicht lange dauern, bis sie hier draußen sind. Ruf Mitch Fowler von Tightline an. Sag ihm, ich hätte dich empfohlen. Sie werden sich darum kümmern.«

»Danke. Ich denke, ich werde heute Morgen eine Nachricht hinterlassen.« Sie stand mit ihm auf und ging zum Tor. »Ich schätze, wir sehen uns, wenn wir uns sehen.«

Auf Zehenspitzen stehend, legte sie ihre Lippen auf seine und atmete ihn ein, verweilte für mehrere Sekunden. Als sie sich voneinander lösten, kamen seine Finger zu ihrem Gesicht, strichen sanft über ihre Wangen, als ob er sich die Knochenstruktur einprägen wollte. Seine andere Hand hob sich und umfasste ihren Hinterkopf, bevor er ihren Mund in einem heftigen, verzweifelten Kuss nahm.

Für einen Sekundenbruchteil fragte sie sich, ob dies ein Abschied war. Sie schob den Gedanken beiseite und tauchte in den Kuss ein. Er schmeckte nach Kaffee und Kirschkaugummi, und sie presste sich an seine Brust, brauchte jeden Zentimeter Kontakt, den sie bekommen konnte. Ihre Arme umschlangen ihn, und sie schob ihr Bein zwischen seine, um ihn noch näher zu ziehen. Sie verschmolzen miteinander.

Dann zog Roman sich zurück, verlagerte seine Hüften, und sie ließ ihre Arme fallen, als sie wieder auseinanderfielen.

Kapitel Siebenundzwanzig

In den nächsten Tagen wagte sich Mia nicht von ihrem Haus weg. Roman hatte recht gehabt mit den Berichten und Nachrichtenteams. Mitch Fowler und seine Crew waren im Einsatz. Er lehnte alle Interviewanfragen in ihrem Namen ab und hielt die Medien von ihrem Grundstück fern. Wieder einmal war sie dankbar für die abgelegene Lage und die lange Einfahrt.

Sie beauftragte einen Mann, das Glas zu ersetzen, das die Polizei an ihrer Küchentür zerbrochen hatte. Als der Handwerker sie nach ihren Plänen für das zerstörte Gewächshaus fragte, schüttelte sie den Kopf und sagte, dass sie in naher Zukunft wohl nichts daran machen würde.

Glücklicherweise war sie in ihrem Haus nicht nervös, aber aus irgendeinem irrationalen Grund hatte sie es noch nicht geschafft, durch den kleinen Wald am unteren Ende ihres Grundstücks zu gehen. Sie hatte ständig Rosenquarz und Dioptas-Steine bei sich, hielt sie in den Händen, füllte ihre Taschen damit und versteckte sie unter ihrem Kopfkissen. Es schien nicht zu helfen, aber es war das Einzige, was ihr einfiel.

Sie ging über die Felder, stellte Schmuck her und schlief, wenn sie konnte.

Tony Mancini verstarb am Dienstagmorgen, ohne das Bewusstsein wiedererlangt zu haben. Die Beerdigung und Bestattung fanden am Freitag statt und waren nur für die engste Familie.

Roman rief nicht an, aber er schickte jeden Morgen und jeden Abend eine SMS. Immer eine einzige Zeile, in der er fragte, ob es ihr gut gehe. Jedes Mal antwortete Mia mit »Ja, mir geht's gut« oder einer Variation davon, und obwohl sie sich nach ihm und seiner Familie erkundigte, ging das Gespräch nie weiter.

Mia versuchte, damit klarzukommen. Roman machte genug Hölle durch, ohne dass ihre Komplikationen noch dazukamen. Sie konnte ihm sicherlich mehr Zeit geben. Dennoch schwand mit jedem Tag, der verging, ihre Hoffnung. Menschen wie sie bekamen normalerweise kein Happy End. Es gab einen Preis zu zahlen für die Art, wie sie gelebt hatte, und es sah so aus, als würde die Rechnung fällig werden, inklusive eines ganzen Bergs an Zinsen obendrauf.

Eines Morgens ging sie mit einer Schachtel in der Hand von Zimmer zu Zimmer und sammelte alles ein, was Roman im Haus zurückgelassen hatte. Layla folgte ihr winselnd und niedergeschlagen. Die Golden Retriever-Hündin legte sich den ganzen Nachmittag neben die Schachtel.

»Mach das nicht, Mädchen. Es ist schon schwer genug«, sagte Mia, hockte sich hin und kraulte Laylas Ohren. »Wir müssen auf das Schlimmste vorbereitet sein. Vielleicht will er uns nicht mehr, und wenn nicht, wird es einfacher sein, seine Sachen mit dem UPS-Boten zu schicken.«

Der Smaragdring-Killer beherrschte weiterhin die abendlichen Nachrichtensendungen. Alle Hintergrundgeschichten seiner Opfer wurden ausgegraben und in quälenden Details untersucht. Ihr eigenes Gesicht wurde zusammen mit ihrer falschen Lebensgeschichte auf dem Bildschirm gezeigt. Sie wusste, dass es nur eine Frage der Zeit war, bis sich jemand aus dem Leben der echten Mia Reeves melden würde. Sie konnte nicht die Energie aufbringen, sich darum zu kümmern.

Roman und seine Familie wurden oft porträtiert, besonders am Freitag nach Tonys Gedenkfeier. Obwohl sie wahrscheinlich dachten, dass sie in der Öffentlichkeit emotionslos blieben, zeigte sich alles in ihren Gesichtern. Oder zumindest Mia konnte es sehen. Trauer, Schock, Ungläubigkeit. Es erinnerte sie an Aufnahmen von Menschen, die es geschafft hatten, aus einem brutalen Kriegsgebiet zu fliehen und nun mit nichts als den zerrissenen und schmutzigen Kleidern am Leib an den Ufern eines neuen Landes standen.

Ohne eine bewusste Entscheidung zu treffen, packte Mia weiter ... hier und da Kleinigkeiten. Als sie den Wäscheschrank unordentlich vorfand, räumte sie alles aus und schrubbte die Regale in dem schmalen Schrank. Dann schaffte sie es irgendwie, eine ihrer Versandboxen zusammenzubauen und füllte sie mit Handtüchern und Badesalzen.

Die Bücherregale in ihrem Arbeitsbereich neben der Küche wurden allmählich leer, als sie einen der Plastikbehälter mit Andenken und Taschenbüchern füllte. Da sie hauptsächlich nur Toast und Suppe aß, ging sie die Schubladen in der Küche durch und packte alle Kochutensilien außer einem Gemüseschäler und ihren Messern weg.

Am Sonntagnachmittag sortierte sie gerade die Schmuckzutaten und überlegte, ob sie einige der Grundartikel nachbestellen sollte, als der Einfahrtsmonitor aus der Küche piepste. Die Hunde sprangen auf und rannten zur Haustür. Sie spähte durch das Fenster und sah, wie ein kleiner silberner Wagen die Kurve zu ihrem Haus nahm und am Gehweg parkte.

Die Sonne glitzerte auf der Windschutzscheibe, sodass sie den Fahrer nicht erkennen konnte.

Ihr Herz raste. Inzwischen hatten die Reporter größtenteils aufgegeben, ein Interview mit ihr zu bekommen. Mitch und sein Team standen noch für eine weitere Woche unter Vertrag, da sich noch ein paar Nachzügler am Ende ihrer Einfahrt herumtrieben. Vielleicht hatte sich einer von ihnen irgendwie durchgeschlichen.

Als sich schließlich die Fahrertür öffnete und Brooke ausstieg, wusste Mia nicht, ob sie erleichtert oder noch mehr verängstigt sein sollte. Die Hunde gerieten erwartungsgemäß beim Klang der Türklingel in einen Bellrausch. Mia wich vom Fenster zurück und versuchte zu entscheiden, was sie tun sollte. Vielleicht würde Brooke nach ein paar Minuten wieder gehen.

Keine Chance. Brooke ging nicht weg. Obwohl die Türklingel verstummte, hörte Mia die Hunde durch den Flur und über den gefliesten Boden in der Küche rennen. Mac löste sich aus dem Rudel, kam zur Tür ihres Arbeitszimmers und starrte sie an, als wollte er sagen *Was werden wir dagegen tun*?

»Okay, ich komme schon«, sagte Mia und trottete hinter ihm her.

»Ich weiß, dass du da drin bist.« Brookes Stimme drang durch die Seitentür.

Als sie in die Küche trat, sah Mia die blonde Frau, die Hände an die Seiten ihres Gesichts gelegt, durch das Glas spähend. Brooke richtete sich auf, als sie Mia bemerkte. Ihre Blicke trafen sich, und Mia wusste, dass sie sie hereinlassen musste.

»Sitz. Jetzt.« Mia zeigte auf den Boden am Ende der Theke. Die Hunde, immer noch vor Aufregung vibrierend, ließen sich in einer unordentlichen Reihe nieder.

Sie entriegelte das Schloss und öffnete die Tür. Brooke flog auf sie zu, die Arme fest und schnell um sie geschlungen in einer Umarmung. Hinter ihnen knurrte Mac leise in seiner Kehle.

»Es ist okay. Entspannt euch«, sagte sie zu den Hunden.

»Oh mein Gott, ich bin so froh, dich zu sehen. Warum hast du meine Anrufe nicht beantwortet?«, fragte Brooke.

»Ich weiß nicht. Ich dachte wohl, du könntest sauer sein.«

Brooke wich schockiert zurück. »Sauer auf dich?«

»Vielleicht. Ich wusste es nicht.«

»Das ist das Dümmste, was ich je gehört habe. Ich habe mir Sorgen um dich gemacht. Und war traurig. Wirklich traurig über alles, was du durchgemacht hast. Was passiert ist, war schrecklich, und es tut mir leid.«

Plötzlich wurde Mias Brust zu eng, und es tat weh zu atmen. »Ich weiß, dass du Gefühle für Tony hattest. Es tut mir leid, dass ich ihn getötet habe. Ich habe jemanden umgebracht…« Sie brach ab und schlug sich entsetzt über den Ausbruch die Hand vor den Mund.

Tränen liefen über Brookes Wangen, und sie legte ihren Arm um Mias Schultern und drückte sie fest. »Ich mache dir jetzt eine Tasse Tee, und dann setzen wir uns hin und unterhalten uns eine Weile. Wo ist dein Wasserkocher?«

»Setz du dich. Ich mache den Tee. Ich brauche einen Moment, um mich zu beruhigen«, sagte Mia.

»Okay.« Brooke wischte sich die Augen und beugte sich zu den Hunden hinunter. »Wer sind denn all diese hübschen Kleinen?«

»Fifi ist die kleine Weiße, die deine Hand leckt. Neben ihr ist Tucker, der Dackel. Die Labrador-Mischung ist Layla, und der Kerl hier ist Mac«, erklärte Mia, während sie Wasser in den Wasserkocher füllte.

»Ich hatte als Kind einen Dackel. Sie war der tollste Hund. Hallo, Tucker. Oh, Fifi, du bist ja was Besonderes, oder?« Sie drehte den Kopf, um Mia zu beobachten. »Es muss schön sein, sie als Gesellschaft zu haben.«

»Sie sind meine Familie«, sagte sie schlicht.

»Dein Haus ist wirklich toll.« Brooke stand auf und drehte sich langsam im Kreis. Sie hielt inne und betrachtete die Bücherregale, die leeren DVD-Fächer im Entertainmentcenter und den kahlen Kaminsims. »Du hast einen sehr minimalistischen Einrichtungsstil.«

»Ich räume gerade um«, murmelte Mia und wandte sich ab, um Tassen aus dem Schrank zu holen.

»Du packst deine Sachen, oder? Oh, Mia. Du kannst nicht gehen. Ich lerne dich doch gerade erst kennen.«

»Ich weiß noch nicht, was ich machen werde. Welche Teesorte magst du? Ich habe Pfefferminze, Kamille, Zitronenmelisse und grünen Tee.«

»Zitronenmelisse klingt gut. Können wir uns auf die Terrasse setzen? Das Wetter ist heute fantastisch, warm, aber mit genau der richtigen Brise, damit es nicht zu heiß wird.«

»Klar. Warum gehst du nicht schon mal mit den Hunden raus?«

Während der Tee zog, holte Mia ein paar gefrorene Kekse aus ihrem Vorrat und wärmte sie in der Mikrowelle auf. Sie richtete einen Teller mit den Keksen, ein paar Erdbeeren und Weintrauben an und trug ihn zusammen mit dem Tee auf einem Tablett hinaus. Sie fand Brooke auf den Stufen sitzend vor, wie sie Tucker streichelte, während Layla ihn schwärmerisch vom Gras aus beobachtete.

»Es ist so schön hier draußen. Dein Grundstück ist wundervoll.«

»Wie fühlst du dich wegen Tony und allem?«

Brooke seufzte und senkte den Kopf über Tucker. »Um ehrlich zu sein, bin ich ziemlich durcheinander. Ich war schon immer in Tony verknallt, so lange ich denken kann. Es war einfach immer da. Und dann zu erfahren, was er getan hat, das macht mich richtig krank. Hat er… ich meine… wie… wurdest du verletzt?«

»Der Tee ist fertig«, sagte Mia und wartete, bis Brooke sich setzte, bevor sie ihr die Tasse reichte. »Tony hat mir nicht wirklich wehgetan. Er hat mich erschreckt. Es tut mir leid, dass ich ihn getötet habe. Ich wollte das nicht. Oder vielleicht doch. Ich weiß es nicht mehr. Ich hatte solche Angst.«

»Natürlich hattest du das. Du musstest dich retten. Ich bin froh, dass er tot ist. Er hat meine beste Freundin umgebracht und hätte dich getötet, meine zukünftige neue beste Freundin.« Sie holte zittrig Luft. »Obwohl du dich als ziemlich anstrengend herausstellst, also bin ich mir bei dem Teil noch nicht so sicher. Ich meine, ich habe dich millionenmal angerufen und musste zu deinem Haus kommen und dich stalken. Die meisten Leute hätten inzwischen aufgegeben, aber ich bin keine Aufgeberin.«

Das Lachen brach aus Mia heraus, bevor sie es unterdrücken konnte. »Ich schätze, ich sollte mich entschuldigen?«

»Auf jeden Fall. Und dann musst du versprechen, von nun an eine bessere Freundin zu sein. Ich denke, ein Schwur mit dem kleinen Finger wird es tun.« Brooke hielt ihre linke Hand mit ausgestrecktem kleinen Finger hoch.

Mia starrte darauf und schüttelte dann den Kopf. »Die Wahrheit ist, ich glaube, ich bin nicht besonders gut darin. Ich hatte als Kind nicht wirklich Freunde.«

Das neckische Lächeln verschwand aus Brookes Gesicht. »Oh, Schätzchen, das tut mir leid. Im Moment ist alles beschissen, und ich sollte keine Witze darüber machen. Ich schätze, Humor ist meine Art, mit schwierigen Dingen umzugehen.«

Mia schluckte. »Es ist wirklich okay. Und ich verstehe, was du meinst. Ich finde im Moment auch keinen Halt.«

»Oh, schau mal, wie die Hunde kommen, um dich zu trösten«, sagte Brooke, als Mac und Fifi sich neben sie drängten. »Sie sind echt süß, oder?«

Jetzt lächelte Mia richtig. »Sie enttäuschen mich nie.«

Brooke setzte sich wieder in ihren Stuhl und nahm einen Schluck Tee. »Mmh, der ist wirklich gut. Erfrischend. Ich muss zugeben, normalerweise trinke ich nur Kaffee, aber vielleicht sollte ich ab und zu auch mal Tee trinken.«

»Was ist in der Stadt los? Wie laufen deine Sommerkurse?«

»Ehrlich gesagt ist es ziemlich hektisch. Ich überlege, noch eine Lehrerin einzustellen. Du hast nicht zufällig irgendeine Art von Tanzerfahrung?« Sie zuckte mit den Schultern, als Mia den Kopf schüttelte. »Na ja, einen Versuch war's wert. Die Stadt steht immer noch unter Schock. Die Nachrichtenkameras sind Gott sei Dank endlich weg, aber alle reden noch darüber. Molly und Frank haben es schwer. Ich habe sie heute Morgen aus der Kirche kommen sehen, und sie wirkten plötzlich richtig alt und gebrechlich. Lina ist zurück nach Atlanta gefahren.«

Mia blinzelte und schaute zu den Hunden hinüber, die jetzt im Gras lagen. »Wie geht es Roman?«

»Ich habe gehört, dass er bei der Polizei gekündigt hat. Er wohnt bei seinen Eltern. Ich habe ihn nicht gesehen, aber Mary vom Diner meinte, er sei ein paar Mal da gewesen, um Essen abzuholen. Du solltest dich bei ihm melden.«

»Er hat wirklich gekündigt?«

»Das sagen jedenfalls alle.«

»Oh... wow. Das überrascht mich. Ich kann mir nicht vorstellen, dass er kein Detektiv mehr ist. Vielleicht überdenkt er die Entscheidung noch mal, wenn er etwas Zeit hatte, sich zu sammeln.«

»Vielleicht. Trotzdem kann so etwas einen Menschen verändern.«

»Da hast du recht.«

Kapitel Achtundzwanzig

Zum ersten Mal seit ihrer Entführung durch Tony schlief Mia die ganze Nacht friedlich durch und fühlte sich danach millionenfach besser. Der Sonnenaufgang war ganz in Rosa und Rot getaucht, definitiv eine Warnung für schlechtes Wetter, aber im Moment absolut atemberaubend.

Nachdem die Näpfe mit dem morgendlichen Trockenfutter blitzblank geleckt waren, sammelte sie die Hunde ein und ging mit ihnen durch die Felder spazieren. Die Luft war schwül, wenn auch von Süße durchdrungen, und Vögel zwitscherten eine Symphonie der Freude für den anbrechenden Tag.

Anstatt auf dem Gipfel des Hügels innezuhalten, ging Mia weiter hinunter und bog links ab, vorsichtig in den winzigen Wald tretend. Streifenhörnchen und Eichhörnchen huschten über ihren Weg und die Baumstämme hinauf, in ihrer unverständlichen Sprache zwitschernd. Tucker, wie vorhersehbar, steuerte auf den Bach zu und plantschte hin und her durchs Wasser… sein Gesicht voller Hundegrinsen. Sie atmete tief ein, sog den feuchten, laubigen Geruch ein und wanderte zwischen den Bäumen umher, wobei ihre Fingerspitzen die Rinde jedes Baumes streiften, an dem sie vorbeikam.

Sie würde es schaffen. Mehr als das, beschloss sie. Roman würde nicht zurückkommen. Gott, es tat weh, auch nur daran zu denken, aber sie war schon immer jemand gewesen, der der Realität ins Auge sah, und so sah es jetzt offensichtlich aus.

Er war ein guter, gesetzestreuer Mann, und sie war im Grunde eine Kriminelle. Es gab keine Möglichkeit, dass er jemals ihre vergangenen Taten mit dem in Einklang bringen könnte, was er als Mindestanforderung für einen anständigen Menschen betrachten würde. Er mochte sie lieben, aber Liebe konnte eine so große Kluft nicht überbrücken. Und sie mochte ihn lieben, aber sie konnte nicht ändern, wer sie gewesen war, nur weil sie es wollte.

Und wollte sie das überhaupt?

Sie hielt am Bach inne und kauerte sich hin, ließ ihre Fingerspitzen über die Wasseroberfläche gleiten. Nein, selbst wenn sie einen Zauberstab hätte, würde sie ihre Vergangenheit nicht auslöschen. Sie war ein Teil von ihr. Vielleicht ein beschämender Teil, aber gerade deswegen war sie umso stolzer auf die Person, die sie geworden war. Stolz darauf, dass sie stark genug gewesen war, ein neues Leben für sich zu schaffen. Ein gutes, solides, kreatives Leben.

Das bedeutete, dass die einzige Entscheidung, die noch zu treffen war, war: Sollte sie bleiben oder gehen?

»Was meint ihr?«, fragte sie laut.

Mac blickte sofort auf und legte den Kopf schief, während er sie musterte. Als er zu dem Schluss kam, dass es ihr gut ging, wandte er sich wieder einem Haufen nasser Blätter zu, an dem er schnüffelte. Layla und Tucker reagierten überhaupt nicht, sondern jagten einander weiterhin in einem endlosen Fangspiel. Die süße kleine Fifi kam herüber und setzte ihre

Pfoten auf Mias rechten Fuß, dann starrte sie mit kohlschwarzen Augen zu ihr hoch. Als Mia sich hinunterbeugte, leckte der weiße, flauschige Hund energisch ihre Hand, bevor er davontänzelte, um sich Mac anzuschließen.

»Sieht aus, als hätte die Mehrheit gesprochen. Ich schätze, wir bleiben.« Sie sah sich um und seufzte. »Ich liebe es wirklich hier. Was Roman angeht, ich bezweifle, dass ich viel von ihm sehen werde. Nach einer Weile wird es nicht mehr wehtun, oder? Irgendwann wird er einfach irgendein Typ sein, den ich mal kannte.«

Auch wenn sie es keine Minute lang glaubte, fühlte sie sich stärker, als sie die Worte aussprach.

»Okay, Truppe, lasst uns gehen. Wir haben einiges auszupacken und Schmuck zu machen. Und wir sollten die Sendungen für den UPS-Boten vorbereiten, denn er wird in weniger als einer Stunde hier sein.« Sie rieb sich die Stirn und blickte zu Layla hinüber. »Einschließlich Romans Sachen. Es wird besser sein, wenn wir diesen Schritt hinter uns haben.«

Zurück am Haus zog sie den Schlüsselanhänger aus ihrer Gesäßtasche und verriegelte den Escape per Knopfdruck, bevor sie die drei Nummernschilder griff, die sie sich vor zehn Tagen angeeignet hatte. Sie könnte sie genauso gut in die Kiste mit dem Rest von Romans Sachen werfen.

Aus jüngster Gewohnheit sah sie sich um und stellte fest, dass auf dem Parkplatz und dem Vorgarten alles friedlich und ungestört aussah. Nachdem sie die Veranda aufgeschlossen hatte, ging sie zur Haustür und benutzte erneut ihren Schlüssel. Die Hunde liefen ihr dicht auf den Fersen und folgten ihr direkt in ihr Arbeitszimmer.

Der Laptop war erst Sekunden dabei hochzufahren, als der Einfahrtssensor piepste. Sie schaute auf ihre Uhr und runzelte die Stirn, als sie sah, dass es erst acht Uhr fünfzehn war. Zu früh für UPS. Layla stieß ein zögerliches Winseln aus und eilte zur Haustür. Die Haare in Mias Nacken stellten sich wie Stachelschweinborsten auf, und sie unterdrückte gnadenlos den herrlichen Hoffnungsschub in ihrem Bauch.

Sie stieß einen tiefen Atemzug aus, streckte sich und straffte die Schultern.

Das erste Mal wird am schwersten sein, dachte sie.

Sie machte sich auf den Weg durch den Flur und öffnete die Haustür. Roman schritt über die Veranda, eine Pilotensonnenbrille bedeckte seine Augen. Seine Gestalt war schlanker als beim letzten Mal, als sie ihn gesehen hatte. Sie musterte ihn einige Sekunden lang. Er brauchte einen Haarschnitt, stellte sie fest, und trat dann zurück, um ihn hereinzuwinken.

»Möchtest du einen Kaffee? Vielleicht Frühstück?«

Er schob seine Sonnenbrille ab und steckte sie in seine hintere Hosentasche. Seine Augen trafen ihre, glitten aber weg, um sich woanders zu fokussieren.

»Nein, ich bin versorgt.«

»Bist du das?«

Er antwortete nicht, sondern ging an ihr vorbei in den Eingangsbereich. Sie schloss die Tür und lehnte sich dagegen, während sie ihn erneut musterte. Mia tastete mit ihrem Geist nach ihm. Roman hatte sich fest unter Kontrolle, und das Einzige, was sie spürte, war die Anspannung, mit der er versuchte, welche Emotionen auch immer zu unterdrücken, die er entschlossen war zu verbergen.

»Okay«, sagte sie, als er weiterhin schwieg. »Wie geht es deinen Eltern?«

Er seufzte lang und tief. »Sie arbeiten sich durch alles hindurch, sind aber immer noch ziemlich mitgenommen.«

Layla, der Atmosphäre gegenüber ahnungslos oder vielleicht einfach unbekümmert, warf sich Roman zu Füßen. Er wandte seine Aufmerksamkeit der treuen Labrador-Hündin zu und beugte sich hinunter, um ihren Rücken zu streicheln. Als die Wiedervereinigung noch eine Weile andauerte, ging Mia in ihr Arbeitszimmer und legte die Nummernschilder in die Kiste mit Romans Sachen, die sie zurück in den Eingangsbereich trug.

»Dein Timing ist perfekt. Ich wollte das heute Morgen mit dem Lieferanten verschicken, aber jetzt bist du ja hier. Du kannst es gleich mitnehmen und mir den Schritt ersparen.«

Er richtete sich auf und hob die Klappe der unversiegelten Kiste an, warf einen Blick hinein. »Du willst mich loswerden?«

»Ich tue, was getan werden muss. Warum bist du hier, Roman? Du beantwortest kaum meine Fragen, also bist du offensichtlich nicht gekommen, um zu reden.«

Zuerst nahm er ihr die Kiste ab und stellte sie neben der Tür auf den Boden, bevor er sich ihr zuwandte. Er verschränkte die Arme vor der Brust. »Wusstest du, dass Claudia Creemore wegen versuchten Einbruchs zur Befragung gesucht wird? Es gibt auch einen Haftbefehl für Emily Robinson in Missouri und Danielle Frontenac in Texas.«

Sie zuckte gleichgültig mit den Schultern, aber er sah eine verräterische Linie zwischen ihren Augenbrauen. »Ich kann nicht sagen, dass ich es genau wusste. Trotzdem wäre es seltsam, wenn keines meiner Opfer zwei und zwei zusammengezählt und die Diebstähle gemeldet hätte. Ich vermutete, dass da draußen ein paar Haftbefehle kursieren könnten.«

»Du hast dir gedacht, dass da vielleicht ein paar Haftbefehle rumfliegen?«, wiederholte er langsam. »Ja, ich schätze, für jemanden wie dich ist so eine Kleinigkeit wie ein Haftbefehl kein Grund zur Sorge.«

»Hör zu, du kannst mich entweder melden oder deine Sachen nehmen und gehen, aber ich werde nicht hier stehen und mir deinen Moralkodex anhören.«

Er schüttelte den Kopf und blickte zur Decke. »Meinen Moralkodex predigen?«, murmelte er vor sich hin.

»Ja, ich hab's kapiert. Du bist der perfekte Typ, und ich bin nichts als eine Kriminelle. Botschaft laut und deutlich angekommen«, sagte sie sehr, sehr ruhig.

Sein Kopf schnellte herum, und bitterschokoladenfarbene Augen trafen ihre. »Was dachtest du, würde passieren, wenn ich nachschaue?«

Sie drehte ihre Hände mit den Handflächen nach unten und hob sie ihm entgegen. »Wenn du mich festnehmen willst, werde ich mich nicht wehren. Auf dem Kühlschrank liegt eine Akte mit den Gesundheitsakten der Hunde, und in der Vorratskammer findest du zwei zusätzliche Säcke Hundefutter.«

Er starrte auf ihre Hände, bevor er einen Blick auf die Hunde warf, die um sie herum saßen. Er wirbelte herum, gab ein Knurren von sich und schwang dann so schnell zu Mia zurück, dass sie nicht einmal Zeit hatte zusammenzuzucken, als seine Faust neben ihrer Schulter die Wand traf. Sie ließ ihre Hände sinken und drehte sich um, um die Delle in der Rigipsplatte zu betrachten.

»Das muss wehgetan haben«, kommentierte sie.

»Was ist los mit dir?«, schrie er. Mac sprang auf und drängte sich zwischen Romans und Mias Beine. »Hast du denn gar keine normalen menschlichen Gefühle?«

»Ganz ruhig, Mac. Los, runter.« Sie schnippte mit den Fingern und gab ihm einen Stups mit dem Fuß, zeigte auf den Boden. »Runter. Jetzt.«

Der Dobermann grummelte und zog Roman die Lefzen hoch, gehorchte aber. Layla robbte auf dem Bauch heran und leckte Romans Schuh, wobei sie ihm mit flehendem Blick in die Augen sah.

»Ich habe jede Menge menschliche Gefühle«, sagte sie. »Ich entscheide mich nur dafür, dir in diesem Moment keine davon zu zeigen.«

»Ich bin so wütend auf dich. Ich bin … ich bin … außer mir«, zischte er durch zusammengebissene Zähne. Sein Arm schwang weit aus. Diesmal zuckte sie zusammen, wenn auch kaum merklich. »Du hast mir das angetan. Es ist ganz allein deine Schuld, und jetzt kann ich nichts dagegen tun, weil ich dich verdammt nochmal liebe. Wie kann ich dich lieben? Ich kann nicht.«

Sie schluckte. Blut rauschte in ihren Ohren. Sicher hatte er nicht gesagt … oder doch? »Roman, beruhige dich. Du redest wirr. Du hast ein Trauma erlebt und brauchst etwas Zeit, um dich zu sammeln. Ich hole dir ein Glas Wasser.«

Er packte ihre Arme. Als sie protestierend zappelte, schloss er die Augen und atmete in einem langen, gleichmäßigen Strom aus, ließ sie aber nicht los.

»Hast du nicht gehört, was ich gesagt habe?«, seine Stimme war plötzlich so sanft wie die eines Priesters im Beichtstuhl. »Trotz deiner Vergangenheit und der Haftbefehle und was auch immer ich sonst noch nicht weiß, ich liebe dich. Ich will dich. Und Gott steh mir bei, ich brauche dich.«

»Ich glaube, du solltest dir vielleicht etwas Zeit nehmen, um alles zu verarbeiten, was dir passiert ist«, sagte sie langsam und vorsichtig, während ihre Augen seinem Blick auswichen. »Du denkst nicht klar. Ich habe gehört, du hast den Dienst quittiert.«

Er ließ ihre Arme los und trat mit einem Seufzer zurück. »Nachrichten verbreiten sich schnell. Ja, ich hab gekündigt. Kaum überraschend.«

»Für mich schon.«

»Oh, wirklich? Was für ein Detektiv bemerkt nicht, dass sein Cousin, mit dem er aufgewachsen ist, ein Serienmörder ist? Ich konnte nicht zurück.«

Sie zögerte und sah ihm wieder ins Gesicht. »Du kannst dir keine Vorwürfe machen.«

»Ich bin nicht hier, um darüber zu reden. Ich bin wegen dir hier.«

Sie nickte einmal. »Okay. Was genau bedeutet das?«

»Es bedeutet, dass ich will, dass wir zusammen sind.«

Ihr Herz machte einen Sprung, aber dennoch mahnte die Stimme in ihrem Kopf zur Vorsicht. »Ich will das auch, mehr als ich dir sagen kann, aber ich sehe nicht, wie das gehen soll. Wenn du dich vom Schock über Tony erholt hast, wirst du dich immer wieder an all die Dinge erinnern, die ich getan habe, und an die Haftbefehle. Wie willst du damit klarkommen?«

»Weil ich in meinem Herzen glaube, dass du ein guter, anständiger Mensch bist, dem von klein auf ein schlechtes Beispiel gegeben wurde. Jetzt bist du zu dem Menschen geworden, der du immer sein solltest. Die Details der Vergangenheit können mit der Zeit geklärt werden.«

»Und das ist alles? Wen kümmert der Rest?« Sie schüttelte den Kopf. »Du bist Polizist. Es wird dich auffressen und uns schließlich auseinanderbringen.«

»Du vergisst, ich bin nicht mehr bei der Polizei. Es ist nicht mehr mein Job, Diebe zu jagen.«

Ihre Hand flog an ihren Mund, und sie trat einen Schritt zurück. »Hast du wegen mir gekündigt? Bitte sag mir, dass das nicht der Grund ist.«

Seine Augen, jetzt sanft, blieben stetig auf ihr Gesicht gerichtet. »Ich werde nicht lügen. Es war definitiv ein Teil davon. Aber ehrlich gesagt, kann ich es nicht ertragen zurückzugehen. Zumindest jetzt nicht. Es ist schwer zu sagen, ob ich es je wieder wollen werde. Alles, was ich weiß, ist, dass ich mein Leben nicht ohne dich leben werde. Den Rest muss ich noch herausfinden.«

Das Zittern begann tief in ihrem Inneren und nahm wie ein Erdbeben zu. »Ich weiß nicht, was ich sagen soll. Was ich tun soll«, sagte sie, nach Luft schnappend.

»Sag mir, dass du mich auch willst. Sag mir, dass du nicht ohne mich leben kannst. Sag Ja zu mir.«

Sie starrte ihn an, während die erste Träne ihre Wange hinunterrollte. Er war so ein guter Mann. Vielleicht ein bisschen angeschlagen nach den Ereignissen der letzten Wochen, aber immer noch stärker als jeder andere, den sie je gekannt hatte.

Sie vertraute ihm. Glaubte an ihn. Und sie liebte ihn von ganzem Herzen.

»Natürlich will ich dich«, schluchzte sie. »Absolut und vollständig.«

Er trat auf sie zu und umrahmte ihr Gesicht mit seinen Händen. »Okay«, hauchte er, bevor er seine Lippen auf ihre legte.

Dieser Kuss war zärtlich und süß und fühlte sich an wie ein Gebet.

»Ich denke, eine Wiedervereinigung wäre angebracht«, sagte sie, als sie sich voneinander lösten.

Sein Lächeln strahlte so hell wie Sonnenlicht. »Das würde ich liebend gern. Zufällig habe ich gerade Zeit. Wenn ich darüber nachdenke, da ich derzeit arbeitslos bin, habe ich nichts als Zeit.«

Sie griff nach seiner Hand und wandte sich zur Treppe, stöhnte aber auf, als der Einfahrtssensor aus der Küche ertönte. »Mist, ich habe UPS vergessen. Gib mir fünf Minuten. Warum gehst du nicht schon mal nach oben? Ich bin gleich bei dir.«

Er schüttelte den Kopf und drehte sich zur Haustür. »Ich kann warten. Außerdem sollte ich besser rausgehen und mein Auto überprüfen. Sicherstellen, dass niemand das Nummernschild gestohlen hat. Ich höre, das passiert überall in der Stadt.«

Sie warf ihm einen Blick zu und als sie das Amüsement in seinen Augen sah, schlug sie nach seinem Arm. »So wird das also laufen?«

»Sieht ganz danach aus. Ich liebe dich, Mia.«

»Ich liebe dich auch. So sehr. Jetzt verschwinde und lass mich die Bestellungen verschicken. Könntest du, während du draußen bist, die Behälter aus meinem Escape holen? Später, nachdem wir uns ordentlich wiedervereinigt haben, muss ich noch einiges auspacken.«

»Lustig, dass du das erwähnst. Ich habe auch noch einige Sachen in meinem Auto. Ich schätze, wir können zusammen auspacken?«

Sie warf ihm ein Lächeln über ihre Schulter zu. »Klingt nach einem Plan.«

»Ein Plan fürs Leben«, stimmte er zu.

Ende

Weitere Bücher von diesem Autor

Schatten der Vergangenheit

Dem Himmel verwehrt

Kein Märchenende

Impressum

* * *

Lektorat: Kathy Case

Übersetzung von ScribeShadow

Texterstellung: Carol Eastman

* * *

M. Myles Publishing

www.marionmyles.com

marion@marionmyles.com

519 998 8604

Printed in Poland
by Amazon Fulfillment
Poland Sp. z o.o., Wrocław

46583224R00201